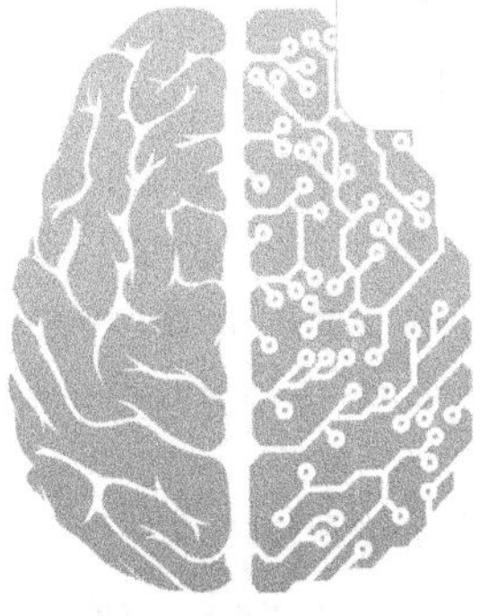

CYBER MIND

MENSCH++: BUCH 2

Dima Zales

Aus dem Amerikanischen von
Grit Schellenberg

♠ Mozaika Publications ♠

Veröffentlicht von Mozaika Publications, einer Druckmarke von Mozaika LLC.
www.mozaikallc.com

Cover by Najla Qamber Designs
www.najlaqamberdesigns.com

Lektorin: Kerstin Frashier

E-ISBN: 978-1-63142-341-3
ISBN: 978-1-63142-342-0

KAPITEL 1

Ich gehe in der unbegründeten Überzeugung über den Times Square, dass mir jemand folgt. Das ist ein Dauerthema für mich geworden. Wohin ich auch gehe, unterschwellig glaube ich immer, dass mir irgendjemand oder irgendetwas dort auflauert.

Es ist wie eines dieser Geschwüre im Mund, das man dauernd mit der Zunge berühren muss. Egal, was ich auch tue, ich kann mich nicht entspannen, ohne mir Gedanken über eine heimliche Überwachung zu machen. Das Problem mit dieser Situation ist, dass ich den Namen dieses Zustands kenne – paranoide Schizophrenie –, und dieses Wissen macht mir mehr Angst als meine unsichtbaren Stalker.

Ich werfe einen Blick auf die blinkenden Werbetafeln, aber die Modelle der Anzeigen sind nicht die Schuldigen. Als Nächstes sehe ich mich um, und Tausende von Touristen starren auf den nackten Cowboy und machen Selfies mit den nicht autorisierten Disney – und Marvel – Figuren. Ich entscheide mich dafür, dass sie auch nicht meine geheimnisvollen Verfolger sind – zum Glück. Wenn ich denken würde, dass Micky Maus und Spiderman hinter mir her wären, würde ich mich sofort selbst zur Behandlung einweisen. Ich denke auch nicht, dass es die zahlreichen gelangweilten New-Yorker sind, die mich verfolgen, weil sie sich einfach nur durch diese Menschenmenge kämpfen, um zu ihren Büros zurückzukehren.

Auf einmal bleibe ich bewegungslos stehen, weil ich zum ersten Mal, seit meine Paranoia begann, denke, dass ich einen meiner Stalker sehe.

Es ist ein Mann, dessen Gesicht ich nicht erkennen kann. Das einzige Detail an ihm, das ich klar erkennen kann, ist, dass er einen perfekt maßgeschneiderten Anzug trägt.

Sobald ich diesen einen Typen wahrnehme, sehe ich ein Dutzend weitere – alle tragen den gleichen schwarzen Anzug.

Als die Anzüge bemerken, dass ich sie sehe, lassen sie ihre Heimlichkeit fallen und schieben sich durch die Menge, um mich zu ergreifen.

Da es zu lange dauern würde, durch diesen dichten menschlichen Nebel auf der Straße zu entkommen, gehe ich schnell in Richtung Straße. Aus meinem Gehen wird schnell ein Rennen zur 6th Avenue, und ich schiebe mich mit Ellenbogeneinsatz zu dem von den Autos benutzten Asphalt.

Eine schwarze Limousine kommt quietschend zum Stehen und versperrt mir den Weg. Das Fenster der

Limousine öffnet sich und gibt den Blick auf weitere Anzüge frei.

Ich springe zurück, werfe einen Blick auf den Verkehr und erblicke eine Reihe von Autos, die auf mich zuhalten – alle mit Anzügen am Steuer. Ich drehe mich herum, um die Straße hinunterzuschauen, und sehe einen undurchdringlichen Stau.

Ich drehe mich wieder um und sehe eine Mauer aus rennenden Anzügen auf mich zukommen.

Während ich versuche, zu verarbeiten, was ich sehe, verstummt der immer gegenwärtige Lärm des Times Square, und ich habe das Gefühl, dass die Autos um mich herum an Ort und Stelle gefrieren, vielleicht, weil sie genauso schockiert von den Anzügen sind wie ich.

Es gibt einen Grund für das hier.

Die Anzüge haben keine Gesichter.

Nein, das ist so nicht ganz richtig.

Sie haben keine Augen, keine Nase, keine Lippen, und wo das Gesicht sein sollte, sehe ich stattdessen eine glatte, verspiegelte Oberfläche. Ihre Hände reflektieren ebenfalls, so als sei ihre Haut aus Aluminium und mit Glas überzogen.

Was mich noch mehr schockiert, ist mein Spiegelbild in ihren sphärischen Spiegeln. Ich sehe verrückter aus als der obdachlose Typ mit Tourette, den ich oft auf meiner Fahrt zu Techno sehe. Meine Haare sind lang und so fettig, als hätte ich sie ein Jahr lang nicht gewaschen. Mir fehlen einige Zähne, meine blutunterlaufenen Augen mit den fünfcentstückgroßen Pupillen springen ziellos in alle

Richtungen und mein Gesicht ist so dünn wie das eines KZ-Insassen.

Die Anzüge kommen auf mich zu, und ich habe keine andere Wahl, als eine Kampfhaltung einzunehmen.

Bevor ich einen Treffer landen kann, ergreifen mich starke Arme und werfen mich gegen den One Times Square. Als meine unmögliche Flugbahn mich zu einem Fenster im 40. Stock bringt, zweifle ich erneut an meinem Verstand – weil jetzt alle Personen auf dem Times Square kein Gesicht mehr haben und ihre Gesichtszüge durch glatte, reflektierende Oberflächen ersetzt wurden.

Ich werde gegen das Fenster geschleudert, und eine Million Glassplitter zerfetzen meine Haut.

In dem Raum erwarten mich noch mehr Anzüge.

Sie heben ihre Hände, und verspiegelte Klingen fahren aus ihren Fingern.

Ein Dutzend von ihnen kommen auf mich zu.

Ich schlage denjenigen, der mir am nächsten steht, in den Magen und wünsche mir, dass Gogi hier wäre, um die Perfektion meiner Bewegungen zu sehen, weil er stolz auf mich wäre. Leider habe ich keine Zeit, lange darüber nachzudenken. Anstatt sich wie normale Menschen vor Schmerzen zu krümmen, zerschneiden die Anzüge mein Gesicht mit ihren glänzenden Krallen.

Der Schmerz ist nicht zu überbieten, und ich verstehe etwas, was ich schon lange vorher verstanden haben sollte.

Ich habe einen Albtraum. Schon wieder.

»Sie sind vier Stunden lang bewusstlos gewesen«, berichtet mir Einstein irgendwo in meinem benebelten Hirn. »Die aktuelle Uhrzeit ist 4.37.«

Ich will gerade in Gedanken etwas Bissiges zu der künstlichen Intelligenz sagen, aber entscheide mich letztendlich dagegen. Ich hatte ihn gebeten, meinen Bewusstheitszustand zu überwachen, weil ich diese unausgegorene Idee hatte, mit meinen Albträumen zurechtzukommen, indem ich Einstein eine Frage wie »Einstein, schlafe ich gerade?« stelle. Das Problem ist, dass es mitten in einem Albtraum schwierig ist, an Einstein zu denken. Außerdem könnte ich ja theoretisch auch Einsteins Antwort träumen, wenn mein Albtraum besonders kreativ wäre.

Meine Augenlider fliegen auf, und ich blicke in Adas bernsteinfarbene Augen.

»Wieder ein Albtraum?«, fragt sie flüsternd, nimmt mein Gesicht in ihre Hände, und auf ihrem Gesicht sehe ich ein besorgtes Stirnrunzeln.

»*Da*«, flüstere ich und versuche, gegen die Müdigkeit anzukämpfen. Dann fällt mir auf, dass ich gerade Russisch gesprochen habe, und ich sage auf Englisch: »Der zweite heute Nacht. Das ist ein Rekord.«

»Wirst du wieder verfolgt oder hat dein Vater versucht, dich umzubringen?« Sie setzt sich hin, und der Anblick ihres hübschen Oberkörpers ist eine wirkungsvollere Ablenkung von dem Albtraum als alles, was sie sagen könnte.

»Verfolgt.« Ich zwinge mich dazu, mich auf ihr Gesicht zu konzentrieren. Ich weiß, was sie gleich sagen wird, aber die Wahrheit kann eine lästige Angewohnheit sein, also füge ich hinzu: »Ich habe mich in letzter Zeit häufig so gefühlt.«

»Wirst du dir jetzt endlich professionelle Hilfe suchen?« Wie bei ihren vorherigen Überzeugungsversuchen setzt Ada die Hundeaugen-Taktik ein, um es mir extrem schwer zu machen, Nein zu sagen.

»Psychiater haben meiner Mutter nicht geholfen, als sie Hilfe brauchte«, erinnere ich sie. »Davon ganz abgesehen, was ist, wenn ich *wirklich* verfolgt werde?« Wir hatten diese Unterhaltung bereits, und man benötigt keine erweiterte Intelligenz, um zu erkennen, dass ich diese Schlacht verlieren werde.

»Gogi denkt nicht, dass du verfolgt wirst.« Ada richtet ihr schlaffes Haar zu einer traurigen Imitation ihres üblichen Irokesen auf. »Und die Albträume von deinem Vater sind …«

»In Ordnung«, sage ich. Auf eine gewisse Art und Weise bereite ich mich darauf vor, nachzugeben und einige Tage lang zu einem Psychiater zu gehen. »Ich werde zu ihm gehen.«

»Ihr«, verbessert mich Ada. »Dr. Golovasi.«

»Natürlich heißt sie so.« Ich lache, weil der Name der Psychologin wie das russische Wort *Golova* klingt, das *Kopf* bedeutet. »Deine Ärztin hat Glück gehabt, dass sie keine Proktologin ist.«

Ada lacht kurz auf. Ihr Russisch hat sich in den letzten fünf Monaten verbessert, also hat sie meinen Witz zweifellos verstanden. »Dein Termin ist heute um 11.00 Uhr. Jetzt lass uns weiterschlafen, damit du dich genügend ausruhen kannst.«

Dass sie den Termin bereits vereinbart hat überrascht mich nicht. Entweder hat sie ihn gerade mit ihrem AROS-Interface – Augmented Reality Operating System – vereinbart oder, was wahrscheinlicher ist, schon vorher in der Hoffnung – oder der Überzeugung –, dass sie mich überzeugen würde, zu gehen. Wahrscheinlich hat sie ihn sogar vor Monaten vereinbart und ihn jeden Tag verschoben, während sie langsam meine Abwehr untergrub.

Wir beide gähnen und begeben uns in die Löffelchen-Stellung, in der ihre zarte Gestalt perfekt in meine Umarmung passt.

Wie auf Stichwort spüre ich einen kleinen, warmen Körper, der von hinter meinem Hals kommt und sich ankuschelt. Es ist Mr. Spock. Er knirscht friedlich in einer Monster-Knusper-Session mit seinen Zähnen, was mir sagt, dass er im Rattennirwana ist. Ich starte eine neue Version der EmoRat-App, was es mir ermöglicht, dasselbe zu fühlen wie mein haariger Freund – eine glückselige momentane Ruhe, um die wir Menschen, zumindest wir New-Yorker-Typen, ihn nur beneiden können. Er ist glücklich darüber, heute Nacht mit den andren Ratten bei uns im Bett zu sein, auch wenn sich die anderen vor Ada gekuschelt haben.

»Gute Nacht«, sage ich. Ich hätte fast »Ich liebe dich« hinzugefügt, aber dann halte ich mich zurück.

Bevor wir zusammengezogen sind, haben Ada und ich uns gesagt, dass wir uns lieben, dass wir das erste Mal solche Gefühle für jemanden haben. Leider habe ich auch erfahren, dass Ada sehr speziell ist, wenn es um das L-Wort geht. Sie will Gesten sehen, die die Liebe zeigen, und nicht ständig diese Worte hören. Aus irgendeinem Grund findet sie sie kitschig. Ich vermute ja, dass *sie* einen Psychiater zu diesem Thema aufsuchen sollte, aber wenn sie den Satz nicht von mir hören möchte, werde ich einfach mitspielen. Ich sage ihn dann einfach zu einem besonderen Anlass wie unserem zwanzigsten Jahrestag, und es wird sich viel intensiver anfühlen – ich nehme an, dass Ada dann soweit sein wird.

Ich fühle mich entspannter und konzentriere mich darauf, gleichmäßig zu atmen, bis ich nach dreißig weiteren Malen, in denen ich den Kokosnussduft von Adas Haaren einatme, einschlafe.

Wenn ich in jener Nacht weitere Albträume gehabt haben sollte, erinnere ich mich nicht an sie.

KAPITEL 2

»Dr. Golovasi wird Sie gleich drannehmen.« Die rundliche Empfangsdame macht eine Blase mit ihrem Kaugummi. »Füllen Sie diesen bitte schon einmal aus.«

Ich nehme ihr den Fragebogen ab, aber bevor ich ihn ausfülle, suche ich das WLAN und wechsele von der langsameren Verbindung über das Handy dorthin. Meine ganze Welt erhellt sich, und ich seufze innerlich über diese weitere Bestätigung, dass ich genauso abhängig vom WLAN – oder generell einer Internetverbindung – geworden bin wie eine sehbehinderte Person von ihrer Brille. Sie ist schon so stark, dass ich diesen Termin abgesagt hätte, gäbe es hier kein WLAN – natürlich ist das ein rein hypothetisches Szenario, da Ada diesen Termin gemacht hat und sie, was das betrifft, die gleiche Macke hat wie ich. Außerdem befindet sich der Arzt in Manhattan, also sollte es auf jeden Fall WLAN geben.

Ich weise Mr. Spock in Gedanken an, in meiner Tasche zu bleiben, da hier keine Haustiere erlaubt sind, bevor ich schnell die Formulare ausfülle und sie abgebe. Sobald ich mich wieder hingesetzt habe, hole ich zwei Zauberwürfel hervor und beschäftige mich damit, beide Puzzles gleichzeitig in der Speed-Version zu lösen. Nachdem ich die Würfel einige Male vermischt und gelöst habe, versuche ich das Gleiche mit verbundenen Augen, nachdem ich mir die Farbverteilung auf beiden Würfeln gemerkt habe. Diese zweite Art, die Rubik's Cubes zu lösen, ist interessanter, aber auch damit bin ich nur wenige Minuten lang beschäftigt – außerdem schaut mich die Empfangsdame komisch an. Als mich die physische Welt langweilt, nehme ich die Augenbinde ab und öffne meine Telepathie-App.

Diese App – Adas ganzer Stolz – ist wie ein Textmessenger auf Steroiden und Amphetaminen. Sie benutzt Brainozyten, um die Regionen im Gehirn zu aktivieren, die dem Empfänger der Nachricht das unheimliche Gefühl geben, den Gedanken, den er vom Sender erhält, in seinem Kopf zu hören. Der Sender kann den Gedanken auch mit einer Reihe von vorkonfigurierten Gefühlen unterlegen – wie Emoticons, aber viel cooler, weil man sie spüren kann. Außerdem haben Mitya, Ada, Muhomor und ich eine statistisch optimierte Sprache entwickelt, die es uns ermöglicht, uns schneller und effektiver via elektronischer Kommunikation zu verständigen – was die Telepathie-App einschließt.

Wir nennen diese neue Sprache Zik, kurz für *yazik* – Russisch für *Sprache*. Zik ist so knapp wie möglich, weshalb es genau wie im Russischen keine Artikel wie »ein«,

»eine« und »der«, »die«, »das« gibt. Das Zik-Alphabet, falls man es so nennen kann, ist ein Binärsystem, das heißt, es besteht aus Zahlen, für deren Darstellung nur zwei verschiedene Ziffern benutzt werden. Wir haben die am häufigsten genutzten russischen und englischen Worte genommen und ihnen je nach Gebrauch eine binäre Nummer zugeordnet. Die am wenigsten benutzten Worte bekommen die höheren Zahlen und deshalb längere binäre Zahlenfolgen, während die am häufigsten benutzten Worte kleinere Zahlen und somit kürzere Darstellungen erhalten. Das Wort »haben« zum Beispiel, das neunte Worte in der Gebrauchshäufigkeit, ist einfach die Binärzahl von neun – 1001. Etwas wie »versteifen«, was kein besonders langes Wort ist, erhält in Zik die Binärzahl von dreißigtausend: 11101010100110000. Die Zahl wäre auch noch höher, wenn Mitya keine Vorliebe für Schwanzwitze hätte, was die Wahrscheinlichkeit erhöht, dass das Wort benutzt wird. Nur zur Verdeutlichung: das echte englische Wort »haben« ist, wenn es in ASCII dargestellt wird – einer Form, wie das Alphabet in Computern kodiert werden kann –, eine umwerfende 01101000 01100001 01110110 01100101. Das mag für einen Laien kein großes Ding sein, aber eine kleinere binäre Zahl zu benutzen beschleunigt die Kommunikation zwischen Menschen mit einem erweiterten Gehirn enorm.

Auf jeden Fall ist es, seit wir Zik haben, zu einer Qual geworden, auf die altmodische verbale Art und Weise mit Menschen zu sprechen. Ich bin ständig versucht, dieses Zeitlupen-Gerede meiner Investoren zu unterbrechen, weil ich in der Regel nach dreißig Prozent des Satzes weiß, was die Person sagen wird.

»Hallo, mein Schatz«, begrüßt mich Ada telepathisch auf Zik. Ein warmes, kuscheliges Gefühl, das in dieser App das Äquivalent für den Smiley mit den Herzen ist, begleitet ihre Worte.

Emoticons sind in Zik ebenfalls Nummern. Das mag sich kalt anhören, bis man sich überlegt, dass die Standard-Smileys, die sich alle schicken, fast nur aus den Zeichen „:" und „)" oder der Binärzahl 00111010 00101001 bestehen. Zik kann die Emoticons sogar intensivieren und lässt eine weite subtile Spannbreite im emotionalen Subtext zu.

»Hi, Baby«, antworte ich und unterlege meine Nachricht mit dem Zik-Äquivalent eines Zwinkerns. »Ich bin in der Praxis der Psychiaterin, falls du dachtest, dass ich in der letzten Minute einen Rückzieher machen würde.«

Adas Avatar erscheint vor mir in der Luft. Sie hat sich dafür entschieden, wie ein schelmischer Kobold auszusehen, also muss es wieder Montag sein.

»Hast du was dagegen zu sharen?«, fragt sie und bewegt ihre Hand wellenförmig um ihren Körper.

Sie bittet mich, die relativ neue App zu öffnen, die wir Share nennen. Wenn diese App läuft, kann Ada sehen und hören, was ich sehe und höre – so ähnlich wie die Rattenversion, die sie für Mr. Spock und seine Artgenossen entwickelt hat.

Ich aktiviere die App, und der Kobold schaut sich im Raum um.

»Du bist noch nicht im Behandlungszimmer.« Adas Stimme hallt durch das Wartezimmer. Natürlich ist ihre

Stimme nicht wirklich hier, sondern die Brainozyten stimulieren einfach nur das Hörzentrum in meinem Gehirn. Genauer gesagt ist es eine Zik-Nachricht, die unsere neue erweiterte Version der Telekonferenz-App in ein Spracherlebnis verwandelt. Wir »sprechen« jetzt sogar, wenn wir uns in Hörreichweite befinden und nicht in der Öffentlichkeit. In der Öffentlichkeit sprechen wir laut, damit die Menschen nicht denken, dass wir ein komisches stummes Paar sind, das nicht einmal die Zeichensprache benutzt.

»Der Termin ist um elf. Jetzt ist es 10.58 Uhr auf der Uhr dort drüben.« Ich nicke in Richtung der digitalen Uhr an der Wand. Für Ada sieht mein Avatar aus wie Misha, der Bär, der bei den olympischen Sommerspielen 1980 in Moskau das russische Maskottchen war und außerdem mein Namensvetter ist. »Ich nehme an, die Ärztin wird pünktlich sein.«

»Toll, dann haben wir ja zwei Minuten herumzubekommen. Zeit genug für eine Unterhaltung«, meint Ada laut, aber sie muss die Telepathie-App benutzt haben, weil ich eine Art Selbstgefälligkeit spüre. Ich bin immer noch nicht so gut wie Ada im Interpretieren der emotionalen Subtexte.

Mit unseren derzeitigen Gehirnerweiterungen sind zwei Minuten viel Zeit für eine Unterhaltung, ganz besonders für eine leichte. In den letzten fünf Monaten hat Mitya einigen seiner Unternehmen High-End-Server entzogen, um diese Ressourcen in das Projekt der Gehirnerweiterung zu stecken. Das hat uns diese ganzen kognitiven Fähigkeiten ermöglicht, die wir immer noch zu nutzen lernen. Wir haben Mityas Server akzeptiert, weil Geldverdienen mit der erweiterten Intelligenz so leicht für uns geworden ist, dass wir die betroffenen Unternehmen problemlos kompensieren können. Und selbst ohne das Geld wäre es besser für die Unternehmen, weil wir unsere erweiterte Intelligenz dazu genutzt haben, Ersatzserver zu entwickeln, die diejenigen, die wir uns ausgeliehen haben, um Längen übertreffen. Viele dieser Super-Server befinden sich derzeit schon in der Pipeline der größten Hersteller. Unter der derzeit erhältlichen neuen Hardware sind die Braino-Server, die mit IBMs speziellen und hochexperimentellen neurosynaptischen Computerchips gebaut werden, wahrscheinlich das Highlight. Wenn man Muhomor fragt, würde er wahrscheinlich sagen, dass unsere beste Hardware Qecho ist. Der 100-qubit-Quantencomputer wird als solcher noch nicht für Gehirnerweiterungen benutzt, aber er hilft uns dabei, verschiedene wichtige und schwierige Probleme zu lösen, die auch die Verschlüsselung und Entschlüsselung gesicherter Nachrichten einschließen – ein Bereich der Computerwissenschaften, bei dem Muhomor das bekommt, was normale Männer eine Erektion nennen würden.

»Ja, wir können chatten«, antworte ich Ada. »Mir war sowieso schon langweilig.«

»Ach?« Adas Avatar sieht noch verschmitzter aus. »Du machst gerade nicht mehrere Sachen auf einmal?«

»Natürlich tue ich das. Ich programmiere gerade mit Mitya.«

Einer der coolsten Vorteile der zusätzlichen Intelligenz ist die Fähigkeit, meine Aufmerksamkeit auf eine Weise zu teilen, die ohne Gehirnerweiterung nicht möglich wäre.

Deshalb kann ich auch Mityas Programmieren virtuell beobachten und ihm ein Feedback zu der App zu geben, die er gerade schreibt, während ich hier sitze und mit Ada rede. Mityas App wird es jemandem mit Brainozyten erlauben, das neueste Modell des Roomba-Reinigungsroboters mit Gedanken zu steuern. Das gemeinsame Programmieren und meine Gehirnerweiterung sind der Grund dafür, dass ich viel besser im Kodieren geworden bin, auch wenn ich mich hauptsächlich darauf konzentriert habe, Open-Source-Projekten im Internet zu helfen, anstatt Programme für die Brainozyten zu schreiben.

»Sag mir Bescheid, wenn du möchtest, dass ich für dich übernehme.« Ada sendet diese Nachricht telepathisch, aber ihre Lippen bewegen sich so, als würde sie sprechen. »Das Gespräch mit der Ärztin könnte deine gesamte Aufmerksamkeit beanspruchen.«

»Ich werde vielleicht darauf zurückkommen«, antworte ich ihr. »Ich könnte die Zeit dafür nutzen, um meine Psychologiekenntnisse aufzufrischen.«

An dem Tag, an dem ich begann zu vermuten, dass Ada die Geh-zum-Psychiater-Diskussion gewinnen könnte, habe ich einige Lehrbücher gelesen, aber da es ein weites Feld ist, könnte ich besser vorbereitet sein.

»Sei bloß kein Klugscheißer.« Adas Gesicht sieht zu ernst aus für einen Kobold. »Google nach zu urteilen ist sie die Beste in NYC.«

»Okay, aber ich bin immer noch skeptisch«, antworte ich in Gedanken. »Wie viel kann ich ihr sagen? Nach dem, was ich über ärztliche Schweigepflicht weiß, ist alles außer der Planung eines Verbrechens geschützt, aber du weißt, wie kompliziert es mit …«

»Sag ihr so viel du musst, damit sie ihren Job erledigen kann.« Adas Avatar fliegt näher zu mir.

»Aber das könnte den Brainozyten-Klub einschließen«, warne ich sie.

Mitya, Ada, Muhomor und ich nennen uns so. Wie in *Fight Club* ist die wichtigste Regel des Brainozyten-Klubs, dass man nicht über ihn redet – eine Regel, der wir leicht folgen können, da wir ja die Telepathie-App nutzen.

»Solltest du es müssen, kannst du ihr ja von den Brainozyten erzählen«, antwortet Ada telepathisch. »Sollte das Thema allerdings nicht aufkommen, sprich es nicht an.«

»Trotzdem, ich habe ein Verschwiegenheitsabkommen, das Kadvosky erarbeitet hat.« Ich ziehe den Zettel aus meiner hinteren Hosentasche und betrachte das Juristendeutsch, das man selbst mit einem erweiterten Gehirn nicht problemlos entschlüsseln kann.

Die Kadvosky-Kanzlei ist die bekannteste und nicht zufällig die teuerste Kanzlei der Welt. Mr. Kadvosky ist der Allerbeste, und Mitya hat bei ihnen ein gutes Wort eingelegt, damit ich Kadvosky immer nutzen kann, wann ich will. Als ich um das Verschwiegenheitsabkommen gebeten habe, habe ich mehr über die Standardschutzmaßnahmen aus gesetzlicher Sicht erfahren, als ich wollte, und noch einen Extra-Schutz bekommen, wie dieses Dokument beweist.

»Das könnte zu viel des Guten sein und sie abschrecken, mit dir zu arbeiten.« Der Kobold-Avatar verschränkt seine

Arme und zieht seine Augen zusammen. Ada will offensichtlich nicht, dass ich diesen Termin versaue. »Versprich mir, dass du dein Bestes geben wirst, damit es reibungslos läuft.«

Die Empfangsdame lässt ihre Kaugummiblase zerplatzen. »Dr. Golovasi wird sie jetzt drannehmen.«

»Glück gehabt«, murmelt Ada.

Ich stehe auf und nähere mich der Tür ihres Zimmers mit einer unverhältnismäßig großen Angst. Ich fühle mich, als ginge ich zum Zahnarzt und nicht zum Psychiater. Ich überlege, BraveChill zu starten, eine Anti-Angst-App, die Ada und ich zusammen entwickelt haben. Sie arbeitet mit dem neuronalen Netzwerk, das die Großhirnrinde mit dem Nebennierenmark verbindet – dem Organ oberhalb der Nieren, das für schnelle körperliche Reaktionen in stressigen Situationen verantwortlich ist. Danach weise ich mich zurecht. Unter diesen Umständen BraveChill zu nutzen wäre wie Raketen als Feuerwerk zu benutzen. Apps als Medikamente zu nutzen kann genauso abhängig machen wie echte Medikamente, und was ich gar nicht gebrauchen kann, sind Abhängigkeiten.

Ich entschiede mich für die natürliche Methode, atme tief ein und aus und gehe in das Zimmer, in dem Dr. Golovasi auf mich wartet.

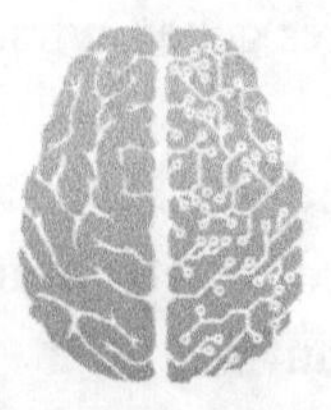

KAPITEL 3

Wenn ich derart nervös bin, höre ich automatisch auf, mehrere Dinge auf einmal zu machen und konzentriere mich auf meine Umgebung, da ich bekannt dafür bin, auf naheliegende Objekte zu treten. Einmal wäre ich beinahe auf den wirklichen besten Freund des Menschen getreten – eine Ratte.

So konzentriert zu sein gibt mir einen unnatürlich vollständigen Überblick über den Raum, in dem ich mich befinde. Ich nehme Details wahr, die ich normalerweise erst nach zehn Minuten intensiver Betrachtung wahrnehmen würde. Ich schätze das Alter jedes einzelnen Möbelstücks und versuche herauszufinden, wann der zentrale Luftfilter gewechselt werden muss. Ich stelle eine Vermutung darüber an, wann in dem Raum das letzte Mal Staub gewischt wurde, und da Staub zum Großteil aus toten Hautzellen besteht, berechne ich, wie viele Patienten die Psychiaterin seit der letzten Reinigung gesehen hat.

Schließlich komme ich zu den antiken Bücherregalen aus Mammutholz, die das Büro umgeben, und katalogisiere jeden Titel mental, um ihn später nachzuschlagen. Ich entdecke auch den Artikel, den der Arzt in der *New York Times* auf dem kleinen Tisch las, bevor ich einen Blick auf die Ärztin selbst werfe – und mich sofort erleichtert fühle.

Wenn meine erste Lehrerin, Lydia Petrovna, sich mit Mary Poppins und Mrs. Doubtfire paaren würde, würde dieses seltsame hybride Kind nach seinen Wechseljahren genauso aussehen wie Dr. Golovasi. Anstatt Angst zu haben, habe ich plötzlich das Gefühl, dass ich mein Gemüse essen und Geometrie lernen sollte – und das wiederum bringt mich dazu, sie anzulächeln. Es ist merkwürdig, wie schwer es ist, sich nervös zu fühlen, wenn man mit jemandem mit einem so freundlichen Funkeln in den Augen konfrontiert wird.

Dr. Golovasi bemerkt mein Lächeln und erwidert es im Gegenzug. Ihre Zähne sind so toilettenweiß, dass ich wetten könnte, sie leuchten in Schwarzlicht hellviolett. Sie steht auf und bietet mir ihre Hand an. »Nett, Sie kennenzulernen, Mr. Cohen.«

»Schön, Sie kennenzulernen, Dr. Golovasi.« Ihre Hand ist so warm wie ihr Gesicht. »Bitte, nennen Sie mich Mike.«

»Okay, Mike. Bitte nennen Sie mich Jane.« Sie deutet auf die plüschige, dick gepolsterte Couch.

»Natürlich«, antworte ich, während ich mich hinsetze und mich frage, warum es mir so schwerfällt, mir vorzustellen, sie Jane zu nennen. In der russischen Tradition wäre die Tatsache, eine ältere Ärztin Jane zu nennen, anstatt sie mit ihrem vollen Namen samt dem Vatersnamen anzusprechen, gleichbedeutend damit, sie nicht zu siezen. Beide Varianten sind Protokollbrüche und fühlen sich falsch an, vor allem angesichts ihrer Ähnlichkeit mit meiner Lehrerin aus der ersten Klasse.

Die Ärztin setzt sich auf ihren Stuhl, und ihr Blick umhüllt mich wie eine warme Decke.

»Ich … Bevor wir beginnen … ähm … möchte ich, dass Sie eine Geheimhaltungsvereinbarung unterzeichnen«, sage ich, stehe wieder auf und raschele mit dem Papier in meinen Händen. Ich fühle mich wie ein kompletter Idiot. »Ich weiß, das ist vielleicht nicht sehr orthodox, aber ich bin eine sehr zurückgezogene Person, und wenn es Ihnen nichts ausmacht …«

Die Augenbrauen von Dr. Golovasi heben sich. »Das ist ein sicherer Ort. Alles, was Sie mir hier sagen, ist bereits vertraulich.«

»Das weiß ich«, sage ich und fühle mich noch mehr wie ein Arschloch. »Aber dieses Dokument sollte die Ernsthaftigkeit meines Bedürfnisses nach Diskretion unterstreichen. Auf diese Weise kann ich zivilrechtlich vorgehen, sollte …«

Ich beende meinen Gedanken nicht, weil ich sehe, wie sich die Augenwinkel der Ärztin leicht in Falten legen.

»Das läuft doch gut.« Adas telepathische Botschaft ist vollgestopft mit Sarkasmus. »Du hast gerade eine nette alte Dame bedroht.«

Welche Zweifel Dr. Golovasi auch immer gehabt haben mag, sie verschwinden aus ihrem Gesicht, und sie sagt: »Bitte, lass mich einen Blick darauf werfen.«

Ich gebe ihr das Papier und schlendere zurück zum bequemen Sofa.

Dr. Golovasi setzt die Lesebrille auf, die um ihren Hals hängt.

Das erinnert mich an die zweitnetteste Person aus meiner Kindheit – eine Bibliothekarin, die mir in der Mittelschule immer die neuesten wissenschaftlichen Artikel beiseitegelegt hat.

Da ich, solange die Ärztin liest, noch ein wenig Zeit habe, kontrolliere ich den Code von Mityas App, schreibe eine Funktion für das Open-Source-Projekt, das ich unterstütze, verwalte meine Finanzen, kaufe einige Dinge auf Amazon, stelle für das Portfolio meines Fonds Nachforschungen zu einigen Unternehmen an, überfliege die E-Book-Versionen einiger interessanter Bücher, die ich in Dr. Golovasis Bücherregal gesehen habe, lese einige Artikel in der Zeitschrift *IEEE Journal on Selected Areas in Communication*, einen Artikel in *Advances in Physics* und schreibe eine Idee auf, die ich gerade hatte.

»Hey, Ada«, sage ich in Gedanken. »Schau dir mal meine Notiz an. Ich glaube, ich habe herausgefunden, wie wir einen Transistor entwickeln können, der die Energie aus seiner Umgebung ziehen kann. Wenn meine groben Kalkulationen stimmen, würde das einen extrem niedrigen Stromverbrauch bedeuten.«

»Sie ist fertig.« Adas Stimme ist so laut, dass ich den Eindruck habe, meine Ohren klingeln. »Konzentriere dich jetzt auf die Sitzung. Die Transistoren können warten.«

»Okay, Mike.« Dr. Golovasi schiebt ihre Brille weiter auf der Nase nach oben, nimmt einen Stift hervor und unterzeichnet das Verschwiegenheitsabkommen. »Hoffentlich fühlen Sie sich damit sicher hier.«

Ich nehme den Vertrag, setze mich wieder hin und schaue die Ärztin an.

»Auch wenn das überflüssig erscheinen mag, muss ich Sie trotzdem auf Ihre Privilegien als Patient hinweisen«, sagt sie, bevor sie ihre Erklärung darüber beginnt, dass sie ethisch, professionell und rechtlich verpflichtet ist, alles für sich zu behalten, was ich ihr sage, ausgenommen, ich habe vor, mich oder andere zu verletzen. Sie beendet ihre Erklärung mit: »Haben Sie Fragen dazu?«

»Nein, Dr. Golovasi, ich habe es verstanden.« Was ich nicht hinzufüge, ist, dass mein Verschwiegenheitsabkommen mich wahrscheinlich auch in dem unwahrscheinlichen Fall schützen würde, wenn ich ihr gegenüber erwähnen würde, dass ich vorhabe, jemandem etwas anzutun.

»Bitte nennen Sie mich Jane«, sagt sie und nimmt ihre Brille ab.

»In Ordnung«, antworte ich und sende Ada in Gedanken die Nachricht: »Sei mir nicht böse, aber ich verabschiede mich jetzt von dir.«

»Viel Glück«, meint Ada, ohne sich verletzt anzuhören.

Ich schließe meine Share-App und Mr. Spocks Version (da Ada auf ihn zugreifen kann und es auch tut) und sage laut: »Ist das der Teil, wo ich mich hinlege und über meine Gefühle spreche?«

»Wenn Sie sich dabei wohler fühlen.« Dr. Golovasi lächelt mich verschmitzt an. »Warum fangen Sie nicht damit an, mir zu sagen, warum Sie hierhergekommen sind?«

»Ich bin mir nicht einmal sicher, ob ich hier sein muss.« Ich entscheide mich dafür, doch lieber sitzen zu bleiben.

Sie nimmt einen Notizblock und einen Stift zur Hand. »Allein die Tatsache, dass Sie hierhergekommen sind, beweist, dass Sie hier sein müssen«, sagt sie sanft.

Für mich ist es eher die Tatsache, dass ich nicht auf ihre Grußkarten-Weisheit eingehe, die beweist, dass ich hier sein muss, aber das sage ich nicht. Stattdessen beschließe ich, es mit einem vorsichtigen »Mein größtes Problem sind meine Schlafstörungen« zu versuchen.

Sie möchte eine genauere Erklärung, und ich erzähle ihr, dass ich seit Monaten jede Nacht wirklich schlimme Albträume habe.

»Wir kommen gleich darauf zurück.« Sie schreibt etwas auf, wahrscheinlich *Ja, ein Fall für einen Psychiater*, bevor sie wieder aufschaut. »Beschäftigt Sie sonst noch etwas?«

»In letzter Zeit bekomme ich leicht Angstgefühle«, gebe ich zu. »Manchmal passiert das grundlos, aber ich denke, das ist einfach eine Folge des Schlafmangels. Außerdem bin ich nervös und leicht reizbar, und meine Freundin denkt, dass ich die schlechten Seiten meines Lebens übertreibe. Aber alle diese Dinge können auch von der Schlaflosigkeit verursacht werden.«

Ich höre auf zu reden, aber Dr. Golovasi sieht mich erwartungsvoll an, und ihre Geduld erinnert an die eines buddhistischen Mönchs. Ihre Körperhaltung sagt: *Okay, das ist ein guter Anfang, aber spucken Sie endlich die wirklich interessanten Details aus.*

Ich schweige einige weitere Augenblicke, bevor ich beschließe, es auszuspucken. »Ich erlebe außerdem erneut einige schreckliche Ereignisse, in die ich kürzlich verwickelt war. Ich habe starke Schuldgefühle, auch wenn ich denke, dass es eine gerechtfertigte Reaktion ist.«

Dr. Golovasis linke Augenbraue zieht sich leicht in die Höhe, so als wolle sie sagen: *Okay, ich will definitiv mehr über diese schrecklichen Ereignisse erfahren, aber ich habe den Eindruck, dass du mir immer noch etwas verschweigst.*

Ich hole Luft und fahre fort. »Ich nehme an, dass das Problem ist, dass ich mich häufig so fühle, als würde ich verfolgt werden«, sage ich.

Das durchbricht ihre ruhige Fassade. »Warum denkst du das?«, fragt sie interessiert, wobei sie sich nach vorn beugt – etwas, was ich als ein schlechtes Zeichen werte.

Die Ärztin scheint zu bemerken, dass sie zu viele Gefühle gezeigt hat, und führt ihre Hände vor ihrem Gesicht zusammen, bis sich die Fingerspitzen berühren – eine Geste, die jemanden ohne ein derart übertaktetes Gehirn wie dem meinen getäuscht hätte. »Warum sagen Sie, dass dieses Gefühl, verfolgt zu werden, ihr größtes Problem ist?«, hakt sie nach.

»Na ja, zum einen, weil niemand glaubt, dass ich verfolgt werde«, sage ich und wünsche mir, dass ich in Zik kommunizieren könnte, um meine Worte mit einer großen Dosis Zögern zu untermalen und gleichzeitig die Dinge zu beschleunigen.

»Sie haben den Menschen, die Ihnen nahestehen, davon erzählt?« Ihre Stimme hört sich zufrieden an. »Aber Sie sind nicht glücklich mit ihrer Reaktion?«

»Ich habe nur meinem Bodyguard und meiner Freundin davon erzählt«, antworte ich. »Und ja, es nervt, dass sie mir nicht glauben.«

Sie muss andere Patienten mit Bodyguards haben, weil sie mich einfach nur erwartungsvoll ansieht und ausstrahlt: *Jetzt fahr schon fort.*

»Okay, ich habe es nicht einmal meiner Mutter erzählt.« Ich hole Luft und atme wieder aus. »Das Problem ist, dass ich erst vor kurzem erfahren habe, dass meine Halbschwester an paranoider Schizophrenie leidet.«

Sobald ich diese Worte ausspreche, wird mir klar, dass ich das mir gegenüber nie eingestanden habe. Ich habe mich nicht getraut, dieses Gefühl, verfolgt zu werden, mit den Nachforschungen über meine Halbgeschwister in Verbindung zu setzen – die Kinder, die mein verstorbener Vater mit der Frau hatte, mit der er vierzig Jahre lang verheiratet war. Nach den Ereignissen in Russland habe ich herausgefunden, dass ich einen Halbbruder namens Konstantin, oder Kostya, habe und eine Halbschwester namens Masha. Kostya hat sich als einer der sogenannten neureichen Russen entpuppt. Er hat eine Menge Geld im Ölgeschäft gemacht und dann in ein Internet-Start-up investiert, das später explosionsartig gewachsen ist. Er ist nicht verheiratet, wahrscheinlich, weil er einen großen Teil seiner Zeit und seines Geldes in Mashas Pflege investiert.

Meine Halbschwester glaubt, dass Poltergeister hinter ihr her seien. Das habe ich erfahren, als sich Muhomor in den Rechner der Klinik gehackt hat, in der Kostya sie untergebracht hat. Zu Mashas Verteidigung muss ich sagen, dass in den Achtzigern viele Russen an Poltergeister glaubten, vielleicht teilweise deshalb, weil es in der russischen Folklore eine mystische Kreatur namens *Domovoi* gibt, einen oft frechen, aber freundlichen Hausgeist. Der Geist, von dem meine Schwester glaubt, dass er sie verfolge, ist allerdings angsteinflößender als der relativ harmlose Domovoi. Letztes Jahr hat Masha versucht, sich das Leben zu nehmen, aber behauptet, dass es der Geist war. Es war ihr sechster Selbstmordversuch. Als Kostya ihr vom Schicksal unseres Vaters berichtet hat, hat sie sein Gesicht so stark zerkratzt, dass Narben davon zurückblieben.

Also ja, meine größte Angst ist, dass diese stressigen Ereignisse, die zum Tod meines Vaters führten, etwas in mir auslösten, so etwas wie das, was die arme Masha durchmacht.

Immerhin teilen wir ein Viertel unserer DNA.

»Ich verstehe. Es steckt also eine Geschichte dahinter«, meint Dr. Golovasi und reißt mich damit aus meinen Überlegungen. »Möchten Sie mir mehr darüber erzählen?«

»Das ist wirklich eine lange Geschichte …«

»Der Zweck der ersten Sitzung ist, dass ich mehr von Ihnen erfahre«, sagt Dr. Golovasi. »Ich bin dafür da, damit Sie mir lange Geschichten erzählen.«

Ich seufze und versuche, ihr so gut wie möglich zu erklären, was vor fünf Monaten geschehen ist. Ich erkläre ihr, wie ich meine Mutter in die Brainozyten-Studie gebracht habe und beschreibe die Entführung meiner Mutter und der anderen Patienten, unsere Reise nach Russland, die Rettung und die ganze Gewalt und die Tode, die ich dabei erlebt habe. Ich beschönige einige Dinge – besonders die Morde, die mein Cousin Joe und seine Helfer begangen haben – und ich erwähne meine Brainozyten nicht.

»Ich habe in *The Times* von der Entführung deiner Mutter gelesen.« Dr. Golovasi bewegt sich in ihrem Stuhl. »Deine Geschichte hört sich an, als würde sie bei jedem zu Schlafproblemen führen.«

Ich bin versucht zu sagen, dass Joe wie ein psychotisches kleines Baby schläft, aber stattdessen murmelte ich lahm: »Ja, es war ziemlich hart.«

»Wenigstens hast du einige neue Freunde gewonnen. Dieser Gogi und Muhomor hören sich wie interessante Individuen an.«

Ich nicke. »Stimmt, auch wenn Gogi mich die Hälfte der Zeit wie einen Kunden behandelt, während Muhomor einfach Muhomor ist.«

»Ach?« Sie beugt sich erneut in meine Richtung. »Wie meinst du das?«

»Muhomor war auch schon brillant, bevor …« Ich war gerade dabei, zu sagen »bevor er die Brainozyten bekommen hat«, aber ich ändere es in »bevor er hier in den Staaten einige Computerkurse besucht hat. Jetzt passt sein Ego kaum noch durch die meisten Türen«.

»Aber ihr seid auf einer Arbeitsebene verbunden?« Sie legt ihren Kopf fragend schief.

»Nicht wirklich. Kryptografie, Muhomors Leidenschaft, ist nicht mein Lieblingsbereich der angewandten Informatik. Also ist das nichts, über das wir verbunden sind. Wenn überhaupt könnten Mitya und er sich näherkommen, und ich wünsche mir, ich würde über dem Gefühl der Eifersucht stehen, aber das tue ich nicht.«

Sie sieht so uncharakteristisch interessiert an meinen Worten aus, dass ich mich frage, ob diese brüderliche Eifersucht ein Thema ist, über das sie in ihrer Doktorarbeit geschrieben hat.

»Was denkst du, tun sie zusammen, dass du nicht mit Muhomor tust?«, fragt sie und bestätigt meine Vermutung, dass sie dieses Thema interessiert.

»Muhomor hat ein geniales Kryptosystem entwickelt, das nur Mitya wirklich zu schätzen weiß«, sage ich schulterzuckend. »Meiner Freundin ist dieses Thema recht egal, und mir eigentlich auch.«

Was ich nicht erwähne, ist, dass ich im Gegensatz zu Ada versucht habe, Muhomors Arbeit zu verstehen, aber sie zu komplex war – eine der wenigen Ausnahmen, die seit einiger Zeit eine intellektuelle Herausforderung für mich darstellen. Ich habe wirklich Kopfschmerzen davon bekommen.

Anstatt beim Wort »Kryptosystem« glasige Augen zu bekommen, sieht Dr. Golovasi aus, als hätte sie sich einen Espresso in den Augapfel gespritzt. Ich erinnere mich daran, dass wir entschieden hatten, Tema – kurz für das russische Wort »Kryptosystema« – geheim zu halten, also sage ich: »Wie dem auch sei, ich glaube, ich bin ein wenig vom Thema abgekommen.«

»Sie haben recht.« Sie fuchtelt mit ihrem Stift, so als sei sie sich nicht sicher, ob sie etwas in ihr Notizbuch schreiben sollte oder nicht. »Erzähl mir, was du getan hast, um mit diesem Stress zurechtzukommen.«

»In Ordnung. Stressmanagement.« Ich habe mich so gut auf diese Frage vorbereitet, dass ich für jede Aktivität demonstrativ einen Finger ausstrecken kann. »Ich war damit beschäftigt, meiner Mutter dabei zu helfen, sich zu erholen, ich habe mit einigen neuen Hobbys angefangen, ich habe sichergestellt, eine Haustiertherapie von meiner Ratte zu bekommen und ich habe ein neues Trainingsprogramm begonnen.«

»Das ist gut, besonders das Trainingsprogramm«, sagt Dr. Golovasi, aber ich habe das Gefühl, dass sie einige Fragen zurückstellt, wie: *Hast du gerade Ratte gesagt?*

»Ja und nein«, antworte ich. »Zu meinen Hobbys gehört auch das Programmieren, was manchmal frustrierend sein kann. Ich habe auch angefangen, schießen zu lernen. Auch wenn es therapeutisch ist, ist es keines dieser typischen ruhigen Hobbys.«

»Ich verstehe.« Sie führt erneut ihre Fingerspitzen zusammen. »Dann rate ich dir eindringlich, über andere Dinge wie Yoga, Meditation und Massagen nachzudenken. Verbringe weiterhin Zeit mit deinem Haustier.« Sie hält inne und fügt hinzu: »Sex hilft entscheidend beim Stressabbau.«

Ich denke über ihre Worte nach. Die Haustiertherapie weiterzuführen ist einfach. Während wir reden, fühle ich Mr. Spock in meiner Tasche, und ich spüre die glücklichen Gedanken des kleinen Kerls, der gerade auf einem Stück getrockneter Mango kaut. Was das Meditieren betrifft, haben wir gerade eine App entwickelt, die uns dabei hilft, uns zu konzentrieren, und Mitya behauptet, sie hätte bei *seiner* Fähigkeit, zu meditieren, Wunder vollbracht, also werde ich sie ausprobieren. Ich hatte eine Ex, die versucht hat, mir Yoga näherzubringen, und Ada geht ebenfalls zum

Yoga, also könnte ich sie begleiten. Ich hasse Massagen, aber wenn es mir dabei hilft, meinen Verstand zu behalten, probiere ich es gerne aus. Vielleicht beginne ich mit einer Fußmassage?

Zum Glück ist Sex ein Teil meines Lebens, der sehr erfüllt ist. Ada und ich haben so viel Sex, dass die Kondomversorgung zu einem echten Problem geworden ist, aber ich bin mir nicht sicher, dass ich das mit dieser älteren Dame besprechen möchte, die außerdem eine völlig fremde Person ist.

So als könne sie Gedanken lesen, sagt Dr. Golovasi: »Wenn ich Sie richtig verstanden habe, möchten Sie zurzeit lieber nicht mit mir über Ihre Beziehung sprechen. Sie sollten allerdings wissen, dass das ein wichtiger Teil Ihres Lebens ist, über den wir irgendwann einmal sprechen müssen.«

»Nein, das macht mir nichts aus«, lüge ich sie genauso sehr an wie mich selbst. Ich überprüfe noch einmal, dass die Share-App geschlossen ist, und sage zur Ärztin: »Da gibt es nicht viel zu sagen. Ich denke, dass die Beziehung großartig ist. Ich liebe sie. Ich denke, dass sie toll, fürsorglich, brillant und wunderschön ist. Sie versteht mich besser als jeder Freund oder jede Freundin, die ich jemals hatte. Sie liebt mich, auch wenn sie es nicht gern sagt. Die körperliche Nähe, besonders der Sex, übertrifft meine wildesten Träume … Ich mache mir einfach Gedanken, dass sie irgendwann genug von meinen Problemen hat.«

»Warum denkst du, dass sie das haben wird?«

»Es gibt keinen Grund dafür.« Ich verschränke meine Arme vor der Brust. »Wenn überhaupt unterstützt sie mich sehr. Sie ist zum Beispiel diejenige, die den Termin für mich gemacht hat. Sie kümmert sich um mich und möchte, dass es mir gut geht. Es ist einfach nur, na ja, dass ich dieses Gefühl habe, verfolgt zu werden.«

Was ich nicht erwähne, ist, dass sich Ada in letzter Zeit ein wenig eigenartig verhalten hat und dieses veränderte Verhalten mir riesige Angst einflößt. Ich hoffe, dass ich genauso irrational paranoid bin, was Adas Verhalten anbelangt, wie wenn es darum geht, verfolgt zu werden. Trotzdem werde ich das Gefühl nicht los, dass Ada ein ernsthaftes Gespräch über etwas führen möchte, und wenn Mädchen ein ernsthaftes Gespräch wollen, ist das nie ein gutes Zeichen. Aber ich möchte das alles nicht mit der Psychiaterin besprechen. Ich bin mit ihr noch nicht warm geworden.

Als sie versteht, dass ich nichts weiter zu diesem Thema sagen werde, meint Dr. Golovasi: »Haben Sie Angst, dass Sie die Beziehung beenden würde, wenn Sie das gleiche Krankheitsbild wie Ihre Schwester entwickeln würden?«

Ich schaue auf den Perserteppich und bin froh, dass ich die Share-App beendet habe, als ich es tat. »Das ist eine meiner größten Ängste, ja.«

»Vielleicht kann ich ihre Sorgen dann zerstreuen«, sagt Dr. Golovasi, und ihre Stimme wird übertreibend beruhigend. »Nach dem, was ich gehört habe und wie ich mit Ihnen reden kann, bezweifle ich, dass Sie schizophren sind. Wenn ich eine Diagnose stellen müsste – was ich noch nicht tue –, würde ich im schlimmsten Fall sagen, dass Sie unter einer posttraumatischen Belastungsstörung leiden. Es ist aber wahrscheinlicher, dass Sie eine normale

Reaktion auf eine schreckliche Situation haben – wenn das Wort »normal« in diesem Zusammenhang überhaupt benutzt werden kann. Ich denke, weitere Sitzungen werden es uns ermöglichen, das Ganze detaillierter zu betrachten, aber ich denke nicht, dass Sie sich Sorgen machen müssen, wie Ihre Schwester zu werden.«

Ich atme erleichtert aus. »In Ordnung. Also was soll ich Ihrer Meinung nach tun?«

»Wir sollten damit beginnen, dass Sie einmal pro Woche zu mir kommen. Wir werden wie heute eine Gesprächstherapie machen und kognitive Therapie ausprobieren, um Ihre negativen Gedanken zu kontrollieren. Ich werde Ihnen auch einige Entspannungstechniken beibringen, die Ihnen helfen werden, Stresssituationen zu bewältigen. Ihre Hausaufgabe für heute ist, den Stress in Ihrem Leben so weit wie möglich zu reduzieren. Denken Sie darüber nach, mehr Zeit mit Ihren Freunden und Ihrer Familie zu verbringen. Trainieren Sie weiterhin. Beschäftigen Sie sich mit Meditation – auch wenn das etwas ist, was ich Ihnen im Laufe der Zeit gern beibringe. Entwickeln Sie gesunde Schlafgewohnheiten, indem Sie das Zimmer nur zum Schlafen und für Sex benutzen, nicht zum Fernsehen, und gehen Sie zu einer normalen Zeit zu Bett. Nehmen Sie keine koffeinhaltigen Getränke oder andere stimulierende Mittel zu sich und stellen Sie sicher, dass Ihr Schlafzimmer dunkel und frei von unerwünschten Geräuschen ist.«

»Okay«. Ich speichere meine laufende Aufnahme von allem, was ich in der letzten Stunde gesehen und gehört habe, auf den Servern, für den Fall, dass ich das, was die

Ärztin gesagt hat, zu einem späteren Zeitpunkt noch einmal abfragen möchte. Danach schreibe ich Gogi in Gedanken eine Nachricht, dass ich heute noch trainieren möchte, weil es die Ärztin angeordnet hat. Außerdem schreibe ich meiner Mutter eine Nachricht, dass ich sie heute besuchen werde, und berufe ein Treffen des Brainozyten-Klubs für später ein, da das auch von der Ärztin verschrieben wurde.

Als ich an meine Mutter denke, erinnere ich mich an einen Witz, den ich schon die ganze Zeit erzählen wollte, also sage ich: »Dr. Golovasi, haben Sie eigentlich bemerkt, dass wir seit fast einer Stunde miteinander reden und meine Mutter nicht beschuldigt wurde, dass es ihre Schuld sei?«

»Als Mutter finde ich dieses Stereotyp beleidigend«, erwidert die Ärztin und bekommt Lachfältchen an den Augen.

»Meine Mutter ist toll«, sage ich, um sicherzustellen, dass sie weiß, dass ich nur einen Witz gemacht habe. »Wenn ich ein Problem habe, ist es entweder mein Fehler oder Zufall.«

»Meiner Meinung nach hat man kein Problem, solange man seinen Job überdurchschnittlich gut macht, erfüllende Beziehungen zu seinen Freunden und seiner Familie hat und eine Liebesbeziehung führen kann«, versichert mir die Ärztin. »Wenn ich ein Auto als Metapher nehmen würde, würde ich sagen, dass Ihnen ein wenig Tuning fehlt, das ist alles.«

Ich lächele und schüttele meinen Kopf. »Normale Menschen gehen nicht zu einem Psychiater.«

»Alle sollten eine Therapie machen«, entgegnet sie. »Ich selbst gehe zu einem Psychiater, genau wie mein Sohn.«

»Bitte entschuldigen Sie, wenn ich skeptisch bin, dass eine Fachfrau mir sagt, alle sollten ihre Dienstleistung nutzen«, sage ich, aber mein Ton ist leicht.

Ein leiser Alarm ertönt, und Dr. Golovasi schaut auf ihre Uhr. »Unsere Stunde ist leider zu Ende. Wir werden in unserer nächsten Sitzung weitermachen.«

»Das war schon gut«, antworte ich ihr, und mir wird klar, dass das stimmt. Ich weiß, dass es wahrscheinlich der Placebo-Effekt ist, aber ich fühle mich etwas besser. Ich habe darüber in einem Psychologie-Buch gelesen, das ich für diesen Termin durchgenommen habe. Die Tatsache, Dinge im Leben zu ändern, führt dazu, dass man sich fühlt, als hätte man mehr Kontrolle über sein Schicksal, und das führt zu einer Erleichterung. Ich frage mich, ob ich mich im Laufe des Tages so fühlen werde, als wenn mir jemand folgt.

»Bitte sprechen Sie für den nächsten Termin mit Monika.« Dr. Golovasi steht auf und hält mir ihre Hand hin.

»Danke, Dr. Golovasi«, sage ich und schüttele ihre Hand fest.

»Bitte nennen Sie mich Jane.«

»Sehr gern.« Ich nehme an, dass ich sie in einem Jahr so informell anreden kann, wenn wir so lange weitermachen. »Bis nächste Woche.«

KAPITEL 4

»Fang an«, meint Gogi und boxt auf meine Schulter.

Ich ducke mich und sage telepathisch zu Ada: »Da ich auf dem Weg zum Haustiersitter und ins Fitnessstudio nicht das Gefühl hatte, verfolgt zu werden, würde ich sagen, dass die Therapie bereits Wirkung zeigt.«

»Das hört sich vielversprechend an«, antwortet sie und unterlegt ihre Gedanken mit Freude. »Ich würde mir allerdings wünschen, dass du mit diesem brutalen Training aufhörst.«

Ada hat viel von einem Hippie, unter anderem auch, dass sie keine Gewalt mag. Sie weigert sich, sehr gewalttätige Filme zu schauen, auch wenn einige von ihnen toll sind. Also ist es keine Überraschung, dass sie meine Ausflüge zum Schießplatz hasst und sich Gedanken über Gogis Training macht. Ich versuche, mich keinesfalls verteidigend anzuhören, als ich in Gedanken antworte:

»Die Ärztin hält es für eine gute Idee. Eigentlich hat sie sogar vorgeschlagen, dass ich mehr trainiere.«

»Ja, aber wenn die gute Ärztin dieses sogenannte Training sehen würde, wette ich, dass sie einfaches Kardiotraining oder Gewichtheben oder mein, Lieblingstraining mit einem Theraband, empfehlen würde.«

»Du meinst die Übungen, die meine Mutter macht?«, antworte ich.

Was ich nicht sage, ist, dass diese Spannbänder nicht wirklich Adas Lieblingsübung sind, wenn man bedenkt, wie sehr sie das Tanzen an ihrer Stripteasestange im Schlafzimmer liebt. Ich fühle mich nicht wohl dabei, in Gogis Gegenwart darüber nachzudenken, für den Fall, dass er meine Gedanken erraten kann und etwas dazu sagt, wofür ich ihn dann wirklich in den Hintern treten müsste.

»Nur, weil deine Mutter es macht, ist es nicht weniger cool«, widerspricht Ada, auch wenn wir beide wissen, dass sie diese Runde verloren hat. Sie entscheidet sich dazu, die Freundinnen-Karte auszuspielen. »Ich kann nicht mit ansehen, wie dir wehgetan wird.«

»Ich kann Share beenden«, warne ich sie und schlage mit meiner Faust auf Gogis Solarplexus. »Oder du kannst aufhören zuzusehen.«

»Jemand muss den Krankenwagen rufen, wenn ihr euch gegenseitig verkrüppelt«, sagt sie laut in meinem Kopf.

»Ganz wie du willst. Aber jetzt würde ich mich gern auf das hier konzentrieren, wenn es dir nichts ausmacht. Ich glaube die Aufwärmphase ist vorbei.«

»Ich bin nur eine Fliege an der Wand«, sagt Ada, und ich fühle eine mentale Trennung, die bedeutet, dass sie ihre telepathische Verbindung getrennt hat.

Ich versuche, mich zu konzentrieren, aber meine Gedanken schweifen ab, wie es häufig passiert, wenn ich beginne, meine Aufmerksamkeit auf meine physische Umgebung zu lenken. Das Dojo mit dem weißen Boden sieht heller aus und die Wände glänzender.

Um mich besser in Stimmung zu bringen, benutze ich die Musik-App und lasse Metallica als Schleife abspielen. Wie alles, was mit den Brainozyten zu tun hat, ist die Musik nur in meinem Kopf. Zum Glück, denn wenn ich meine Musik in der Lautstärke in der echten Welt hören würde, würde das Dojo zittern, und Gogi und ich hätten einen permanenten Hörschaden.

So wie im Einklang mit dem hektischen Trommelschlag in meinem Kopf hämmert Gogi auf meinen Kopf ein, aber ich trete gerade noch rechtzeitig zurück.

Ohne Gogis Wissen beschließe ich, das Ziel unserer Trainingsstunde zu erweitern, und öffne eine neue App, die nach ihrem Entwickler benannt ist – die Muhomor-App.

Der Raum sieht auf einmal unterschwellig anders aus, und ich spüre eigenartig synthetische Empfindungen, die Teil dieses Nutzer-Interfaces sind. Ich sehe die WLAN-Netzwerke in diesem Raum als ein leicht buntes Schimmern in der Luft. Neben diesen Farben besitzen diese Netzwerke auch Eigenschaften, die mich an etwas zwischen Geschmack und Geruch erinnern.

Gogi blockiert meinen Schlag mit seinem Ellenbogen und führt einen Gegenangriff durch, so dass der Großteil meiner Aufmerksamkeit bei ihm liegt, aber ich erlaube gleichzeitig Muhomors App, sich in das WLAN einzuhacken, das sich am leckersten anfühlt, falls man das so sagen kann. Die App macht kurzen Prozess mit den Sicherheitsvorkehrungen des WLANs, und sobald ich drin bin, sehe ich ein Netz aus verbundenen Geräten in der erweiterten Realität. Wie bei dem WLAN ist jedem Gerät eine Sinneswahrnehmung zugeordnet, und das hellste von allen ist die Sicherheitskamera hinter Gogi, mein Ziel von Anfang an. Einen Moment später kann ich seine Bewegungen durch die Kamera sehen.

Bald werde ich Gogi davon überzeugen müssen, mit verbundenen Augen gegen ihn kämpfen zu dürfen, damit ich so cool aussehen kann wie einer dieser coolen Charaktere aus den alten Kung-Fu-Filmen, in denen der Meister die Sinne des Schülers auf diese Weise schärft. Im Moment benutze ich das Feedback der Kamera als ein zweites Paar Augen. Dieser Trick hilft. Ich finde es viel einfacher, Gogis Beine aus diesem Blickwinkel zu sehen und springe rechtzeitig vor seinem Tritt gegen mein Schienbein weg. Gogi belohnt meine Leistung mit einem widerwilligen Grunzen.

Meinen Recherchen nach entstammen die meisten von Gogis Bewegungen einer russischen Kampfsportart, die *Systema* genannt wird. Wenn das, was ich darüber gelesen habe, stimmt, handelt es sich dabei um ein ziemlich tödliches System mit vielen kreativen Arten und Weisen, Menschen zu verletzen, was ironisch ist, wenn man bedenkt, wie unkreativ der Name dieses Kampfstils ist. Das russische Wort Systema bedeutet »System«. Gogi hat definitiv seine eigene Interpretation von Systema, allerdings mit einigen Einflüssen aus dem *Chidaoba* – einer Art georgischen Ringens. Diese Einflüsse werden deutlich, wenn Gogi seinen Gegner – normalerweise mich – auf dem Boden hat. Gogi benutzt auch manchmal Bewegungen, die von *Khridoli* inspiriert sind – einer vielseitigen traditionellen Reihe georgischer Kampftechniken, die so alt und umfangreich sind, dass sie Fechten und Bogenschießen beinhalten – genauso wie Bewegungen aus dem griechischen Ringen, die er wahrscheinlich von der verstorbenen Nadejda abgeschaut hat.

Ich weiche Gogis Versuch aus, meinen Ellenbogen zu ergreifen, und erkenne, dass ich wahrscheinlich Gogis Gefühle verletzen muss, weil ich einen anderen Trainer brauche. Mein Intelligenzschub hilft mir dabei, das Kämpfen fast genauso schnell zu lernen wie jede andere Aktivität, weshalb ich in diesen wenigen Monaten des Trainings große Fortschritte gemacht habe. Soweit ich alles von Gogi gelernt haben werde, was ich kann – was wahrscheinlich in wenigen Monaten der Fall sein wird –, möchte ich mich nicht auf seinen Stil beschränken. Wie bei Bruce Lee und vielen anderen vor und nach ihm ist es längerfristig gesehen mein Ziel, meinen eigenen Kampfstil zu entwickeln, etwas, was ich tun kann, wenn ich eine gute Auswahl an verschiedenen existierenden Kampfsportarten gesehen haben werde.

Die Tagträumereien über meinen eigenen Kampfstil beeinflussen meine Konzentration auf diesen Kampf nicht, also freue ich mich darüber, Gogi in den Lendenbereich zu treten, als ich überraschenderweise eine Lücke sehe. Auch wenn er sein Suspensorium trägt, verzieht sich sein Gesicht vor echten Schmerzen, und mir wird klar, dass ich zu viel Kraft für einen freundschaftlichen Kampf angewendet habe.

Gogis Gesicht wird rot, und ich weiß, dass die Dinge gleich ernst werden. Alles an ihm schreit: *nichts mehr mit netter Georgier.*

Er zielt auf meinen Hals, und ich drehe mich weg, um zu vermeiden, dass mein Schlüsselbein zerschmettert wird. Dann weiche ich mit Müh und Not einer wütenden Reihe von Schlägen aus. Um mich weiter in einer Abwehrposition zu halten, zielt Gogi danach auf mein rechtes Knie. Nur durch meine Kameraansicht schaffe ich es, seine Absicht zu erkennen und rechtzeitig zurückzutreten.

Gogi schnaubt etwas, von dem ich denke, dass es auf Georgisch »gut« bedeutet, und springt mich an, um mich an den Schultern zu packen.

Ich versuche, mich aus seinem Griff zu winden, aber erkenne meinen Fehler einen Moment zu spät.

Gogi ergreift meine Hüfte und führt ein Manöver durch, das er wahrscheinlich von Nadejda gelernt hat. Bevor ich verstehen kann, wie es funktioniert, fliege ich mit einer Geschwindigkeit auf die Matte zu, die selbst für meinen erweiterten Verstand zu schnell zum Abschätzen ist.

»Vorsicht«, schreit Ada, so als könne ich meinen Flug in diesem Bruchteil einer Sekunde unter Kontrolle bringen.

Ich lande auf der Seite, und Gogi landet auf mir, weshalb auch das bisschen Luft, das sich noch darin befand meine Lungen verlässt.

Ich frage mich, ob ich aufgeben sollte, aber meine Sturheit treibt mich voran.

Wenn es einen Teil von Gogis Kampfstil gibt, den ich bis jetzt noch nicht beherrsche, dann ist es Ringen.

Die Russen haben ein großes Vorurteil gegenüber Georgiern. Sie denken, dass Georgier die ganze Zeit geil und beiden Geschlechtern zugetan sind, was zu einer ganzen Reihe von Anekdoten führt – wie die Russen Witze nennen. Zufälligerweise ist die Zielscheibe dieser georgischen Witze fast immer ein Typ namens Gogi. Ich hasse Etiketten und Diskriminierung jeglicher Art, und es ist nicht so, als ob ich eine statistische Analyse über das Verhalten des typisch georgischen Mannes gemacht habe, aber diese begrenzte Stichprobe von einem Georgier, Gogi, passt zu dem russischen Stereotyp erschreckend gut. Er scheint diesen Ringen-Teil unseres Trainings auf einer Ebene zu genießen, bei der ich mich nicht so ganz wohlfühle – besonders dann nicht, wenn ich wie in diesem Moment das Gefühl habe, dass mir etwas in den Rücken sticht. Ich hoffe, dass es sich dabei um Gogis Waffe handelt oder einen Marker oder irgendetwas, was kein Zeichen davon ist, dass er zu glücklich darüber ist, mit mir zu ringen.

Ich versuche mein Bestes, um mich selbst von dem erzieherischen Wert des Ringens am Boden zu überzeugen, und beschließe, mich anzustrengen und nach Gogis Knöchel zu greifen.

Meine Belohnung ist ein leichter Tritt ins Gesicht.

Bevor ich überhaupt verstehe, was passiert, befindet sich mein Gesicht unter Gogis Achselhöhle – ein schrecklicher Ort – und ich kann mit meinen Augen nicht viel sehen.

Während ich um Luft kämpfe, schaue ich uns über die Kameraansicht an. Obwohl es so aussieht, als hätten wir rauen, perversen Sex, habe ich zu viele Schmerzen, um diese Situation auch nur eine Spur witzig zu finden. Stattdessen klopfe ich auf die Matte und ergebe mich.

Das ist der Moment, in dem ich Joe sehe, der am Eingang des Dojos steht.

»Nicht das schon wieder«, ertönt Adas Stimme. »Lauf einfach weg. Jetzt.«

»Weißt du noch, was wir letztes Mal vereinbart haben?«, erinnere ich sie. »Du hast deine Grenzen überschritten, und ich schalte die Share-App aus.«

Bevor Ada Einwände erheben kann, beende ich alle Kommunikationsanwendungen.

Mein wahrer Grund, den Kontakt mit ihr zu unterbrechen, ist die sehr reale Chance, dass ich mich selbst in Verlegenheit bringe. Ich möchte nicht, dass meine Freundin meine Demütigung erlebt.

Vorsichtshalber mache ich sogar die EmoRat-App aus. Die neueste Version der Software hat eine fast empathische Verbindung zwischen mir und Mr. Spock geschaffen, ein Feature, das mich wissen lässt, wie es dem kleinen Kerl geht und ihn wissen lässt, wann sein Verhalten mich stört. Was es selten tut. Nicht zum ersten Mal frage ich mich, ob man von einer Ratte sagen kann sie sei »so ein guter

Junge«. Auf jeden Fall könnte er durch EmoRat merken, dass ich Angst habe, und dafür gibt es keinen Grund. Wahrscheinlich spielt er mit seinen zwei Freunden, Kiki und Boss, beim Tiersitter. Kiki und Boss sind zwei eigenartigerweise rattenfreundliche Chihuahua-Brüder, für die die Eigentümer des Furry Ritz gebürgt haben. Ich denke, dass die Chihuahuas beschlossen haben, dass Mr. Spock ein Zwerghund aus ihrer Zucht ist, oder vielleicht haben sie auf der uralten Basis ein Bündnis mit der Ratte gebildet, dass der Feind des Feindes – Katzen – ein Freund ist.

Ich stehe auf, staube mich ab und bereite mich darauf vor, die Matte zu verlassen, so als sei Joe nicht hier.

»Zeig mir, was du gelernt hast.« Mein Cousin steht bereits in Kampfposition auf der Matratze.

»Ich bin schon bedient, Joe«, sage ich, auch wenn ich ganz genau weiß, dass es nicht funktionieren wird. »Ich habe heute bereits genug Blut durch meinen Körper gepumpt.« Mit einer schwachen Hoffnung probiere ich eine Lüge, die Joes Professionalität ansprechen sollte. »Ich muss mich beeilen, um pünktlich zu einem Investoren-Meeting in Midtown zu kommen.«

Anstatt zu antworten, verschränkt Joe seine Finger und streckt seine Arme so aus, dass seine Finger laut und schmerzhaft knacken.

Danach kommt er mit der Unausweichlichkeit des Eisberges der *Titanic* auf mich zu.

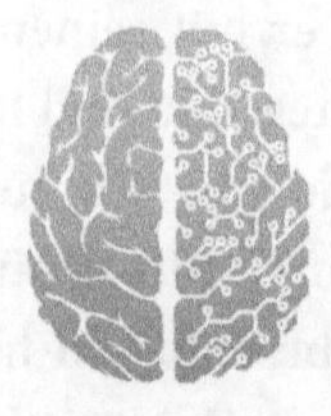

KAPITEL 5

Hinter dem Rücken meines Cousins hält Gogi die Daumen nach oben und scheint zu sagen: *Hey, ich denke, diesmal kannst du mit ihm fertigwerden. Aber falls nicht, dann ist es mir lieber, dass du sein Punching Bag bist statt ich.*

»Einstein«, befehle ich in Gedanken. »Bitte überwache meine Vitalzeichen. Sollte ich mir etwas brechen oder ich das Bewusstsein verlieren, rufe bitte sofort einen Krankenwagen.«

»Wird gemacht, Chef«, antwortet Einstein, und auch wenn er Zik benutzt, hat er irgendwie immer noch einen deutschen Akzent. »Ihr Blutdruck ist bereits erhöht. Ihr Adrenalinspiegel ist höher als normal. Ihr Koffeinlevel ist zu hoch. Sie sind …«

»Einstein, bitte rede nicht pausenlos«, sage ich und fühle mich ein bisschen schuldig, weil ich ihn unterbreche. Dann fühle ich mich ein wenig dumm wegen meiner

Schuldgefühle, da mein persönlicher Assistent eine künstliche Intelligenz ist und ich deshalb Einsteins Gefühle nicht verletzen kann. Wenn Einstein Gefühle hätte, würde ich nicht wollen, dass er sauer auf mich ist, weil er über eine Reihe von Biosensoren mit dem Namen »ein Labor auf einem Chip«, die in meinem Körper eingebettet sind, eine Menge Informationen über mich hat. Nachdem sie zwei Jahre lang in Mityas BioInfo-Unternehmen entwickelt wurden, können die Sensoren erhöhte Hormonlevel, das Vorhandensein von Alkohol und anderen Medikamenten oder illegalen Drogen feststellen und sogar einige Krankheiten diagnostizieren.

Als ich den Hauch einer Bewegung sehe, richte ich meine biologischen Augen und die Kamera auf Joe. Wenn die Intensität eines Blickes eine Person hypnotisieren könnte, würde Joe mit Sicherheit in Trance fallen. Ich mache meine Musik aus und überlege, den Kamerablick auszustellen, als Joe mit einer Geschwindigkeit zuschlägt, die eine Kobra neidisch machen würde.

Hätte ich seine Rückenmuskeln nicht durch die Kamera beobachtet, hätte ich jetzt einen angebrochenen Kiefer. Jetzt allerdings blocke ich mit meinem linken Unterarm – auch wenn mein Physiotherapeut mir geraten hat, ihm für einen Monat Ruhe zu gönnen –, und der Schmerz explodiert.

Ich ignoriere das Gefühl der aufsteigenden Übelkeit und wechsele mit einer fließenden Bewegung vom Blockieren zu einem Unterarmschlag mit meinem rechten Arm. Zu meiner Überraschung berühre ich Joes Gesicht.

Das ist das erste Mal, dass ich Joe irgendwie berührt habe, und der Hauch eines Hochgefühls durchdringt meine tiefsitzende Angst.

Der Blick in Joes eidechsenartigen Augen wird sechzig Grad eisiger als der normale emotionslose Abgrund. Aber trotzdem – und ich könnte auch gerade eine Wahnvorstellung durch den Adrenalinschub haben – sehe ich in diesen Augen auch so etwas wie Stolz. Ich habe mich gefragt, warum Joe das mit mir macht, und die netteste Schlussfolgerung, zu der ich kommen konnte, ist, dass er mir mit diesen quälenden Trainingsstunden auf harte Art seine Verwandtschaftsliebe zeigen will. Also vielleicht möchte er sichergehen, dass ich darauf vorbereitet bin, mich zu verteidigen, sollte mich ein Psychopath angreifen – und welchen besseren Weg gäbe es, mich auf ein solches Szenario vorzubereiten, als gegen ihn zu kämpfen?

Stolz hin oder her, Joes Gegenangriff ist brutal. Ich ducke mich gerade noch rechtzeitig, um eine gebrochene Nase zu vermeiden. Dann bewege ich mich zur Seite, um einen Schlag mit meiner Brust anstatt mit meinem Hals abzufangen, aber dann gerate ich ins Wanken, und ein Schlag trifft mich mitten auf der Brust.

Ich versuche gerade immer noch, mich daran zu erinnern, wie man atmet, als Joe einen Wurf ausführt, den ich meines Wissens noch nicht gelernt habe, und der Raum verschwimmt vor meinen Augen. Durch die Kamera sehe ich mir selbst dabei zu, wie ich auf die Matte fliege und auf dem Rücken lande.

»Das ist keine eindeutige Situation«, sagt Einstein. »Ihr Sauerstoffniveau ist kritisch, aber Sie sind noch bei Bewusstsein.«

Ich muss meine ganze Willenskraft aufwenden, um Einstein in Gedanken zu sagen, dass ich noch keinen Krankenwagen brauche.

Vier Hände helfen mir von der Matte hoch, und ich verstehe benebelt, dass zwei von ihnen zu Joe gehören müssen, der mir in der Vergangenheit nie hochgeholfen hat.

Ich werde zu einer Bank geführt und dort abgesetzt, um wieder zur Besinnung zu kommen.

Benommen höre ich, wie Gogi und Joe meine Fortschritte auf Russisch diskutieren, so als sei ich nicht hier.

»Das Kind hat eine schnelle Auffassungsgabe«, sagt Gogi. »Das müssen deine guten Gene sein.«

Ich kann Joes Antwort durch das hektische Pulsieren in meinen Ohren nicht verstehen.

»Bist du bei uns? Kannst du sprechen?« Gogi kommt zu mir und winkt mit seiner Hand vor meinem Gesicht hin und her, so als sei ich betrunken. »Brauchst du mich heute?«

»Vielleicht später«, antworte ich halb keuchend und halb grunzend. »Ich geh' jetzt zum Schießplatz. Ich werde mich danach bei dir melden.«

Gogi verliert sein Interesse an mir und geht zu Joe zurück. Ich höre, wie er sagt: »Lass uns einen Joint rauchen gehen. Ich habe was dabei.«

Ich bin mir nicht sicher, was mein Cousin antwortet, aber sie verlassen den Raum.

Ich verbringe die nächste halbe Stunde damit, meine Atmung zu stabilisieren, damit ich eine App nutzen kann, um mein neues Auto, Zapo 2, zu rufen. Selbst in meinem Zustand ist es nicht schwer, das Auto dazu zu bekommen, den Parkplatz zu verlassen und mich an der Tür zu treffen. Der schwierige Teil ist, zu dem Auto zu gehen, aber das schaffe ich auch.

»Einstein«, befehle ich in Gedanken, als sich die Autotür schließt. »Fahre mich zum Schießplatz.«

»Du weißt, woran du erkennst, dass du zu häufig zum Schießplatz gehst – wenn die Menschen vom Schießplatz deinen Namen kennen und wissen, was für eine Waffe du trägst und wie viele Kugeln du kaufen möchtest«, sagt Ada.

Trotz ihrer generellen Anti-Waffen-Rhetorik hat Ada einen Lara-Croft-inspirierten Avatar gewählt, um mit mir zu reden, einen mit zwei Pistolen in sexy Hüftholstern.

»Ich muss mich konzentrieren, Baby«, sage ich und schieße eine Kugel in den Kopf des großen Ziels. »Es ist ein Wunder, dass ich schießen konnte, während ich mit dir geredet und auf dein Outfit geschaut habe.«

»Das *war* ein ziemlich guter Schuss.« Adas Avatar löst sich auf. »Und du hast geschossen, ohne die Ziel-App zu benutzen und während du abgelenkt warst.«

Ich grunze zufrieden, schieße ein weiteres Mal zum Aufwärmen, und diesmal ziele ich auf das Herz. Ich treffe es sofort, und Ada klatscht, auch wenn ich ohne etwas zu sehen schwer sagen kann, ob sie mich unterstützt oder sarkastisch ist.

Als Nächstes aktiviere ich meine neueste App für den Schießplatz, und das gewöhnliche Aros-Interface weicht einem Head-up-Display, ein HUD, auf dem ich die Welt wie durch einen von meinen Lieblingsvideospielen inspirierten, speziell *Halo* und *Metroid Prime*, Science-Fiction-Helm sehe. Das HUD behält die Kugeln in meiner Pistole und meine Trefferstatistik im Überblick und besitzt außerdem unter anderem eine Blutalkoholanzeige. Ich kann auch etwas über das Ziel legen, auf das ich schieße. Heute ist es ein Bild von Joes Gesicht, aber es könnte auch genauso gut jemand anderes sein, von Osama bin Laden bis zu Barney dem Dinosaurier. Sobald Joes Bild an Ort und Stelle sitzt, drücke ich ab, und das HUD zeigt eine schöne Animation davon, wie der Kopf meines Cousins explodiert, als ich ihn mitten auf seiner Stirn treffe.

»Sehr erwachsen«, sagt Ada, als ich das Bild erneut aufrufe und ihm noch einmal in die Stirn schieße. »Alles, was du tun musst, ist, dich zu weigern, das nächste Mal gegen ihn zu kämpfen.«

Anstatt ihr zu antworten, hacke ich mich in die Sicherheitskamera des Schießplatzes und schließe die Augen.

In diesem Modus zu schießen ist etwas, was ich immer noch nicht beherrsche. Ich schieße, und alles, was passiert, ist, dass meine ohnehin schon schmerzenden Arme durch den Rückstoß noch mehr schmerzen.

Ich ziele erneut und schieße noch einmal. Die Kugel trifft nicht einmal die Seiten des Ziels aus Papier.

»Vielleicht ist es noch zu früh?«, frage ich Ada rhetorisch und aktiviere die Zielassistenten-App in einem bestimmten Kamerablick-Modus, bei dessen Entwicklung mir Mitya geholfen hat.

In diesem Kamerablick sehe ich eine Linie magisch aussehenden Lichts, die von meiner Pistole zum Ziel führt. Das Zielen wird dadurch zu einem reinen Bewegen des Armes, bis die Linie den gewünschten Teil des Ziels berührt.

Ich richte alles aus und schieße. Diesmal treffe ich genau ins Schwarze – etwas, was ich eigentlich auch ohne den Zielassistenten können möchte.

»Wenn ich hier fertig bin, besuche ich meine Mutter. Möchtest du mitkommen?«, frage ich Ada telepathisch, während ich meine Pistole neu lade.

»Ja, auf jeden Fall«, antwortet sie. »Ich denke, dass sie dort ist, wo J. C. ist, also sollte er sich nicht allzu sehr darüber beschweren, dass ich eine längere Mittagspause mache.«

Dass sie ihren Boss erwähnt, den CEO von Techno, erinnert mich daran, dass ich heute noch nicht meine geschäftlichen E-Mails gecheckt habe, also bearbeite ich sie in Gedanken, während ich ein paar weitere Runden Munition verschieße. Arbeit ist etwas geworden, was ich aus der Ferne erledige, und dem ich auch nur einen kleinen Prozentsatz meiner Aufmerksamkeit widme. Ich musste einige weitere Personen einstellen, die mich bei Routineangelegenheiten vertreten, und ich habe es glasklar für alle gemacht, mich nur zu den Meetings einzuladen, die existenzielle Konsequenzen für den Fonds haben. Solche

Arten von Problemen gibt es nur alle paar Wochen einmal. Auf jeden Fall denken meine Angestellten wahrscheinlich aufgrund meines durch die Brainozyten außergewöhnlichen Talents, gute Unternehmen für den Fonds herauszusuchen, dass ich dem Teufel das verkauft habe, was von meiner Seele noch übrig war. Es ist kein Problem für sie, nur dann mit mir zu kommunizieren, wann ich es möchte, solange meine Auswahl an Unternehmen dazu führt, dass wir obszöne Geldmengen verdienen.

»Deine Mittagspause könnte besonders lang werden«, erinnere ich Ada. »Wir gehen danach zum Treffen des Brainozyten-Klubs.«

»Ich kann virtuell daran teilnehmen, wie Mitya. Ich kann ein Teil meiner Aufmerksamkeit dem Meeting widmen, während ich in meinem Büro sitze und arbeite.«

»Nein, bitte nicht. Ich brauche dich dort. Wenn Muhomor und ich die einzigen körperlich anwesenden Personen sind, wird er es als eine Chance sehen, sich mit mir zu verbinden.« Das wäre auch keine schlechte Sache, wenn das für Muhomor nicht bedeuten würde, über seine Sammlung von Zero-Day-Exploits zu reden und mir davon zu erzählen, wie viele Hacker sein unknackbares Tema nicht knacken konnten. Oder noch schlimmer, er macht mich zu seinem Komplizen in einem Verbrechen gegen die Regierung, indem er mir die neuesten Hochsicherheitsnetzwerke mitteilt, in die er aus Spaß an der Freude eingedrungen ist.

»In Ordnung. Ich werde über deinen Wunsch nachdenken«, antwortet Ada telepathisch, und ich erfahre, dass es die Möglichkeit gibt, eine Nachricht auf diesem

Kommunikationsweg unverbindlich klingen zu lassen. »Vergiss nicht, ich habe in letzter Zeit so viel gearbeitet, dass meine Minions J. C. zu einigen Meetings gedrängt haben, und er ist mehr als nur ein wenig verärgert darüber.«

Ich mache *tztztz*. »Ja, den Chef zu einem Meeting zu überreden sollte als Entlassungsgrund angesehen werden.«

Meine letzte Kugel verschieße ich mit verbundenen Augen ohne die Apps und treffe wieder nicht. Da ich mir denke, dass Ada in Bezug auf das Klubtreffen sowieso das tun wird, was sie möchte, wechsele ich das Thema und frage: »Macht es dir was aus, auf dem Weg zu meiner Mutter Mr. Spock vom Furry Ritz abzuholen?«

Ich komme an der Tür von Mutters neuem Apartment an und klingele.

Ich musste meine ganze erweiterte Intelligenz aufbringen, um sie davon zu überzeugen, sich von mir dieses Apartment kaufen zu lassen. Jetzt wohnt sie viel näher bei mir, und ein kleiner Nebeneffekt ist außerdem, dass sie nahe genug wohnt, damit J. C. sie in seiner Mittagspause besuchen kann. Ada hatte recht: Er *besucht* meine Mutter heute – entweder das, oder jemand anderes in der Nachbarschaft fährt auch einen roten Tesla mit einem vierblättrigen Kleeblatt als Anhänger am Spiegel und einem Nummernschild mit den Buchstaben TECHNO.

Als ich den Eingangsbereich betrete, rieche ich bereits Mutters *Borscht*. Dass sie jetzt hinausgehen kann, sich einen Supermarkt in der neuen Nachbarschaft suchen kann, sich daran erinnert, alle Zutaten für den Borscht zu kaufen, weil ihr neuer und jüngerer Freund J. C. gern Borscht zum Mittagessen mag, ist nur ein kleiner Teil der unglaublichen Verbesserung durch die Brainozyten. Meine Mutter ist wieder völlig normal – und bei vielen Sachen sogar mehr als normal, da sie einige der Dinge tun kann, die sonst nur dem Brainozyten-Klub möglich sind. Weil sie eine von Technos Erfolgsgeschichten ist, ist ihr Kopf ausschließlich voller offizieller Techno-Applikationen, aber sobald ihre offizielle Behandlung in einigen Monaten vorbei sein wird, haben wir vor, ihr anzubieten, dem Klub beizutreten und alle Dinge zu nutzen, die wir entwickelt haben.

»Hallo Kätzchen.« Meine Mutter küsst aufgeregt meine Wange und fügt hinzu: »J. C. ist hier.« Bei ihr klingt J. C. wie »Jessy«, aber ihren Freund scheint das nicht zu stören.

Als ich den Raum betrete, sehe ich, dass der rothaarige CEO von Techno ein Stück dunkles Brot in seiner Hand hält, das meine Mutter in einem ukrainischen Laden in der Nähe kauft, und einem Löffel nach dem anderen von der Farmer's Market Sour Cream auf seinen vollen Teller mit Borscht gibt.

In der Mitte des Tisches liegt ein großes Schachbrett. Meine Mutter liebt es, richtige Brettspiele zu spielen, auch Schach. Ich kann die weißen Figuren sehen – wahrscheinlich J. C.s – die nach weiteren vier Zügen verloren haben werden. Dass meine Mutter wieder Schach spielen kann, ist ein weiteres herzerwärmendes Zeichen ihrer Verbesserung.

J. C. schaut mich an, und ich lächele zurückhaltend. Ich nehme an, dass unsere Beziehung recht herzlich bleiben kann, solange er keine Witze macht wie »Nenn mich Papa«.

»Bitte sag mir, dass Adachka kommt«, sagt Mama.

Bevor ich mit Ja antworten kann, klingelt es an der Tür.

Ich suche mit den Augen die Küche ab und bemerke Ada-sicheres Essen in Form von Kartoffeln und mit Erbsen gefüllten Piroggen und einem großen Salat. Der Anblick einer gekochten Rinderzunge mit Kartoffelbrei macht mich einen Moment lang stutzig, aber dann erinnere ich mich mit einem sinkenden Gefühl daran, für wen meine Mutter das kocht. So als wolle sie meine Vermutung bestätigen, höre ich, wie meine Mutter von der Tür ruft: »Abrashen'ka, Josen'ka, zieht bitte eure Schuhe aus.«

Es sind Onkel Abe – ich freue mich wirklich, ihn zu sehen – und sein Sohn Joe.

Als sie die Küche betreten, schüttelt Onkel Abe J. C.s Hand, aber Joe wirft dem älteren Mann einen Blick zu, der sagt: *Sollte meine Tante auch nur ein falsches Wort über Sie sagen, wird es das nächste Mal statt der Rinderzunge ihre Zunge geben – und sie wird während des Kochens mit Ihnen verbunden sein.*

Dann wendet Joe seine Aufmerksamkeit mir zu und schaut mich von oben bis unten an. »Wie ist das Investorenmeeting gelaufen?« Falls er sich darüber ärgert, dass ich ihn nicht zum Mittagessen eingeladen habe, lässt er sich nichts anmerken. »Ist alles in Ordnung?«

»Alles in Ordnung«, antworte ich. Ich frage mich, ob das für Joe ein indirekter Weg ist, mir zu verbieten, meiner Mutter und seinem Vater von unserem vorangegangenen

Trainingskampf zu erzählen, oder ob er wissen möchte, wie es mir geht.

»J. C., sagen wir unentschieden«, meint meine Mutter, und ich bin mir ziemlich sicher, dass sie einfach nur so tut, als würde sie ihren Sieg nicht sehen. »Das nächste Mal nehme ich Weiß.«

Ich helfe meiner Mutter dabei, das Schachbrett vom Tisch zu räumen, und wir stellen weitere Teller hin.

Es klingelt erneut, und diesmal öffne ich die Tür, da es sich nur noch um Ada handeln kann.

»Hallo, Schatz«, sagt Ada und küsst mich auf beide Wangen. »Hier ist noch jemand, der einen Kuss möchte.«

Sie nimmt Mr. Spock heraus, und er schaut mich mit dem wärmsten Gesichtsausdruck an, zu dem eine Ratte fähig ist. Während sein Schwanz wie der eines Hundes wackelt, fährt sich Mr. Spock mit seinen kleinen Pfoten über seine Schnurrhaare und läuft schnell über meine Hand. Bevor meine Mutter ihn sehen kann und wahrscheinlich in Ohnmacht fällt, gebe ich Mr. Spock einen kleinen Kuss und bitte ihn in Gedanken, sich in der Innentasche meiner Jacke zu verstecken – eine Bitte, der er immer sehr gerne nachkommt.

Wir gehen in die große Küche, und Ada blickt Joe mit zusammengekniffenen Augen an.

Es ist nicht überraschend, dass ihre telepathische Nachricht voller Verärgerung ist, als sie sagt: »Was, war das Training nicht genug? Er ist auch hier?«

»Teil der Familie«, antworte ich in Gedanken. »Zu seiner Verteidigung, Mutter freut sich, ihn zu sehen.«

Freuen könnte eine Untertreibung sein. Mutter strahlt praktisch vor Zufriedenheit, nachdem sich alle gesetzt haben, und zählt uns die Essensauswahl auf.

»Das ist unglaublich, Schwesterherz, wie immer.« Mein Onkel platziert feierlich eine Flasche Wodka, die er für den Anlass mitgebracht hat, in der Mitte des Tisches.

»Ein Toast«, sagt J. C., dem schnell klar wird, dass er in seiner Mittagspause Wodka trinken *muss*. »Auf Ninas erstaunliche Erholung.«

Als Antwort auf seine Worte schaut meine Mutter J. C. mit einer solchen Wärme an, dass ich widerwillig mein Schnapsglas anhebe und damit leicht gegen seines stoße. Onkel Abe grunzt zustimmend und stößt mit J. C. an, und selbst mein Cousin sieht so aus, als sei er weniger scharf darauf, J. C. mit seiner Gabel zu erstechen.

Ich fühle mich schuldig, weil Gogi nicht hier ist. Er liebt es, an einem Tisch mit Alkohol der *Tamada* zu sein – eine Art georgischer Toastmaster –, und seine langen Toasts sind legendär. Ich habe ihm schon oft gesagt, dass er, wenn er das Bodyguard-Geschäft verlassen würde, jederzeit seine Toasts in Hallmark-Karten verwandeln könnte.

»Gogi«, texte ich, um mein Gewissen zu beruhigen, »ich habe gleich ein wichtiges Treffen bei Kharcho. Ich könnte deinen Schutz gebrauchen.«

Ich brauche seinen Schutz nicht wirklich während des Treffens des Brainozyten-Klubs, aber wenn ich ihn einfach so zum Mittagessen einladen würde, könnte er eventuell ablehnen. Kharcho ist ein authentisches georgisches Restaurant, das einem von Gogis entfernten Verwandten gehört, also überrascht es mich nicht, als mein Leibwächter antwortet, dass er gern dort sein wird.

Alle essen das Essen, das meine Mutter zubereitet hat, und trinken dank Onkel Abes russischem Gruppenzwang einen weiteren Wodka. Ada ist die einzige Person, die keinen Alkohol zu sich nehmen muss, weil mein Onkel bereits vor Monaten aufgegeben hat, sie davon zu überzeugen, Wodka zu trinken. Ich denke, Onkel Abe hat Ada generell aufgegeben, als er erfahren hat, dass sie Veganerin ist. Wir mussten ihm sorgfältig eine Liste von Lebensmitteln erstellen, die Veganer nicht zu sich nehmen, und ich denke, dass er immer noch ein Problem mit dem Keinen-Schinken-Teil hat. Für Onkel Abe ist Adas Abneigung gegen Wodka fast normal im Vergleich zu ihrem Veganismus, und er denkt vermutlich irrtümlich, dass Ada Alkohol als Tierprodukt betrachtet – und hey, manchmal gibt es Würmer im Tequila.

»Also, wie läuft es zwischen euch beiden?«, fragt meine Mutter, und ihre Worte sind vom Alkohol leicht undeutlich. Sie stellt die Frage auf Englisch, obwohl Adas Russisch jetzt so gut ist, dass sie es verstanden hätte.

»Alles läuft großartig«, sagt Ada nach einer unangenehmen Pause. »Warum fragst du?«

Diese Pause beunruhigt mich. Das ist ein weiteres Beispiel für das eigenartige Verhalten Adas, das ich mit dem Psychiater hätte besprechen sollen. Obwohl es keine Sprachbarriere gibt, versteht Ada wahrscheinlich nicht, dass das eine indirekte Frage meiner Mutter danach ist, wann sie Großmutter werden wird, weshalb meine

Freundin diese Frage eigentlich nicht eigenartig finden sollte.

»Ich denke, ihr seid ein wunderschönes Paar.« Meine Mutter lächelt uns an und packt einen weiteren Löffel Kartoffelpüree auf Adas Teller.

»Seid ihr wirklich«, bestätigt mein Onkel. »Lasst mich einen Toast auf euch aussprechen.«

Er sagt das Äquivalent eines epischen Gedichtes, das unserer Gesundheit und Vitalität gewidmet ist, und betont, wie glücklich wir sind, uns gegenseitig zu haben.

Ich lasse mir die Worte meines Onkels nicht zu Kopf steigen. Um extra Wodka zu konsumieren, würden die Russen auf die Gesundheit aller, einschließlich toter Führer wie Lenin, trinken und jeden Feiertag als Ausrede zum Trinken benutzen, sogar etwas so Ereignisloses wie den nationalen Donut-Tag oder den Zieh-dich-wie-ein-Pirat-an-Tag.

»Wir sollten vor dem Dessert gehen«, sage ich in Gedanken, nachdem sie Mutter erklärt hat, wie voll sie ist. »J. C. ist zu betrunken, um sich über deine Mittagspause Sorgen zu machen.«

Wie um meine geheime Botschaft zu untermauern, schluckt J. C. einen weiteren Schnaps hinunter, wobei seine Nase schon einen tieferen Rotton bekommt. Bis vor kurzem dachte ich, J. C. hätte irisches Blut, aber jetzt bin ich mir da nicht mehr so sicher. Wenn es um das Trinken mit den Russen geht, wird J. C. definitiv nicht dem irischen Stereotyp gerecht, das große Mengen Alkohol vertragen kann – nicht, dass ich an Stereotype glaube.

»Der Blutalkoholspiegel ist ein Sicherheitsrisiko für das Autofahren«, informiert mich Einstein, nachdem ich meinen letzten Kurzen geschluckt habe.

»Zur Kenntnis genommen«, antworte ich in Gedanken. »Wenn wir erst in Zapo 2 sind, fährst du, egal was ich sage, und Ada kann sogar hinter dem Steuer sitzen.«

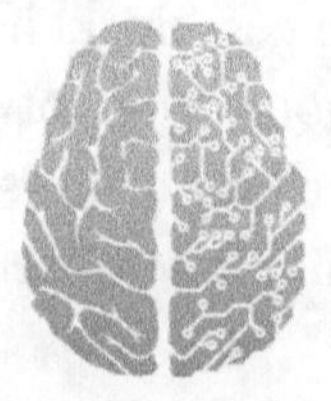

KAPITEL 6

Ada und ich halten uns an den Händen, während wir vom Parkplatz zum Restaurant gehen, in dem wir den Rest des Brainozyten-Klubs treffen.

Leider kommt mit dem Nachlassen des Wodkarausches das beängstigende Gefühl zurück, verfolgt zu werden. Ich frage mich, ob die Wirkung des Psychiaters in der Tat ein Placeboeffekt war, und noch dazu ein kurzlebiger. Ich fühle mich fast, als würde mir eine neue Gruppe von Menschen folgen. Das ist merkwürdig, und nicht nur, weil ich keine Ahnung habe, wer mir vorher gefolgt ist – abgesehen von den Vorstellungen meiner Phantasie in meinen Träumen.

Gogi ist bereits im Restaurant, und Muhomor verspricht, in ein paar Minuten hier zu sein. Für November ist der Tag sehr schön, also beschließen wir, einen Tisch draußen zu nehmen, und bestellen unsere Getränke – Wodka für Gogi, ein Glas des berühmten Borjomi-Wassers – ein mineralreiches Wasser vulkanischen Ursprungs, das es seit über fünfzehntausend Jahren gibt – für Ada und Tee für mich.

Als Muhomor kommt, bestellen wir das Essen und warten darauf, dass Mitya sich bei uns meldet.

Ada und ich haben *Gozinaki*, ein Konfekt aus mit Zucker und Honig karamellisierten Walnüssen genommen, und ich nehme ein extra großes Stück für Mr. Spock. Da wir momentan die einzigen Gäste im Restaurant sind und der Kellner uns kennt, lasse ich Mr. Spock neben meinem Teller auf dem Tisch sitzen.

Gogi kommentiert, dass wir eine Süßspeise bestellt haben, die traditionell am Neujahrstag gegessen wird und deshalb mitten im Herbst, besonders an einem so warmen Tag unpassend sei. Wir weisen ihn darauf hin, dass es auf der Speisekarte stand und er sich bei Nikolozi darüber beschweren sollte, seinem Cousin vierten Grades und Besitzer dieses Lokals. Gogi bestellt *Kharcho*, die Fleischsuppe, von der das Restaurant seinen Namen bekommen hat, und *Schaschlik*, eine georgische Version von Schisch Kebab.

»Hier gibt es viele Gerichte, die für Veganer geeignet sind«, meint Ada wehmütig, als sie das Menü betrachtet. »Ich würde gern die *Rote-Bete-Pkhali* mit Walnüssen probieren, aber ich bin zu voll.«

»Ich werde dich morgen mit leerem Magen hierherbringen«, verspreche ich ihr. »Außerdem kann meine Mutter auch einige georgische Gerichte kochen, seit sie Teil der russischen Küche geworden sind, also werde ich sie bitten, das nächste Mal einige davon für dich zu kochen.«

»Sind wir bereit für das Meeting?« Muhomor schickt Mitya, Ada und mir eine Einladung aus der Telekonferenz-App.

»Ich bin so weit.« Mitya taucht als durchsichtiges holografisches Bild auf einem der leeren Plätze am Tisch auf, so dass unser Treffen wie das Jedi-Ratstreffen aus *Star Wars* aussieht.

»Fangen wir also an«, sagt Muhomor auf Zik über die Telekonferenz-App und benutzt das Interface der erweiterten Realität, um sich selbst riesige Widderhörner zu geben, die humorvoll seinen üblichen Pyjama ergänzen.

»Weil du gerade so horny bist, fällt mir ein«, sagt Ada zu ihm auf Zik, »dass Mike mir gesagt hat, dass Lyuba in der Stadt ist.«

»Lyuba macht Urlaub in den USA, ja.« Muhomor sieht verwirrt aus. »Was hat das mit meinen Hörnern zu tun?«

Ich verschlucke mich an meinem Tee, und Ada bricht in Lachen aus, wobei sie wahrscheinlich Borjomi-Wasser in die Nase bekommt. Natürlich ist die zu normale und umwerfende Lyuba nicht Muhomors Freundin. Da wir vorhin eine Wette darüber abgeschlossen hatten, schuldet mir Ada jetzt ein Bier und einen sexuellen Gefallen. Sie war sich sicher, dass Lyuba und Muhomor eine Fernbeziehung führen, und ich habe gesagt, das sei unmöglich. Mitya und ich nennen Muhomor hinter seinem Rücken bisexuell, nur dass das »bi« die Abkürzung für »Binärcode« ist: Der Typ isst, schläft und träumt von Kryptographie, Hacken und Codierung, und er hat kein Interesse an beiden Geschlechtern, wenn es um Sex geht. Vor zwei Wochen hat uns einer meiner Investoren auf seine

Junggesellenabschiedsparty eingeladen. Muhomor kam mit uns mit und hackte dort das Telefon der Stripperin, anstatt einen Lapdance zu erwägen oder das Mädchen gar anzusehen. Er hackte auch die Website des Klubs, in dem die Veranstaltung stattfand.

»Wer ist dran?«, frage ich. Ich entscheide mich dafür, heute meinen Avatar in der erweiterten Realität nur mit einem Holster auf der Außenseite seiner Jacke auszuschmücken. In der echten Welt ist meine Glock 19 vom Schießplatz genau hinter der virtuellen in meiner Jacke versteckt. Nach den Erlebnissen in Russland kann ich es nicht mehr ertragen, unbewaffnet aus dem Haus zu gehen – ein weiteres Thema, an dem ich wahrscheinlich mit meiner Psychiaterin arbeiten sollte.

»Ladies first, wie immer?« Mitya zwinkert niemand Bestimmten an.

»Ist das nicht umgekehrter Sexismus?«, beschwert sich Muhomor.

»Ich habe sowieso nicht viel zu sagen.« Ada ignoriert Nikolozi, der ein Tablett mit Essen nach draußen bringt und beginnt, es auf den Tisch zu stellen. »Ich habe eine Methode zur Massenproduktion von Nanomembranen ausgearbeitet, und Mike hat mir geholfen, ein Unternehmen zu gründen, das bis Ende nächsten Jahres ein ultraschnelles Wasserfiltrationssystem herstellen wird. Die Preise sollten so niedrig sein, dass es sich jeder leisten kann, und für einen Philanthropen wird es leicht sein«, sie wirft Mitya und mir einen pointierten Blick zu, »einen großen Beitrag zur Lösung des weltweiten Problems mit sauberem Trinkwasser zu leisten.«

Wir nicken zustimmend, und Ada teilt uns ein paar weitere Dinge mit, die sie entwickelt hat und die alle mit dem Thema, globalen Reichtum und Wohlstand zu erreichen, zu tun haben.

»Was ist mit der Entwicklung der Brainozyten?«, fragt Mitya, als Ada eine Pause macht, um in Gedanken einzuatmen und in der echten Welt einen Schluck ihres Wassers zu trinken. »Hast du irgendwelche interessanten Apps entwickelt?«

»Das habe ich«, erwidert Ada und betrachtete ihr Glas. »Mike und ich haben es zusammen programmiert und planen, es zu testen, aber ich will noch keine Details verraten.«

Ada mag es, geheimnisvoll zu sein, und in diesem Fall bin ich froh, dass sie es ist. Nach dem, was ich während des Programmierens gesehen habe, bewirkt die App so etwas wie die Gedankenverschmelzung der Vulkanier, nur in Echtzeit. Die zwei Personen, die diese App zusammen benutzen, werden vorübergehend ihre Gehirne verbinden. Die Möglichkeit, es beim Sex zu nutzen, ist so offensichtlich, dass ich froh darüber bin, dass Ada meinen Freunden kein neues Futter gibt, um uns damit aufzuziehen, dass wir ein Paar sind. Bei diesem Thema haben Mitya und Muhomor die Reife von Viertklässlern, die gerade ihre Strafe absitzen.

»Schön.« Mitya beißt in ein Snickers, und ich nehme an, dass er es wirklich macht, da ich keinen Grund dafür sehe, warum er es in der erweiterten Realität vortäuschen sollte. Mit vorgetäuschter schlechter Laune fügt er hinzu: »Ist das alles?«

Ada schüttelt ihren Kopf. »Ich habe auch eine äußerst effiziente Technik entwickelt, mit der wir Kohlendioxid in Kohlenstoff-Nanoröhrchen umwandeln können.« In der realen Welt erklärt Ada Nikolozi, dass sie kein Dessert mehr möchte, während sie gleichzeitig auf Zik sagt: »Die Nanoröhrchen können als Batterien oder sogar als Wasserfilter verwendet werden. Das hat mich überhaupt erst auf die Idee gebracht.«

»Und?« Muhomor sorgt dafür, dass Ada auf jeden Fall sieht, wie er in sein Schweineschaschlik beißt. Er weiß, dass sie den Gedanken nicht mag, dass Schweine zum Essen getötet werden. Sie denkt, dass Schweine niedlicher und intelligenter sind als Hunde – aber das Argument zieht natürlich bei Muhomor nicht. Er würde wahrscheinlich auch Hunde-Schaschlik essen, wenn es auf der Speisekarte stünde.

»Mann.« Ich schicke Muhomor in Gedanken eine private Nachricht, die ich mit einem Hauch von Wut durchsetzt habe. »Ärgere meine Freundin nicht. Außerdem ist die georgische Küche bekannt für Lamm- und nicht für Schweineschaschlik.«

Außerdem sage ich Ada, dass sie Muhomors Sticheleien ignorieren soll.

»Denkst du, dass Ada Milchlamm als Essen bevorzugt?«, antwortet Muhomor, und wie immer fällt seine telepathische Nachricht unangemessen scharf aus. »Dir ist klar, dass die Georgier daran glauben, dass die ganze Schaffamilie bei der Tötung zuschaut?«

»Das tut sie nicht«, widerspreche ich, bevor mir klar wird, dass ich genau das tue, wovor ich Ada gewarnt hatte

– ich gehe auf Muhomors Mist ein. Trotzdem kann ich nicht widerstehen, hinzuzufügen: »In Amerika bedeutet Lamm nicht unbedingt Babyschaf.«

»Und das war's«, sagt Ada abschließend, ohne auf Muhomor oder sein Essen zu schauen. Sie hat ganz offensichtlich meinen Ratschlag, Muhomors Köder nicht zu schlucken besser berücksichtigt als ich.

»Kann ich als Nächster?« Jetzt trinkt Mitya einen Red Bull, eine weitere Sache, die nicht zu unserer georgischen Küche passt. »Ada hat mir einen schönen Einstieg geliefert, weil meine Idee zum Thema ›Nutzen für die Gesellschaft‹ die Batterien, die sie erwähnt hat, mit billiger Energie beliefern würde.«

»Ja, mach.« Ich trinke meinen Tee und frage mich nicht zum ersten Mal, wie verrückt wir für Gogi, Nikolozi und sogar Mr. Spock aussehen müssen. Das ganze Meeting findet virtuell in unseren Köpfen statt, so dass es für sie, vielleicht mit Ausnahme von Mr. Spock, so aussehen muss, als würden wir schweigend dasitzen und essen. Ada, Muhomor und ich können mehrere Sachen auf einmal machen, indem wir mit Gogi reden, während wir das Meeting haben, aber Gogi scheint die Stille heute nicht zu stören.

»Fusion«, sagt Mitya triumphierend. »Genauer gesagt wird die Star-in-a-jar-Technologie in etwa zwei Jahren fast unbegrenzte Energie liefern.«

Alle schaue Mitya mit einer Mischung aus Wunder und Skepsis an.

Er schmunzelt und sagt: »Ich schicke euch gerade die Details, aber zusammenfassend habe ich eine dreidimensionale Form erfunden, die es uns ermöglichen wird, Plasma billig in einem starken Magnetfeld festzuhalten.«

»Warte mal«, sagt Muhomor nach einem Moment. »Du redest von einer *Tokamak*-Technologie, die sowjetische Wissenschaftler in den fünfziger Jahren erfunden haben.«

Ich schaue »Tokamak« nach und stelle fest, dass es die Idee tatsächlich schon gegeben hat.

»Na klar.« Mitya grinst. »Das war natürlich die Inspiration, aber im Gegensatz zu all den frühen Entwürfen und Plänen *wird* meine gebaut werden, *wird* billig sein und *wird* die Welt mehr verändern als alles, was uns bis jetzt eingefallen ist.«

Wir alle lassen unserer Phantasie freien Lauf bei dem Gedanken, was grenzenlose Energie für die Welt tun könnte.

Der Zweck des Brainozyten-Klubs, oder eines seiner Ziele, ist es, der Menschheit zu dienen. Genauer gesagt haben wir uns gedacht, dass wir es der Welt schulden, unsere erweiterte Intelligenz für ihre Verbesserung zu nutzen. Und wenn unsere verschiedenen Beiträge zu diesem Ziel ein Wettbewerb wären, würde Mitya gewinnen. Ich nehme an, dass dies keine große Überraschung sein sollte, da er immer große Visionen hatte und der Gehirn-Boost seine Talente nur verstärkt hat.

»Sonst noch etwas?«, fragt Muhomor sarkastisch und mit offensichtlicher Eifersucht. »Hast du auch herausgefunden, wie du den Weltfrieden schaffen und alle Kätzchen vor dem Verhungern bewahren kannst? Ah, warte, das ist Adas Ding.«

»Ich respektiere Adas Bemühungen.« Mitya hält wohlwollend seinen Daumen in Adas Richtung hoch. »Aber da du gefragt hast, ja, ich habe da noch etwas. Eigentlich sogar mehrere Dinge. Einige Dinge, die ich mir bis zum Schluss aufgehoben habe. A, ich habe uns mehr Speicherplatz auf dem Server besorgt, B, ich habe einen anderen Satz von Hirnregionen entworfen, die wir simulieren können, C, ich habe einen Weg gefunden, unseren Zugang zu den Servern im Cache zu speichern, was zu einer schnelleren Leistung führt, und außerdem, D, habe ich die Zuteilungsalgorithmen für unseren Gehirnschub optimiert, wobei ich es so max-min-ausgeglichen belassen habe, wie ich konnte.« Mitya stoppt und bemerkt, dass der zweite Teil seiner Aussage nicht vollständig verstanden wurde, nicht einmal von Ada. »Mit anderen Worten …«, stellt er klar, »wir sind bereit für Gehirnschub v9.«

Ada klatscht vor Aufregung, Muhomor erstickt vor Freude fast an seinem Fleisch, und mir fällt es schwer, das Grinsen zu unterdrücken. Jedes Mal, wenn wir unsere Intelligenz verstärkt haben, haben die Verbesserungen unsere höchsten Erwartungen übertroffen, und mit jedem Schub sind unsere Erwartungen immer höher und höher geworden. Der einzige Nachteil, und es ist ein kleiner, ist, dass jeder Schub am Anfang Nebenwirkungen auslöst. Trotzdem waren bis jetzt die schlimmsten Nebenwirkungen diese traumartigen Momente, in denen man die Zukunft sieht. Ich werde niemals die Vision vergessen, die mir während der Rettung meiner Mutter so viel

Angst eingejagt hat. Jetzt haben wir allerdings einen Weg gefunden, diese täuschend realistischen Halluzinationen zu bewältigen, indem wir während des Updates äußerst aufmerksam sind und uns häufiger als eine normale Person fragen: »Passiert das gerade wirklich?« Bis jetzt haben wir alle berichtet, dass diese Strategie, uns selbst diese Frage zu stellen, die Halluzinationen kurzschließt – wenn man das, was passiert, so nennen kann. Diese Visionen unterscheiden sich darin von Albträumen, in denen ich mich selbst gefragt habe »Passiert das wirklich gerade?« und nicht aufgewacht bin.

»Ich nehme an, ihr wollt, dass ich es starte?« Mitya sieht für seinen Pseudo-Jedi-Avatar viel zu selbstgefällig aus. »Es ist startklar.«

»Natürlich sollst du es launchen«, schreien wir fast gleichzeitig. Muhomor spricht es sogar laut in der echten Welt aus, und Gogi zieht seine zusammengewachsenen Augenbrauen in die Höhe.

»Also dann.« Mityas Avatar drückt auf den großen roten Knopf, der neben ihm erschienen ist. »Bereitet euch darauf vor, intelligenter zu werden.«

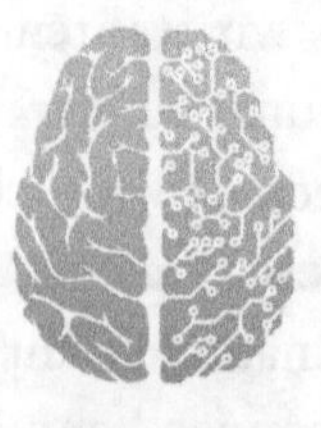

KAPITEL 7

Im Gegensatz zu den anderen Intelligenz-Verstärkungs-Upgrades fühle ich einen Unterschied in meiner Wahrnehmung. Es ist, als hätte ich eine Droge genommen, durch die sich die Welt um mich herum langsamer dreht. Das Gefühl erinnert mich daran, wie sich extreme Stressmomente anfühlen – etwas, was ich mehr als nur einmal auf meiner Reise nach Russland erlebt habe.

»Wow«, sagt Ada, die wahrscheinlich die gleichen Effekte verspürt wie ich.

»Du bist der Beste.« Muhomor prostet Mitya mit seinem Glas zu und trinkt den Wein aus. »Ich denke, Mike sollte als Nächstes sprechen, da man Mityas Arbeit unmöglich sofort beurteilen kann.«

»In Ordnung.« Ich nehme Mr. Spock und kraule sein Kinn genau so, wie er es laut EmoRat-App wollte. Es ist mir egal, dass meine Freunde abfällige Bemerkungen darüber machen, dass ich mit meiner Hausratte wie der

Schurke aus einem Film aussehe. »Ich habe zusammen mit allen von euch programmiert und außerdem verschiedene Codes für unterschiedliche Open-Source-Projekte geschrieben. Ich fühle mich mittlerweile sicher genug, Brainozyten-Apps allein zu schreiben, also würde ich gern genau damit beginnen, außer wenn jemand etwas dagegen hat.« Ich gebe ihnen einen Moment Zeit, um mir widersprechen zu können, aber sie scheinen mir darin zuzustimmen, dass ich bereit bin. Ein warmes Gefühl breitet sich in mir aus – aber auch Mr. Spocks Knuspern hat diese Wirkung auf mich. »Was meine große Idee betrifft, bin ich immer noch davon besessen, der ganzen Welt Brainozyten zu geben. Ich denke, wir sollten sie gleich zu Open Source machen, sobald Muhomor endlich zustimmt.«

Ich habe mich dafür eingesetzt, dass die Brainozyten allen zur Verfügung stehen, auch wenn das bedeutet, dass Techno, und somit auch Mitya und ich, damit weniger Geld verdienen. Wenn allein wir vier die Welt spürbar zum Besseren verändern, was würde passieren, wenn Millionen oder Milliarden Menschen wie wir existierten? Zu meiner Überraschung ist es Muhomor, der etwas dagegen hat, und wir wollen im Brainozyten-Klub einstimmige Entscheidungen treffen.

»Ich bin immer noch nicht so weit.« In der echten Welt fragt Nikolozi nach *Pakhlava*, einem Dessert, das der türkischen Baklava ähnelt und eine meiner Lieblingsnachspeisen ist. »Aber jetzt, da ich die Kommunikation mit den Brainozyten gesichert habe, sind wir näher denn je daran, diese Technologie frei zu geben, ohne die Welt in einen dystopischen Überwachungsstaat zu verwandeln, in dem die Regierung alle Gedanken lesen kann.«

»Hey, du spricht gerade über deine Pläne, während jemand anderes dran ist.« Wie immer hat Ada die Funktion des Moderators bei dem Klub-Meeting übernommen. »Wir werden gleich auf dich zurückkommen. Lass Mike ausreden. Ich weiß zufällig, dass er noch mehr zu sagen hat.«

»Danke, Ada.« Ich beuge mich nach unten, um Mr. Spock auf dem Boden abzusetzen, da der kleine Mann sich an einem Baum erleichtern möchte. »Eines der Hauptprobleme an der weiten Verbreitung von Brainozyten ist, dass man einige der Nanopartikel, die man für die Brainozyten benötigt, nicht als Massenware herstellen kann. Also habe ich eine Art und Weise entwickelt, genau das zu tun. Wie viel wisst ihr denn über Mikrofluidik – einen Weg, kleine Tropfen von Flüssigkeiten in einem engen Kanal zu lenken?«

Alle schauen mich mit einem Blick an, der sagt: *Meinst du das ernst? Wir wissen alle darüber Bescheid.*

»Ja, in Ordnung.« In einiger Entfernung entdecke ich eine Katze und benutze EmoRat, um Mr. Spock zu warnen. »Meine Idee sollte die Kosten für die Entwicklung der Brainozyten von abartig hoch auf ein weniger abschreckendes Niveau senken. Natürlich muss immer noch eine Menge Arbeit in den Produktionsanlagen passieren, aber ich denke, dass die Kosten weiter fallen werden, sobald die Anreize da sind und sich immer mehr Menschen für die Brainozyten interessieren werden. Das ist noch ein weiterer Grund dafür, die Technologie für die ganze Welt freizugeben.«

»Ich stimme ihm zu«, sagt Ada. »Das passiert immer, wenn man Technologie für alle frei zugänglich macht: die Kosten sinken.«

»Besonders bei Technologien auf die das mooresche Gesetz zutrifft, was bei den Brainozyten der Fall ist«, füge ich hinzu, als ich fühle, wie Mr. Spock an meinem Bein hinaufklettert und zurück auf den Tisch springt.

»Okay, ich bin schon eine ganze Weile davon überzeugt, die Brainozyten mit der Welt zu teilen.« Mitya muss von seinem Avatar gelangweilt sein, weil er sein normales Gesicht gegen einen grauen, gesichtslosen Klumpen getauscht hat. »Schick mir die Spezifikationen für die Mikrofluidik Idee. Ich denke, es wäre eine interessante Lektüre.«

»Mir auch.« Ada stiehlt die Untertasse meiner Teetasse, gießt Wasser hinein und schiebt sie in Richtung Mr. Spock.

»Mir bitte auch«, schließt sich Muhomor an, nimmt ein Stück Pistazie vom oberen Rand seines Desserts und wirft es in die grobe Richtung meiner Ratte. »Vielleicht wirst du mich ja genug beeindrucken, um mein Veto gegen die Idee, die Brainozyten zu teilen, aufzuheben.«

»Ich wäre jetzt fertig«, sage ich. »Muhomor, der Stab gehört dir. Überschütte uns alle mit deinen sicherheitsrelevanten Weisheiten.«

»Bevor ich anfange, hat irgendjemand Tema geknackt?« Der Hacker schaut Mitya herausfordernd an, da er ihn offensichtlich für die einzige Person hält, die in der Lage sein könnte, eine derartige Leistung zu erbringen.

»Nein.« Der graue Klumpen, den Mitya als seinen neuen Avatar auserkoren hat, schaut zu Boden, so als würde er sich schämen. »Und nicht, weil ich es nicht versucht habe, das kannst du mir glauben. Ich kann dir versichern, dass Big Brother keine Chance hat.«

Ich habe auch versucht, Muhomors Kryptosystem zu knacken – hauptsächlich, um dieses Grinsen aus Muhomors Gesicht verschwinden zu sehen – aber leider hatte ich kein Glück. Ada hat es auch nicht geschafft, und sie mag es noch lieber als ich, Muhomor zu ärgern. Man kann mit Sicherheit sagen, dass das Tema-Kryptosystem nicht zu knacken ist, aber niemand von uns wird das Muhomor gegenüber zugeben, da er bereits unerträglich überzeugt von sich ist.

»Ich bezweifle, dass einer von euch mein Baby knacken kann«, meint Muhomor und ergreift mit seinen honigklebrigen Fingern einen Becher. »Habt ihr das gemacht, worum ich euch gebeten habe, und alle AROS-Apps so umgeschrieben, dass wir Tema benutzen können?«

»Ja«, antworten Mitya und Ada, wie ich es mir bereits gedacht habe, da ich ihnen dabei zugesehen habe, wie sie alle notwendigen Codeänderungen an unseren Kommunikations-Apps durchgeführt haben.

»Was ist mit EmoRat?« Muhomor zeigt auf Mr. Spock, der beschlossen hat, den letzten Rest meines Gozinaki aufzuknabbern. »Das Tier ist gerade glücklich, und es will gleich in deine Tasche springen, stimmt's?«

»Im Gegensatz zu dir ist Mr. Spock kein ›es‹.« Ich weiß, dass Muhomor nicht einfach geraten hat, was Mr. Spock mir in den EmoRat-Nachrichten gesagt hat, sondern sich in meine Verbindung mit dem kleinen Kerl gehackt hat. Das Hacken war möglich, weil die App anscheinend nicht mit Tema verschlüsselt ist. »Ich werde die App jetzt fixen.«

Ich öffne die in AROS integrierte Entwicklungsumgebung, die AROS-IDE, um an dem betreffenden Code zu arbeiten.

»Neben meiner Arbeit an Tema«, fährt Muhomor fort, »habe ich einen Weg entwickelt, um die Brainozyten als biometrisches Identifikationssystem zu nutzen – so eine Art Gehirnabdruck. Ich maile euch gerade alle Details.«

Ich werfe einen Blick auf die Spezifikation, die Muhomor gesendet hat, und tausche Blicke mit Mitya aus. Ich glaube, wir fragen uns beide, ob es gut war, Muhomors schon extrem großes Ego noch weiter zu steigern. Ada muss unsere Bedenken nicht teilen, weil sie sich an Muhomor wendet und laut in der realen Welt sagt: »Muhomor, das ist brillant. Ich wünschte, mir wäre das eingefallen.«

Gogi zieht seine Monobraue noch weiter in die Höhe – in Adas Richtung.

»Ich gebe mein Bestes.« Muhomor sieht aus, als könnte er vor lauter Stolz ein Aneurysma bekommen. »Sobald die Brainozyten weit verbreitet sind, können Menschen damit beginnen, meine Gehirnabdruckstechnologie anstelle von Passwörtern zu benutzen, da es Menschen gibt, die nicht einmal Passwörter auswählen können, die stark genug sind, um ein Bankkonto zu sichern. Das Letzte, über das ich berichten möchte, ist mein Erfolg, in die IARPA-Systeme einzudringen.«

IARPA, kurz für Intelligence Advanced Research Projects Activity, ist eine Regierungsbehörde für High-Risk/

High-Payoff-Forschungen für die Geheimdienste der amerikanischen Regierung. Natürlich wird die Stimmung bei dem Meeting sofort ernst, und Mitya spricht für alle, als er sagt: »Mann, wie oft müssen wir dich noch bitten, dieses ganze illegale Zeug bleiben zu lassen? Du bist mit meinem H1B-Visum in den USA. Wenn sie dich erwischen, bin ich mitschuldig.«

»Ich war vorsichtig.« Muhomor fährt mit den Fingern durch seinen Anime-Haarschnitt und kratzt sich über den Kopf. »Was ich gefunden habe, war es wert. IARPA arbeitet gerade daran, den menschlichen Gehirnalgorithmus nachzustellen. Könnt ihr euch jemanden vorstellen, der an den Ergebnissen interessiert sein könnte?«

»Wahrscheinlich werden sie ihre Forschungsergebnisse veröffentlichen«, sagt Mitya, aber die Idee, das zu lesen, was Muhomor gestohlen hat, scheint ihn zu besänftigen. »Ich nehme an, was geschehen ist, ist geschehen. Lasst uns die Unterlagen anschauen. Ich weiß, dass du vor Ungeduld stirbst, sie mit uns zu teilen.«

Ada und ich sind nicht so leicht zu besänftigen. Ich will gerade Muhomor einen Teil von dem, was ich denke, sagen, als das paranoide Gefühl, verfolgt zu werden, zurückkommt und sich tausendfach verschlimmert.

Ich widme meine ganze Aufmerksamkeit diesem eigenartigen Gefühl, und wie aus großer Entfernung höre ich, dass Ada sich über Muhomors Hacker-Eskapaden beschwert.

Irgendetwas sagt mir, dass ich diesmal nicht paranoid bin, auch wenn ich mir vorstellen kann, dass paranoide Menschen sich immer so fühlen. Das gleiche Etwas sagt mir, dass die Menschen mich offener verfolgen, und der gleiche Instinkt besteht darauf, dass ich auch vorher verfolgt *wurde*.

Da ich mir nicht sicher bin, ob ich meiner Wahnvorstellung nachgehen sollte oder nicht, beschließe ich, diesem Gefühl zu zeigen, dass es unrecht hat, indem ich mich davon überzeuge, dass die Straße so leer ist, wie sie auf den ersten Blick erscheint. Zum Glück gibt es keine Fußgänger und auch keine Autos, was mir dabei helfen wird, meiner Neurose einen unwiderlegbaren Beweis zu liefern. Penibel untersuche ich jeden Zentimeter der Sackgasse und sehe niemanden außer einer Reihe parkender Autos.

Als Nächstes schaue ich in die umliegenden Geschäfte, um zu sehen, ob sich dort Menschen befinden, aber auch das ist nicht der Fall. Ich kann nicht einmal die Angestellten im Inneren sehen. Da an Wochentagen um 15.30 Uhr normalerweise nicht viel passiert, ist eine leere Straße für mich kein düsteres Zeichen. Leider besteht etwas in meinem Gehirn trotz der Information meiner Augen darauf, dass sich irgendwo Menschen verstecken.

Ich beschließe deshalb, noch etwas anderes auszuprobieren, und öffne fast instinktiv die Software von Muhomor, die auch sofort das tut, was sie normalerweise tut: sie erlaubt mir, unsichtbare elektromagnetische Wellen um uns herum zu spüren.

Ich sehe das bläuliche WLAN-Netzwerk unseres Restaurants, das nach Kirschen riecht. Muhomors Brainozyten und sein Telefon, Mr. Spocks Brainozyten, Adas Brainozyten und Telefon und Gogis Telefon sind alle mit diesem nach Kirschen riechendem WLAN verbunden, was Sinn ergibt. Ich erlebe auch Farben, Geschmäcker und Gerüche der WLAN-Netzwerke der anderen Unternehmen der Straße, aber ich habe noch keine Ahnung, was den Ursprung meiner Besorgnis anbelangt.

Da mir auffällt, dass das Untersuchen des WLANs sinnlos ist, stelle ich die App auf Handyüberwachung um. Zum Glück erkennt die App eine große Bandbreite an Signalen, einschließlich AM- und FM-Radiosignalen, Fernsehsignalen, Bluetooth und eine Menge anderer Optionen, die nur Muhomor interessieren würden.

Die WLAN-Abdeckung ist ein fast unmerklicher Schimmer, wie der Hitzedunst, den man an einem heißen Tag über einer Wüstenstraße sehen kann. Ich muss mich konzentrieren, um Verizon von zum Beispiel AT & T zu unterscheiden, aber um jedes Handy herum kann ich die Farben sehen, die die Mobilfunkprovider anzeigen, und genau wie beim WLAN kann ich diese Verbindungen riechen und schmecken und eine Vorstellung davon bekommen, ob ich sie hacken kann oder nicht.

Ich schließe meine Augen und konzentriere mich auf die Handyfarben um mich herum. Wie vorauszusehen war, gibt es einige rund um den Tisch und andere in den Geschäften. Alle sind genau so, wie ich sie erwartet habe.

Was ich allerdings nicht erwartet hatte, ist das Schimmern hinter einigen der in der Straße geparkten Autos.

Zuerst sage ich mir, dass die Menschen ihre Handys im Auto vergessen haben könnten, aber als ich meine Augen öffne, stelle ich mit ansteigender Angst fest, dass der Schimmer von außerhalb der Autos kommt, nicht von innen. Dann sehe ich, wie sich einer der Schimmer bewegt und wie kurz Sonnenlicht von der Sonnenbrille eines meiner Verfolger reflektiert wird.

Während ich krampfhaft versuche, nicht in Panik zu verfallen, wechsele ich wieder in den WLAN-Modus und suche eine Kamera, durch die ich hindurchsehen kann. Ich treffe ins Schwarze, als ich mich mit dem nach Minze riechenden WLAN des Pfandhauses verbinde, das sich genau links von der Stelle befindet, an der ich die Reflexion gesehen habe. Die Sicherheitskamera ist ein einfaches Modell, aber trotzdem kann ich ein beunruhigendes Detail erkennen, das mir bis jetzt entgangen war.

Der Mann mit der Sonnenbrille hält eine Pistole mit einem länglichen Lauf, an deren Ende sich ein Schalldämpfer befindet.

Was noch schlimmer ist, ist, dass ich weitere Menschen mit Pistolen sehe. Das ist keine große Überraschung, da jeder Mann zu einem der Handys gehört, die ich entdeckt habe.

Mein rasender Herzschlag erinnert mich an das Geräusch, das der Motor von Mityas Bugatti Veyron an jenem Tag machte, an dem wir mit 400 km/h durch die Wüste von Nevada gerast sind.

Ich war nicht paranoid – und jetzt, da ich weiß, dass ich nicht verrückt bin, wünsche ich mir fast, dass ich es wäre.

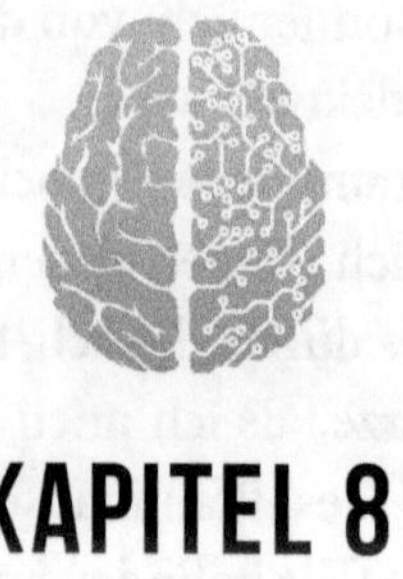

KAPITEL 8

Wie zuvor, als ich mich in Russland in einer solchen Situation befand, von der man graue Haare bekommt, führt die Kombination aus Stress und Gehirnerweiterung zu einer drastischen Zeitverlangsamung. Der Mann mit der Sonnenbrille in der Kamera scheint sich durch eine zähe Masse zu bewegen, als er seinen Komplizen ein Zeichen gibt.

Ich werde mental aktiv. In panischem Zik informiere ich meine Freunde über meine Entdeckung, die zuerst mit Ungläubigkeit reagieren, das sich schnell in Entsetzen verwandelt. Gleichzeitig schicke ich eine Textnachricht an Gogi. »Wir sind in einen Hinterhalt gelockt worden. Hier ist ein Link zur Kameraübertragung. Zeig nicht, dass du alarmiert bist. Wir wollen, dass sie denken, dass sie den Überraschungseffekt immer noch auf ihrer Seite haben.«

»Wer sind sie?«, fragt Mitya.

»Was wollen sie?« Ada ergreift meinen Ellenbogen, und ihre kleine Hand ist kalt wie ein Eiszapfen. »Haben wir Zeit, die Polizei zu rufen?«

»Mitya, benachrichtige zuerst die Polizei und danach Joe, in der Reihenfolge«, schicke ich in Gedanken, anstatt ihre Fragen zu beantworten. »Muhomor, ich kann mich nicht in ihre Handys hacken, aber ich nehme an, dass du mehr Erfolg haben wirst als ich.«

Als meine Freunde mit ihren jeweiligen Aufgaben beginnen, fällt mir auf, dass Gogi noch nicht auf sein Telefon geschaut hat, und das, obwohl bereits eine ganze Millisekunde vergangen ist.

Ich trete unter dem Tisch gegen Gogis Fuß und blicke angestrengt auf sein Telefon, als er zu mir schaut. Da ich mir nicht sicher bin, ob Gogi meine Intentionen verstanden hat, benutze ich EmoRat, um Mr. Spock Anweisungen zu geben. Die Ratte huscht den Tisch entlang, bis Gogi auf sie aufmerksam wird, versteinert dann und starrt auf das Telefon. Mr. Spock hebt außerdem seine Pfote und zeigt in seiner Nase auf das Telefon – die Rattenversion einer Haltung, die ich normalerweise mit Jagdhunden assoziiere.

»Ich bin in ihren Handys«, sagt Muhomor. »Ich sende euch gerade alle Informationen über ihre Identitäten.«

Ich multitaske weiter und lese die Profile unsere Angreifer, während ich versuche, einen Plan zu entwickeln.

Die Männer, die uns aus dem Hinterhalt angreifen, waren früher beim Militär, teilweise auch im Jugendstrafvollzug, und sind alle extrem gefährlich. Sie haben noch etwas gemeinsam – sie arbeiten für ein Sicherheitsunternehmen, das schaurigerweise klingt wie Joes. Ein Mann namens Vincent Williams leitet die Agentur, und sein Lebenslauf lässt meinen Cousin aussehen wie einen Pfadfinder.

Als ich Bilder von Vincent Williams ansehe, erschaudere ich. Er erinnert mich an die Dokumentation über Schimpansen, dich ich gerade gesehen habe. In der Dokumentation gab es einen extremen gewalttätigen kannibalistischen Schimpansen namens Scar, und Vincent hat den gleichen Gesichtsausdruck, der sagt: *Ich werde dich töten und essen.* Wie der Menschenaffe hat auch Vincent eine Narbe im Gesicht, und wie der Menschenaffe ist er unglaublich groß für seine Spezies. Ich vermute, dass Vincent seit der Highschool trainiert und Steroide genommen hat, ein Eindruck, der durch seinen Lebenslauf bestärkt wird. Auf seinen Social-Media-Kanälen hat er Bilder gepostet, auf denen er aussieht wie ein Bodybuilder, also nehme ich an, dass er diesen Sport ausübt. Seine Muskeln sehen an einigen Stellen aus wie ein riesiger Tumor, und ich nehme an, dass der extrem große Rückenmuskel mittlerweile seine eigenen Muskeln wachsen lässt – und diese Muskeln auch wieder Muskeln haben könnten.

Nach einem gefühlten Jahrtausend – auch wenn ich vermute, dass es weniger als eine Sekunde war – schaut Gogi endlich auf sein beschissenes Telefon. Genauso langsam klickt er auf meinen Link, und ich sehe live dabei zu, wie alles Blut sein Gesicht verlässt. Danach spannt sich seine Kiefermuskulatur an und sein Stalin-Schnurrbart zuckt.

»Ada, nimm unauffällig Mr. Spock, so als würdest du ihn streicheln wollen«, befehle ich in Gedanken. »Und bereite dich darauf vor, genau das zu tun, was ich dir sage. Das Gleiche gilt für dich, Muhomor.«

»Die Polizei und dein Cousin sind informiert«, berichtet Mitya.

Fast im gleichen Moment bekomme ich eine SMS von Joe, in der steht: »Nicht mit Williams einlassen. Ich bin zu weit weg von euch. Lauft weg.«

Ich sehe, dass Gogi den gleichen nicht allzu nützlichen Rat von Joe bekommen hat und dass er wahrscheinlich das Gleiche denkt wie ich: Wie sollen wir wegrennen? Das Problem ist, dass wir in einer Sackgasse feststecken und böse Männer unseren Ausgang blockieren. Das zweite Problem ist, dass, wenn wir aufstehen, die versteckten Angreifer zu offenen Angreifern werden. Unsere einzige Option ist, die Hintertür des Restaurants zu benutzen – vorausgesetzt, es gibt eine.

»Muhomor, bitte besorge uns die Baupläne für die Gebäude in diesem Block«, sage ich eindringlich. »Wir suchen nach Hinterausgängen. Hacke das Rathaus, wenn du musst, aber mach es jetzt.«

In meinen Hinterkopf frage ich mich, ob dieser ganze Angriff Williams' ein Versuch ist, eine offene Rechnung mit Joe zu begleichen. Als Alternative, ist es möglich, dass einer meiner Feinde diesen Schlägertypen angeheuert hat? Und wenn ja, wer? Hat mein Halbbruder, Kostya, von meiner Rolle beim Tod unseres Vaters erfahren und beschlossen, sich zu rächen? Ich vertage diese Frage auf später, zumindest für den unwahrscheinlichen Fall, dass wir überleben.

»Ihr Stressniveau ist abnormal«, mischt sich Einstein ein. »Wenn ich einen Vorschlag machen dürfte …«

»Kein Audio-Feedback, bis ich etwas anderes befehle«, fahre ich in Gedanken die künstliche Intelligenz an. »Wenn du nützlich sein willst, starte die Batmobil-App für mich.«

Die Batmobil-App ist eine App, die ich so nenne, seit Mitya sie vor ein paar Wochen geschrieben hat. Sie erlaubt mir, Zapo 2 fernzusteuern, und Mitya, ein paar High-End-Limousinen zu kontrollieren, die er in jeder größeren Stadt besitzt. Ich benutze die App selten, weil ich normalerweise Einstein bitte, das Auto zu bringen – eine Aufgabe, die die neueste Version von Einstein leicht erfüllen kann, auch dank Mityas brillantem Kodieren mit seinem erweiterten Gehirn. Autos zu automatisieren und fernzusteuern ist eine der Obsessionen meines Freundes.

Auf jeden Fall kann ich mit den verschiedenen Sensoren, die in Zapo 2 eingebaut sind, die Straße auf allen Seiten des Fahrzeugs sehen. Ich benutze die App, um den Motor zu starten, und führe das Auto vorsichtig aus dem Parkhaus, bevor ich mit nicht einmal 10 km/h die Straße Richtung Vincent Williams und seinen Kumpels entlangfahre.

»Grundrisse«, sagt Muhomor und nutzt die Telekonferenz-App, um Bildschirme aufzurufen, damit wir alle sie sehen können. »Und außerdem mehr Kameraansichten.« Kameraaufnahmen unserer Angreifer aus verschiedenen Blickwinkeln erscheinen. Einige Kameraansichten scheinen von den Handys unserer

Feinde zu sein. Wenn wir überleben, werde ich es riskieren, Muhomors übergroßes Ego noch weiter wachsen zu lassen.

»Kein Hinterausgang, soweit ich das sehen kann«, murmelt Mitya. »Es gibt Fenster zur anderen Straße hin. Vielleicht, wenn man sie einschlägt …«

»Und davon ausgeht, dass sie nicht auch von der Seite kommen«, unterbricht Muhomor.

Während ich das Auto fahre und Mityas Analyse der Grundrisse bestätige, untersuche ich die Waffen, die die bösen Jungs besitzen, während ich gegen ein ungutes Gefühl in meinem Magen ankämpfe. »Ich kann mit Zapo 2 in sie hineinrasen, und während sie abgelenkt sind, können wir versuchen, durch das Fenster zu flüchten, das Mitya erwähnt hat. Oder ich kann das Auto näher heranbringen. Wir können hineinspringen und …«

»… auf unserem Weg weg von hier von Kugeln durchlöchert werden«, wirft Muhomor ein. »Ich glaube nicht, dass unsere Fenster schusssicher sind, also wird das mit dem Hineinspringen nicht funktionieren.«

»Erzähl uns nicht, was *nicht* funktionieren wird, ohne selbst etwas vorzuschlagen«, kontert Mitya.

»Gut«, sagt Muhomor knapp. »Wie wäre es mit …«

In diesem Moment kommt Nikolozi mit der Rechnung aus dem Restaurant.

Durch die Kameraansichten sehe ich hektische Bewegungen hinter den Autos.

»Scheiße«, sagt Mitya irgendwo in der Ferne. »Er hat die Stalker erschreckt.«

Ich fühle mich, als würde sich mein Bewusstsein in zwei Teile teilen. Eines meiner Ichs spricht laut, während das andere in Gedanken Nachrichten verschickt. In Gedanken sage ich: »Ada, lauf ins Restaurant und verstecke dich im Kühlraum.« Ich markiere den Ort auf dem Grundriss. »Muhomor, versuch, dich nützlich zu machen. Mitya, falls du es noch nicht getan hast, melde die Schüsse der Polizei.« Zur selben Zeit, als ich meine Nachrichten in Gedanken versende, sage ich laut: »Gogi, wir werden angegriffen.«

Dann springe ich auf und schmeiße den Tisch zu unserer Deckung um, so wie ich es bei vielen Helden in Filmen gesehen habe.

Unsere Gegner halten sich nicht länger mit Heimlichkeiten auf; ihre Köpfe sind jetzt deutlich hinter den Autos sichtbar.

Blut pulsiert in meinen Ohren, und die Welt um mich herum scheint sich noch langsamer zu bewegen – so als sei sie mit einer unglaublich schnellen Kamera aufgenommen worden oder als würde ich alles à la *Matrix* in Bullet Time sehen. Dann feuert Williams seine Waffe ab, und die Tatsache, dass ich die Kugel nicht während des Flugs sehen kann, zerstört die Illusion.

Ein herzzerreißender Schrei hallt durch die Luft.

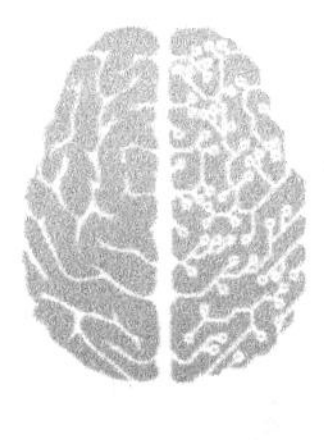

KAPITEL 9

Meine Angst um Ada reizt mich wie einen tollwütigen Bären, da es ihre Stimme war, die ich gerade gehört habe. Ohne mich umzudrehen, fahre ich meine Umgebung durch die Sicherheitskamera des Restaurants ab.

Ein Körper landet mit einem dumpfen Schlag hinter uns auf dem Boden.

Mit einer Mischung aus Entsetzen und Erleichterung atme ich hörbar aus. Das Opfer ist nicht Ada, die vor Entsetzen geschrien haben muss, es ist Nikolozi. Die Kopfverletzung, die ich durch die Kamera sehen kann, lässt keine Zweifel an seinem entsetzlichen Schicksal aufkommen – außer jemand weiß, wie man Teile seines Gehirns wieder in seinen Kopf einsetzen kann.

Ich versuche, meine Hand so still zu halten wie auf dem Schießplatz und ziele mit der Glock. Unterbewusst bekomme ich mit, dass Gogi das Gleiche tut. Ich öffne HUG und die Zielassistenz-App. Jetzt bin ich umgeben von kleinen Ansichten jeder Kamera, auf die ich Zugriff habe, und einigen hilfreichen Waffenstatistiken, die auch die Anzahl der Kugeln in meiner Pistole anzeigen – zehn. Ich habe auch die virtuelle Hilfslinie, die es fast unmöglich macht, danebenzuschießen.

Ich verfluche mich dafür, keine zusätzliche Munition dabeizuhaben, und ziele auf die Schulter des Anführers der bösen Jungs, bis ich sehe, dass Gogi auch dorthin zielt. Ich ändere mein Zielobjekt von Williams zu Jason – einem Mann, der gerade seine Waffe auf Gogis Stirn richtet. Als ich die Linie des Zielassistenten auf Jasons Schulter richte, bemerke ich, dass Ada in Richtung Restaurant eilt. *Gut.*

Ich drücke ab.

Ohne die Ohrenschützer wie auf dem Schießplatz knallt der Schuss wie ein Ziegelstein gegen mein Trommelfell, und ich habe den Eindruck, dass der Rückschlag meiner Glock stärker ist als sonst. Mein Lohn ist der Anblick von Jasons rechter Schulter, die sich in ein blutiges Steak verwandelt, während er zu Boden geht.

Gogi muss gleichzeitig gefeuert haben, aber anstatt Williams, sein Opfer, zu treffen, trifft die Kugel auf den Rücken von Ethan Madison, der laut seiner Akte der Neuzugang in Williams' Crew ist. Ethan muss sich dazu entschlossen haben, die Kugeln für seinen Chef abzufangen. Außer für den Fall, dass er eine schusssichere Weste trägt – eine Möglichkeit, die nicht unwahrscheinlich ist –, hat ihn diese Entscheidung gerade das Leben gekostet. Ethan fällt auf eine Art und Weise auf Williams, die mich an Mordszenen erinnert, was mir sagt, dass er keine Weste getragen hat.

Als ich mein nächstes Ziel anvisiere, bemerke ich Muhomor, der hinter Ada läuft. Trotz der scheinbaren Feigheit dieser Bewegung bin ich erleichtert, als er Ada mit seinem Körper blockiert.

Kevin, der nächste Mann, dem ich in die Schulter schieße, schreit auf, und Gogi feuert seinen zweiten Schuss ab. Ein Mann namens Bob Young fällt mit einer Kugel in seinen Wangenknochen auf den Boden. Trotz seines Aufschreis steht Kevin – der Typ, auf den ich geschossen habe – immer noch, also opfere ich eine weitere Kugel, diesmal für seine rechte Schulter. Dieser Schuss wirkt. Kevin fällt zu Boden und schreit wie ein Gefangener im Abu-Ghuraib-Gefängnis.

Ada und Muhomor sind schon fast durch die Tür. Um Ada so gut zu decken, wie ich kann, trete ich in Gedanken das Gaspedal der Batmobil-App durch und führe Zapo 2 zu dem Freiraum zwischen den zwei geparkten Autos, wo sich die Mehrheit unserer übrigen Angreifer versteckt. Um ganz sicherzugehen, aktiviere ich das Nitro-System, das durch etwas inspiriert wurde, was ich zum ersten Mal in den *Fast-and-the-Furious*-Filmen gesehen habe. Sven, der Typ, der mir das Nitro installiert hat, hat mich gewarnt, dass ich diese Funktion nur zweimal benutzen könne, bevor ich nachfüllen muss, und noch wichtiger, dass Zapos getunter Motor leicht von der einmaligen Benutzung von Nitro zerschossen werden könnte. Aber ich denke, dass Sven mir darin zustimmen würde, dass wenn es einen guten Zeitpunkt gäbe, den Motor zu riskieren, es der jetzige wäre.

Durch Zapos Mikrofone sowie mit meinen eigenen Ohren höre ich das ohrenbetäubende Kreischen von Metall und Kunststoff, die auseinandergerissen werden. Durch die Kameras kann ich sehen, wie Zapo sich durch die Stoßstangen der geparkten Autos schiebt. Einige der Angreifer schaffen es, zur Seite zu springen, aber zwei haben nicht so viel Glück. Einer von ihnen, Logan, bleibt mit einem Stück Knochen, das wie eine altertümliche Pfeilspitze aus seinem rechten Bein ragt, auf dem Asphalt liegen, und sein Blut spritzt wie ein übelkeitserregender Geysir. Ein anderer Typ mit dem Spitznamen Deaf John wurde von Zapos linkem Außenspiegel getroffen und liegt ebenfalls auf dem Boden – hoffentlich bleibt er eine lange Zeit lang bewusstlos.

Auch wenn ich in Gedanken die Bremse bis zum Anschlag durchtrete, um unnötigen Schaden am Auto zu vermeiden, führt der arme Zapo seine unglückliche Fahrt noch einige Meter weiter fort, genau bis in die Scheibe des Waschsalons. Ich zucke zusammen, als ich die klirrenden Geräusche aus dem Waschsalon höre – Geräusche, die ich über meine Ohren in der echten Welt und über Zapos Mikrofon im Hörzentrum meines Gehirns wahrnehme. Dann blinzele ich in der echten Welt nutzlos mit meinen Augen, als die Kamera mir zeigt, dass Zapo gegen den Münzautomaten geknallt ist. Die vier nach vorn gerichteten Kameras hören auf zu funktionieren, aber die Kameras an den Seiten und hinten funktionieren noch und ermöglichen es mir, dabei zuzusehen, wie die Autoteile in alle Richtungen fliegen.

»Ich befürchte, dass Zapo 2 sich zu seinem Vorgänger in den Autohimmel gesellt hat«, sagt Mitya von irgendwoher, aber ich ignoriere ihn.

Ada ist im Restaurant, aber Muhomor benimmt sich wie ein Vollidiot. Er dreht sich herum, um zu sehen, wo der Lärm herkam.

»Geh hinein«, schreie ich ihn in Gedanken an. »Stelle sicher, dass Ada in dem Kühlschrank ankommt. Zerre sie gewaltsam hinein, falls du musst.«

Ich muss damit aufhören, auf Muhomor zu achten, weil Williams die Aufregung nutzt, um Ethan von sich herunter zu stoßen, und dann ist er wieder bereit.

»Vorsicht«, schreie ich für Gogi und Muhomor. Ich habe den starken Eindruck, dass Williams gleich etwas Verzweifeltes tun wird.

Gogi und ich ducken uns hinter den Tisch, und durch die zwei Kameraperspektiven sehe ich, wie Williams seine Waffe um den stark zerstörten Volvo herum ausrichtet. Mein Körper spannt sich an, als Williams eine Runde Kugeln in unsere grobe Richtung abfeuert.

Der Tisch zerfällt in kleine Steinstücke, und eine Kugel rauscht an meinem Ohr vorbei. Ich nehme an, Tische sind keine so guten Deckungen, wie das in Hollywood dargestellt wird.

Meine Atmung ist so schnell wie ein Rennwagen, aber da ich draußen bin, beschließe ich, meinen Vorteil aus der Situation zu ziehen, und richte die Linie der Ziel-App in die Mitte von Williams' ausgestreckter Hand.

Zwei Schüsse ertönen, meiner und Williams'.

Meine Kugel trifft genau in seine Schusshand, und ich muss Schaden angerichtet haben, da seine Pistole zu Boden fällt. Ich sehe, wie er seine rechte Hand mit seiner linken umklammert, und höre seine schmerzerfüllten Flüche. Zu meinem Entsetzen höre ich aber auch einen Schrei hinter mir.

Er kommt von Ada.

KAPITEL 10

Auch wenn es unglaublich verlockend ist, drehe ich mich nicht um. Stattdessen sehe ich durch die Übertragung der Sicherheitskameras des Restaurants in meinem HUD, wie Muhomor mit einem riesigen roten Fleck auf seinem Rücken zu Boden geht.

Ada verschlimmert diese entsetzliche Situation auch noch, indem sie mit einem Gesicht weißer als das Fell von Mr. Spock wieder aus ihrem Versteck im Restaurant hervorkommt.

»Renn wieder rein«, rufe ich ihr in Gedanken zu und untermale die Nachricht mit so viel Furcht und Angst, wie es die Telepathie-App zulässt. »Jetzt, Ada!«

Sie hört nicht. Mit Mr. Spock fest in der Hand hockt Ada sich über Muhomor und ergreift ihn hinten am Shirt.

»Gib ihr Deckung«, schreie ich Gogi zu und rechne in Gedanken aus, wie lange Ada brauchen wird, um

Muhomors Körper weit genug hineinzutragen, damit sie in Sicherheit ist.

Durch die Kamera sehe ich, wie Dylan – ein dünner, glubschäugiger Lakai, der sich links neben Williams versteckt hatte – aufsteht. Ich ziele dorthin, wo sich sein Kopf in einem Augenblick befinden wird, und drücke ab. Ich denke mir, dass wenn er seinen Kopf in den Weg der Kugel hält, es Totschlag ist und kein Mord. Es könnte sogar als Selbstmord angesehen werden. Dylan schreit auf und umfasst die Oberseite seines Kopfes, und ich hasse und respektiere mich für die Erleichterung, die ich fühle, als ich feststelle, dass ich ihn nicht getötet habe.

Nur für den Fall, dass die Kopfverletzung zu oberflächlich ist, und weil ich freie Bahn auf seine rechte Schulter habe, jage ich widerwillig meine sechste Kugel in sie hinein. Er bricht zusammen, schreit und greift sich an die Verletzung.

Ich atme leichter, als ich sehe, dass Ada wieder im Restaurant verschwindet, auch wenn sie sich, anstatt zum Kühlschrank zu gehen, wie ich sie angewiesen hatte, neben der Tür hinhockt und Muhomor das T-Shirt vom Leib reißt.

»Die Kugel hat seine Wirbelsäule getroffen.« Eine Welle des Entsetzens begleitet ihre telepathische Nachricht. »Vielleicht kann er nie wieder laufen – wenn er nicht verblutet.«

Während ich Adas Worte aufnehme, frage ich mich aufgrund der unglaublichen Verzweiflung, die ich fühle, ob die ganze Sache einer dieser präkognitiven Momente während der Anpassungsphase des Gehirns an die neue Verstärkung ist.

Mitya hat uns schließlich erst vor kurzem einen neuen Schub gegeben.

»Passiert das wirklich?«, frage ich mich verzweifelt. Ich würde alles dafür geben, dass es sich um einen dieser präkognitiven Momente oder einen Traum handelt.

Leider verändert sich nichts, also ist das, was passiert, real.

Eine Waffe glitzert im Sonnenlicht, und Gogi feuert einen Schuss ab. Ein Adrenalinschub reißt mich aus der Benommenheit meines Wunschdenkens. Gogi hat gerade einen Kerl erschossen, der auf mich gezielt hatte. Hätte er das nicht getan, wäre ich jetzt tot.

An der Realität zu zweifeln muss jetzt erst einmal warten.

Justin, das jüngste Mitglied der Gang, versucht einen offensichtlichen Angriff, weshalb ich keine andere Wahl habe, als ihm meine siebte Kugel durch den Oberarm zu jagen.

Aiden Williams – Vincents jüngerer Bruder und seine rechte Hand – späht hinter einem zerlöcherten Camry ohne Stoßstangen hervor, der ihm bis jetzt als Schutzschild gedient hat. Nach all dem hier und mit dem Wissen, dass diese Ficker Muhomor verletzt haben, kann ich nicht glauben, dass ich immer noch Probleme damit habe, jemanden zu töten – etwas, an dem mein neuer Psychiater und ich wahrscheinlich noch arbeiten müssen. Gogi teilt meine Bedenken nicht. Er schießt, und durch die

Kameraansichten sehe ich, wie Aidens Gehirn den Boden hinter ihm in ein makaberes Bild von Pollock verwandelt.

Vincent hält inne, um seine blutige Hand zu umklammern, und starrt mit offenem Mund seinen Bruder derart entsetzt an, dass es gar nicht zu seinem extrem kantigen Gesicht passt. Dann sehe ich, wie sich etwas in ihm löst. Er reißt eine Pistole aus einem Beinholster, ergreift sie mit dem, was von seiner verletzten rechten Hand noch übrig ist, und schreit: »Alle schießen, oder ich erschieße euch persönlich!«

In diesem Slow-Motion-Kugel-Modus sehe ich dabei zu, wie Vincent Williams und fünf seiner restlichen Männer – Gabriel, Nathan, Connor, Isaac und José – sich auf ihre Füße kämpfen.

In einem Augenblick werde ich sechs Ziele, aber nur drei Kugeln haben. Der HUD-Modus hat keine Übersicht über Gogis Munition, aber wenn mein Gehirn nicht versagt, sollte Gogi nur noch vier Kugeln in seiner Makarov-Pistole haben.

»Nimm die auf der linken Seite«, schreie ich Gogi zu und schieße Gabriel in den rechten Oberarm.

Als ich sehe, dass Gabriel seine Pistole und damit den Willen verliert, uns anzugreifen, konzentriere ich mich auf seinen blonden Nachbarn, Isaac, und bin entschlossen, seine Schulter und nicht seinen Arm zu treffen, da ich davon ausgehe, dass diese Wunde schmerzhafter ist.

Schüsse ertönen, und ich fühle mich, als ob Godzilla gerade mein linkes Ohr abgebissen hat, nachdem er seinen Feueratem gespien hat. Ich muss allerdings nicht zu schwer verletzt sein, da ich noch stehe. Mit einem frischen Adrenalinschub treffe ich Isaacs Schulter, und als Belohnung fällt er zu Boden.

Gogi feuert zweimal, und José bekommt eine Kugel in den Nacken und Nathan wird durch die Nase geschossen.

Durch das Adrenalin in meinen Knochen kriecht die Welt um mich herum, als ich Connor und Williams dabei beobachte, wie sie in Slow Motion auf uns zielen. Ich extrapoliere ihre Bewegungen und vermute, dass Williams dabei ist, auf meinen Kopf zu zielen, während sein vorzeitig ergrauter Verbündeter Gogis Brust im Visier hat. Sobald mein Verstand diese grausame Schlussfolgerung zieht, reagiert mein Körper.

Mit einer Bewegung, die ich im Dojo gelernt habe, lasse ich mich geduckt zu Boden fallen, während meine Finger das aufgewärmte Metall des Abzugs drücken.

Die Kugel, die Williams für meinen Kopf vorgesehen hatte, schießt, ohne Schaden anzurichten, fünf Zentimeter neben meinem Kopf vorbei und löst nur Schmerzen in meinem Trommelfell aus.

Meine Kugel trifft Connor in den Ellenbogen, wodurch sie für eine lange Zeit seine Chancen zerstört, erneut zu schießen, und, was viel wichtiger ist, dazu führt, dass der Mann die Pistole fallen lässt.

An dieser Stelle macht Gogi einen taktischen Fehler.

Er schießt den bereits entwaffneten Connor ins Gesicht. Wie die anderen Male heute muss Gogi gedacht haben, dass die Verletzung, die ich zugefügt habe, nicht genügend Schaden angerichtet hat.

Connors Gesicht explodiert, aber Gogis momentanes Abgelenktsein war alles, was Williams gebraucht hatte, um schnell auf Gogi zu zielen und abzudrücken.

»Nein!« Ich schreie in Gedanken, in allen Apps und auch laut, während ich meine leere Waffe auf Williams richte und abdrücke.

Es ist nicht überraschend, dass nichts passiert.

In meiner Verzweiflung werfe ich meine Pistole Richtung Williams' Kopf – und verfehle ihn.

Bevor meine Waffe auf dem Boden landet, konzentriere ich mich auf Gogi. Er ist getroffen worden, aber ich kann nicht erkennen, ob die Kugel seine Leistengegend oder den Oberschenkel getroffen hat. Dann, als er grunzend zu Boden fällt, sehe ich, wie er sein Bein umklammert – was meiner Meinung nach besser als die Leistengegend ist.

Williams bewegt sich auf uns zu.

Ich bereite mich darauf vor, mich auf Gogis Waffe zu stürzen, auch wenn ich vermute, dass sie leer ist.

»Beweg noch einen Muskel, und ich schieße auf dich.« Williams' Stimme erinnert mich an einen Zahnbohrer. »Ich meine es ernst. Versteinere.«

Der Mann ist auf dem halben Weg zu uns, und seine Waffe ist fest auf meinen Kopf gerichtet.

Ich bin überrascht, dass ich noch lebe, und hebe meine Hände. »Ich bin unbewaffnet.« Eine eigenartige Ruhe überkommt mich, und gleichzeitig fahre ich mit den Augen meine Umgebung nach irgendwelchen Dingen ab, die mir einen Vorteil verschaffen könnten – erfolglos. Fast unbewusst befehle ich: »Einstein, gib mir einen Statusreport über Zapo.«

»Geh weg von dem Georgier«, befiehlt Williams und macht mit seiner Pistole eine Bewegung in seine eigene Richtung.

Ich schleife mich in seine generelle Richtung und gebe meine Bestes, meinen Körper zwischen Williams und Gogi zu schieben, da ich annehme, dass ihn das davon abhalten wird, den blutenden Mann zu töten. Im Restaurant sehe ich, wie Ada auf mich zukommt, und ich schreie sie in Gedanken an: »Ada, beweg dich nicht. Wenn du Williams erschreckst, sind Gogi und ich so gut wie tot.«

Was ich ihr nicht sage, weil ich versuche, ihr Leben zu retten, ist, dass wir sowieso bereits so gut wie tot sind.

»Das Bremssystem reagiert nicht«, berichtete Einstein irgendwo am Rand meiner Wahrnehmung. »Das Kühlsystem berichtet, dass es beschädigt ist. Scheinwerfersteuerung reagiert nicht …«

Ich traue mich nicht, Einstein auch nur mehr als einen kleinen Bruchteil meiner Aufmerksamkeit zu schenken, während ich mich auf Williams konzentriere. Er ist jetzt so nahe, dass er mich mit seiner Pistole schlagen könnte, wenn er wollte.

Er bleibt stehen und starrt mich affenartig an. »Wenn du mir sagst, wo Cohen ist«, ertönen seine bohrerartigen Stimmbänder, »werden deine letzten Momente angenehm schnell sein.«

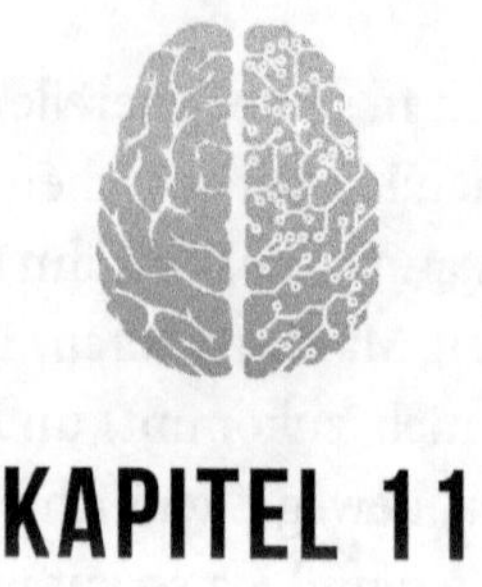

KAPITEL 11

Ich sehe den blutigen Stumpf, der seit meinem Schuss Williams' rechten Mittelfinger ersetzt hat, und ich weiß, dass er lügt. Dafür werde ich leiden, egal, was er mir verspricht. Ich will gerade etwas Mutiges oder wenigstens Sarkastisches zu seinem Vorschlag sagen, als Williams hinzufügt: »Ich werde sogar darüber nachdenken, zu vergessen, dass ich das Mädchen hier gesehen habe, und der Georgier wird auch einen schnellen Tod haben – auch wenn sein Name nicht auf der Liste steht.«

Adrenalin steigert meine Herzfrequenz, aber ich behalte im Hinterkopf, dass er die Liste erwähnt hat, während ich antworte: »Ich bin Cohen, und ich bin genau vor dir.« Während ich rede, dämmert es mir, dass dieser Kerl angeheuert worden sein muss, Gogi und Joe zu finden, mit einem Schwerpunkt auf Joe, der ganz oben auf der Liste stehen muss. Deshalb stellt mir Williams Fragen.

Williams bemerkt richtig, dass ich ein Klugscheißer bin, also drückt er den Lauf der Waffe gegen meinen Oberarm. Ich kann sehen, dass seine Muskeln zucken, und ich bin mir sicher, dass ich gleich eine Kugel in mein Fleisch gejagt bekomme.

In einem Geistesblitz meines erweiterten Gehirns erkenne ich, dass Williams einen kritischen Fehler gemacht hat. Er hat mich angesehen oder irgendwo meinen Lebenslauf gesehen und sich gedacht, dass es für ihn sicher sei, in meine Schlagreichweite zu kommen, da er mich für einen reichen und verwöhnten Risikokapitalgeber-Trottel hält.

Er hat weder damit gerechnet, dass ich dank der Erweiterung sehr lernfähig bin, noch mit den vielen entwaffnenden Übungen, die ich mit Gogi durchexerziert habe. Wahrscheinlich weiß er nicht einmal, dass die Entwaffnung des Gegners einer der Grundpfeiler der Kampfsportarten ist – oder zumindest in Gogis Interpretation.

Mit einer hoffentlich plötzlichen Bewegung lasse ich mich von meinem Muskelgedächtnis führen, als ich die Waffe ergreife und sie auf die Art und Weise drehe, wie ich es geübt habe.

Meine Bewegungen sind so geschmeidig wie Seide, und bevor in Williams' Augen Überraschung aufblitzt, kommt seine Pistole auf dem Boden auf – und das nur, weil ich keinen guten Winkel hatte, um die Bewegung so auszuüben, dass ich die Waffe behalten konnte.

Mein Gegner schreit vor Schmerzen auf, da die Entwaffnung Druck auf seinen verstümmelten Finger ausübt.

Als ich sehe, dass die Augen des größeren Mannes dem Weg der Waffe folgen, nutze ich sein Abgelenktsein aus, um ihm auf die Brust zu schlagen, da ich hoffe, den Solarplexus zu treffen.

Gogi wäre stolz auf mich: mein Schlag ist so perfekt wie aus dem Lehrbuch. Allerdings fühlt sich meine Faust so an, als hätte ich gegen Zement geschlagen. Anstatt sich vor Schmerzen zu krümmen wie ein normaler Mensch, blinzelt Williams nicht einmal.

Was noch schlimmer ist, ist, dass er mit seiner riesigen Faust auf mein Gesicht zuhält.

Ich blockiere seinen Schlag mit meinem rechten Ellenbogen, aber im Gegensatz zu meinem Trainingsversuch dieser Abwehr fühlt sich mein Ellenbogen an, als sei er in kleine Stücke zersplittert und an jedem Stück hinge ein pulsierender Nerv. Ich versuche es mit einem Tritt – so wie es mir als ideale Bewegung in dieser Situation beigebracht wurde – aber im Gegensatz zu Gogi während des Trainings weicht Williams meinem Tritt aus und trifft mich mit seiner Faust am Kinn.

Es ist nicht so, dass ich nicht gelernt hätte, wie man einen Schlag wegsteckt. Auf eine gewisse Weise sollte ich ein Experte darin sein, da Gogi mich während des Trainings einige Male unbeabsichtigt getroffen hat und Joe mich häufiger absichtlich geschlagen hat, als ich zählen kann. Aber jetzt wird mir klar, dass sie ihre Schläge nicht mit voller Kraft ausgeführt haben. Das hatte ich von Joe nicht erwartet. Zur Hölle, selbst Anton – Mutters Entführer, der mich vor einigen Monaten geschlagen hat – war ein Schwächling im Vergleich zu meinem derzeitigen Angreifer.

Der Aufschlag seines Treffers kommt augenblicklich, und ich kann allein durch meine Gehirnerweiterung noch denken. Die biologischen Teile meines Gehirns und dadurch auch mein Körper fahren herunter und wollen sich der Ohnmacht ergeben.

In einem Augenblick könnte ich genau hier mitten auf der Straße ein Nickerchen machen, und ich muss meine ganze Kraft aufbringen, um um Klarheit zu kämpfen. Verzweifelt konzentriere ich mich voll und ganz auf die Teile meines Gehirns, die auf den weit entfernten Servern laufen – die schlagfesten Teile.

»Rücklichter sind unbeschädigt«, sagt Einstein irgendwo in meinem Kopf, und ich erinnere mich daran, ihn angewiesen zu haben, mir vom Zustand des Zapo 2 zu berichten. »Nitro Boost unbeschädigt.«

Durch das Wunder der Brainozyten behalte ich genügend Kontrolle über meinen Körper, um mich beim nächsten Schlag wegzuducken, und fange den Schlag, der daraufhin folgt, mit dem Ellenbogen ab.

Als der Schmerz des Blockens mein Gehirn aufweckt, öffne ich hektisch meine Batmobil-App und versuche, Zapo 2 erneut zu starten, als sich ein Plan in meinem Kopf formt.

»Halt«, krächze ich zu Williams, aber seine Faust landet in der Mitte meines Magens. Leider funktioniert mein Solar Plexus, im Gegensatz zu seinem, so, wie er sollte, und ich falle vor Schmerzen und Luftmangel erneut fast in Ohnmacht.

»Joe«, versuche ich zu sagen, »ich kann Ihnen sagen, wo Joe Cohen ist.«

Meine Worte kommen abgehackt heraus, aber Williams hält inne, vielleicht aus Neugier. Ich nutze diese Begnadigung, um mich auf den Boden fallen zu lassen, und rolle mich auf der staubigen Straße nach rechts. Mein Ziel ist der Straßenrand.

Durch die Kameraansichten sehe ich, dass sich Williams' Gesicht verzieht, so als ob er sich nicht entscheiden kann, ob er mich treten oder mir weitere Fragen stellen sollte. Sein Wunsch, mich zu treten, scheint zu gewinnen, und er hebt den Fuß.

Ich lege bei Zapo den Rückwärtsgang ein, bringe ihn mit meinem Willen dazu, zu starten, indem ich ihm in Gedanken verspreche, ihn komplett zu reparieren, ihm goldene Felgen zu kaufen und einen Ölwechsel pro Woche durchführen zu lassen, wenn er nur bitte, bitte *startet*.

Zu meiner Überraschung wird mein verzweifeltes Bitten erhört.

Trotz des vorangegangenen Unfalls springt Zapos Elektromotor an, und das Auto ist bereit, zu fahren.

Der Fuß meines Angreifers ist dabei, auf der Seite meines Kopfes aufzukommen, als ich mental das Gas durchtrete und das Lenkrad ganz nach rechts reiße.

Meine Welt explodiert in weiße Sterne, was mir sagt, dass Williams' Fuß meinen Kopf erreicht hat.

Der Trick, sich auf Willenskraft und die entfernten Server-Erweiterungen meines Gehirns zu verlassen, wird nicht mehr lange funktionieren.

Doch bevor mich das Bewusstsein endgültig verlässt, sehe ich Williams' Körper in Zapos Heckkameras immer größer werden. Ich bemerke auch, dass er sich umdreht, um zu sehen, was los ist. Ich gebe mein Bestes, mich so klein wie möglich zu machen, und rolle näher zum Straßenrand. Dann, mit der letzten Millisekunde meines Bewusstseins, aktiviere ich Zapos Nitro-System, damit das Auto nach vorn schießt.

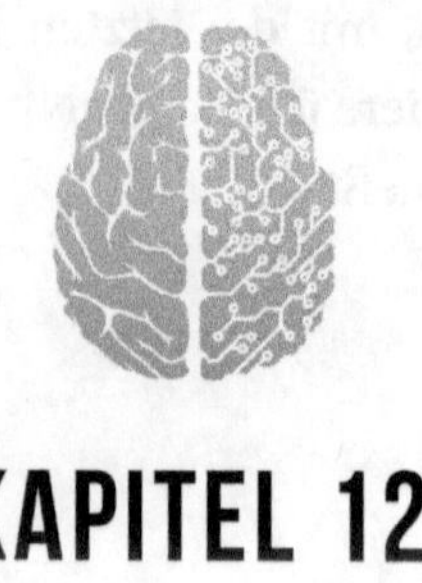

KAPITEL 12

»Sie sind zwanzig Sekunden lang bewusstlos gewesen«, berichtet Einstein. »Es ist gerade 15.55 Uhr.«

Zwanzig Sekunden sind nicht meine gewöhnlichen acht Stunden Schlaf. Etwas anderes als Schlaf muss für meine geistige Abwesenheit verantwortlich sein. Ich frage mich kurz, ob Joe mich wieder im Dojo bewusstlos geschlagen hat. Bis jetzt habe ich beim Sparring erst einmal das Bewusstsein verloren, und selbst damals nur für eine Sekunde.

Sirenen heulen in einiger Entfernung. Ist das ein Krankenwagen für mich? Falls ja, wäre es das erste Mal, dass Joe mich so schlimm zurichtet.

Ada wird mich das niemals zu Ende bringen lassen.

Dann sehe ich die Kameraansichten in AROS, und mir fallen die von Kugeln durchlöcherten Autos auf der Straße auf. Auf einmal erinnere ich mich an alles, besonders an den Teil, an dem ich um mein Leben kämpfe.

»Einstein«, befehle ich in Gedanken. »Ich kann nicht durch Zapos Kameras sehen.«

»Ich konnte mich erst vor zwanzig Sekunden mit dem Computersystem des Autos verbinden«, beschwert sich Einstein. »Meiner Einschätzung nach ist Zapo ein Totalschaden.«

Wäre Einstein ein Mensch, hätte er sarkastisch hinzugefügt: »Wieder.«

Mit monumentaler Anstrengung rolle ich auf die Seite und betrachte Zapos traurige Überreste.

Halb erwarte und halb hoffe ich, Williams zwischen Zapos hinterer Stoßstange und dem Überbleibsel des Ford Mustangs zu sehen, den ich ungewollt vor einer halben Minute getötet haben muss. Aber der riesige Mann ist nicht hier. Williams' Abwesenheit bringt mich zur kritischen Frage: Wo ist er? Ich bin mir ziemlich sicher, dass ich Zapo so ausgerichtet habe, ihn zu treffen, bevor ich das Bewusstsein verliere, aber ich nehme an, dass er weggerollt ist oder etwas in der Art.

Ich kämpfe gegen das Gefühl an, Beton geschluckt zu haben, und suche mit allen Kameras nach Williams.

Nichts.

Als mehr meiner geistigen Schärfe zurückkehrt, erinnere ich mich daran, nach Williams verwundeten Kollegen Ausschau zu halten, aber ich kann niemanden finden. Sie müssen mit ihm zusammen vor den Sirenen geflüchtet sein.

Apropos Sirenen, sie werden von Warnlichtern begleitet, also sind die Behörden hier.

Unglaublich erleichtert versuche ich aufzustehen, aber entscheide dann, dass es zu früh ist, etwas so Drastisches auszuprobieren.

Vom gemütlichen Boden aus benutze ich die Kamera des Restaurants, um Gogis Verletzungen zu begutachten. Zum Glück geht es dem Georgier besser als in meinen optimistischsten Hoffnungen. Irgendjemand, wahrscheinlich er, hat sein Bein behelfsmäßig abgebunden, und die Blutung ist nur noch ein Rinnsal.

Im Gegensatz zu Gogi sieht Muhomor schlecht aus. Er ist kalkweiß, bewegt sich nicht, und telepathische Nachrichten von mir scheinen ihn nicht zu erreichen.

»Mike«, sagt Ada laut vom Eingang des Restaurants. »Bewege dich nicht. Du könntest eine Rückenverletzung haben.«

»Geh wieder rein«, insistiere ich in Gedanken. Als ich sehe, dass sie nicht auf mich hört, bewege ich demonstrativ meine Finger und füge hinzu: »Ich habe auch gerade meine Zehen bewegt, und es war ein riesiger Erfolg. Keine Rückenverletzung. Geh rein. Bitte.«

Ihre Antwort wird von den Notfallfahrzeugen der Polizei und der Notfallhelfer unterbrochen, und ein Feuerwehrauto ist auch vor Ort.

Trotz der Migräne durch die Sirenen freue ich mich über das heulende Geräusch, und als die Straße von Polizisten und Notfallhelfern überschwemmt wird, erlaube ich mir, mich zu entspannen.

Schneller als ich blinzeln kann liegen Gogi und ich auf Tragen und werden in verschiedene Krankenwagen geladen. Ada gesellt sich zu mir.

»Mir geht es gut«, lüge ich das Erste-Hilfe-Team an, als es die Türen des Krankenwagens hinter Ada schließt. »Bitte kümmern Sie sich um meine Freunde.«

»Ihre Freunde haben mindestens drei Ersthelfer bei sich«, versichert mir der größere von meinen Rettern. Seine Augen, in denen sich der Schlafentzug widerspiegelt, haben zu tiefe Ringe für jemanden, der so jung ist. »Wir können und werden uns auf Sie konzentrieren. Können Sie mir bitte Ihren Namen und Ihr Geburtsdatum sagen?«

Ich rede weiter mit dem Ersthelfer, während ich mich in Gedanken mit Ada unterhalte, die von ihrem Nach-Adrenalin-Einbruch überwältigt zu sein scheint. In ihren Augen glänzen Tränen, als sie mich anstarrt und ihre schlanke Gestalt leicht erzittert.

Da meine Ersthelfer nicht wissen, wie es Muhomor und Gogi geht, oder sie es mir nicht erzählen wollen, versuche ich, Muhomors nette App zu benutzen, um mich in die anderen Krankenwagen zu hacken, aber nichts. Die Autos haben keine Computer, die komplex genug sind, um sie hacken zu können, und das Personal des Rettungswagens schreibt sich keine privaten Informationen über seine Patienten in die Handys.

»Nein, ich spüre keine Schmerzen«, lüge ich den Ersthelfer zum fünften Mal an. »Ich möchte keine Schmerzmittel.«

»Wie schlimm sind die Schmerzen wirklich?«, fragt Ada, die sich ganz offensichtlich von ihrem Schock erholt hat. Ihre Augen sind wieder trocken, und ihre telepathische Botschaft ist gefüllt mit einer Mischung aus Angst und Ärger. »Du bist blasser, als ich dich jemals gesehen habe – sogar für einen Programmierer zu blass.«

»Ich fühle mich, als habe mir jemand gegen den Kopf getreten«, antworte ich in Gedanken. »Und weißt du was? Wahrscheinlich fühle ich mich so, *weil* ich gegen den Kopf getreten wurde.«

»Warum erzählst du ihnen dann nicht, dass du Schmerzen hast? Warum versuchst du immer so unnötigerweise, ein Held zu sein?«

»Wenn Sie mir Schmerzmittel geben, werden diese mich wahrscheinlich umhauen. Das ist passiert, als ich den letzten Zapo zu Schrott gefahren habe«, erkläre ich ihr. »Ich möchte bei Bewusstsein bleiben. Ich möchte herausfinden, was mit unseren Freunden geschehen ist.«

Manchmal lässt mich mein erweitertes Gehirn die Welt so schnell erleben, dass ich sogenannte Mikroexpressionen wahrnehme – diese kleinen ungewollten Gesichtsausdrücke, die mit den Gefühlen entstehen, die eine Person gerade durchlebt. Adas momentanes mürrisches Gesicht ist klassisches Verärgertsein. Der Ausdruck ist allerdings sofort verschwunden, und ich rechne es Ada hoch an, dass ihre telepathische Nachricht geduldig und beruhigend ist, als sie vorschlägt: »Wie wäre es denn mit einem Mittel zur Linderung des Schmerzes? Es wird dich nicht umhauen. Das ist wahrscheinlich genau die Situation, für die die App entwickelt wurde.«

Ich denke über ihren Vorschlag nach, auch wenn sie über eine App spricht, die eine der angsteinflößendsten Softwares ist, die wir je entwickelt haben. Tatsächlich steht diese App, die Mitya *Relief* genannt hat, ganz oben auf meiner furchterregenden Shortlist, weil sie dazu gedacht ist, Schmerzen zu dämpfen, und zusammen mit BraveChill – die App, die bei Angst und Unruhe hilft – zum Missbrauch einlädt. Als ich diese Apps ausprobierte, erinnerte mich BraveChill daran, eine Alprazolan mit einem Bier einzunehmen – etwas, was ich einmal am MIT gemacht habe und was ich zu sehr mochte, um es mir jemals wieder zu erlauben. Die Relief-App ist noch furchteinflößender, da ich Wärme und Freude bei ihr verspürte. Obwohl ich diese Klasse von Drogen nie missbraucht habe, vermute ich, dass das Gefühl so ähnlich war wie Morphium oder Oxycodon. Natürlich war es kein fairer Test, als ich diese Apps benutzt habe, da ich keine Angst oder Schmerzen hatte.

Laut, um die Ernsthaftigkeit meiner Worte an Ada zu unterstreichen, sage ich: »In jenen Experimenten, in denen Ratten ihre Lustzentren stimulieren konnten, drückten sie den Hebel für das künstliche Glücksgefühl häufiger als die für Essen, Trinken und sogar Sex. Sie drückten den Knopf bis zu dem Punkt, an dem sie verhungerten.«

Die Ersthelfer tauschen verwirrte Blicke aus, bleiben aber still und schreiben meine Aussage wahrscheinlich meiner Kopfverletzung zu. Da ich mir Sorgen mache, dass Mr. Spock verstanden hat, was ich gesagt habe, und über solche barbarischen Rattenexperimente entsetzt ist, streichle ich den kleinen Kerl – was dazu führt, dass die Ersthelfer noch mehr Blicke austauschen, da man nicht jeden Tag eine Ratte als Haustier sieht. Mr. Spock scheint in Ordnung zu sein, zumindest laut EmoRat und den visuellen Hinweisen, die ich immer besser erkennen kann.

»Du hast eine bessere Selbstbeherrschung als eine Ratte, Mike«, kontert Ada laut und rutscht auf der Trage näher an mich heran. »Nichts für ungut«, sagt sie zu Mr. Spock. »Außerdem liefert die Relief-App einen genau berechneten milden Reiz für das Lustzentrum. Es dämpft den Schmerz …«

»Schön«, unterbreche ich sie in Gedanken, da es mich beunruhigt, dass Ada im Begriff war, erneut Mityas Genialität zu bewundern – eine häufige Aktivität, die es immer wieder schafft, meine grünste Eifersucht zu aktivieren. »Ich aktiviere es.«

Sie lächelt wissentlich, und ich frage mich, warum ich überhaupt versuche, mich gegen ihre Wünsche zu wehren. Wenn es darum geht, mit Ada zu streiten, habe ich gelernt, dass es einfacher ist, nachzugeben. Tief in meinem Inneren weiß ich, dass sie nur das Beste für mich will und mich nicht davon überzeugen würde, eine App zu benutzen, die mich in Schwierigkeiten bringen könnte – nicht mit Absicht.

Ich erkläre den Sanitätern Spocks Anwesenheit, während ich die Relief-App einschalte. Als Zugeständnis für meine Angst vor der App wähle ich die Einstellungen der App ganz schwach, so dass die Wirkung ungefähr äquivalent mit einigen Dosen Tylenol für Erwachsene oder vielleicht einer einzelnen Tylenol mit Codein wird.

»Verdammt«, schicke ich mental zu Ada, als die Glückseligkeit der App den Schmerz in meinem blutigen Ohr und meine schrecklichen Kopfschmerzen schwächer werden lässt. »Ich fühle mich besser, aber wie gesagt, ich habe Angst, dass ich davon abhängig werde.«

Ada berührt beruhigend meine Schulter und zwinkert mir zu. »Wir könnten dir immer noch eine Reha-App schreiben. Etwas, was die Relief-App daran hindert, sich mit den Servern zu verbinden.«

»Ich würde einfach etwas schreiben, was dein Programm überschreibt.« Ich lege meine Hand auf ihre, und die Wärme ist besser als alles, was eine App machen könnte. »Wenn du nicht wolltest, dass ich abhängig werde, hättest du mich nicht dabei unterstützen sollen, so gut im Programmieren zu werden.«

»Mach dir keine Gedanken. Wenn du abhängig wirst, werde ich dich in einen Raum ohne Internetzugang einschließen, wenn es sein muss.« Adas Ton ist zu spielerisch für das grausame und ungewöhnliche Szenario, das sie gerade beschrieben hat. »Jetzt mal ehrlich, wenn Muhomor eine App schreiben kann, um sich dazu zu bringen, mit dem Rauchen aufzuhören, können wir eine App schreiben, die dir dabei hilft, ohne eine andere App zu leben, wenn es sein muss. Aber das wird es nicht.«

Als sie Muhomor erwähnt, mache ich mir wieder Sorgen, und ich denke darüber nach, BraveChill zu benutzen, um diese Angstattacke abzuschwächen. Letztendlich entscheide ich mich dagegen, die App zu benutzen, da ich ein schlechter Freund und weniger menschlich wäre, wenn ich mir in *diesem* Szenarium *keine* Gedanken machen würde.

»Wo wir gerade von Apps sprechen«, meint Ada und greift damit meinen Stimmungswechsel auf. »Du solltest die Neurogenese-App durchlaufen lassen, falls du von dem Kampf einen Gehirnschaden davongetragen hast.«

Neurogenese ist der Prozess, bei dem neue Gehirnzellen wachsen, und das ist unbestreitbar eine der angsteinflößenderen Apps, mit der ich kein Problem habe. Ich benutze sie sogar regelmäßig. Abgesehen von dem offensichtlichen Gedanken »je mehr Gehirn, desto besser«, vorausgesetzt, dass die Neurogenese einem »mehr Gehirn« gibt, ist meine Begründung dafür, diese App zu benutzen, dass viele der Aktivitäten, die gut für einen sein sollen, zu Neurogenese führen. Mit anderen Worten, ich glaube, dass wenn Laufen, Sex, bereichernde Umgebungen und Erfahrungen und selbst so gewöhnliche Lebensmittel wie Fischfett, Kurkuma und Blaubeeren Neurogenese auslösen, sie vielleicht hinter einigen der positiven Effekte dieser Aktivitäten stecken könnte, und deshalb ist es eine gute Idee, so viel Neurogenese wie nur möglich zu bekommen. Bei meiner Mutter und dem Rest der Studienteilnehmer läuft eine starke Version dieser App, und selbst ich muss zugeben, dass diese Idee Mityas ein Geniestreich gewesen ist. Sie hat Patienten mit fortgeschrittenem Alzheimer mehr als alles andere in der Behandlung geholfen und mich davon überzeugt, dass Neurogenese für mehr Gehirn-Power sorgt. Für mich ist es schwer, die Auswirkung der Neurogenese auf mein Gehirn von meiner Erweiterung zu unterscheiden, aber trotzdem denke ich, dass es eine positive Auswirkung hat. Außerdem, sollte Ada mich jemals in einen Raum ohne Internet einsperren, hätte ich wenigstens noch ein auf natürliche Weise erweitertes Gehirn.

»Fertig«, sage ich, sobald die Neurogenese-App gestartet ist und läuft. »Ich denke, wir sind am Ziel angekommen.«

Der Krankenwagen unterstreicht meine Worte, indem er anhält und mich die Ersthelfer in die Notaufnahme tragen.

<hr>

»Hör auf zu zappeln«, sagt Ada laut – ein Zeichen, dass sie verärgert ist –, nachdem ich zum gefühlten tausendsten Mal überlegt habe, das Krankenhausbett zu verlassen. »Du *musst* von einem Arzt untersucht werden. Das ist nicht verhandelbar.«

»Ich werde ruhig bleiben, wenn du gehst und herausfindest, was mit Gogi und Muhomor geschehen ist«, kontere ich und entscheide mich dafür, nicht die Worte »wohltätiger Diktator« zu benutzen.

»Abgemacht«, antwortete Ada telepathisch und geht, was beweist, dass es mir gut gehen muss, weil sie mich sonst nicht aus den Augen gelassen hätte.

Als Ada gerade erst weggeht, fühlt sich das Warten bereits stundenlang an – ein negativer Nebeneffekt meines superschnellen Denkens. Um nicht durchzudrehen, versuche ich, meinen Kopf zu beschäftigen. Ich beginne mit meinen geschäftlichen E-Mails, die ich durchgehe und von denen ich einige Hunderte der dringendsten beantworte. Das schlägt einige Minuten tot und dauert länger, als es müsste, weil ich in einer entspannten Geschwindigkeit lese und tippe. Als ich mit der Arbeit fertig bin, beschließe ich, ein wenig mit meinem Handy zu spielen. Ich habe es erst vor einigen Tagen bekommen, aber habe es bereits Schatz 3 genannt. Schatz 3 ist in allen Punkten besser als seine Vorgänger und hat eine Hardware, die vor einem

Jahrzehnt einen Supercomputer glücklich gemacht hätte. Ada, Mitya und ich haben meine Lieblingsfunktion entwickelt – ein lichtempfindliches Solarladegerät, das in die äußere Hülle integriert ist. Wenn es mit einer effizienten Innenbatterie kombiniert wird, kann sich Schatz 3 sogar bei Zimmerbeleuchtung selbst aufladen. Ich musste es, seit ich es bekommen habe, noch nie an eine Steckdose anschließen. Das einzige Problem mit Schatz 3, wenn man es überhaupt ein Problem nennen kann, ist, dass ich genauso viel, wenn nicht noch mehr, auch mit den Brainozyten in meinem Kopf tun kann. Trotzdem sind auf dem Handy tausende mehr Spiele, als der Brainozyten-Klub jemals entwickeln könnte. Ich wähle ein neues Strategiespiel und probiere es sofort aus, auch wenn das Spielen auf meinem Handy nicht meine ganze Aufmerksamkeit erfordert. Die Spiele sind für normale Menschen entwickelt worden.

Ich erinnere mich daran, dass Lyuba in der Stadt ist, und melde mich bei ihr, um ihr zu erzählen, dass Muhomor verletzt wurde. Ich dränge sie dazu, im Krankenhaus vorbeizukommen, da ich mir denke, dass er sich freuen würde, sie zu sehen, und versichere ihr mehrmals, dass ich wirklich keine Ahnung habe, wie sein Gesundheitszustand im Moment ist. Danach wäge ich einige lange Minuten lang ab, ob ich meiner Mutter sagen sollte, wo ich bin. Letztendlich stimmt mir Mitya darin zu, dass es nicht essentiell ist, dass meine Mutter etwas von meinen Missgeschicken erfährt, solange ich keine ernsthafte Verletzung habe. Ada frage ich nicht um Rat, da sie der Meinung sein könnte, dass meine Mutter ein Recht darauf hat, es zu wissen. Da ich Mitya in der Leitung habe, stimme ich zu, eine virtuelle Partie

Go mit ihm zu spielen, und verliere auch prompt. Dann spielen wir wie abgesprochen Schach, und natürlich gewinne ich. Wie immer haben wir einen telepathischen und verbalen Streit darüber, welcher Sieg beeindruckender ist, Go oder Schach.

»Go ist ein altes chinesisches Strategiespiel, das älter und unbestreitbar komplexer ist als Schach«, sagt Mitya und spuckt damit sein übliches Argument aus. »Schau dir doch die künstliche Intelligenz an. KIs können seit langem die besten Schachspieler schlagen, aber haben erst kürzlich Go gemeistert.«

»Das hat mehr mit den Menschen zu tun, die die künstliche Intelligenz bauen«, kontere ich. »Außerdem, da du mit dem Thema künstliche Intelligenzen angefangen hast, ich kann die besten von ihnen beim Schach schlagen, während du das bei Go nicht kannst.«

»Das ist nicht der Punkt«, meint Mitya abgelenkt, und ich vermute, dass er gerade eine Partie Go gegen eine künstliche Intelligenz spielt.

Da Mitya beschäftigt ist, suche ich nach weiteren Dingen, mit denen ich mir die Zeit vertreiben kann.

»Sie führen einige Scans mit Gogi durch und stabilisieren Muhomor«, erklärt mir Ada, als sie 15 Minuten später zurückkommt. »Hier Informationen zu bekommen ist wie Zähne ziehen.«

Die bildliche Vorstellung des Zähneziehens hilft mir nicht über meine generelle Angst vor weißen Kitteln hinweg, genauso wenig wie das Wissen, dass Muhomors

Zustand so schlecht ist, dass er stabilisiert werden muss. Was die Neurosen betrifft: falls der Psychiater mir mit meiner Paranoia geholfen haben sollte, wäre dieser Fortschritt wieder hinfällig, weil ein insistierender Teil von mir das Gefühl hat, dass mich jemand im Krankenhaus heimlich beobachtet. Durch dieses unheimliche Gefühl erinnere ich mich daran, wie ich mich kürzlich in dem Albtraum gefühlt habe, in dem gesichtslose Menschen in Anzügen gekommen sind, um mich zu holen.

Nach einer gefühlten Woche angsterfüllten Wartens unterbricht ein Arzt die Monotonie, indem er bestätigt, was ich die ganze Zeit Ada gesagt habe: mein Zustand ist kein wirklicher Notfall, und bald kann ich das Krankenhaus wieder verlassen.

Natürlich ist »bald« in Krankenhaussprache relativ. Da es mir gut geht und meine Priorität recht niedrig ist, muss ich lange warten, bis mein Ohr genäht und verschiedene Schnitte und Kratzer verbunden werden. Die Schwester, die mich verarztet, informiert mich darüber, dass ich mit einem Polizisten sprechen muss. Das ist die Standardprozedur für Schussopfer, die auch Menschen einschließt, die kaum von der Kugel berührt wurden.

»Ada, bitte schau nochmal nach Gogi und Muhomor«, bitte ich Ada in Gedanken, als ein Polizist den Raum betritt. »Vielleicht gibt es mittlerweile mehr Informationen?«

»Natürlich«, antwortet sie in einem beruhigenden Ton. »Möchtest du Schach spielen und reden, während ich herumlaufe? Das könnte dir helfen, cool zu bleiben, während die Polizisten dich befragen.«

»Gern«, antworte ich Ada in Gedanken, als der Polizist sich als Officer Jackson vorstellt. »Auch, wenn ich allein ruhig bleiben kann.«

»Vielleicht können wir auch zusammen diese App programmieren, über die ich nachgedacht habe«, meint Ada in Gedanken, nachdem ich gekonnt ihren ersten Bauern im Schach nehme.

»Was immer du möchtest, mein Liebling«, antworte ich ebenfalls in Gedanken, und mir fällt auf, dass dieses ganze Multitasking nicht nur für mich ist, sondern auch, um Adas Angst vor der Vorstellung, was mit unseren Freunden sein könnte, einzudämmen.

»Nein, ich habe diese Männer niemals zuvor getroffen«, erkläre ich Officer Jackson zum gefühlten zehnten Mal. »Ich kenne ihre Namen, weil ich eine Gesichtserkennung durchgeführt habe.«

Während der ungläubige Polizist mir Folgefragen stellt, spielen Ada und ich Schach, und ich sehe ihr dabei zu, wie sie ein Stück Software schreibt, das die Brainozyten mit einer besonderen Art von intelligentem Licht versehen soll. Es würde uns erlauben, mental die Lichter an unserem Ort ein- und auszuschalten. Ich weise nicht darauf hin, dass wir bereits über Einstein die intelligenten Lichter bedienen können, da das Herabsetzen ihrer Arbeit Ada nur noch mehr aufregen würde.

»Und wie passt Joe Cohen in diese ganze Geschichte?«, fragt Officer Jackson, und ich verstehe auf einmal seine nicht so überraschende und nicht so unauffällige Agenda.

Die Polizei interessiert sich wie immer für meinen Cousin.

»Ich weiß es nicht«, antworte ich so freundlich und geduldig, wie ich kann. »Mein Cousin und ich haben kein enges Verhältnis.«

»Was wäre Ihre Theorie dazu?«, hakt der Polizist nach. »Warum, denken Sie, haben sie angegriffen?«

»Ich weiß wirklich nicht, warum sie angegriffen haben«, sage ich Officer Jackson, und es fühlt sich an, als hätte ich schon einige Varianten dieser Frage beantwortet. »Wenn es etwas mit Joe zu tun haben sollte, wie Sie meinen, können Sie Ihre Theorie doch mit dem Mann selbst besprechen, wenn Sie mit *ihm* sprechen.«

Eigentlich frage ich mich sogar, was die Gründe für den Angriff sind, und habe vor, Joe einige gezielte Fragen zu stellen, sobald er hier ist, also wird der Polizist warten müssen, bis er an der Reihe ist.

Während der Polizist mich mit weiteren Fragen bombardiert, mache ich einen Zug in dem Schachspiel, der für Ada Schachmatt bedeutet, und schreibe Joe in Gedanken eine Nachricht: »Hier ist ein Polizist, der eine Menge Fragen über dich stellt. Behalte das im Hinterkopf, wenn du herkommst.«

»Wie geht's Gogi?« Die Antwort meines Cousins kommt fast genauso schnell wie von jemandem mit Brainozyten, auch wenn er natürlich auf Englisch und nicht auf Zik schreibt.

»Ich weiß es noch nicht«, antworte ich meinem Cousin, während ich laut sage: »Officer, ich muss wirklich nach meinen Freunden sehen. Wenn Sie weitere Fragen haben, würde ich gern meinen Anwalt, Herrn Kadvosky, hier haben. Vielleicht haben Sie von ihm gehört?«

Joes Nachricht ist klar und auf den Punkt. »Ich will sofort einen Bericht über Gogis Zustand.« Mein Cousin braucht nicht solche Nettigkeiten wie »ansonsten werde ich dir den Hals umdrehen, wenn ich komme«, hinzuzufügen, weil das immer impliziert ist, wenn man sich mit ihm unterhält.

»Ich habe von der Kadvosky-Anwaltskanzlei gehört«, sagt Officer Jackson, und sein Gesichtsausdruck sieht so aus, dass man denken könnte, wir redeten über eine Vampirhöhle oder ein Erdbeben. »Wir sind jetzt fertig. Danke für Ihre Mithilfe.«

Obwohl es offensichtlich ist, dass er lügt, schüttele ich trotzdem die Hand des Polizisten. Als er den Raum verlässt, schließt Ada ihren Code ab und sendet ihn an unser neues, von Muliomor gesichertes Quellcode-Repository.

Da ich mir denke, dass jetzt ein guter Zeitpunkt ist, um auszuprobieren, ob ich gehen kann, schwinge ich meine Beine aus dem Bett und belaste sie sorgfältig mit meinem Gewicht.

Ich falle weder hin noch schreie ich vor Schmerzen, aber ich vermute ganz stark, dass ich ohne die App zur Schmerzerleichterung zumindest kurz aufgeschrien hätte. Ich schalte die App vorsichtig aus und erkenne, dass ich recht habe. Mir tut immer noch alles weh, und der Schmerz ist so erträglich wie eine Wurzelbehandlung ohne Narkose.

»Irgendwelche Neuigkeiten?«, frage ich Ada in Gedanken und atme tief ein, um zu sehen, ob es gegen die Schmerzen hilft.

»Ich habe endlich Gogi in diesem Labyrinth gefunden«, sagt Ada. »Ich bin gerade dabei, nach seinem Zustand zu schauen.«

»Dann sehe ich nach Muhomor«, antworte ich und starte die App für die Schmerzerleichterung. Der tiefe Atemzug hat die Schmerzen verschlimmert.

Die nächste halbe Stunde lang gehe ich in der Notaufnahme umher und stelle den Pflegern Fragen, wann immer ich sie finde. Die Angestellten sind es nicht gewohnt, dass Patienten Fragen über andere Patienten stellen, also muss ich meinen ganzen erweiterten Intellekt und meine Aufmerksamkeit nutzen, um charmant, aber nicht verrückt zu wirken. Letztendlich zahlen sich meine Bemühungen aus, und ich erfahre, dass Muhomor stabilisiert wurde, danach geröntgt, einer Computertomographie unterzogen, und sich jetzt im MRT-Gerät befindet.

»Ich bin in Gogis Zimmer auf der Intensivstation«, sagt Ada in dem Moment, in dem ich eine Schwester anbettele, mit dem Arzt reden zu dürfen, der Muhomor in der Notaufnahme untersucht hat. »Das solltest du selbst hören.«

Die Schwester gibt mir den Namen des Arztes und Ada öffnet die Share-App, damit ich durch ein neues virtuelles Fenster in Gogis Zimmer sehen kann. Ich höre jemanden, wahrscheinlich Gogis Arzt, sagen: »Er kommt gerade aus dem OP, und alles ist gut gelaufen. Er hat einige Muskelrisse und zerschmetterte Knochen, aber ich denke, dass er sich mit der Zeit gut erholen wird.«

Als ich Gogis Diagnose höre, atme ich erleichtert aus und gebe die Information sofort an Joe weiter. Er antwortet mit: »Ich werde in zwanzig Minuten da sein. Ich habe auch Jean und Nick zu euch geschickt. Sie sind näher bei euch.«

Nick und Jean sind zwei Jungs, die ich manchmal im Fitnessstudio sehe. Soweit ich das beurteilen kann, gehören sie der seltenen Spezies in der Welt meines Cousins an, die genau das tut, um was es in seinem offiziellen Geschäft auch geht. Sie arbeiten als High-End-Bodyguards und nichts weiter – ich meine nichts Zwielichtiges. Auch ihre Hintergründe sind seriöser als üblich. Nick hat es fast bis zu den Navy SEALs geschafft. Gerüchten nach wurde er abgelehnt, weil er nicht intelligent genug war. Und Jean hat es fast in eine professionelle Footballmannschaft geschafft.

Es hört sich so an, als traue Joe dem Sicherheitspersonal des Krankenhauses nicht und würde uns zusätzlichen Schutz zukommen lassen – ein ernüchternder Gedanke.

Die Erleichterung, die ich gespürt habe, als ich von Gogis Zustand erfahren habe, verschwindet, und ich konzentriere meine Sorgen voll und ganz auf Muhomor.

Nach einigen Minuten erfolglosen Suchens gesellt sich Ada zu mir. Zusammen überfallen wir die MTA in der Kernspintomographie, die einzige Person, die wir finden können, die Muhomor in letzter Zeit gesehen hat.

»Ich mache nur die Tests. Ich werte sie nicht aus«, sagt die Frau und schiebt nervös ihre Brille einige Millimeter auf der Nase nach oben. »Sie werden mit Dr. Zane reden müssen, wenn er mit seiner OP fertig ist.«

»Sie führen die ganze Zeit MRTs durch«, halte ich dagegen. »Können Sie uns sagen, was *Sie* denken? Wir werden Sie nicht dafür verantwortlich machen.«

Da ich erkenne, dass sie stur sein wird, beschließe ich, eine alte russische Überzeugungstechnik anzuwenden. Ich bitte Ada in Gedanken, all das Geld hervorzuholen, das sie bei sich hat. Ada holt einige hundert Dollar hervor, und ich lege es demonstrativ auf den kleinen Schreibtisch der Frau, während ich sage: »Wir wollen einfach nur Ihre Vermutung hören. Bitte.«

Die Frau sieht aus, als sei sie von dem Bestechungsversuch völlig überrascht – wahrscheinlich ist das etwas, was in diesem teuren amerikanischen Krankenhaus nie passiert. Nach einer Sekunde steckt sie allerdings das Geld in ihre Tasche und sagt leise: »Sollte er überleben, bezweifle ich, dass er jemals wieder laufen wird.«

Als wir sie anstarren, spielt sie mit ihrer Brille, und ich kann sehen, dass sie abwägt, ob sie noch etwas anderes sagen sollte. Etwas, vielleicht ihr Anstand, siegt, und sie fügt leise hinzu: »Es tut mir leid, aber es ist eine komplexe Operation, und ich denke, dass Sie sich auf das Schlimmste vorbereiten sollten.«

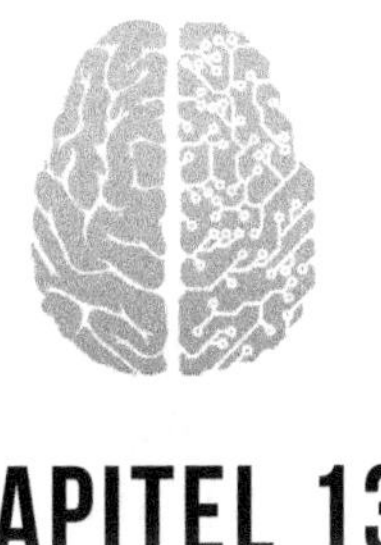

KAPITEL 13

Ada und ich gehen hektisch in den Korridoren des Krankenhauses hin und her und versuchen, mit der Tatsache klarzukommen, dass unser Freund jeden Moment sterben könnte. Um mich zu beruhigen, streichele ich über Mr. Spocks Fell, aber nach einigen Minuten benutzt er EmoRat, um mir mitzuteilen, dass er das lieber nicht hätte, also höre ich damit auf.

Als ich gerade versuche, mich in die Computer des Krankenhauses zu hacken, kann ich nicht anders, als über die schmerzhafte Ironie nachzudenken, dass Muhomor die Person ist, die mir am besten dabei helfen könnte. Aber wenn er in der Lage wäre zu hacken, würden wir uns nicht in die Computer des Krankenhauses einhacken müssen, um herauszufinden, wie es ihm geht.

»Ich habe ihn immer als selbstverständlich hingenommen«, lasse ich Ada wissen, und unterlege meine telepathischen Worte mit Trauer. »Ich habe ihm nie gesagt, wie sehr ich seine Fähigkeiten geschätzt habe.«

»Ich glaube, wir hätten alle bessere Freunde sein können.« Ada bleibt stehen und legt mir beruhigend eine Hand auf den Unterarm. »Wir sollten das als eine Lektion fürs Leben nehmen.«

Adas Berührung beruhigt mich genug, um mich zu konzentrieren, und ich beginne, in Gedanken durch Muhomors App die Netzwerke des Krankenhauses zu schmecken und zu riechen. Es dauert einige Minuten – Jahre für jemanden mit meiner Denkgeschwindigkeit –, aber letztendlich finde ich eine leckere Sicherheitslücke.

Ich unterrichte Mitya und Ada über das, was ich gefunden habe, damit sie das System mit mir erkunden können.

»Ich kann nicht viel mehr finden als das, was uns die MTA bereits gesagt hat«, meint Ada nach einiger Zeit und bestätigt damit die Ergebnisse meiner eigenen Nachforschungen.

»Ich hatte ein wenig mehr Glück«, mischt sich Mitya ein. »Ich habe herausgefunden, wo die OP stattfindet. Ich schicke euch gerade die Infos.«

Ada und ich bekommen eine elektronische Zustellung einer Karte des Krankenhauses mit einem – typisch Mitya – roten Kreuz mitten auf der dritten Etage.

Als wir auf halbem Weg zu unserem Ziel sind, bekomme ich eine Nachricht von Joe, in der steht: »Nick und Jean sind im Krankenhaus. Wohin soll ich sie schicken?«

Ich leite Mityas Karte an Joe weiter und frage: »Was ist mit dir? Wann wirst du hier sein?«

»Bald«, antwortet Joe. »Wo ist Gogis Zimmer?«

Ich schicke Joe Anweisungen, um Gogi zu finden, und frage mich erneut, ob Joe der Grund für dieses üble Chaos ist. Ich werde mein Leben riskieren, wenn ich ihn das frage, aber ich werde es nicht am Telefon tun.

Als Ada und ich durch die Korridore des Krankenhauses gehen, konkurrieren die Gerüche von Formaldehyd und Desinfektionsmittel mit den viel schlimmeren nach Medizin, die ich lieber ignorieren würde. Der Grund, weshalb ich mich auf den Geruch anstatt auf das, was ich sehe, konzentriere, ist meine stärker werdende Paranoia. Durch meine Augen sehe ich überall um mich herum Krankenhausbetten und ausstattung, und auch wenn wir eigentlich nur von Menschen in grünen Krankenhausuniformen umgeben sind, nimmt mein Gehirn unsichtbare Menschen wahr, die mich beobachten, und besteht darauf, dass diese Menschen Anzüge tragen – so wie in meinem Albtraum.

Nick und Jean warten im chirurgischen Wartezimmer auf uns, und sie sind die einzigen Leute dort. Die großen Männer besetzen zwei der billigen, unbequem aussehenden Stühle und blättern durch vergilbende Magazine mit den Schlagzeilen des letzten Jahres. Dieser fensterlose Raum muss für das Personal, dessen Aufgabe es ist, die Magazine zu erneuern, keine hohe Priorität haben.

Nicks Begrüßung ist einsilbiger als Jeans, aber nur ganz leicht. Ich frage mich, ob sie versuchen, einer Art Bodyguard-Stereotyp gerecht zu werden. Bis jetzt gelingt es ihnen.

Wir setzen uns hin, und ich schnappe mir eine Zeitschrift aus dem Haufen auf dem altersschwach aussehenden Tisch, damit ich so tun kann, als würde ich lesen, während ich noch einen Abstecher in das Labyrinth des WLANs des Krankenhauses mache. Währenddessen benutzt Ada ihre komplette mentale Leistungsfähigkeit, um die zwei Schlägertypen in eine Art Unterhaltung zu verwickeln.

»Jackpot«, meine ich in Gedanken zu Ada und Mitya. »Ich habe zwei Sicherheitskameras in den OPs gefunden.«

Ich klinke mich in die erste ein, und mein Blutdruck schießt nach oben, als ich den Raum mit dem maskierten Chirurgen und einer Reihe gesichtsloser Helfer betrachte. Muhomor ist mit der Maske auf seinem Gesicht kaum zu erkennen, und die Krankenhaushaube, die seine typische Frisur verdeckt, macht das Ganze noch deprimierender. Ein grünes Tuch bedeckt seinen geschundenen Körper und lässt ihn noch dünner aussehen als sonst – fast zerbrechlich. Die zweite Kamera zeigt ein tiefes rotes Loch auf dem Rücken seines Kittels, das von den chirurgischen Lampen beleuchtet wird. Ich kann die schaurigen Details der OP sehen und lasse meine Augen im Raum umherwandern, wobei ich mich einzig und allein darauf konzentriere, nicht auf das Blut zu schauen, um nicht in Ohnmacht zu fallen. Meine Brust schmerzt noch mehr, und Schuldgefühle nagen an mir, als ich an die ganzen Witze denke, die ich in letzter Zeit auf seine Kosten gemacht habe, einmal ganz abgesehen von dem ganzen Zeug, das ich dem Psychiater erzählt habe. »Das ist übel«, murmele ich auf Russisch vor mich hin.

»Hey, er ist am Leben«, meint Mitya von irgendwoher. Ich nehme an, dass ich aus Versehen meine Gedanken übertragen habe oder Mitya mich über Adas Share-App gehört hat. »Trauere noch nicht um ihn. Das bringt Unglück.«

Ich schüttele meinen Kopf, um ihn frei zu bekommen. Auch wenn ich nicht denke, dass Mitya abergläubisch ist, hat er recht. In der russischen Kultur ist es ein schlechtes Zeichen, um jemanden zu weinen, der krank ist; man glaubt, dass diejenigen, die dies tun, einen schlechten Einfluss auf den Ausgang der Krankheit haben. Auch wenn ich weniger abergläubisch bin als Mitya, beschließe ich, Muhomors Schicksal nicht herauszufordern und mich zu beruhigen.

»Er ist ein Kämpfer«, sage ich und versuche, meinen eigenen Worten Glauben zu schenken. »Ich bin mir sicher, dass er es schaffen wird.«

»Hast du Hunger?«, flüstert Ada leise in mein Ohr, und ich könnte sie für diesen Themenwechsel küssen. Er bringt mich auf andere Gedanken, und auch wenn ich den OP immer noch aus dem Augenwinkel sehen kann, schockiert mich mein Magen dadurch, dass er so laut knurrt, dass Nick auflacht.

»Ich werte das mal als ein Ja.« Ada blickt von meinem Bauch zu Jean und seinem Partner und sagt lauter: »Was ist mit Ihnen, meine Herren? Ich werde jetzt Essen holen gehen. Hätten Sie gern etwas?«

Zum Leidwesen Adas bitten Nick und Jean um zwei Mahlzeiten, die das genaue Gegenteil von vegetarisch sind – was keine Überraschung ist, wenn man sich ihren fleischigen Körperbau ansieht.

»Für mich einen Haferbrei«, sage ich laut, bevor Ada eine Ernährungsdiskussion mit den beiden muskelbepackten Bodyguards beginnt. »Mit vielen Nüssen, falls es welche gibt.«

Mr. Spocks Wortschatz ist immer noch sehr limitiert, aber er kennt das Wort »Nüsse«. Über EmoRat zeigt er seine Freude über die Aussicht auf Nüsse. Zufällig kennt er auch die Worte für einen Haufen anderer Leckereien, seinen Namen, ohne und mit dem Ehrentitel Mr., und den Satz: »Frische Luft?« Er liebt diese Frage, weil sie bedeutet, dass er in meine Tasche springen und einen Ausflug draußen genießen kann.

»Ada, bitte pack einige Nüsse und Rosinen zur Seite«, füge ich in Gedanken dazu und weiß ganz genau, dass das Wort »Rosinen« auch von dem kleinen Intriganten verstanden wurde und in ihm Freude ausgelöst hat. »Mr. Spock möchte einen Snack.«

Wie ich vermutet hatte, hat die Erwähnung von Rosinen, seinem zweitliebsten Wort des Tages, bei Mr. Spock freudige Erregung ausgelöst, und er beginnt vor lauter Vorfreude zu knuspern.

»Okay.« Ada sieht nach meiner Wahl beruhigt aus. »Ich bin gleich zurück.«

Ich beobachte Ada dabei, wie sie durch den Raum und hinaus auf den Gang geht. Als sie den Fahrstuhl betritt, lege ich meine Zeitschrift weg und wende meine Aufmerksamkeit auf Nick und Jean. »Ich habe euch in der letzten Zeit nicht im Fitnessstudio gesehen«, sage ich.

Als ich das Fitnessstudio erwähne, erwärmen sich Jeans Augen, und er sagt mit einer dröhnenden Stimme:

»Wir waren beschäftigt. Ich habe aber gesehen, wie du mit Gogi trainiert hast. Du bist nicht schlecht für einen Zivilisten.«

»Danke«, antworte ich, während ich in Gedanken eine Nachricht zu Ada und Mitya schicke, in der steht: »Ich brauche mehr Ablenkung als diese eisige Unterhaltung.«

»Was?«, antwortet Ada sofort. »Du findest eine Unterhaltung mit Dick und Doof nicht intellektuell stimulierend?«

»Es tut mir leid, euch zu unterbrechen«, Mityas Nachricht auf Zik ist voller Angst. »Ich habe durch die Krankenhauskameras geschaut, und es gibt da etwas, was ihr sehen *müsst*.«

Mitya sendet einen Link, und als ich daraufklicke, erstarrt jeder einzelne Teil von mir vor Angst, selbst meine Haarspitzen.

KAPITEL 14

Der Blick durch die Kamera ist vertraut. Es ist der Fahrstuhl, den wir benutzt haben, um in diese Etage zu gelangen.

Eine Gruppe von drei Männern steigt aus dem Fahrstuhl und schaut sich unauffällig um. Einer der Männer geht zum Schwesternzimmer in der Nähe des Eingangs zur Station und sagt etwas zur Schwester. Ich kann mir vorstellen, was er sagt, weil es sich wahrscheinlich nicht sehr von dem unterscheidet, was Ada und ich erst kürzlich zur Schwester gesagt haben: »Wir sind hier, um auf einen Patienten zu warten.«

»Achtung, verdächtige Person«, sagt Einstein dreimal laut – einmal für jeden Mann auf dem Display.

»Dieses Mal wusste ich es«, antworte ich meiner KI, während mein Adrenalinniveau in die Höhe schießt. »Zeig ihre Profile an, damit ich sie lesen kann.« Zu Nick und Jean sage ich scharf: »Jemand kommt für mich. Macht euch bereit.«

In dem Moment, den ich brauche, um die Bildschirme in mein AROS-Interface zu laden, mache ich eine Zik-Nachricht fertig und versende sie. »Ada, verlass das Krankenhaus, falls du es noch nicht getan haben solltest. Sobald du draußen bist, geh so weit weg, wie du kannst.«

»Ich werde Ada im Auge behalten und sicherstellen, dass sie in Sicherheit kommt«, sagt Mitya. »Verschwende keine Bandbreite deines Gehirns für etwas anderes als die Männer, die hinter dir her sind.«

»Okay«, antworte ich. »Bring sie einfach nur raus. Wenn du musst, sag dem Sicherheitspersonal, dass sie ein gefährlicher Psycho ist und dass sie sie sofort rausschmeißen müssen.«

»Ich werde sicherstellen, dass sie das Krankenhaus verlässt«, verspricht Mitya düster. »Mach dir darüber keine Gedanken.«

Ich wünschte, es wäre so leicht, mir keine Gedanken über Ada zu machen, aber ich habe keine Wahl. Bildschirme mit Gesichtern und Worten erscheinen vor mir, als Einstein mir die Profile anzeigt, die ich verlangt habe.

Ich muss die Sache Jean und Nick überlassen. Sie verschwenden keine Zeit mit unnötigen Fragen. In der kurzen Zeit, die ich benötige, um die Lebensläufe zu lesen, sind die beiden Bodyguards bereits aufgestanden und ergreifen ihre Waffen.

Ich greife an die Stelle, an der sich *meine* Waffe befinden sollte, aber dann erinnere ich mich daran, dass sie keine Kugeln mehr hat und ich sie außerdem bereits vorhin verloren habe – wahrscheinlich eine gute Sache, da eine nicht angemeldete Waffe der Polizei sehr schwer zu erklären sein würde. Trotzdem wünsche ich mir, dass ich sie jetzt hätte, da die Profile mir eine wichtige Information verraten.

Diese Männer arbeiten für Vincent Williams.

Davon abgesehen sagen die Profile mir nur Dinge, die ich mir bereits gedacht habe. Das sind gefährliche Menschen. Einer, Keydon, hat wegen Mordes gesessen, und ein anderer, Broderick, hat ebenfalls gesessen, aber wegen Erpressung. Der dritte Mann, Cristiano, ist kein Krimineller, aber das macht ihn nicht weniger gefährlich. Er hat im Exército Brasileiro gedient – einem Zweig der brasilianischen Armee. Für den Moment lege ich Fragen wie »Wie haben sie mich gefunden?« und »Was hat Vincent überhaupt für ein Problem mit mir?« beiseite. Nach dem, wie das letzte Treffen mit Vincent Williams' Männern verlaufen ist, zische ich laut: »Nick. Jean. Die Männer, auf die ihr gleich treffen werdet, arbeiten mit den Arschlöchern, die Gogi ins Krankenhaus gebracht haben.«

Bei der Erinnerung daran, dass sein Kamerad verletzt ist und er kurz davorsteht, eine Chance zu bekommen, Rache zu nehmen, funkeln Nicks Augen mit Joe-ähnlicher mörderischer Freude. Jeans Gesicht ist schwerer zu lesen, aber beide Männer nehmen und entsichern ihre Waffen und beginnen zu handeln, indem sie Manöver ausführen, die mich an polizeiliche Verfahren erinnern. Nick rutscht gegen die Wand neben dem Flur und zielt mit seiner Waffe auf den Eingang, während Jean mich hinter sich und so weit wie möglich vom Eingang entfernt beschützt. Als Jean mit unserer Position zufrieden ist, richtet er seine Waffe ebenfalls auf den Eingang.

Mein Puls hämmert, während ich die AROS-Ansicht beobachte und Jean die Bewegungen der Bösewichte zuflüstere, bis die drei Angreifer nicht mehr im Blickwinkel der Kamera sind. Dann suche ich im WLAN-Netzwerk nach einem anderen Standort, aber der nächste, den ich finden kann, ist die Sicherheitskamera direkt über meinem Kopf, die mir ein paar Zentimeter mehr vom Korridor zeigt als meine Augen.

»Lass die Ratte in den Korridor gucken«, meint Mitya, nachdem ich ihm mein Problem erklärt habe. »Du hast eine App, die dir zeigt, was er sehen kann.«

«Jetzt ist keine Zeit für bösartige Witze.« Ich unterlege meine Antwort auf Zik mit so viel Wut, wie es das Interface zulässt. »Er könnte zerquetscht werden.«

»Wow. Ada hat es geschafft«, beschwert sich Mitya. »Du behandelst eine Laborratte wie einen Menschen.«

»Wenn du dich nützlich machen willst, sag Joe, was los ist«, antworte ich knapp. »Vielleicht benachrichtigst du auch das Sicherheitspersonal des Krankenhauses und die Polizei darüber, was los ist.«

»Ich habe den Sicherheitsdienst des Krankenhauses und die Polizei bereits benachrichtigt. Nun zu Joe.« Mityas Antwort ist langsamer als seine üblichen telepathischen Nachrichten. »Ada und ich haben darüber nachgedacht, ob du das überhaupt wissen musst.«

»Was wissen?« Ich hätte nicht gedacht, dass mein Adrenalinlevel noch weiter steigen könnte, aber offensichtlich lag ich damit falsch. Es ist so schlimm, dass meine Hände zittern und Einstein einen Alarm über mein Stressniveau auf meinem AROS-Display aufpoppen lässt.

»Ein Bild sagt mehr als tausend Worte.« Ein weiterer Link begleitet Mityas Nachricht. »Das ist die Kameraansicht in Gogis Raum hinein.«

Als der Bildschirm aufpoppt, erkenne ich den Außenbereich von Gogis Zimmer, nur dass dort jetzt zwei große, starke Männer gegen Joe kämpfen. Ihre Bewegungen sind so schnell, dass sie durch die billige Sicherheitskamera verschwommen sind.

Dem Handgelenk des größeren Angreifers nach zu urteilen, das aussieht, als sei es gebrochen, kann ich schließen, dass Joe ihn gerade entwaffnet hat. Eine Waffe liegt auf dem Boden. Der etwas kleinere Angreifer beugt sich nach vorn, um sie zu ergreifen, aber stattdessen trifft er auf Joes Knie.

»Warum hat Joe nicht seine Waffe draußen?«, frage ich Mitya in einer Nachricht. »Hatte er keine Gelegenheit, sie herauszunehmen, oder haben sie sie ihm irgendwie aus der Hand gerissen?«

»Konzentriere dich auf deine eigenen Probleme«, entgegnet Mitya. »Meinen Berechnungen nach fangen *deine* Probleme gleich an.«

Mitya hat recht. Ich öffne die Aufnahme-App, um alles aufzunehmen, damit ich es mir später anschauen kann, und bereite mich darauf vor, mich auf meine eigenen Angreifer zu konzentrieren.

In diesem Moment fliegt ein Objekt aus dem Korridor in das Zimmer.

Da ich schnell denke, bin ich wahrscheinlich die erste, wenn nicht die einzige Person in dem Raum, die Zeit hat, zu verarbeiten, um was es sich bei dem Objekt handelt und was gleich geschehen wird.

Es ist eine Granate, die kurz davor ist, zu explodieren.

KAPITEL 15

»Granate!«, versuche ich zu schreien, aber das Wort kommt nicht heraus, weil die Explosion ausgelöst wird.

Jeans Körper prallt mit der Kraft eines Baseballschlägers, der auf eine Ameise trifft, auf meinen.

Trotz Jeans Schutz wird meine Netzhaut von einem supernovahellen Licht geblendet, was etwa genauso angenehm ist, wie eine Million Blitzlichter auf einmal zu sehen.

Jetzt, da ich nichts mehr sehe, werden als Nächstes meine Ohren angegriffen. Das Dröhnen der Granate fühlt sich an, als ob Thor seinen Mjolnir gegen meine freiliegenden Trommelfelle schlagen würde.

Es ist, als wenn mich jemand auf meinen Kopf fallen gelassen und mich danach mit einem Pick-up überfahren hätte.

»Nach dem, was ich durch die Kamera gesehen habe, war es eine Blendgranate«, kommentiert Mitya telepathisch. »Das bedeutet, dass die Angreifer in einem Moment hereinplatzen werden.«

»Ich gehe zurück zum Krankenhaus«, wirft Ada ein. »Mike könnte meine Hilfe gebrauchen.«

»Nein …«, beginne ich, aber Mitya ist schneller.

»Das wirst du nicht tun«, meint er entschieden. »Du musst *weiter* weg. Hör damit auf. Du lenkst ihn ab, und dabei ist er schon unkonzentriert.«

Mit übermenschlicher Anstrengung schaue ich in weniger als einer Nanosekunde mental durch die Kamera über meinem Kopf.

Jean sieht genauso überwältigt aus wie ich, aber Nick scheint das Ganze besser überstanden zu haben. Das muss etwas mit seinem SEAL-Training zu tun haben.

Einer der Angreifer taucht in der Tür auf. Mein Kopf ist durcheinander, aber ich glaube, dass es Keydon ist, der Mörder der Gruppe.

Bevor ich Nick irgendwie warnen kann, bemerkt der große Bodyguard, dass wir Gesellschaft haben, und zielt mit seiner Waffe etwa dahin, wo Keydon in einem Moment sein sollte.

Trotz der klingelnden Taubheit in meinen Ohren höre ich den Schuss. Ich hoffe, dass das bedeutet, dass meine Ohren keinen dauerhaften Schaden davongetragen haben.

Keydon fasst sich an die Brust und fällt zu Boden. Bevor ich vor Freude in die Luft springen kann, sehe ich Keydons Partner, Broderick, den Erpresser. Eine Warnung liegt mir bereits auf der Zunge, als Broderick Nick ins Gesicht schießt.

Nick fällt, aber die Schüsse haben Jean wieder in das Hier und Jetzt zurückgeholt – zumindest ausreichend, um seine Waffe in Richtung Korridor zu entladen. Da ich mit meinen Augen immer noch nichts sehen kann, bin ich mir ziemlich sicher, dass Jean es auch nicht kann und blind schießt. Trotzdem muss Jean entweder Glück haben oder gut ausgebildet sein, weil eine Kugel Broderick in den Nacken trifft. Der Mann umklammert seine Wunde mit einem, wie ich hoffe, Todesgriff.

»Noch ein letzter«, schreie ich, auch wenn ich bezweifle, dass Jeans Ohren sich bereits ausreichend erholt haben, um mich hören zu können.

Jean beginnt nachzuladen.

Ich hoffe wirklich, dass Cristiano, als jemand, der in der Armee gedient hat, vorsichtig sein wird, nachdem er gesehen hat, wie seine Kameraden getötet wurden. Wenn er sich langsam bewegt, könnte sein Zögern Jean vielleicht die wenigen kostbaren Sekunden geben, die er braucht, um seine Waffe nachzuladen.

Ohne dass ich es wirklich will, wandert meine Aufmerksamkeit zu der Kamera, die auf den Fahrstuhl gerichtet ist, und ich betrachte die Fahrstuhltüren.

Menschen in Krankenhausbekleidung rennen eine Krankentrage schiebend heraus – was irgendwie Sinn ergibt. Sie könnten hier sein, um die Überlebenden der Explosion zu retten. Allerdings würde ich mir wünschen, dass es stattdessen das Wachpersonal des Krankenhauses oder Polizisten wären. Hat Mitya sie gerufen?

Was ich als Nächstes sehe, ergibt allerdings keinen Sinn. Die übrigen Menschen im Fahrstuhl tragen Anzüge.

»Ist das ein Traum?«, frage ich Einstein voller Panik.

»Nein. Sie sind bei Bewusstsein.« Einsteins Antwort ist völlig humorlos.

Für den Fall, dass es sich um einen dieser vorausschauenden Momente handelt, frage ich mich: »Passiert das gerade wirklich?«

Auf jeden Fall bin ich danach immer noch, wo ich bin, und die Anzüge sind auch noch alle hier. Ich frage mich kurz, ob mein Traum beinhalten könnte, dass Einstein sagt, ich sei bei Bewusstsein, aber ich entscheide mich dafür, dass das eher unwahrscheinlich ist, und konzentriere mich auf die Kamera.

Ich zähle mindestens vier Männer in Anzügen, aber als ich die Gesichtserkennung über ihre kantigen Gesichter fahren lasse, passiert nichts. In zwei Fällen habe ich einen hervorragenden Blick auf Ihre Gesichter – genügend, um mich auch in Zukunft an sie zu erinnern – also weiß ich, dass die fehlende Erkennung nichts mit dem Kamerawinkel zu tun hat. Diese Männer sind in keiner der Datenbanken der Gesichtserkennung gespeichert – eine Meisterleistung, die nahezu unmöglich zu sein scheint, da es unter anderem bedeutet, dass sie weder in sozialen Netzwerken präsent sind noch einen Eintrag bei der Zulassungsstelle haben.

Ich verlasse das Geheimnis ihrer Identitäten und sehe mir die eigenartigen Waffen in ihrer Hand genauer an. Sie erinnern mich an Nerf Guns.

So als hätte sie die effektivste Art und Weise aus einem Fahrstuhl zu stürmen geprobt, eilt die Gruppe zu dem Korridor, der zu meinem Wartezimmer führt.

Ich blinzele mental, aber der Kamerablick verändert sich nicht, und die Menschen in den Anzügen bewegen sich immer noch schnell den Flur hinunter und verschwinden aus meinem Blickwinkel.

Jean ist fertig damit, seine Waffe neu zu laden und zielt mit ihr auf die Wand. Er muss denken, dass das der Eingang ist, aber er liegt etwa 25 Grad daneben.

»Jean«, schreie ich in sein Ohr.

Der große Mann zuckt nicht, also ergreife ich seinen Arm, um seine Schussrichtung zu korrigieren.

Meine Welt explodiert erneut, aber ich kämpfe darum, bei Bewusstsein zu bleiben und zu verstehen, was gerade passiert ist. Blind und verwirrt muss Jean mich für einen der Angreifer gehalten und mir mit seinem Ellenbogen ins Gesicht geschlagen haben.

Ich rutsche an der Wand hinunter und umfasse meinen Kopf mit den Händen, da ich den Blick aus dem Augenwinkel nicht von den Kameraübertragungen abwenden kann.

Der letzte Angreifer, Cristiano, rennt in den Raum und feuert auf Jean. Jean schießt auf die Mauer, auf die er vor seinem Schlag gezielt hatte, und verfehlt Cristiano.

Cristiano schießt noch einmal, und Jean fällt auf mich.

Cristiano kommt näher. Ich denke, dass er vorhat, Jean von mir herunterzuschieben und mir einige Kugeln in den Kopf zu jagen.

Selbst wenn ich die Kraft hätte, nach Jeans Waffe zu greifen, ist sie viel zu weit weg von mir.

Mir wird klar, dass das eine Situation ist, in der der Gehirnschub mir einen bösen Streich spielen kann, indem er meine letzten Momente gefühlt verlängern kann. Ich überlege, mich von Mitya und Ada zu verabschieden, aber verwerfe diese Idee wieder. Ada könnte etwas Verrücktes tun, so wie wieder zurückrennen. Stattdessen nehme ich mir einen Moment Zeit, um nach Mr. Spock zu sehen, der zwar noch lebt, aber wie ich taub und blind ist. Er schafft etwas, von dem ich dachte, es sei unmöglich.

Er ist noch verängstigter als ich.

»Krabbel in meine Hose und verstecke dich hinter meinem Bein«, befehle ich Mr. Spock durch die EmoRat-App. »Wenn er mich in die Brust schießt, könnte er *dich* treffen.«

Cristiano befindet sich mitten im Raum, als ich sehe, wie die erste Figur im Anzug hereinkommt. Der Mann im Anzug hebt eine eigenartige Waffe an – einen Taser.

Cristiano, der die Menschen hinter sich nicht bemerkt hat, zielt sorgfältig mit ungerührten Gesichtszügen auf mich, so als sei er dabei, mit seinem Handy ein Foto von mir zu machen. Seine Finger zucken am Auslöser – und der größte Anzug schießt.

Cristiano zuckt und geht zu Boden. Jemand vom medizinischen Personal rennt zu dem gefallenen Cristiano und gibt ihm eine Spritze.

Ein breitschultriger Anzug nähert sich diesem Haufen aus Jean und mir und zielt mit seinem Taser auf mein freiliegendes Bein.

»Nein …«, versuche ich zu schreien, aber die scharfen Spitzen der Waffe erreichen mich bereits, und mein ganzer Körper zuckt. Jeder einzelne Muskel wird durchgerüttelt und gleichzeitig gelähmt.

Ich nehme kaum den Typen mit der Spritze wahr, der zu mir kommt und sie genauso gefühllos in mein Fleisch bohrt, wie er es vor einem Moment bei Cristiano getan hat. Aus irgendeinem Grund ist meine größte Sorge, ob er eine andere Spritze und Nadel benutzt hat.

»Habt ihr das alles gesehen?«, schreibe ich hektisch Mitya. »Was zum Henker geht hier vor sich?«

»Keine Ahnung.« Mityas Antwort hört sich genauso panisch an. »Aber die Taser lassen darauf schließen, dass sie dich lebendig wollen.«

Ich schaue in die Kameraansicht, in der Joe um sein Leben kämpft. Keine Menschen in Anzügen haben bei meinem Cousin eingegriffen. Es ist schwer zu sagen, ob das ein gutes Zeichen ist, aber wenigstens ist er noch am Leben und kämpft.

»Versteck dich vor ihnen«, befehle ich Mr. Spock, der es geschafft hat, mein rechtes Hosenbein hinunterzukriechen, wie ich ihn angewiesen hatte. »Wenn du kannst …«

Ich beende mein mentales Kommando an Mr. Spock nicht. Was auch immer mir gespritzt wurde, der Effekt hat jetzt mein Gehirn erreicht, und die Clouderweiterungen können mir nicht dabei helfen, länger wach zu bleiben.

Meine Welt wird schwarz.

KAPITEL 16

»Sie sind sechsundzwanzig Minuten bewusstlos gewesen«, berichtet Einstein irgendwo in meinem schläfrigen Gehirn. »Es ist jetzt 18.48 Uhr.«

Mein ganzer Körper schmerzt und pulsiert. Ich fühle mich wie eine Banane, nachdem sie eingefroren und zu einem von Adas Smoothies verarbeitet wurde. Ich scheine meinen Hörsinn wiedergewonnen zu haben, aber was ich höre – dröhnende, wirbelnde Geräusche wie im lautesten Kreis der Hölle –, ergibt keinen Sinn.

Ich öffne meine Augen und bin froh, festzustellen, dass sie genau wie meine Ohren wieder funktionieren. Ich betrachte meine Umgebung und verstehe, wo ich bin.

Ich befinde mich in einem großen Helikopter, der auch die Geräuschquelle ist.

»Er ist wach«, höre ich jemanden von hinter mir sagen.

»Also auf was wartest du dann?«, sagt ein breitschultriger Anzug und winkt mit seiner venenüberzogenen Hand in meine Richtung. »Setz ihn wieder unter Drogen.«

»Warte …«, versuche ich zu sagen, aber brennende Wärme breitet sich in meinem Arm aus, und ich begebe mich wieder in den Abgrund meiner Bewusstlosigkeit.

Ich wache auf, aber da ich das letzte Mal wieder unter Drogen gesetzt wurde, als ich meine Augen geöffnet habe, entscheide ich mich dafür, erst meine Situation näher zu erforschen, bevor ich jemandem zeige, dass ich wach bin.

Ich brauche weniger als einen Herzschlag, um zu erkennen, dass etwas völlig falsch läuft.

Eigentlich laufen viele Dinge falsch, aber das Schlimmste ist mein Geisteszustand. Ich kann kaum einen zusammenhängenden Gedanken fassen.

Zuerst denke ich, dass meine geistige Behinderung von der Gehirnerschütterung kommt, die mir die Blendgranate zugefügt hat, und den Drogen, mit denen die Anzüge mich vollgepumpt haben, aber ich verstehe schnell, dass die Wahrheit erschreckender ist.

Ich habe keinen Internetzugang.

Ich öffne hektisch eine AROS-App nach der anderen, und alle diejenigen, die nur mit Netzwerken funktionieren, was die Mehrheit ist, melden Verbindungsprobleme.

Mit noch geschlossenen Augen und wild entschlossen, nicht in Panik zu verfallen, öffne ich Muhomors App, um mich mit einem WLAN-Netzwerk oder, sollte das fehlschlagen, mit einem Mobilnetzwerk zu verbinden.

Die App zeigt mir visuelle Darstellungen von zwei WLAN-Netzwerken und eine Reihe von schwachen Bluetooth-Verbindungen von unbekannten Geräten – wahrscheinlich Smartphones. Während ich versuche, eine leckere Verbindung zu finden, bemerke ich, dass beide WLAN-Netze einen Gestank nach so hoher Sicherheit ausströmen, dass die App sie nicht penetrieren kann.

Eines der WLAN-Netzwerke bietet die Option, ein Passwort einzugeben, und ich versuche es einige Male, bevor ich aufgebe. Ich nehme an, dass ich eine Million Jahre dafür brauchen würde, es zu knacken, und dass meine falschen Login-Versuche nach einigen weiteren Malen entdeckt werden würden.

Panik steigt in mir auf.

Mit einer Gehirnerschütterung, unter Drogen und ohne meine Gehirnerweiterung fühle ich mich, als hätte ich einige Pfund Pott geraucht, literweise Wodka getrunken und mich danach einer stümperhaften Lobotomie unterzogen. Wenn ich durch Magie mein Gehirn im Alter von vier Jahren zurückhätte, würde es sich wahrscheinlich genau so anfühlen.

Ich zucke in Gedanken zusammen und versuche, die faulen WLAN-Netzwerke zu hacken, auch wenn ich ganz genau weiß, dass es nicht funktionieren wird. Muhomors App macht diese Erfahrung zu etwas besonders Widerwärtigem, bevor sie mich über mein »Eindringen fehlgeschlagen« informiert – ein Fehlertext, der mich normalerweise auflachen lässt, heute aber nicht einmal ein kleines bisschen lustig ist.

Verzweifelt gehe ich nacheinander alle Bluetooth-Verbindungen an. Ein Fehlschlag folgt dem nächsten, bis ich den schwachen Geruch einer bekannten Telefonverbindung rieche.

Ihr Geschmack bestätigt meine Vermutung.

Es ist mein Handy, Schatz 3, aber es befindet sich beinahe außerhalb der Reichweite. Da es ein Gerät der Bluetooth-Klasse 1 ist – eine Seltenheit bei Smartphones –, hat Schatz 3 eine Sendeleistung von 100 mW, und damit eine recht beeindruckende Reichweite von etwa 100 m – eine Lektion, an die ich mich aus Muhomors Tirade über das häufig übersehene Thema der Bluetooth-Sicherheit erinnere. Er meint, dass die meisten Menschen denken, Bluetooth sei wegen seiner kurzen Reichweite sicher. Das stimmt häufig, aber nicht immer, und es sieht so aus, als ob derjenige, der mich gefangen hält, die Fähigkeiten meines Handys unterschätzt hat oder aber, was wahrscheinlicher ist, nicht weiß, dass ich mich mit meinem Telefon verbinden kann.

Als ich mich mit Schatz 3 verbunden habe, schalte ich den Hotspot ein und hoffe auf das mobile Internet. Das ist nicht ideal, aber besser als nichts.

Die Erweiterung kommt nicht.

Ich überprüfe die Anzeigen des Telefons und sehe, dass es keinen Empfang hat. Vielleicht ist derjenige, bei dem ich mich befinde, doch nicht so dumm.

Nachdem ich zum dritten und vierten Mal überprüft habe, dass es keine Möglichkeit gibt, mit dem Telefon online zu gehen, benutze ich es, um Informationen zu sammeln, und erschaffe ein AROS-Display, das mir einen Blick durch die Vorderkamera meines Telefons ermöglicht. Der Bildschirm ist schwarz, also versuche ich es mit der rückseitigen Kamera, falls das Telefon mit der Vorderseite nach unten daliegt. Die hintere Kamera funktioniert besser, und ich sehe eine langweilige Zementmauer. Das einzig Interessante ist ein Luftkanal, der zu meinem wachsenden Eindruck beiträgt, dass ich mich irgendwo im Untergrund befinde. Ich sehe, dass die Batterie des Telefons aufgeladen ist, und verstehe, dass ich Glück hatte, dass es auf der Vorderseite liegt und das Solarladegerät auf der Rückseite zur Halogenlampe zeigt.

»Du bist wach«, sagt ein Mann. Sein Tonfall erinnert mich an einen blasierten Kundendienstmitarbeiter, der versucht, freundlich zu klingen, aber lieber einen Bleistift in seine Ohren stechen würde, als mit noch einer weiteren Person am Telefon zu sprechen. »Es bringt nichts, so zu tun als ob.«

Ich öffne meine Augen und sehe, dass die Stimme zu dem breitschultrigen Anzug gehört, den ich vorhin gesehen hatte. Aber aus irgendeinem Grund trägt er jetzt hier, in diesem schlecht beleuchteten, fensterlosen Raum, eine Pilotenbrille.

Ich unterdrücke meine erneut aufsteigende Panik, betrachte meine Umgebung und sehe auf allen Seiten nackten Beton, der meine Idee vom unterirdischen Bunker bekräftigt. Das würde auch das fehlende Mobilfunknetz erklären.

»Wo bin ich?«, versuche ich zu fragen, aber etwas Unverständliches und Heiseres kommt heraus. Es fühlt sich an, als sei mein Hals voll von billigem Katzenstreu. »Wer sind Sie?«

»Er könnte zu schwach für eine Unterhaltung sein«, sagt ein Mann, dessen Gesicht von einer OP-Maske bedeckt ist.

»Sie sind fertig hier, Doktor«, sagt der Anzug. »Jemand wird kommen und Sie holen, wenn es an der Zeit ist.«

In den Augen des Arztes blitzt leichte Missbilligung auf, aber er hört auf den Anzug und geht.

Ich versuche, meine Hand zu heben, um meine Nasenspitze zu kratzen, aber bemerke in diesem Moment, dass meine Handgelenke mit Lederriemen an den Seiten meiner Krankentrage befestigt sind. Mir fällt außerdem auf, dass ich einen graubraunen Krankenhauskittel trage. In meinem Arm steckt eine Venüle, was das schmerzhafte Brennen auf meinem Handrücken erklärt. Überhaupt spüre ich eine bunte Mischung aus Schmerzen und Unwohlsein. Einige sind eigenartig – wie das wirklich eigenartige Gefühl an einer meiner intimsten Stellen.

»Ich freue mich, dass Sie wach sind, Mr. Cohen«, sagt der Anzug in dem gleichen falschen freundlichen Ton. »Ich bin Special Agent Lancaster.«

Er zieht seinen Ausweis hervor und zeigt ihn mir – aber so kurz, dass ich keine Chance bekomme, zu sehen, von welchem Geheimdienst er ist, wenn überhaupt. Nicht, dass es darauf ankommt, ob ich einen guten Blick auf die ID bekomme, die durchaus gefälscht sein können. Ich wiege seine Behauptung, dass er von der Regierung ist, mit dem ab, was ich bisher weiß. Ich war in einem Helikopter, und die Tatsache, dass er in keiner Gesichtserkennungsdatenbank auftaucht, lässt den Rückschluss zu, dass das hier mit dem Staat zu tun hat und geheim ist. Wer sonst hätte die Mittel, Menschen aus allen Gesichtserkennungsdatenbanken verschwinden zu lassen?

»Okay, warum haben Sie mich entführt, Herr Lancaster?«, frage ich und versuche, mich ruhig anzuhören, während mein träges Gehirn versucht, die Antwort auf meine Frage zu finden. Es bietet eine vage Liste verschiedener Verschwörungstheorien an, auf der meine Abenteuer in Russland an der Spitze stehen und die Brainozyten-Technologie ganz unten. Ich sehne mich wie niemals zuvor nach der Gehirnerweiterung. Ich wette, wenn ich sie hätte, würde ich wissen, was diese Menschen von mir wollen.

Wenn die Neurogenese mein biologisches Gehirn überhaupt schneller gemacht haben sollte, spüre ich auf jeden Fall nichts davon.

»Wir haben Sie nicht entführt. Wir haben Ihr Leben gerettet.« Lancasters gespielte Freundlichkeit bekommt einen kleinen Knacks. »Und ich bin *Agent* Lancaster.«

Wut steigt in mir auf, verjagt meine Angst und vertreibt einen Teil des Nebels in meinem Kopf. Da ich mit meinem Handy verbunden bin, beginne ich, unser Gespräch auf Schatz' internem Speicher aufzuzeichnen. So kann ich diese Unterhaltung noch einmal abspielen und ganz in Ruhe nach weiteren Hinweisen suchen, wenn meine Gehirnerweiterung aktiv ist.

»Okay, Agent Lancaster«, sage ich und betone seinen Titel. »Betrachten wir doch mal die Fakten. Ich bin an ein Bett gefesselt.« Ich ziehe demonstrativ an den Riemen.

»Mir wurden meine Rechte nicht vorgelesen. Ich habe keine Ahnung, wo ich bin. Angesichts unserer Interaktion bis jetzt ist das hier für mich eine Entführung.«

»Dieser Ort ist ein Ort, an dem Sie in Sicherheit sein können«, sagt der Agent und knackt mit einem ekelerregenden Geräusch seine Fingerknöchel – eine Geste, die ich etwas bedrohlich finde. »Wie Ihnen zweifellos im Krankenhaus aufgefallen ist, haben gefährliche Menschen versucht, Sie zu töten. Wenn wir nicht eingegriffen hätten, wären Sie tot. Ich hätte gedacht, dass Sie *diese* Tatsachen mehr zu schätzen wüssten.«

»Okay, danke, dass Sie mich gerettet haben«, beginne ich, und mir wird klar, was das eigenartige Gefühl in meinem Intimbereich ist. Sie haben mir einen Katheter gelegt. Das ist einer meiner schlimmsten Albträume, fast genauso angsteinflößend wie ein Raum ohne Internet. Ich knirsche mit den Zähnen und fahre fort: »Jetzt würde ich gerne meinen eigenen Arzt sehen, in einem Krankenhaus meiner Wahl.«

Ich will gerade meine fehlende Bekleidung erwähnen, als mir auffällt, dass ich der egoistischste Rattenbesitzer schlechthin bin. Während ich mir Gedanken über mich mache, habe ich Mr. Spock völlig vergessen. Das Letzte, an das ich mich erinnere, ist, dass er sich in meiner Hose versteckt hat. Jetzt ist er weg – wie meine Hose. Ich rufe die EmoRat-App auf und bekomme eine Fehlermeldung, die lautet: »Kontakt zu Liebling kann nicht hergestellt werden.« Wenn ich nicht so viel Angst um mein und Mr. Spocks Leben hätte, würde ich wahrscheinlich über Adas

Fehlermeldung lachen, aber in dieser Situation zieht sich der Knoten in meinem Magen nur noch mehr zusammen.

»Ich befürchte, dass es nicht sicher ist, diesen Ort zu verlassen«, sagt Agent Lancaster ohne auch nur einen Hauch echten Bedauerns. »Das ist die einzige Möglichkeit, um sicherzugehen, dass Sie nicht erneut angegriffen werden. Außerdem sagt der Arzt, dass Sie sich in keinem Zustand befinden, um irgendwohin zu gehen.«

Meine Backenzähne reiben wieder aufeinander. »Ich fühle mich nicht allzu sicher. Aber ich fühle mich gut genug, um zu gehen, also bitte lassen Sie mich gehen.«

»Sie bekommen Schmerzmittel«, antwortet der Agent. »Ansonsten wären Sie nicht so scharf darauf, aufzustehen.«

Die Erwähnung von Medikamenten bringt mich dazu, in Gedanken Einstein um eine Blutanalyse zu bitten. Er ist meine Schnittstelle, um mit dem »Labor auf einem Chip«, das unter meinem Kinn eingebettet ist, zu interagieren. Natürlich braucht Einstein auch Internet, also bekomme ich sofort eine Fehlermeldung.

»Ich habe nach einem Autounfall das Krankenhaus verlassen«, sage ich Lancaster und versuche, bei dieser Erinnerung nicht zusammenzuzucken. Ein Zeichen von Schwäche würde meinem Fall nicht helfen, also mache ich mein Gesicht ausdruckslos, als ich sage: »Übrigens, selbst nach einem Autounfall hielt es das Krankenhaus nicht für notwendig, solche drakonischen Maßnahmen zu ergreifen wie Sie. Warum der Katheter? Warum kann ich nicht alleine pullern?«

Das ausdruckslose Gesicht des Agenten spiegelt meines wieder. »Wenn Sie gehen, sterben Sie. Ich bin mir sicher, dass Ihnen klar ist, dass Vincent Williams nie den Tod seines Bruders vergessen wird.«

»Sie sind gut informiert.« Meine Augen verengen sich. »Vielleicht zu gut informiert. Woher weiß ich, dass Sie nicht Vincent Williams engagiert haben, um mich anzugreifen?«

»Kommen Sie schon, Herr Cohen.« Agent Lancaster schiebt seine Brille mit seinem Mittelfinger höher auf die Nase, wobei er mir, beabsichtigt oder nicht, den Stinkefinger zeigt. »Ihrer Akte nach zu urteilen sollten Sie ein cleverer Mann sein.«

Eine Akte? Meine Hände ballen sich zu Fäusten. »In Ordnung. Ich bin clever genug, um zu wissen, dass Sie mich aus einem Grund hierhergebracht haben, der nichts mit Gesundheit oder Sicherheit zu tun hat. Clever genug, schon vor einer Weile Ihre Überwachungsmaßnahmen bemerkt zu haben. Wir wissen beide, dass Sie mir schon seit Monaten vor dem Angriff folgen.«

Die Worte platzen aus mir heraus, bevor mir bewusst wird, wie wahr sie sind. Sobald ich es ausspreche, weiß ich, dass ich recht habe. Diese Typen müssen mir gefolgt sein. Sie haben mich geschnappt, als sie gedacht haben, dass ich getötet werden würde, bevor sie erfahren konnten, was sie erfahren wollten. Oder, was wahrscheinlicher ist, sie haben mich geschnappt, nachdem Vincent Williams, ein Schläger, den sie angeheuert haben, mir genügend Angst eingeflößt hatte, um mit meinen »Rettern« zu kooperieren. Denn wenn sie nicht hinter Williams stecken, warum haben sie mir dann nicht während des Überfalls im Restaurant geholfen? Hatten die Wachschichten gerade gewechselt oder so?

Meine Kopfschmerzen verstärken sich, als sich mein Weltbild verschiebt und ich die Tatsache, dass ich ausspioniert wurde, voll aufnehme. Die ganze Paranoia, von der ich dachte, dass sie irrational sei, war es nicht. Um ein gängiges Sprichwort zu benutzen: Man ist nicht paranoid, wenn eine zwielichtige Regierungsorganisation wirklich hinter einem her *ist* und einen schnappen will. Dank meiner Gehirnerweiterung muss ich auf irgendeine Art und Weise gewusst haben, dass diese Typen mich überwachen. Gogi hat mir nicht geglaubt, weil er keine Erweiterung hat, und Ada wurde wahrscheinlich nicht verfolgt. Das könnte ein Hinweis sein. Oder sie sind Ada gefolgt und sie war einfach weniger aufmerksam als ich, selbst mit Erweiterung. Oder vielleicht habe ich meine Überwachung bemerkt, weil ich einen Hang zur Paranoia *habe*. Ich beschließe, später nachzusehen, ob Paranoia dazu führt, dass man aufmerksamer ist.

Agent Lancaster nimmt seine Pilotenbrille ab und schaut mich mit grauen Augen an, die unheimlich stark den nackten Betonplatten hinter ihm ähneln. »Da Sie es angesprochen haben, warum beginnen wir nicht gleich damit? Woher wussten Sie über Ihre Überwachung Bescheid?«

Ich kann sehen, dass es ihn mehr beschäftigt als er durchblicken lässt. Ich nehme an, dass er eine hohe Meinung von den Fähigkeiten seiner Organisation hat, und meine Aussage, dass ich sie gesehen habe, seinem Ego nicht passt.

»Was denken *Sie*? Was ist die wahrscheinlichste Antwort auf diese Frage?« Ich hoffe, dass er irgendeine Theorie anbietet, weil ich ehrlich gesagt keine Ahnung habe. Neben meiner leichten Paranoia hatte ich nur Albträume über Menschen in Anzügen.

»Keines dieser wahrscheinlichen Szenarien ist möglich.« Zum ersten Mal erscheint offener Ärger auf seinem Gesicht, und ich frage mich, ob es eine gute Idee ist, ihn wütend zu machen, während ich mich in einer so verletzlichen Position befinde. »Ich habe jeden Mann dieser Einsatzgruppe einzeln herausgesucht.«

Jetzt verstehe ich auch, wieso er so angepisst ist. Sein schlimmster Albtraum ist wahrscheinlich, dass ein Doppelagent für ihn arbeitet. Auch auf das Risiko hin, ihn wütender zu machen, beschließe ich, diesen Gedanken zu verfolgen, da ich die Chance sehe, kritische Informationen aus ihm herauszukitzeln. »Sie haben sie rausgesucht, und trotzdem sieht es so aus, als hätten Sie eine Ratte in Ihrer Mitte.«

Ich wähle meine Worte sorgfältig, da ich mir denke, dass wenn sie Mr. Spock haben, er es mir verraten könnte, wenn er das Wort »Ratte« hört.

Ich weiß, dass in der eigentlichen Redewendung ein Maulwurf anstatt einer Ratte vorkommt, aber der Agent hat mich gut verstanden, wie ich an seinem angespannten Kinn sehe. Nach einem Augenblick verschwindet der Ärger allerdings aus Agent Lancasters Gesicht. Er ist entweder ein guter Pokerspieler, oder er hat über den Gedanken mit dem Doppelagenten nachgedacht und entschieden, dass das nicht der Fall sein kann. Oder er denkt sich, dass wenn es einen Verräter in seinem Team gibt, jemanden, von dem ich weiß, ich es ihm nicht so offen erzählen würde. Ich denke darüber nach, dass ich doppelt bluffen könnte, aber stattdessen entscheide ich mich dafür, ihn schweigend anzusehen und nicht über den Schlauch in meinem Penis nachzudenken.

»Sie sind einfach ein paranoider Typ, der Glück hatte«, sagt der Agent und kommt damit zu der richtigen Schlussfolgerung. »Das war alles.«

Ich seufze leicht vor Erleichterung darüber, dass er keine echten Ratten erwähnt, und konzentriere mich auf das derzeitige Problem.

»Mir fällt auf, dass Sie die Überwachung nicht abstreiten«, sage ich und versuche, ihn so lange anzustarren, bis er zuerst wegschaut. Ich kann seinen Blick nur einige Minuten lang halten, bevor ich den Drang verspüre, wegzuschauen. »War es legal, dass Sie mir die ganze Zeit gefolgt sind? Hatten Sie eine richterliche Anordnung? Und überhaupt, warum folgen Sie mir?«

Seine Augen verengen sich zu eisigen Schlitzen. »Sie möchten nicht mein Feind werden, vertrauen Sie mir.«

»So, jetzt drohen Sie mir«, sage ich und wünsche mir, ich würde mich so mutig fühlen, wie ich mich anhöre. »Ich würde das gerne offiziell machen. Ich möchte meinen Anwalt hier haben. Ich möchte einen Anruf tätigen. Ich möchte nicht hier sein, und Sie haben kein Recht, mich hierzubehalten.« Meine Stimme wird lauter, als mich erneut eine Welle purer Wut überkommt. »Wenn ich mich eines Verbrechens schuldig gemacht habe, dann sagen Sie mir, um was es sich handelt. Ich möchte …«

»Sie müssen sich beruhigen.« Lancasters Worte sind knapp. Ich bemerke, dass seine Hände sich an den Seiten abwechselnd zu Fäusten ballen und entspannen, und mir wird erneut klar, dass ich einen Typ anschreie, dem ich völlig ausgeliefert bin.

Ich höre ein Piepen von dem Gerät, das meine Herzfrequenz überwacht, was bedeutet, dass ich mir den rasenden Puls, der in meinen Ohren pocht, nicht nur einbilde. Meine Ruhe zu verlieren wäre eine schlechte Idee, also aktiviere ich die BraveChill-App – die aus dem gleichen Grund nicht funktioniert wie die meisten anderen Apps. Ich zwinge mich dazu, tief durchzuatmen, und verfluche in Gedanken das Server-Client-Architekturdesign, das wir gewählt haben. Es ist sinnvoll, schwere Berechnungen auf den Servern durchzuführen, aber ich würde alles dafür geben, dieses Zeug in meinem Kopf machen zu können.

»Schauen Sie«, sage ich, als meine Atmung etwas gleichmäßiger wird. »Es ist schwer, sich zu beruhigen, wenn jemand dich an ein Bett fesselt und Nadeln und Schläuche in deine Körperöffnungen schiebt.«

»Das verstehe ich, aber Ihre beste Option ist, zu kooperieren.« Lancasters Ton wirkt wieder gespielt freundlich und besorgt.

»Beantworten Sie meine Fragen, binden Sie mich los, bringen Sie mir meinen Anwalt – und ich werde über eine Kooperation nachdenken.«

Seine freundliche Maske verrutscht. »Sie sind nicht in der Position, Forderungen zu stellen.«

»Ein US-Bürger befindet sich immer in einer Position, nach einem Anwalt zu fragen. Ich frage nach einem Anwalt.«

»Kooperieren Sie, und dann reden wir über einen Anwalt.«

Ich starre ihn an, und er starrt zurück.

»Ich will ein Telefonat und einen Anwalt«, sage ich erneut. »Ich werde nicht kooperieren, bis ich das bekomme.«

»Nicht? Wir werden sehen.« Er dreht sich um und geht zur Tür.

»Warten Sie«, rufe ich, und obwohl ich weiß, dass er mich hören kann, zeigt er kein Anzeichen, dass er es tut, als er zur Tür geht. »Gehen Sie nicht. Ich brauche wirklich ein Badezimmer.«

Er ignoriert mich, und ich bleibe allein im Zimmer zurück.

Wenn Lancaster vorhatte, mich zu verunsichern, hat er es spektakulär geschafft. Auch wenn ich wusste, dass ich mich in einer furchtbaren Situation befinde – derart allein gelassen zu werden, macht sie unendlich viel schlimmer.

Jetzt wird mir klar, wie beschissen sie wirklich ist.

KAPITEL 17

Für den Fall, dass es in dem Raum ein Mikrofon gibt, schreie ich Agent Lancaster Schimpfwörter hinterher, bis mein Hals kratzt und ich unerträglichen Durst bekomme.

Dann ziehe ich an den Fesseln, aber alles, was ich davon habe, sind hässliche Verbrennungen durch das Seil.

Ich ignoriere die Schmerzen, versuche, dieses Mal freundlich zu bleiben, und betone, wie wichtig ein Badezimmer wäre – aber erfolglos.

Was wirklich ärgerlich ist, ist, dass im Gegensatz zu Filmhelden, die über ihre Bedürfnisse lügen, um sich die Flucht zu ermöglichen, ich wirklich gehen muss. Auch wenn er ekelerregend unangenehm ist, kümmert sich der Katheter um mein Grundbedürfnis Nummer eins, aber er hilft nicht bei meinem anderen, dringenderen Bedürfnis.

Meine Panik steigt, und ich verfluche murmelnd Adas ballaststoffreiche Ernährung, die zu dieser Situation geführt hat. Dann kanalisiere ich die Negativität dorthin, wo sie hingehört, und verfluche Agent Lancaster noch ein wenig weiter – aber diesmal in Gedanken.

Einige Minuten lang lenke ich mich selbst mit gewalttätigen Rachephantasien darüber ab, was ich mit Agent Lancaster tun würde, wenn ich die Gelegenheit dazu bekäme. Ich frage mich deshalb, ob ich genauso blutrünstig werden könnte wie Joe, wenn ich zu weit gereizt werde.

Mein Bauch krampft, und ich denke ernsthaft darüber nach, etwas über eine Kooperation zu schreien, aber das kann ich nicht über mich bringen. Meine Wut darüber, in eine solche Situation gebracht worden zu sein, erweckt eine Sturheit in mir, von der ich nicht einmal wusste, dass ich sie habe.

Ich bemerke außerdem, dass sich die Beschwerden, die ich gefühlt hatte, in Schmerzen verwandelt haben. Ich erinnere mich daran, dass Agent Lancaster Schmerzmittel erwähnt hat. Könnte es sein, dass die nächste Dosis ansteht?

Um mich abzulenken, beschließe ich, mein Blut über das Labor auf dem Chip in meinem Körper zu untersuchen. Als Mitya ursprünglich diese Technologie für Einstein entwickelt hat, habe ich mit ihm zusammen programmiert und gesehen, wie er eine spezielle API benutzt hat, die direkten Zugang zum Output des Chips ermöglicht.

Ich benutze AROS IDE und beginne, zu programmieren.

Das Programmieren ohne Gehirnerweiterung ist *viel* härter, als ich mir jemals vorgestellt habe, besonders mit der Ablenkung durch die Schmerzen, meinem wachsenden Hunger und dem überwältigenden Verlangen, die Toilette benutzen zu müssen. Die App, die ich schreiben will, ist ohne jeden Schnickschnack – nur ein kleiner Bildschirm, der die Ergebnisse des Mikrolabors als Text darstellt. Durch meine ganzen Handicaps dauert dieses Projekt anstatt eigentlich zehn Minuten gefühlte zwei Stunden.

Die gute Nachricht ist, dass die Anstrengungen des Programmierens mich von meinen Problemen ablenken. Die schlechte Nachricht ist das, was ich nach Beendigung des Projekts erfahre. In meinem Blut finde ich tatsächlich leichte Spuren von Oxycodon und Paracetamol. Das bedeutet, dass sie mir Percocet verabreicht haben – ein Medikament, das aus beiden Stoffen besteht. Das letzte Mal, als ich dieses Schmerzmittel benutzt habe, hat sein Effekt bei mir fünf Stunden lang angehalten, bevor ich eine weitere Dosis brauchte, aber damals habe ich gegen Zahnschmerzen angekämpft. Angenommen, sie haben mir das Medikament im Hubschrauber gegeben, als Einstein mir gesagt hat, es sei 18.48 Uhr, und jetzt ist es laut Schatz 3 23.20 Uhr, dann brauche ich eine neue Dosis. Ansonsten werde ich bald Schmerzen haben. Ich nehme an, dass der Schmerz Teil des Punktes sein könnte, den Agent Lancaster zu erreichen versucht.

Was noch viel schlimmer ist, ist, dass ich außerdem Bisacodyl im Blut habe … Bisacodyl ist ein Abführmittel, das die Ärzte meine Mutter nach ihrem Unfall gaben, und seine Spuren in meinem Blut bedeuten eines von zwei Dingen: Die erste Möglichkeit ist, meine Entführer machen sich wirklich Sorgen, dass ich als Nebenwirkung vom Percocet Verstopfung bekommen könnte. Als ich Percocet wegen dieser Zahnschmerzen genommen habe, *bekam* ich Verstopfung. Möglichkeit Nummer zwei, die wahrscheinlichere, ist, dass sie den Hintergrund der ersten Möglichkeit dazu nutzen, extrem demütigende Situationen für mich zu erschaffen.

Da ich entschlossen bin, diesen Bastarden nicht die Befriedigung zu geben, mich winden zu sehen, versuche ich, an einige Lösungen zu denken. Eine einfache Idee kommt mir sofort in den Sinn. Es ist nachts, also könnte ich versuchen zu schlafen. Hoffentlich wirkt das Bisacodyl nicht, während ich nicht bei Bewusstsein bin, aber selbst falls doch, bekomme ich es wenigstens nicht mit.

Ich schließe die Augen und gebe mein Bestes, um gleichmäßig zu atmen.

Meine Augenlider werden schwer, und ich bin froh, in die Bewusstlosigkeit abzugleiten, als ein ohrenbetäubender Lärm mich wachrüttelt.

Ich zucke zusammen und verfluche die Fesseln dafür, dass sie mich davon abhalten, mir die Ohren zuzuhalten. Der Höllenlärm hört sich wie ein gigantischer Bohrer an, der sich seinen Weg durch einen Berg bahnt. Für mein erschüttertes Gehirn ist es das Gleiche, als würde eine Kettensäge in meinem Kopf dröhnen.

»Stopp«, schreie ich mit meinen überanstrengten Stimmbändern. »Ich werde nicht schlafen, wenn ihr das nicht wollt.«

Der Lärm hört nicht auf.

Sie quälen mich absichtlich. Das wird mir jetzt klar. Dieses Bohren soll mich vom Schlafen abhalten – nicht viel anders als die berüchtigten »enhanced interrogation techniques«, die bei Terroristen angewendet werden. Lancaster behauptet, er sei ein Agent der Regierung, und er hat erwähnt, dass er Teil einer Sondereinsatzgruppe ist. Darf die Regierung Zivilisten foltern? Oder ist diese Behandlung ein Zeichen dafür, dass Kräfte, die unheimlicher sind als Uncle Sam, mich gefangen halten? Nach dem, was ich bis jetzt weiß, könnte mich der russische Geheimdienst SVR haben, weil sie die Brainozyten-Technologie haben möchten – oder als Rückzahlung für das, was vor einigen Monaten in Russland passiert ist. Wenn das stimmt, möchte ich vielleicht nie kooperieren, da der SVR mich nicht am Leben lassen würde, nachdem ich ihm gesagt hätte, was er wissen möchte. Alternativ könnten diese Menschen vielleicht Teil einer privaten Organisation sein. Könnte mein Halbbruder mir das antun, weil er von meiner Rolle beim Tod unseres Vaters erfahren hat?

Bei längerem Nachdenken ist die Verbindung zu Russland eher weit hergeholt. Sie hatten diesen Hubschrauber – etwas, was zu auffällig für den Geheimdienst einer anderen Nation wäre. Lancasters Englisch ist einwandfrei, und er ist entweder ein Schauspieler auf allerhöchstem Niveau oder wirklich ein Regierungsbeamter. Es ist möglich, dass Folter durch bestimmte Anti-Terror-Gesetze erlaubt ist, oder aber sie haben für alles eine plausible Erklärung. Sie könnten sagen: »Na ja, er war verletzt, also mussten wir medizinische Versorgung sicherstellen, den Katheter benutzen und die anderen Maßnahmen ergreifen. Er war in Gefahr, also haben wir ihn vor seinen Feinden versteckt. Der Handyempfang in unserem Versteck ist sehr schlecht, also konnten wir seinen Anwalt nicht anrufen – oder jemand anderen. Oh, und wir mussten noch in letzter Minute einige Arbeiten an unserem Geheimversteck vornehmen, deshalb das höllische Bohren.«

Die Erinnerung an das Bohren bringt mich gewaltsam zurück in die Gegenwart, und bevor ich mich daran erinnere, wie schlecht das wäre, übergebe ich mich. Zum Glück muss ich nur trocken würgen. Es hat also wenigstens einen Vorteil, nichts im Magen zu haben.

Fast instinktiv starte ich die Musik-App in meinem Kopf und segne den Tag, an dem ich beschlossen habe, dass sie eine Funktion haben sollte, um neben der Musik aus meiner Cloud-Sammlung auch Musik von meinem Handy abzuspielen. Leider ist die Musik auf meinem Telefon ausschliesslich Workout-Musik. Ich habe das deshalb so eingerichtet, damit ich mein Telefon an den Tagen an das Lautsprechersystem des Dojos anschließen kann, an denen Gogi gern mit Musik kämpfen würde. Die Shuffle-Funktion spielt ein Lied namens »One« von Metallica ab, und die Gitarrenriffs übertönen das Bohrgeräusch, da die Brainozyten die Geräusche direkt in mein Gehirn liefern und den Input von meinen Ohren übertönen. Auch wenn der Song unendlich viele Male besser ist als das Bohren, ist die Ironie, dass diese Art von Musik als eine der »enhanced interrogation techniques« eingesetzt wurde, bei der stundenlang Metal gespielt wurde, unter anderem auch Metallica. Der wesentliche Unterschied ist, dass ich diese Musik mag und die Situation mehr unter Kontrolle habe, da ich das Lied wechseln kann, wenn ich möchte, oder auf die Bohrgeräusche zurückkommen kann, wenn ich masochistische Anwandlungen habe. Die Wirkung ist allerdings genau die gleiche, die meine Entführer wollten.

Ich werde nicht schlafen können.

Nach einer Stunde informiert mich der Laborchip, dass alle Spuren von Schmerzmedikation aus meinem Kreislauf verschwunden sind – etwas, was mir durch die Stärke des Schmerzes bereits bewusst war. Das Bisacodyl ist allerdings immer noch hier und wirkt, und von allen Schmerzen ist der in meinem Bauch am schlimmsten. Er fühlt sich an, als würde eine Kreatur aus *Alien* langsam in mir wachsen und sich darauf vorbereiten, herauszuplatzen.

Ich schlage ein wenig Zeit damit tot, mir zu überlegen, ob ich etwas Ähnliches schreiben kann, was wie die Relief-App wirkt. Auch wenn die Brainozyten nicht die Rechenleistung haben, eine so komplexe App laufen zu lassen, kann ich vielleicht die Hardware von Schatz 3 für diese Schwerstarbeit benutzen. Als ich weiter darüber nachdenke, sehe ich zwei unüberwindbare Probleme. Erstens bin ich ohne die Gehirnerweiterung ein sehr viel weniger fähiger Programmierer, und für diese Art von App braucht man Finesse. Zweitens, und dieser Punkt ist kritischer, fehlen mir die Ressourcen, die mich führen müssten, um die richtigen Teile des Gehirns korrekt zu beeinflussen. Ich könnte am Ende leicht das Schmerzzentrum meines Gehirns stimulieren oder bei mir Anfälle auslösen.

Aber zumindest hat mich das Nachdenken über die App einige Minuten lang abgelenkt und mir kurzzeitig die Illusion verschafft, als hätte ich irgendeine Kontrolle über mein Schicksal.

Nach einer weiteren halben Stunde Bauchschmerzen frage ich mich, wie schlimm es wäre, wenn ich mich genau hier in meinem Bett erleichtern würde. Ich meine, ja, es wäre unglaublich widerlich und erniedrigend, aber die Höllenkrämpfe würden weggehen, und das würde es hoffentlich unangenehm für Lancaster machen, sich mit mir in einem Raum aufzuhalten, wenn er zurückkommt.

Ich bleibe eine weitere Stunde stark, bevor mein Körper mir die Entscheidung abnimmt und das Unausweichliche passiert.

Babys schreien, wenn sie das tun, und ich verstehe ganz und gar, warum. Es ist eine äußerst unangenehme Reihe von Empfindungen, sowohl physisch als auch emotional. Ich bin kurz davor, aus Selbstmitleid ein paar Tränen zu vergießen, aber ich will Agent Lancaster nicht die Genugtuung geben, zu denken, dass mich seine Behandlung gebrochen hat. Ich denke sogar, dass wenn Lancaster meinen Willen brechen wollte, damit ich ihm, wie er möchte, Informationen zukommen lasse, er das genaue Gegenteil erreicht hat. Meine Wut tröstet mich und unterstützt meine Entschlossenheit, nicht ein einziges Wort zu sagen, wenn dieses Arschloch zurückkommt, um erneut mit mir zu reden.

Um nicht ganz den Verstand zu verlieren, repliziere ich das Display meines Telefons in einem großen AROS-Fenster und starte die Schach-App. Mit der Gehirnerweiterung war es so einfach gewesen, den virtuellen Gegner zu schlagen, dass ich der App im App-Store nach den ersten Spielen eine niedrige Bewertung gegeben habe. In meinem derzeitigen Zustand bekommt das Spiel seine Rache, indem es mich zweimal hintereinander schlägt. Meine einzige Entschuldigung für das Verlieren ist, dass Denken unter Schmerzen und der Versuch, dabei nicht einzuatmen, genauso schwierig ist, wie es sich an-hört.

Ich bin mitten in einem neuen Spiel, als sich die Tür öffnet und Agent Lancaster hereinkommt.

Ich schalte die Musik in meinem Kopf aus und bemerke, dass das Bohrgeräusch verschwunden ist. Die Stille umhüllt meine Ohren mit purem Genuss – bis Agent Lancaster zu mir tritt und sie damit ruiniert, dass er spricht.

»Noch einmal hallo, Herr Cohen«, sagt das Objekt meines Hasses. »Ich hoffe, dass wir uns diesmal wie Erwachsene unterhalten können.«

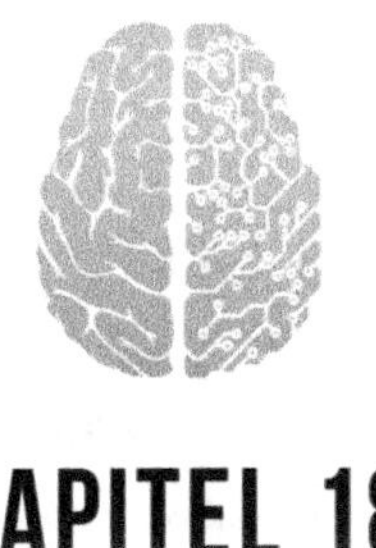

KAPITEL 18

Obwohl ich Durst habe und mein Mund trocken ist, sammele ich trotzdem genug Speichel, um Agent Lancaster anzuspucken. Die Spucke fliegt zu ihm hinüber und trifft ihn genau ins Auge – ein Glückstreffer.

Der Agent springt nach vorn und gibt mir eine Ohrfeige. Der Schlag brennt, und in meinen Augen steigen Tränen auf.

Trotzdem ist es inspirierend, ihn getroffen zu haben. Meine kochende Wut verwandelt sich in einen Plan, der es mir ermöglichen könnte, mit ihm gleichzuziehen. Bevor ich den Plan vollständig ausarbeiten kann oder die Möglichkeit bekomme, ihn umzusetzen, verändert sich Agent Lancasters Gesicht von Wut zu Verwirrung, dann zu Ekel. Er muss den Geruch bemerkt haben, und vielleicht denkt er, er riecht meine Reaktion auf seinen Schlag. Denkt er, ich sei so ein schwacher Feigling? Ich hoffe das zumindest, weil es meinem halbfertigen Plan helfen würde.

Bevor ich blinzeln kann, stürmt Lancaster aus dem Raum und schlägt die schwere Tür kräftig genug zu, um den schwächeren Türrahmen zu zerstören. Ich frage mich, ob er sich über sich selbst ärgert, weil er so heftig auf meine Provokation reagiert hat, oder weil er sauer auf mich ist. Die zweite Option wäre schlecht für meinen frisch ausgebrüteten Plan.

Der Plan ist einfach. Ich werde so tun, als kooperierte ich, um meine Fesseln loszuwerden, und dann, sobald ich die Gelegenheit dazu habe, werde ich Lancaster angreifen und versuchen, ihm mit den Fähigkeiten, die Gogi mir beigebracht hat, Schaden zuzufügen. Ich weiß, es wird mir nicht ermöglichen, von diesem Ort zu flüchten, und wahrscheinlich wird es zu einer schlechteren Behandlung führen, aber es wird mir die Befriedigung der Rache geben, nach der ich mich so verzweifelt sehne. Natürlich weiß ein Teil von mir, dass ich es in der Zwischenzeit viel leichter hätte, wenn ich so tue, als ob, und ein noch skeptischerer Teil von mir befürchtet, dass ich eine echte Zusammenarbeit unter dem Deckmantel des Vorspielens in die Tat umsetzen könnte.

Ich bin müde, aber ich traue mich nicht, meine Augen zu schließen, weil ich Angst habe, dass sie das Bohrgeräusch wieder anmachen werden. Ich genieße diese Ruhe viel zu sehr für so etwas. Ich bin davon überzeugt, dass Lancaster sich für das Spucken rächen möchte, und ich hoffe, dass ich die Gelegenheit bekommen werde, ihn davon zu überzeugen, dass ich bereit bin, zu kooperieren, bevor das passiert.

Nach gefühlten Stunden – auch wenn nach meinem Handy nur zwanzig Minuten vergangen sind – öffnet sich die Tür wieder.

Zwei Personen in OP-Bekleidung treten ein. Sie tragen ein Tablett mit Objekten, die ich kaum erkennen kann. Genau wie zuvor versteckt das medizinische Personal seine Gesichter hinter OP-Masken, und als ich versuche, in seine Augen zu schauen, vermeidet es meinen Blick.

Die größere der beiden Personen hält eine riesige Spritze an meinen Hals und sagt mit einer tiefen männlichen Stimme: »Wir sind nur hier, um Sie zu waschen und sicherzustellen, dass Sie nicht verhungern. Wenn Sie auch nur einen Muskel bewegen, werde ich das hier benutzen müssen.« Er unterstreicht seine Worte, indem er mit der riesigen Nadel in meine Haut sticht.

Die kleinere Person, wahrscheinlich eine Frau, löst meine Handgelenkfesseln.

Ich räuspere mich. »Ich werde nicht kämpfen, aber können Sie mich bitte hier rausholen? Ich werde gegen meinen Willen festgehalten.«

Die Menschen in der OP-Bekleidung ignorieren mich, und der kleinere dreht mich herum, um mich zu säubern.

Ich überlege, ob ich trotz meines Versprechens kämpfen sollte, da ich mir vorstellen kann, dass es das Waschen weniger peinlich macht, wenn ich vorher bewusstlos geschlagen werde. Ich beschließe aber trotzdem, es durchzustehen, damit es glaubhafter wird, wenn ich als Teil meines neuen Plans behaupte, ich sei bereit, zu kooperieren.

Als die Erniedrigung beendet ist, bindet die kleinere Person meine Hände wieder fest und greift nach etwas auf dem Tablett.

»Bewegen Sie sich nicht.« Die Augen des Mannes springen von mir zu seinem Partner, während er leicht nickt. »Wir haben noch eine Sache, die wir tun müssen.«

Der Kleinere hält ein langes Rohr in seiner Hand und bringt es näher zu meinem Gesicht. Ich erinnere mich daran, dass der Kerl etwas darüber gesagt hat, dass er sicherstellen wird, dass ich nicht verhungern werde, und verstehe, was es sein muss.

»Warten Sie.« Meine Stimme wird lauter. »Ich würde lieber verhungern.«

»Es ist nur eine transnasale Magensonde«, sagt der Kleinere, und die weiche Stimme bestätigt, dass es sich um eine Frau handelt. »Sie brauchen Essen, und alle anderen Methoden, es in Sie zu bekommen, sind invasiver.«

»Ich kann das verdammte Essen mit meinem Mund zu mir nehmen«, erwidere ich wütend. Dieses Gerät, die transnasale Magensonde steckte nach dem furchtbaren Unfall in der Nase meiner Mutter, und ich war entsetzt, es bei einer anderen Person zu sehen. Als meine Worte nichts zu bewirken scheinen, schreie ich: »Ich lehne diesen Eingriff ab! Es gibt keine medizinische Notwendigkeit dafür. Überhaupt keine. Können Sie mich hören? Ich möchte dieses Ding nicht!«

Meine erhobene Stimme ist halb für sie, halb für ein hypothetisches Abhörgerät. Der Schlauch bewegt sich näher an meine Nase, und ich winde mich. Die Fesseln hinterlassen Verbrennungen auf meinen Handgelenken, als ich mich bewege. Meine blinde Wut kehrt mit voller Stärke zurück, und ohne zu wissen, was ich sage, schreie ich: »Es ist mir egal, dass Sie Ihre Gesichter verstecken. Das wird Ihnen nicht helfen. Ich werde herausfinden, wer Sie sind, und Ihre Karrieren beenden!«

Das scheint die Frau unangenehm zu berühren, aber ich bemerke, dass ich einen Fehler gemacht habe, wenn es mein Plan war, so zu tun, als wolle ich eine Kooperation eingehen.

»Ich denke, du solltest ihm die Spritze geben«, sagt die Frau, auch wenn ich einen Hauch von Zweifel und vielleicht sogar Mitleid in ihren Augen aufblitzen sehe.

»Und *ich* denke, du solltest deine Arbeit machen«, meint der Mann trocken zu ihr. Zu mir sagt er: »Wenn Sie sich bewegen, kann der Schlauch in Ihre Lungen gelangen, was eine große Anzahl von Problemen zur Folge hätte, ganz abgesehen davon, dass Sie dadurch den ganzen Prozess unangenehmer machen würden.«

»Ausatmen«, sagt die Frau und schiebt den Anfang des Schlauchs in mein linkes Nasenloch.

Voller Panik atme ich aus, während mein Herzschlag so schnell ansteigt, dass die Monitore neben mir anfangen, alarmiert zu piepen.

»Versuchen Sie, sich zu entspannen«, sagt sie und führt den Schlauch weiter in meine Nase ein.

Zuerst erinnert mich das Gefühl daran, Wasser in die Nase und gleichzeitig Kopfschmerzen durch einen Eisschock von einem Slurpee zu bekommen, nur tausendmal schlimmer. Danach kommt ein Brennen, das sich anfühlt, als würde ich ein mit Pfefferspray bedecktes Stachelschwein durch meine Nebenhöhlen ziehen.

»Nicht bewegen«, sagt sie, aber es ist zu spät. Ich ziehe meinen Kopf weg und reiße den Schlauch aus meiner Nase, aber selbst ohne ihn ist das Brennen immer noch da.

»Bitte tun Sie das nicht noch einmal«, krächze ich. »Sagen Sie Agent Lancaster einfach, dass ich bereit bin, ihm alles zu erzählen, was er wissen möchte.«

Die Frau schaut den Mann an, aber der schüttelt den Kopf.

»Ich werde das andere Nasenloch versuchen«, sagt sie, ohne mich anzusehen. »Bitte, versuchen Sie, dieses Mal nicht wegzuziehen.«

Da ich weiß, was gleich passieren wird, ist die Drohung, dass es auch mit meinem anderen Nasenloch geschehen wird, unglaublich viel schlimmer als meine Angst beim letzten Mal. Sie beginnt mit der Einführung, und der Prozess ist viel schmerzhafter als bei dem anderen Nasenloch. Ich muss meine ganze Willenskraft aufbringen, um meinen Kopf nicht wegzuziehen.

Der Schlauch erreicht das Ende meiner Nase, und das Brennen breitet sich in meinem Hals aus. Der Würgereflex setzt ein, und ich kann es nicht mehr aushalten. Mit einer schnellen Bewegung drehe ich den Kopf weg und reiße den Schlauch aus meiner Nase – ein Unterfangen, das fast genauso schmerzhaft ist wie das Einführen.

Ich weiß, dass ich einen weiteren Versuch nicht ertragen kann. Ich spüre, dass ich wie ein in die Ecke getriebenes Tier aus Verzweiflung gefährlich werde. Die Frau scheint meinen Zustand nicht zu bemerken, da ihre Hände sich immer noch auf meinem Gesicht befinden.

Mit einer schnellen Bewegung hebe ich meinen Hals an, schiebe meinen Kopf nach vorn, und ich lasse meine Zähne so tief ich kann in ihrem linken kleinen Finger versinken. Die Frau schreit wie eine Schweinefamilie bei der Schlachtung, aber anstatt sie gehen zu lassen, beiße ich die Zähne so fest zusammen, dass mein Kiefer vor Schmerzen zuckt.

Irgendwann einmal hatte ich ein Gerücht gehört, dass man einen kleinen Finger genauso leicht durchbeißen kann wie eine Karotte. Jetzt weiß ich, dass es nicht stimmt. Ich kann bereits sagen, dass ich den Finger nicht werde halbieren können, wie ich es eigentlich vorhatte, aber wenigstens habe ich ihm eine Menge Schaden zugefügt.

Ich überlege, eine zombieartige reißende Bewegung mit meinem Kopf zu machen, um den Finger noch mehr zu verletzen, aber dann spüre ich, wie die Nadel in meine Haut eindringt. Die Bewusstlosigkeit überkommt mich augenblicklich, und ich habe nur einen letzten Gedanken – ich hoffe, dass die nasogastrale Sonde eingeführt wird, während ich betäubt bin.

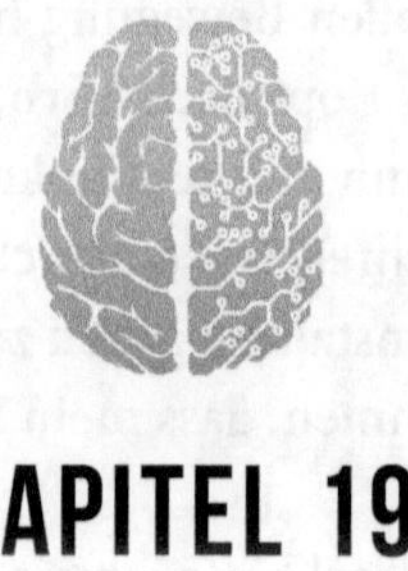

KAPITEL 19

Ich wache auf, aber öffne die Augen nicht, da ich mir denke, dass ich mich erst einmal orientieren sollte.

Laut Schatz 3 ist es 9.01 Uhr am 16. November. Ich bin acht Stunden lang bewusstlos gewesen. Trotz des Schlafes, nach dem ich mich gesehnt habe, fühle ich mich aus irgendeinem Grund, als hätte man mir Schlaf entzogen. Vielleicht hat mir die Droge, die mich bewusstlos gemacht hat, nicht die positiven Effekte eines echten Schlafs gebracht.

Außerdem fühle ich neue Schmerzen. Mein linkes Auge ist geschwollen. Jemand, wahrscheinlich die Frau, der ich wehgetan habe, muss mich mit der Faust ins Gesicht geschlagen haben. Zusätzlich habe ich ein entsetzliches Gefühl in meinem Hals – der verdammte Schlauch. Ich versuche, zu schlucken, und muss augenblicklich würgen. Trotz meiner bewussten Wünsche versuche ich, wieder zu schlucken, und es ist genauso unerfreulich.

Eine gute Nachricht – falls das überhaupt gut ist – ist, dass ich keinen Hunger verspüre, also hat der Schlauch diesen Teil des Zwecks erfüllt. Er wurde dazu benutzt, Essen in meinen Magen zu transportieren.

Um mich zu entspannen, atme ich langsam und gleichmäßig, in der Hoffnung, das Hindernis in meinem Hals zu vergessen, aber ich könnte genauso gut versuchen, meinen Namen zu vergessen.

»Sind Sie wach, Herr Cohen?«, fragt eine neue Stimme. »Mein Name ist Agent Pugh.«

Ich öffne meine Augen, und nachdem sie sich an das Licht gewöhnt haben, sehe ich eine Frau vor mir stehen. Sie trägt einen Hosenanzug und hält eine Hand hinter ihren Rücken. Ihr Gesicht ist extrem symmetrisch, abgesehen davon, dass ihre grünen Augen viel zu groß im Verhältnis zu ihren Gesichtszügen sind. Es ist Mitleid in ihren Augen, als sie sagt: »Ich arbeite mit Agent Lancaster, aber er weiß nicht, dass ich hier bin.«

Bullshit, denke ich mir, aber laut krächze ich: »Helfen Sie mir.« Der Schlauch in meinem Hals macht meinen Versuch, zu reden, extrem unangenehm, und meine Augen tränen bis zu einem Punkt, an dem sie denken könnte, dass ich weine.

»Deshalb bin ich hier.« Sie nimmt ein Taschentuch heraus und wischt über mein Gesicht. »Ich bin hier, um Ihnen zu helfen.«

Ich starre sie an. Man braucht keine Gehirnerweiterung, um zu verstehen, was hier gerade geschieht. Das ist der älteste Trick der Welt – die Guter-Cop-schlechter-Cop-Show.

»Es gefällt mir nicht, wie die Dinge eskaliert sind«, sagt Agent Pugh. Wenn es einen Oscar für die Agenten der Regierung gäbe, die einstudierte Zeilen mit echtem Bedauern sagen können, würde sie zumindest nominiert werden. »Bitte, arbeiten Sie mit mir – und ich kann es einfacher für Sie machen.«

»Was kann ich tun?«, keuche ich hervor, aber ich bin mir nicht sicher, dass sie mich mit den würgenden Geräuschen, die aus meinem Mund kommen, verstanden hat.

»Nicken Sie einfach, wenn Sie mit dem, was ich sage, einverstanden sind, und schütteln Sie mit dem Kopf, wenn das nicht zutrifft«, sagt sie.

Ich nicke, um ihr zu zeigen, dass ich sie verstanden habe.

»Ich möchte Agent Lancaster sagen, dass Sie bereit sind, mit uns zu kooperieren«, meint sie. »Ist das für Sie in Ordnung?«

Ich nicke heftig.

»Ich habe auch Neuigkeiten über Ihren medizinischen Zustand«, fährt sie fort. »Als Sie bewusstlos waren, haben wir einige Röntgenaufnahmen gemacht, und dabei ist herausgekommen, dass Sie keine gebrochenen Knochen oder Ähnliches haben.«

»Der Schlauch«, gurgele ich hervor. Was ich meine, ist: »Wie soll ich mit dem Schlauch reden?« und »Warum habe ich einen Schlauch in der Nase, wenn ich unversehrt bin?«.

»Da wir Ihnen jetzt die Nährstoffe zugefügt haben, die Sie benötigten, kann der Schlauch entfernt werden«, sagt sie und rümpft leicht die Nase. »Wir werden Ihnen auch etwas gegen die Schmerzen geben, wenn Sie damit einverstanden sind.«

Ich nicke, diesmal noch kräftiger.

Sie nimmt ihre Hand hinter Ihrem Rücken hervor, und ich sehe, dass sie eine Spritze hält. Anstatt wie das Arschloch mit der Maske die Nadel in meine Haut zu stechen, benutzt sie die Venüle, die bereits in meinem Arm steckt, um mir die Medizin zu verabreichen.

Wärme breitet sich langsam in meinem Körper aus, und ich sehe ihr dabei zu, wie sie den Raum verlässt, während mein Blick verschwimmt und ich das Bewusstsein verliere.

Ich wache auf und fühle mich unglaublich. Alle Schmerzen und Beschwerden sind verschwunden, und als ich versuche zu schlucken, bestätigt sich, dass der Schlauch zu meiner großen Freude nicht mehr in meiner Nase und meinem Hals steckt.

Mein Telefon sagt, dass es 11.05 Uhr am 16. ist, also war ich diesmal für zwei Stunden bewusstlos.

Ich öffne die Augen und sehe, dass ich nicht in dem fensterlosen Zementraum bin. Jemand hat mich an einem neuen Ort auf einen Stuhl gesetzt – einem Raum, der wie der stereotypischste Vernehmungsraum eingerichtet zu sein scheint, den man in einer Polizei-Show sehen würde. Ich sehe drei graue Wände und eine Spiegelwand, einen Stuhl und einen Tisch. Anstatt der Lederriemen von zuvor sind meine Hände jetzt mit klassischen Polizeihandschellen gefesselt. Ich nehme an, dass jemand das getan hat, um im Einklang mit der neuen Dekoration zu bleiben. Es steht sogar ein Glas Wasser auf dem Tisch – außerhalb meiner Reichweite, so wie im Handbuch *Befragungstechniken 101*.

Voller Hoffnungen suche ich nach einem WLAN-Netzwerk, aber finde keines.

»Hallo Mr. Cohen«, sagt Agent Lancaster mit seiner typisch falsch-freundlichen Stimme. Er versteckt seine Augen wieder hinter einer Pilotenbrille, und seine Körperhaltung strahlt ruhiges Selbstvertrauen aus. »Ich freue mich, dass Sie beschlossen haben, mit uns zusammenzuarbeiten.«

»Hallo«, antworte ich. Selbst mit den Schmerzmitteln ist mein Hals noch rau von der vorangegangenen Tortur. Ich hebe meine gefesselten Hände nach oben und frage: »Ist das wirklich nötig?«

Anstatt zu antworten, knallt Agent Lancaster einen riesigen Papierordner auf den Schreibtisch vor mir und sagt: »Bevor wir beginnen, möchte ich Ihnen das zeigen.« Er öffnet den Ordner auf einer zufälligen Seite und schiebt mir den ganzen Haufen zu.

Ich schaue auf die betreffende Seite und spüre, wie sich meine Nackenhaare aufstellen. Ich erinnere mich an diese E-Mail. Es ist eine E-Mail, die mir vor einigen Monaten ein Investor geschickt hat – die E-Mail, in der er sich bei mir für ein hervorragendes Quartal bedankt hat.

Als er meine Reaktion bemerkt, dreht Agent Lancaster die Seite um, und ich sehe eine Reihe von weiteren meiner E-Mails. Einige sind von meinem persönlichen Account, einschließlich einer sehr privaten E-Mail, in der Ada mich gebeten hat, uns mehr Kondome für einen romantischen Abend zu besorgen, den wir geplant hatten – Muhomor hat damals Tema für uns getestet, und unser Austausch über die Brainozyten war nicht privat.

Zum Glück sehe ich keine privaten Nachrichten oder E-Mails, die über Brainozyten geschickt wurden. Das würde bedeuten, dass Agent Lancaster und seine Untergebenen buchstäblich Zugang zu unseren privaten Gedanken hätten. Ich frage mich, ob unsere Brainozyten-Kommunikation irgendwo anders in diesem Ordner ist, aber ich bezweifle es. Bevor Tema fertig war, bestand Muhomor darauf, dass wir alle E-Mail und SMS Konten bekamen, die nicht zu uns zurückverfolgt werden konnten, und er gab uns allen auf einer lästigen regelmäßigen Basis neue Konten. Als Tema lief, hat er zugestimmt, in der Zukunft lockerer zu sein.

»Wie Sie sehen können«, Lancasters Stimme reißt mich aus meiner paranoiden Träumerei, »wissen wir viel über Sie, Herr Cohen.« Er schließt den Ordner und zieht ihn aus meiner Reichweite. »Ich zeige Ihnen das, damit Sie wissen, dass ein Großteil meiner Fragen Dinge betreffen wird, auf die ich bereits eine Antwort habe. Das heißt, wenn Sie lügen, werde ich es wissen, und wenn ich Sie bei einer einzigen Lüge erwische, egal wie klein sie ist, wird unsere höfliche Konversation enden.« Er beugt sich über den Schreibtisch und sieht mir in die Augen. »Habe ich mich klar ausgedrückt?«

»Ja«, sage ich, und es klingt für meinen Geschmack zu sanft. Mein früherer Plan, vorzugeben, zu kooperieren, könnte einen großen Rückschlag erlitten haben. Ich hatte natürlich geplant, über alles zu lügen, nur um den Bastard zu ärgern, aber jetzt muss ich vorsichtig sein, da ich nicht weiß, was er weiß.

»Gut.« Agent Lancaster setzt sich zurück und bringt seine Hände an den Fingerspitzen zusammen. »Beginnen wir als Erstes mit einer einfachen Frage. Wie lange sind Sie schon ein Agent für die Russische Föderation?«

Die Frage kommt derart unerwartet, dass einige Momente lang einfach nur dasitze und mit einer Geschwindigkeit von hundertmal Öffnen und Schließen meiner Augenlider pro Sekunde blinzele. Ich wäre weniger schockiert, wenn er mich wieder ins Gesicht geschlagen hätte.

»Ich bin kein russischer Spion«, sage ich schließlich und fühle mich dumm, diese Worte sagen zu müssen. Das Ganze erinnert mich daran, etwas sehr Offensichtliches leugnen zu müssen, wie kein unsichtbares rosa Einhorn zu sein. »Also, null Zeit.«

Als ich das sage, erkenne ich, wie viele Probleme ich bekommen könnte, wenn er die Anschuldigung glaubt, die er gemacht hat. Ich weiß sehr wenig über den normalen Ablauf, wenn es um gefangene Spione geht. In Filmen sieht es nicht wie Habeas Corpus aus. Dürfen verdächtige Spione Anrufe tätigen oder ihren Anwalt kontaktieren? Ich kann mir vorstellen, dass es gefährlich wäre, ihnen diese Dinge zuzugestehen, da sie ihrem Führungsoffizier am Telefon eine verschlüsselte Nachricht zukommen lassen könnten, oder der Anwalt, den sie kontaktieren, ihnen helfe könnte, sich umzubringen, um zu verhindern, dass sie Staatsgeheimnisse verraten.

»Jetzt kommen Sie schon, Herr Cohen.« Lancaster massiert demonstrativ seine Schläfen. »Wir wissen Bescheid.«

»Wenn Sie wirklich Bescheid wissen, dann *wissen* Sie, dass ich kein Spion bin, und schon gar nicht für Russland. Steht dort nichts darüber«, ich zeige auf die Akte, »dass ich als Flüchtling in die USA kam? Oder dass ich in einem Alter kam, in dem ich zu jung war, um als Spion angeheuert zu werden?

»Ich dachte, wir wären uns einig, dass wir zusammenarbeiten würden.« Agent Lancaster blättert durch seinen Ordner und hält bei etwas inne, was ihm gefallen muss, weil er das Bild zu mir schiebt.

Ich bin sprachlos. Das Bild ist verschwommen, weil es jemand mit seinem Telefon in einem schlecht beleuchteten Nachtklub gemacht hat, aber ich kann sagen, dass es ein Bild von mir ist, wie ich auf einer DJ-Tribüne stehe. Es sieht so aus, als würde ich eine Pistole auf die Menge richten, obwohl ich in Wirklichkeit auf diejenigen gezielt habe, die uns angegriffen hatten.

»Das wurde im Dazdraperma-Klub aufgenommen«, sagt Agent Lancaster triumphierend. »In Moskau.«

»Da beschütze ich mich gerade *vor* dem KGB – ähm, ich meine SVR«, sage ich, bevor ich merke, dass ich etwas zugegeben haben könnte, von dem mein Anwalt mir abgeraten hätte. Schwach füge ich hinzu: »Das ist das Gegenteil von dem, für das Sie arbeiten.«

»Natürlich.« Agent Lancasters Ton trieft vor Sarkasmus. »Alle Risikokapitalgeber sind dafür bekannt, kleine Reisen

zu unternehmen, um an Schießereien in Moskau teilzu-
nehmen.«

»Ich habe meine Mutter gerettet«, erwidere ich. »Ihre
Entführung stand in der Zeitung. Sie war nicht die einzige
Person, die ich gerettet habe. Es gibt ein Dutzend ameri-
kanischer Bürger, die Sie befragen können.«

»Sie meinen die behinderten Amerikaner, deren
Gehirn mit der von Ihnen geschaffenen Technik manipuliert wird?« Er reibt sich erneut seine Schläfen. »Ich kann
nicht sehen, was das hier bringen soll.«

Es gibt einen kleinen Silberstreif am Horizont in dem,
was er gesagt hat. Er hat die Brainozyten nicht bei ihrem
Namen genannt – etwas, was ich von ihm erwartet hätte,
würde er sich für die Technologie interessieren. Aber wenn
er nicht die Brainozyten will, fällt mir auch nichts ein, was
er wollen könnte.

Wenn er wirklich denkt, dass ich ein Spion bin, wäre
das wirklich schlecht.

»Schauen Sie mal.« Ich kämpfe gegen die Versuchung
an, aufzustehen und im Raum umherzugehen. »Wie kann
ich beweisen, dass ich kein Spion bin?«

»Sie können nicht beweisen, dass Sie kein Spion
sind, weil Sie einer sind«, antwortet Lancaster. »Aber,
wenn Sie nützlich genug sind, könnten wir Ihre anderen
Indiskretionen übersehen.«

Ich vermisse die Gehirnerweiterung bereits extrem, und
in diesem Moment würde ich eine Million Dollar für einige Sekunden im Internet zahlen. Auch wenn Nachdenken
ohne die Erweiterung schwierig ist, bekomme ich langsam
das Gefühl, dass ich gekonnt manipuliert werde. Agent

Lancaster könnte mich als Verhörtechnik beschuldigen, ein Spion zu sein. Ich habe im Fernsehen gesehen, dass das gemacht wird. Polizisten erwähnen oft einen Mord oder etwas anderes Großes, um den Verdächtigen dazu zu bringen, ein kleineres Verbrechen zuzugeben. Zumindest hoffe ich, dass das gerade geschieht. Wenn der Zweck dieser Technik ist, mir genug Angst einzuflößen, um ihnen alles zu erzählen, was sie wollen, funktioniert es leider spektakulär gut.

»Ich bin genauso wenig ein Spion wie eine Ballerina«, antworte ich, auch wenn meine gespielte Selbstsicherheit sich selbst für meine eigenen Ohren hohl anhört. »Sie möchten etwas. Ich verstehe das. Sagen Sie mir doch einfach, was es ist.«

»Schön.« Er nimmt seine Pilotenbrille ab und schaut mich mit seinen farblosen Augen an. »Dann lassen Sie uns also über Viktor Tsoi sprechen.«

Ich wiederhole meine Reaktion von vorhin, als ich ihn nur wiederholt angeblinzelt habe, und schwöre mir, in Zukunft mein Pokerface bei komischen Fragen und Verhaltensweisen zu perfektionieren. Viktor Tsoi ist der Name eines berühmten russischen Rocksängers, der im Alter von achtundzwanzig Jahren auf tragische Weise bei einem Autounfall starb. Stimmt, ich liebe seine Songs selbst bis zum heutigen Tag, aber ich verstehe nicht, warum Agent Lancaster an ihm interessiert ist, also frage ich: »Und warum reden wir über russische Musik?« Er schaut mich einen Moment lang verständnislos an, also füge ich hinzu: »Viktor Tsoi war ein Songwriter und Sänger. Er ist tot.«

»Für den Fall, dass Sie es nicht wissen«, sagt Lancaster in dem Ton von jemandem, der sich sicher ist, dass ich mich gerade über ihn lustig mache, »Viktor Tsoi ist der Name eines Mannes, der sehr lebendig ist.« Er öffnet seinen Ordner auf einer neuen Seite und reicht mir ein Bild von Muhomor und mir, wie wir in einem Café in der Innenstadt sitzen. Das Bild wurde ganz klar während des letzten monatlichen Treffens des Brainozyten-Klubs aufgenommen. »Viktor Tsoi ist ein Hacker mit dem Alias ›Muhomor‹.«

KAPITEL 20

Auf einmal werden die Dinge klarer, bis zu einem Punkt, an dem ich mir mit der flachen Hand gegen die Stirn schlagen würde, wenn meine Hände frei wären. Natürlich haben diese Ereignisse mit Muhomor zu tun. Wenn ich mir nicht so viele Sorgen um Muhomors Leben machen würde, würde ich ihn umbringen wollen. So wie es ist, kanalisiere ich meine Wut stattdessen auf den Agenten vor mir. Aber ehrlich, wie oft habe ich Muhomor gesagt, er solle weniger hacken? Jetzt hat etwas, was er getan hat, mich in diese Lage gebracht. Ich hoffe wirklich, dass wir beide das überleben, damit ich dem dürren Hacker angemessen meine Meinung sagen kann.

Da der Agent noch auf eine Antwort wartet, sage ich: »Ich wusste wirklich nicht, dass das Muhomors richtiger Name ist. Jetzt, da ich weiß, dass er Viktor Tsoi heißt, bin ich nicht überrascht, dass er einen Spitznamen hat. Muhomor liebt seine Individualität, und sein prominenter

Namensvetter war so berühmt wie Elvis Presley.« Der Agent sieht nicht beeindruckt von meinen Enthüllungen aus, also füge ich hastig hinzu: »Ich würde gerne mit Ihnen über Muhomor sprechen. Warum beginnen wir nicht mit seinem aktuellen Gesundheitszustand? Lebt er? Wie ist seine Operation gelaufen?«

Ich erwarte, dass Agent Lancaster mit dem Klischee antwortet »Ich bin derjenige, der hier die Fragen stellt« oder so etwas Ähnlichem, aber er überrascht mich mit den Worten: »Muhomor ist lebendig, aber im Koma.« Ich höre eine Portion echtes Bedauern in seiner Stimme, obwohl ich nicht sagen kann, ob er verärgert ist, weil Muhomor lebt oder weil sie ihn nicht befragen können, da er im Koma liegt. »Seine Wirbelsäulenverletzung war schwer.« Der Schmerz in meiner Brust kehrt in voller Kraft zurück, und ich versuche instinktiv, Muhomor mit der Telepathie-App anzupingen. Die Fehlermeldung ist eine schmerzliche Erinnerung daran, dass ich mich nicht mit ihm oder jemand anderem in Verbindung setzen kann.

»Schauen Sie mal«, ich atme tief ein und aus. »Agent Lancaster, wenn Muhomor im Koma liegt, ist er keine Bedrohung. Warum das alles?« Ich hebe meine Handschellen an, und die Kette klopft gegen den Tisch.

»Die Situation ist komplizierter.« Lancaster reibt sich die Stoppeln auf seinem Kinn mit Grübchen. »Wie Sie genau wissen.«

»Das tue ich ehrlich gesagt nicht«, sage ich verwirrt.

»Das alles«, er macht eine Handbewegung, die den Vernehmungsraum einschließt, »musste eskaliert werden, weil Sie sich fast töten lassen haben.«

»Oder Sie haben uns fast töten lassen, um mich zum Reden zu zwingen«, antworte ich, auch wenn ich mich jetzt frage, ob es für Lancaster und seine Untergebenen logisch wäre, Vincent Williams zu bezahlen, um uns zu überfallen. Immerhin, wenn sie sich für Muhomor interessieren, wäre ihn zu töten oder ihn ins Koma zu bringen ein wirklich schlechter Plan – vorausgesetzt er *ist* im Koma, wie Lancaster behauptet hat.

»Ich dachte, wir hätten eine Abmachung.« Der Kiefer des Agenten spannt sich an, und er setzt seine Brille wieder auf – aber nicht, bevor ich nicht einen Blick auf seine wütend-glänzenden Augen geworfen habe. »Wenn Sie mehr Zeit zum Nachdenken brauchen …«

Ich weiß, dass »Zeit zum Nachdenken« ein Euphemismus für mehr Folter ist, und die Bedrohung sendet eine Angstwelle durch meinen Körper. Allerdings wird die Angst schnell von aufsteigender Wut verdrängt.

»Wir haben eine Abmachung«, sage ich und versuche, eher eingeschüchtert als wütend auszusehen. Perverserweise ärgere ich mich darüber, wie gut ich es hinbekomme, kleinlaut zu klingen, aber ich fahre mit meiner Show fort, indem meine Stimme bricht, als ich hinzufüge: »Ich werde Ihnen sagen, was Sie wissen wollen. Ich möchte wirklich nicht mehr Zeit zum Nachdenken.«

»Erzählen Sie mir von Muhomors jüngsten Hacks.« Agent Lancasters Ton ist herablassend, aber beruhigend. »Mit so vielen Details wie möglich.«

»Er ist in die IARPA-Systeme eingedrungen«, sage ich. Obwohl es sich beschissen anfühlt, das Vertrauen meines Freundes zu verraten, bin ich mir sicher, dass ich Lancaster nichts erzähle, was er nicht bereits weiß, also sehe ich diese Enthüllung als ein notwendiges Übel an, um das Vertrauen des Agenten zu gewinnen. »IARPA hat an einem Projekt gearbeitet, um die Algorithmen, die das menschliche Gehirn steuern, umzukehren. Muhomor hat sich für die Forschung interessiert.«

Agent Lancaster muss ein ausgezeichneter Pokerspieler sein, denn er gibt keinen Hinweis darauf, was er von meiner Aussage hält. Da er darauf wartet, dass ich fortfahre, sage ich: »Davor hat er sich in die Verizon-Server gehackt, um kostenlosen Handyempfang zu bekommen.«

Was tatsächlich passiert ist, ist, dass Muhomor sich in die Server von Sprint gehackt hat, aber ich habe die kleine Abweichung absichtlich hinzugefügt, um zu sehen, wie detailliert Agent Lancasters Wissen ist.

Der Mann dreht sich leicht zum Spiegel auf seiner linken Seite, und seine Hand wandert fast bis an sein Ohr, bevor er innehält. Hat ihm jemand Informationen über Sprint und Verizon gegeben? War es jemand hinter diesem Spiegel?

»Sind Sie sicher, dass es Verizon war?« Agent Lancaster verschränkt seine Finger vor seinem Gesicht und streckt die Arme aus. »Details sind wichtig.«

»Nein, leider nicht«, lüge ich. »Es war einer der großen. Ich dachte, es war Verizon, aber es hätten genauso gut AT&T oder Sprint sein können.«

Die Tatsache, dass wir beobachtet werden, behindert meinen neuen Plan, ihn anzugreifen, wenn ich kann.

»Was ist der Qecho-Server?«, fragt er.

Wenn er mich überraschen wollte, ist er gescheitert.

»Ein 100-Qubit-Quantencomputer«, antworte ich sofort. »Muhomor benutzt ihn gern.«

»Wofür benutzt er ihn?« Diese Frage kommt schneller und nachdrücklicher hervor.

»Verschlüsselung und Entschlüsselung. Aber ich wette, das wussten Sie schon.«

»Was ist Tema?« Die Intensität in Agent Lancasters Stimme ist jetzt auf elf von zehn. »Wie funktioniert es?«

Ich bin überhaupt nicht von der Richtung überrascht, die dieses Gespräch genommen hat. In dem Augenblick, als der Agent Muhomor aufbrachte, vermutete ich, dass er nach Tema fragen würde – Muhomors unknackbarem Kryptosystem. Von allem, was der russische Hacker getan hat, ist Tema der Inbegriff dessen, was auf das Radar einer Regierung kommen würde. Muhomor hat es selbst viele Male gesagt, aber ich dachte immer, dass diese Aussage meines Freundes mit einer Prise Prahlerei ausgeschmückt war. Er behauptet, dass die Regierungen sich darauf verlassen, die Kommunikation von allen nach Belieben lesen zu können, und dass sein unknackbares Kryptosystem die Welt revolutionieren würde, weil Tema im Gegensatz zu den meisten »Legacy« Kryptosystemen, die auf die Multiplikation großer Primzahlen angewiesen sind, unempfänglich für Angriffe von Quantencomputern ist. Es sieht so aus, als habe Muhomor in allen Punkten recht gehabt.

Wenn die Regierung Botschaften nicht knacken kann, bringt sie das wirklich aus der Fassung.

Das größte Problem damit ist, dass ich Lancaster nicht helfen könnte, selbst wenn ich wollte. Ich habe selbst mit der Gehirnerweiterung kaum die Grundprinzipien hinter Tema verstanden, und in diesem Moment könnte es sich dabei genauso gut um Magie handeln, nach dem, was ich verstehe. Schlimmer noch, Agent Lancaster möchte wahrscheinlich wissen, wie man Tema knackt, und mir nicht glauben, wenn ich ihm sage, dass die mächtigsten Köpfe der Welt nicht in der Lage gewesen sind, Muhomors neues Baby zu knacken, weshalb wir alle glauben, dass das Ding unknackbar ist.

»Tema ist kurz für das russische Wort ›kryptosystema‹«, beginne ich. »Es ist ein Kryptosystem, das Muhomor erfunden hat. Er denkt, es ist unknackbar. Ich bin versucht, hinzuzufügen: Angesichts meiner Anwesenheit hier nehme ich an, dass er recht hatte.«

»Wie funktioniert es?« Falls Agent Lancaster die große Bedeutung dieser Frage verbergen wollte, scheitert er. Sein ganzer Körper spannt sich an, so dass er aussieht wie ein Jaguar, der sich darauf vorbereitet, ein Reh anzuspringen.

»Es ist kompliziert«, sage ich so ernst wie möglich, da der nächste Teil meines Planes davon abhängt. »Haben Sie Papier und etwas zum Schreiben? Ich werde versuchen, es Ihnen zu erklären.«

Ohne zu zögern, holt Lancaster einen schicken Stift aus seiner Jackeninnentasche und reicht ihn mir. Dann nimmt er ein paar Seiten aus dem dicken Ordner und sagt: »Sie können auf die Rückseite schreiben.«

Ich nehme den Stift in meine rechte Hand und schreibe so ungeschickt, wie ich kann. Wie ich gehofft hatte, machen die Handschellen das Schreiben auch ohne weitere Bemühungen schwierig.

»Ich denke, es würde um einiges besser gehen, wenn ich diese nicht umhätte.« Ich wackele mit den Handschellen und versuche dabei, nicht allzu erwartungsvoll auszusehen.

Agent Lancaster verrät seine Erregung, da er aufsteht und zu meiner Seite des Tisches kommt. Mit klopfendem Herzen sehe ich ihm dabei zu, wie er den Schlüssel hervornimmt und die Handschellen aufschließt.

Sobald meine Hände befreit sind, wird alles um mich herum schärfer, bis zu einem Punkt, an dem ich mich so fühle, als habe ich meinen Zugang zum Internet und meine Gehirnerweiterung wieder. Schneller als ich blinzeln kann erlebe ich den Moment erneut, an dem Agent Lancaster mich ins Gesicht geschlagen hat, und die Demütigung und den Schmerz, die ich erlitten habe, als ich in diesem Zementraum angeschnallt war. Die schrecklichen Erinnerungen erreichen ihren Höhepunkt mit der Ernährungssonde, die in meine Nase eingeführt wird, und meine unterschwellig kochende Wut explodiert mit der Kraft des Vesuvs.

Meine linke Hand ballt sich zu einer Faust, und ich schlage Agent Lancaster in den Schritt – eine Bewegung, die durch seine derzeitige Haltung leichtgemacht wird. Etwas Weiches knirscht unter meinen Knöcheln, und ich fühle fast männliche Sympathie für meinen Feind.

Fast, aber nicht ganz.

Ein Grunzen entweicht Lancasters Lippen, und er beginnt, sich zu krümmen.

Er krümmt sich allerdings nicht ganz. Seine Hand ist zu einer Faust geballt, und ich vermute, er plant, zurückzuschlagen.

Ich drehe meinen Kopf, und seine Faust schlägt an meinem rechten Ohr vorbei. Ich verstärke meinen Griff um den Stift in meiner rechten Hand und steche der Quelle meiner Angst in das sich schnell nähernde Gesicht.

Die Pilotenbrille fliegt in das verspiegelte Glas der rechten Wand, und die Stiftspitze dringt mit einem übelkeitserregend glucksenden Geräusch in sein Auge ein.

Agent Lancasters Schrei ist unmenschlich, und ich bin in entsetzter Trance über den Schaden, den ich gerade angerichtet habe. Erneut wirbeln mehr Gedanken als normal durch meinen Kopf, von denen der wichtigste die Überzeugung ist, dass meine üblichen PTBS-Albträume sich um diese Szene erweitern werden – vorausgesetzt, dass ich jemals wieder schlafen werde.

Anerkennend muss ich allerdings sagen, dass mein Feind trotz der großen Schmerzen, die er verspüren muss, mein Zögern nutzt, um in seine Jacke zu fassen, um, wie ich annehme, seine Waffe hervorzuziehen.

Wenn ich die nächsten Sekunden überlebe, muss ich Gogi eine Statue für alle Entwaffnungstrainings bauen, die er mit mir gemacht hat. Ich springe auf, und meine Hände bewegen sich mit geübter Präzision. Sobald ich die Waffe im Halogenlicht aufblitzen sehe, drehe ich Lancasters Handgelenk um, und die Waffe schlägt gegen den Tisch, bevor sie auf den Stuhl fällt, um von dort mit einem metallischen, knackenden Geräusch auf den Bodenfliesen zu landen. Beinahe wie auf Autopilot stelle ich meinen Fuß hinter meinen Gegner und gebe ihm einen Schubs.

Als Agent Lancasters Körper in den Spiegel kracht, höre ich, wie die Tür hinter mir geöffnet wird.

Ich mache einen Satz zu der Waffe hin.

Im Spiegel erhasche ich einen Blick auf jemanden, der eine Uniform des Sondereinsatzkommandos trägt, aber ich habe immer noch einen letzten Funken Hoffnung. Vielleicht kann ich die Waffe bekommen und mir irgendwie einen Weg aus diesem ganzen Chaos schießen.

Leider erfüllt die harte Realität dieses Universums meine Hoffnungen nicht. Etwas sticht schmerzhaft an meiner rechten Schulter. Allerdings ist der Schmerz für eine Kugel zu leicht. Die Nadelelektroden eines Tasers vielleicht?

Ich ergreife die Glock am Griff und beginne, mich schussbereit zu drehen. Aber noch bevor ich den halben Weg zu meinem Gegner hinter mich gebracht habe, schießen tausend Volt durch jeden Muskel in meinem Körper.

Ich lasse die Waffe fallen, als mein Körper unkontrolliert zuckt. Meine Sicht verschwimmt, als Schmerzen sich in meinem Körper ausbreiten, aber ich kann einen Schatten erkennen, der über mich gebeugt ist.

Eine Nadel sticht durch meine Haut, und ein harter Stiefel trifft mit einem brutalen Tritt auf meinen Kopf.

Meine Welt wird schwarz.

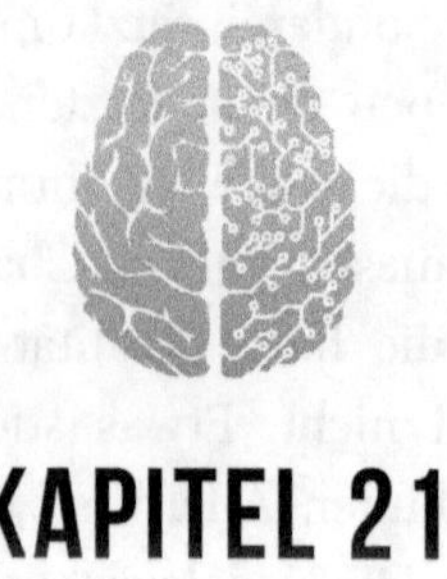

KAPITEL 21

Langsam komme ich zu Bewusstsein, aber mein Kopf ist so benebelt, dass ich nicht sagen kann, ob ich wach bin oder träume.

Da ich mir denke, dass es eine leichte Lösung gibt, das herauszufinden, öffne ich die Augen.

Auch wenn es mich sehr anstrengt, zu denken, habe ich trotzdem noch genug funktionierende Hirnmasse, um zu bemerken, dass, wenn der letzte Raum, in dem sie mich gefangen gehalten hatten, wie ein Klischee aussah, dieser ihn um ein Vielfaches übertrifft. Ich habe noch nie eine zutreffendere Darstellung eines Irrenhauses mit gepolsterten Wänden gesehen. Alles um mich herum scheint aus billigen Kissen in grauen Kissenbezügen zu bestehen, einschließlich des Bodens.

Es gibt keine Kameras, die ich sehen kann, aber ich fühle mich, als ob mich jemand mit schlechten Absichten beobachtet.

Wie ich es vorausgesagt haben könnte, sehe ich eine Zwangsjacke, als ich nach unten schaue, in der meine Arme vorn über Kreuz gelegt und auf dem Rücken sicher zusammengebunden sind. Jetzt, da ich darüber nachdenke, fühle ich auch etwas auf meinem Gesicht und habe ein ziehendes Gefühl an der Rückseite meines Kopfes, so als ob ich diese typische Hannibal-Lecter-Maske trage.

Mein Gefühl, beobachtet zu werden, wird stärker, und ich fühle mich wie eine Bakterie unter einem Mikroskop, während ich versuche, meine eigenartige Umgebung zu erkunden.

Sobald ich beginne, mich umzusehen, fällt mir auf, dass ich mit jeder Sekunde schlechter denken kann. Meine Sinne sind verschwommen, und ich schwöre, dass ich sehe, dass aus meinen Armfesseln warme Lichttentakel wachsen. Sie malen ein hübsches Mosaik im ganzen Raum und machen ihn in diesem Moment weniger grau und ungesund fröhlich. Die hübschen Farben führen dazu, dass meine Paranoia nachlässt, und ich fühle mich einen Moment lang gut.

Leider verblasst das warme Licht bald, und es sieht so aus, als sei der Raum umgeben von einer Horde schwarzer Lichter in Miniatur – Orte im All, die entschlossen sind, Licht und Wärme aus dem Universum zu saugen. Schlimmer noch, Augen mit einer dunklen Intelligenz starren mich vom Ereignishorizont aus an, und ich bekomme den Drang, unter die Bodenpolster zu kriechen.

»Einstein, schlafe ich gerade?«, frage ich laut, und mir wird klar, dass für jemandem, der nichts von den

Brainozyten weiß, diese Frage genauso verrückt wirken könnte wie alles andere in dem Raum.

Weder die künstliche Intelligenz noch der Wissenschaftler namens Einstein antworten. Dank einiger Reste kritischen Denkens erinnere ich mich daran, dass ich so sagen konnte, ob ich träume oder nicht. Andererseits, würde ich nicht aufwachen, wenn ich erkennen würde, in einem Traum zu sein? Und wenn nicht, würde mein derzeitiges Panikniveau nicht das Gleiche bewirken?

»Passiert das gerade wirklich?«, frage ich mich, aber nichts passiert – ich hatte allerdings auch nicht erwartet, dass etwas passiert, da ich keinen präkognitiven Moment ohne Gehirnerweiterung haben kann.

In grimmiger Verwunderung betrachte ich, wie sich die schwarzen Löcher in kleinere schwarze Punkte verwandeln. Die Punkte strömen auf mich zu und bedecken meine Haut wie kleine Insekten.

Ich wünschte, ich hätte nicht an Insekten gedacht, weil sobald ich es tue, fühlt sich meine Haut wie eine Armee aus Spinnen an, die beschlossen hat, auf der Innen- und Außenseite meiner Dermis gegen Tausendfüßler zu kämpfen.

Wenn ich nicht gefesselt wäre, würde ich meine Haut zerkratzen, um die ekligen Krabbeltiere loszuwerden.

Als meine Atmung aus Panik schneller wird, rede ich mir selbst ein, dass nichts auf meiner Haut und mit Sicherheit nichts darunter ist. Ich sage mir, dass ich schlafe, aber das, was ich erlebe, fühlt sich von Sekunde zu Sekunde körperlicher an.

Ich beginne zu schreien, und das Ungeziefer fliegt zurück in die Luft und verschmilzt zu einer bösartigen Präsenz im Raum. Die Präsenz sondert graue Farben ab, die sich überall ausbreiten und auch in meine Nase und Ohren eindringen. Ich atme die grauen Farben ein und fühle mich, als würde ich beschmutzt und verwandelte ich mich in etwas weniger Menschliches. Ich versuche, das Gift auszuhusten, aber sauge nur mehr Grauheit in meine Lungen.

»Wenn du eine Schraube von einer Dampflok abbeißt, was für eine Auswirkung hat das auf ein Kilo Hotdogs?«, dröhnt eine männliche Stimme um mich herum. »Vergiss nicht, dass natürlich ein Ziegelstein auf einem Glasfluss treibt.«

Ich versuche, die Frage oder die Aussage, die ich gerade gehört habe, zu verarbeiten, als eine sogar noch lautere, weibliche Stimme fragt: »An was denkst du gerade *nicht*?«

Ich fühle mich, als würde mein Kopf gleich wirklich explodieren, während ich über die zweite Frage nachdenke, aber die Explosion wird von einem Chor neuer Stimmen verhindert, die dröhnen: »Dieser Satz ist falsch.«

Ich überlege, erneut zu schreien, aber es scheint unmöglich zu sein, diese Stimmen zu übertönen, besonders einen Moment später, als sie alle durcheinanderreden, eine Stimme lauter als die nächste, jede Aussage wie ein Messer, das in die zerbrechlichen Reste meines gesunden Verstandes sticht.

Ich fühle nicht länger die Paranoia. Ich bin die Paranoia – und sie fühlt mich.

Ich versuche, den visuellen und auditiven Ansturm zu ignorieren und zu meditieren, aber das ist eine verhängnisvolle Idee, weil ich dabei auf meine körperlichen Empfindungen achte, die wie alles andere außer Kontrolle geraten sind. Ich bin ein Bienenstock aus Wehwehchen, die sich rasch zu Schmerzen in meiner rechten Schulter verwandeln, die in ein leicht angenehmes Gefühl in meinem linken Zeh morphen und schließlich in den Kreis der Schmerzen zurückkommen, die sich gleichmäßig in allen meinen Extremitäten ausbreiten. Der Rest von mir fühlt sich an, als sei er aus Ton, den jemand in einem festen Zustand geheilt und danach gegen die Wand geworfen hat.

Ich versuche dann mit reiner Willenskraft, die Empfindungen und die Stimmen zu ignorieren, aber das ist schwer. Die Wände in dem Zimmer atmen ein und aus, so als ob sie den Magen eines Riesenkalmar auskleiden, der mich ganz geschluckt hat und im Begriff ist, mich zu verdauen. Aber wenn ich meine Augen schließe, bilden Sonnenflecken Bilder an den Innenseiten meiner Augenlider. Sie erinnern mich an Feen bei einem Rave, gefolgt von einer Orgie, gefolgt von einer Laser-Lichtshow. Die Bilder greifen meine Augen auch durch die geschlossenen Augenlider an.

»Sind meine Brainozyten durchgedreht?«, frage ich jemanden in Gedanken, auch wenn ich mich nur halb daran erinnere, was Brainozyten sind, und ich keine Idee habe, mit wem ich rede. Als mir klar wird, dass Fragen eine höhere Chance haben, beantwortet zu werden, wenn ich sie laut frage, füge ich hinzu: »Bin ich verrückt geworden?«

»Nein«, antworte ich mir selbst in Gedanken. »Ich kann gerade nicht einmal über Wahnsinn nachdenken, weil ich denke, ich könne ihn rufen.«

Das Gefühl, beobachtet zu werden, verstärkt sich, und weil ich nichts Besseres versuchen kann, rolle ich über den Boden. Die Bewegung löst sofort das Gefühl aus, durch eine weiche Oberfläche zu fallen, und erinnert an den freien Fall bei einem Fallschirmsprung. Bis zu diesem Zeitpunkt war das die schlimmste Erfahrung meines Lebens.

Während ich falle, nimmt die Luft um mich herum den fauligen, schwefeligen Gestank der grauen Farbe an, und ich kann die stechende Säure der Zahl zwanzig schmecken. Im nächsten Moment klärt sich mein Denken genügend auf, um mich daran zu erinnern, dass Farben nicht riechen und Zahlen keinen Geschmack haben – aber WLAN-Netzwerke schon. Mit diesem Moment der Klarheit kommt die Frage, ob die Stimmen und Lichtspiele irgendwie von außerhalb meines Gehirns kommen? Bin ich von Projektoren und Lautsprechern umgeben? Oder wird das alles direkt in meine Birne eingespeist? Etwas sagt mir, dass nichts Gutes davon kommen kann, sich theoretisch damit zu beschäftigen, dass Gedanken in mein Gehirn gesetzt werden, da das zu Alufolienhüten führen würde. Andererseits sagt mir etwas, dass ein gut isolierter Hut aus Alufolie, der aus etwas Geeignetem hergestellt ist, wie Blei, dazu führen könnte, dass mein Gehirn sich nicht verbinden kann.

Als ich bemerke, dass meine Augen geöffnet sind, schließe ich sie wieder, und das vermindert das Gefühl meines Gehirns, sich in eine Pfütze zu verwandeln. Der freie Fall verwandelt sich in eine Bewegung nach vorn, und ich schwöre, dass ich kurz davor bin, in einen Tunnel aus einem Kaleidoskop aus hellen Symbolen zu fahren.

Mit geschlossenen Augen wünsche ich mir, dass ich meine Ohren auch schließen könnte, da Stimmen mich noch angreifen. In der Tat würde ich alles geben, um einfach meine Hände über die Ohren zu legen, und es ist zum Verrücktwerden, dass ich es nicht kann. Ich kann mich nicht einmal an den Grund dafür erinnern, weshalb meine Arme festsitzen und ich sie nicht bewegen kann. Ich weiß nur, dass es nichts mit Aliens zu tun hat.

Eigentlich liegt mir der Grund auf der Zungenspitze, aber ich kann mich nicht ganz daran erinnern. Vielleicht gehören meine Arme in diesem Augenblick zu jemand anderem?

Die verdammten Stimmen sprechen jetzt so, als seien sie unter Wasser, und überzeugen mich davon, dass die Zeit um mich herum sich verlangsamt, ein vertrautes Gefühl, auch wenn ich mich nicht daran erinnern kann, warum.

»Ich würde jetzt gern aufwachen«, schreie ich das nächste Mal, als ich einen klaren Moment habe, aber das ändert nichts, und meine Reise in die Hölle geht unvermindert weiter.

Einen gefühlten Monat später entwickle ich tiefgründige Offenbarungen über die ultimative Natur der Realität und wünschte, ich hätte einen Stift, Papier und Hände, um sie mitzuschreiben. Ich fühle mich verbunden mit einem Netz von bewussten Wesen, die den Stoff von dem schaffen, was wir alle als Existenz kennen. Ich begreife, dass meine Welt, so wie sie ist, nur ein verklärtes Videospiel sein könnte, das göttliche Intelligenzen, die außerhalb dieses Spielzeuguniversums existieren, unterhalten soll.

Bald verstehe ich, dass diese metaphysischen Gedanken eine Angst verschleiern, die ich erfolglos ignoriert habe. Es ist eine ziemlich vertraute Angst – die Angst, meinen Verstand zu verlieren. In der Tat erinnere ich mich daran, dass das etwas ist, worüber ich mir Sorgen gemacht habe, seit ich erfahren habe, dass ich eine Halbschwester mit Schizophrenie habe. Was mich wirklich beunruhigt, ist, dass ich Schwierigkeiten habe, mich daran zu erinnern, wie der Name meiner Halbschwester ist, oder auch, welche Symptome sie hat. Ein Teil von mir zweifelt sogar daran, dass ich eine Halbschwester habe. Mit Sicherheit bin ich nicht an den Gedanken gewöhnt, eine zu haben.

Sobald ich es zulasse, die Möglichkeit des Wahnsinns wieder in Betracht zu ziehen, wächst die Panik wie ein parasitärer Wurm in meiner Brust. Einen Moment lang lässt mein schneller Herzschlag die Stimmen verstummen, und alles, was ich fühle, ist der Drang, mich zu übergeben.

Nachdem ich einige Male trocken gewürgt habe, wird das Gefühl, dass ich völlig den Verstand verloren habe, stärker, bis sich die Überzeugung ganz tief in mir drin verwurzelt. Meine größte Sorge scheint zu sein, wie meine Mutter darauf reagieren wird, wenn ich ihr sage, dass ich wirklich verrückt bin. Was wird sie sagen?

»Hören Sie auf damit«, schreie ich und rolle auf dem gepolsterten Boden hin und her. »Bitte. Jemand. Hören Sie damit auf.«

So als würden sie antworten, werden die Stimmen lauter, und die Lichter im Raum flackern immer schneller von blendend hell bis fast pechschwarz. Ich merke bald, dass die Lichter mit mir in Morsezeichen sprechen und wichtige Geheimnisse enthüllen, die nur die wenigen Auserwählten wissen sollen. Sie sagen mir, dass die Erfahrungen in diesem aktuellen Leben einen tiefen Einfluss auf die Person haben können, die man im nächsten Leben werden kann.

Nach weiteren gefühlten Jahren hören die Lichter auf, und die Stimmen sprechen leiser.

Ich merke, dass meine Augen geöffnet sind und ich auf die Tür zu meinem Zimmer starre – obwohl ich genauso gut auf eine Supernova starren könnte, die im Begriff ist, zu explodieren.

Eine Gestalt steht in der Tür. Das helle Licht hinter ihr lässt mich an eine Heilige oder einen Engel denken, obwohl etwas an der Figur mich eher an ein Alien erinnert.

Das Wesen oder die Person kommt näher. Obwohl ihre Umrisse vor dem grauen Hintergrund des Raumes verschwommen sind, erkenne ich enttäuscht, dass es nur eine menschliche Frau ist, die auf mich zukommt.

Ein Scheinwerferlicht fällt auf das Gesicht der Frau, und es dauert nur ein paar Momente, bis ich ihr sanft lächelndes Gesicht erkenne. Sie sieht genauso aus wie die Therapeutin, die ich vor einer Ewigkeit aufgesucht habe, obwohl es auch gestern gewesen sein könnte.

»Hallo, Mike«, sagt sie ruhig. »Ich bin Dr. Golovasi, deine Psychiaterin.«

KAPITEL 22

Erinnerungen überfluten mein Bewusstsein.

Als ich mich an Ada erinnere, tanzt eine Galaxie aus Wärme durch mein Herz. Ich schwebe in glücklichen Gefühlen, die mit Ada zusammenhängen, bis ich mich daran erinnere, was ich eigentlich in meiner Erinnerung suche. Ada hatte mich zu Dr. Golovasi geschickt. Es hatte etwas mit meinen Schlafstörungen zu tun. Ironischerweise ist die Wahrscheinlichkeit hoch, dass ich mich gerade in einem schlechten Traum befinde.

»Hallo«, murmele ich durch Sandpapierlippen. »Sind Sie wirklich hier?«

Dr. Golovasi lächelt mich traurig an. Das Problem ist, dass ihre großen, weißen Zähne lebendig zu werden und mich anzugrinsen scheinen, obwohl *ihr* Lächeln aus unergründlichen Gründen unheimlicher ist.

»Wissen Sie, wo Sie sind?«, fragt Dr. Golovasi.

Als ob sie sich vor ihrer Gegenwart fürchteten, hören die verfluchten Stimmen lange genug auf, in meinem Kopf zu schreien, um mich über ihre Frage nachdenken zu lassen.

»Ich bin in einer Regierungseinrichtung«, antworte ich fast automatisch. Ich weiß nicht, wie ich zu der Antwort gekommen bin, aber ich bin überzeugt davon, dass sie stimmt. Meine Überzeugungen sind aber möglicherweise nicht viel wert, weil ich auch davon überzeugt bin, dass der Ärztin gerade ein drittes Auge auf der Stirn gewachsen ist, das meine tiefsten, innersten Gedanken sehen kann. Der Rest ihres Gesichts sieht verwirrt aus, so dass ich meine Aussage von eben verdeutliche, indem ich hinzufüge: »Ich denke, ich könnte auch nur in meinem Kopf sein.«

Anstatt etwas zu sagen, kommt sie dorthin, wo ich liege, und hilft mir dabei, mich aufzurichten. Ihre Hände sind weich, und ich fühle, dass ihre psychiatrische Heilwärme sich in meiner Schulter ausbreitet. Am Ende sitze ich zusammengekauert auf dem Boden. Diese Position ist bequemer und könnte sich als nützlich erweisen, falls ich mich dazu entschließe, später einige Sit-ups zu machen, obwohl ich annehme, dass es verrückt aussehen könnte, wenn ich plötzlich mit Zwangsjacke zu trainieren beginne.

»Wie würden Sie sich fühlen, wenn ich Ihnen sagte, dass dies eine private psychiatrische Institution ist?«, fragt Dr. Golovasi, und alle ihre Augen, auch das dritte, strahlen fürsorgliche Wärme aus. »Erinnern Sie sich an Ihre Einlieferung? Erinnern Sie sich an unsere Sitzungen? Was ist das Letzte, an das Sie sich erinnern?«

»Es ist schwer für mich, nachzudenken«, sage ich, und die Anstrengungen, ihr diese Antwort zu geben, erwecken in mir den Wunsch, mich eine Weile auszuruhen. Da sie einfach dasteht und geduldig neben mir wartet, versuche ich, mich an mehr zu erinnern. »Ich erinnere mich daran, dass ich auf einer bequemen Couch in Ihrem Büro saß und wir über Russland geredet haben.«

»Ja.« Sie hockt sich hin, bevor sie sich in Lotus-Pose auf den weichen Boden setzt. Ihr Gesicht ist näher an meinem, weshalb ihr drittes Auge verschwindet. »Das ist hervorragend. Noch etwas?«

»Ich kann mich an vages Aufblitzen von Gewalt erinnern«, sage ich und bemerke, dass das Reden die Welt um mich herum solider zu machen scheint – ich nehme an, das ist ein Beweis dafür, dass Redetherapie Wunder wirkt. »Ist die Gewalt wirklich passiert?«

»Ein Teil der Gewalt war real.« Sie spielt mit ihrer Brille, und ihr Gesicht ist der Inbegriff von Besorgnis. »Deshalb sind Sie in diesem Raum gelandet. Der Großteil der Gewalt, an die Sie sich erinnern, ist jedoch eine permanente Täuschung.«

»Ich habe jemanden verletzt«, flüstere ich, halb zu mir, halb zu ihr. Bilder von angebissenen Fingern und zerstochenen Augen schießen durch meinen Kopf und lassen meine Herzfrequenz in die Höhe schießen. Ich würge trocken, bevor ich keuchend frage: »Ist Ada okay?«

»Für Ada ist gesorgt.« Dr. Golovasi sieht mit ihrer Haltung und ihrem gelassenen Gesicht aus wie eine Heilige. »Ada vermisst Sie und möchte, dass es Ihnen wieder besser geht. Das möchten wir alle.«

»Was stimmt nicht mit mir?« Ich atme ein, um meinen rasenden Puls zu beruhigen. »Warten Sie, eigentlich bin ich mir nicht sicher, dass ich das wissen möchte.«

»Sie hatten eine Episode«, erklärt die Ärztin. »Sie haben einige Gedanken in Ihrem Kopf, die Sie verwirren. Sie haben eine der Schwestern in dieser Einrichtung angegriffen und einen der Wächter schwer verletzt. Erinnern Sie sich an irgendetwas davon?«

Etwas an dem, was sie sagt, hört sich teilweise wahr an. Ich erinnere mich daran, jemanden in den Finger gebissen zu haben und einen Stift in jemanden gestochen zu haben – klassisches Verhalten von psychisch kranken Patienten. Ein Teil von mir lehnt allerdings etwas an ihrer Erklärung ab. Auf gewisse Weise fühle ich mich so, also ob die Menschen, die ich verletzt habe, es verdient hätten. Sie waren hinter mir her – aber könnte das meine Paranoia sein, die sich bemerkbar macht?

»Sie haben hartnäckige, eindringliche Gedanken«, sagt Dr. Golovasi, als ich nicht antworte. »Gedanken darüber, verfolgt zu werden, Gedanken über eine große Verschwörung, in der die Regierung etwas von Ihnen will. In einigen dieser Punkte hatten Sie vor der letzten Episode Fortschritte gemacht. Läutet bei Ihnen etwas?«

Ich denke über ihre Worte nach, und dann schüttele ich meinen Kopf. Mein Herz schlägt immer noch in einem verrückten Rhythmus gegen meine Rippen. »In meinem Kopf ist alles nebelig. Das, was Sie sagen, hört sich bekannt an, aber ich glaube nicht, dass es die ganze Geschichte ist.«

»Das ist normal«, sagt sie. »Die Tatsache, dass Sie mich wiedererkennen können, ist ein großer Schritt in die richtige Richtung. Gestern dachten Sie, ich sei eine böse Bibliothekarin.«

»Wie kann ich hier herauskommen?«, frage ich und atme ein weiteres Mal beruhigend ein, um ihr nicht zu sagen, dass sie wirklich wie eine Bibliothekarin aussieht. »Ich mag dieses Zimmer nicht.«

»Sie können Fortschritte machen«, sagt sie beruhigend. »Sie können zeigen, dass Sie keine Gefahr für sich selbst oder andere sind. Ich empfehle, dass wir eine Sitzung haben. Würden Sie das gut finden?«

»Ich nehme es an.« Ich verlagere mein Gewicht von einem Fuß auf den anderen, und meine gebeugten Knie beginnen zu schmerzen.

»Großartig«, sagt sie. »Wir entwickeln Tools und Methoden, die Ihre Gedanken freimachen und Sie im jetzigen Moment zentrieren.«

»Ich verstehe«, sage ich und frage mich, ob ich erwähnen sollte, dass unser Reden meine Gedanken freimacht. Was noch beeindruckender ist, ist, dass die Stimmen, die ich vorher gehört habe, jetzt komplett weg sind. »Was sollten wir versuchen?«

»Hm«, sagt Dr. Golovasi, und ich bemerke, dass sie ihren treuen Notizblock und einen Stift herausgenommen hat und ihre Aufzeichnungen durchsucht. »Was ist mit freier Assoziation?« Als ich sie verständnislos anschaue, fügt sie hinzu: »Ich werde Ihnen ein Wort sagen, und Sie spucken das Erste aus, was Ihnen in den Sinn kommt, wenn Sie mein Wort hören.«

»Okay«, sage ich zögernd. »Ich kann es versuchen.« Was ich nicht hinzufüge, ist, dass sie mich durch ihre

Anwesenheit an Sonnenschirme und Klassenräume denken lässt.

»Russland«, sagt sie.

»Dunkelheit. Problem.«

»Gut.« Sie lächelt mich an. »Nächstes Wort. Schwester.«

»Wahnsinn«, sage ich sofort. »Vererbung.«

»Ada.« Sie zeigt mit ihrem Zeigefinger auf mich, um mich darauf hinzuweisen, dass ich meine Antworten beschleunigen soll.

»Flauschige Welpen, und, äh, Tangas.« Ich kichere nervös.

»Joe.« Sie will offensichtlich nicht, dass ich die Chance bekomme, meine Gedanken zu sammeln.

»Krokodilstränen.« Als sie kein neues Wort hinzufügt, sage ich: »Eisberge?«

»Sie machen das wirklich gut«, sagt sie und belohnt mich mit einem weiteren Lächeln. Diesmal sehen ihre Zähne kaum wie Porzellanstücke aus. »Jetzt werde ich Ihnen ein Thema vorgeben, und ich möchte, dass Sie damit eine wahre Geschichte aus Ihrem Leben assoziieren. Ich werde mit etwas Sicherem beginnen, etwas, was für Sie nicht zu persönlich ist. Wie hört sich das an?«

»Gut«, antworte ich. »Dann los.«

»Open Source.«

»Hobby.«

»Nein.« Sie schaut mich eindringlich an. »Diesmal will ich, dass Sie eine Geschichte entwickeln.«

»Oh.« Ich versuche, die hübschen Farben zu verbannen, die durch das graue Haar der Ärztin wirbeln, und ich gebe meine Bestes, um eine Geschichte zum Thema Open Source zu erzählen.

»Ich gehe davon aus, dass Sie wissen, was Open Source prinzipiell bedeutet«, beginne ich. »Das ist ein Computerprogramm, bei dem der Quellcode für die Öffentlichkeit zugänglich ist. Natürlich hat sich der Begriff aus der Softwarewelt verbreitet, und jetzt gibt es Open Source bei Cola und Bier, ganz zu schweigen von Open Source in der Medizin in Form von Pharmazeutika und Gentherapien sowie Open Source in Wissenschaft und Technik.« Sie nickt weise, also fahre ich fort. »Der Grund, warum ich Hobby sagte, ist, dass ich geholfen habe, Open-Source-Software bei einer Reihe von Projekten zu schreiben. Es begann damit, dass ich meine C++-Fähigkeiten schärfen und gleichzeitig zu einem kleineren Teil etwas zurückgeben wollte. Meine Freunde und ich verwenden eine Tonne von Open-Source-Software als Grundlage für unsere Apps.«

Sie hört immer noch zu, also fahre ich fort.

»Sobald ich Teil der Open-Source-Community war, habe ich mehr über den Sinn und Zweck von Open Source gelernt, und je mehr ich entdeckte, desto mehr habe ich es gemocht. Es war ein Schock, weil ich dachte, dass ich als ein Risikokapitalinvestor, der in Software-Unternehmen investiert, von dem Eigeninteresse angetrieben werden würde, Fehler bei Open Source zu finden.« Mir fällt auf, dass ihre Augen glasig werden, aber meine lange Rede macht meinen Kopf frei, so dass ich weiterrede. »Open Source ist ein großes Entwicklungsmodell. Es ist dez-entralisiert und – und das ist entscheidend – fördert die

Zusammenarbeit. Viele Unternehmen haben festgestellt, dass, obwohl die Intuition das Gegenteil sagt, sie Geld damit machen können und auch machen, wenn sie Open-Source-Software unterstützen …«

»Das ist großartig«, unterbricht Dr. Golovasi. »Hier ein neues Thema: Moral.«

Da ich durch diese Therapie klare Gedanken bekomme, teile ich meine persönliche moralische Philosophie mit Dr. Golovasi. Während ich rede, nimmt ihr Haar die Form von Medusas Schlangen an, bevor es schnell wieder normal aussieht – ein weiteres Zeichen für meine Verbesserung. Ihre Lesebrille versucht, sich Augen wachsen zu lassen, aber die Augen verschwinden bald wieder. Die Geschichte – wenn man meinen Ausschweifungen so einen erhabenen Titel geben kann – dauert ungefähr vierzig Minuten an, aber dann begreife ich, dass ich auch nur zwei Wörter hätte sagen können – die Goldene Regel – oder sind es drei Wörter? Sprache kann manchmal verwirrend sein. »Also im Grunde genommen«, sage ich abschließend, »behandele ich Menschen so, wie ich behandelt werden will.«

»Weiter so«, sagt Dr. Golovasi ermutigend. »Nächstes Thema – Kryptographie.«

»Das ist etwas, worüber mein Freund Muhomor stundenlang reden kann«, sage ich, bevor ich zögere, als ich den Wechsel im Gesicht der guten Ärztin bemerke. Sie schaut mich intensiver an als jemals zuvor.

Irgendetwas an diesem Thema stört mich ernsthaft.

Ich kämpfe, um einen klaren Kopf zu bekommen, und schaffe es, mich an etwas Schlimmes über Muhomor zu erinnern.

Er ist schwer verletzt.

Er wurde angeschossen.

Die Erinnerung daran, dass Muhomor angeschossen wurde, löst eine Kaskade anderer Erinnerungen aus. Ich erinnere mich an die Schießerei im georgischen Restaurant und den Krankenhausbesuch, der dazu führte, dass ich von Leuten mitgenommen wurde, die behaupten, Teil eines Einsatzteams der Regierung zu sein. Ich erinnere mich an die Röhre in meiner Nase und Agent Lancaster und seine Fragen zu Tema – Muhomors Kryptosystem.

Verdächtigungen und Enthüllungen wuchern in meinem Gehirn und breiten sich dann wie eine nukleare Explosion in meinen Synapsen aus.

Meine Hände ballen sich zu Fäusten, als ich das ganze Ausmaß der gegen mich begangenen Missstände erkenne.

Etwas muss sich auf meinem Gesicht widerspiegeln, denn Dr. Golovasi fragt: »Ist alles in Ordnung?«

»Du verdammte Schlampe«, knirsche ich zwischen meinen Zähnen hervor. »Alles ist weit davon entfernt, in Ordnung zu sein.«

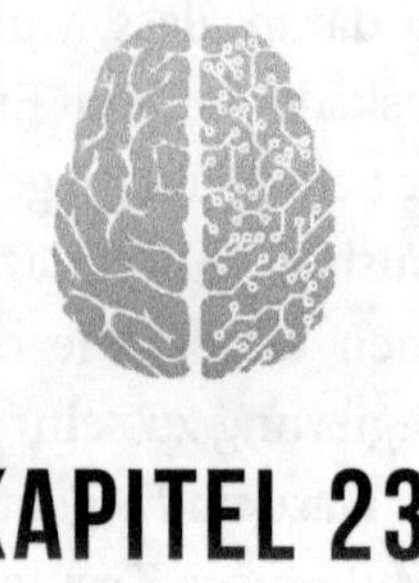

KAPITEL 23

Ein Teil von mir weiß, dass ich trotz meines Misstrauens vielleicht doch verrückt bin. Dieses könnte so eine Art *Total-Recall*-Moment sein, der Teil meiner Wahnvorstellungen ist. Vielleicht ist das, was ich denke, wirklich das Problem, und die Wahrheit ist das, was Dr. Golovasi mich glauben lassen will. Mein Gegenargument ist, dass wenn mein Wahnsinn so weit fortgeschritten wäre, starke Medikamente und keine Therapie für meine Rettung erforderlich sein würden. Und wenn das der Fall wäre, wäre die geringste meiner Sorgen, unhöflich zu meinem Seelenklempner zu sein.

Das muss ich Dr. Golovasi lassen. Der entsetzte Blick auf ihrem Gesicht ist echt. Wenn ihr Ziel war, mich an der Realität zweifeln zu lassen, würde ich ihr mindestens eine Acht von zehn geben. Aber bevor ich mich wieder in meinen trüben Gedanken verlieren kann, beschließe ich, meine Vermutungen zu überprüfen, indem ich etwas Konkretes tue und das AROS-Interface aufrufe.

Icons erscheinen in meiner Vision.

Gut.

Die Symbole sehen genau so aus, wie ich mich an sie erinnere – was bedeutet, sie funktionieren entweder so, wie ich mich erinnere, über Brainozyten, oder sie sind so real wie die Schlangen, die vor nicht allzu langer Zeit Teil von Dr. Golovasis Haaren waren.

Fast automatisch suche ich ein WLAN, aber natürlich finde ich keins. Eigentlich ist das Fehlen des Internets ein Hinweis. Warum sollte man die Netzwerke in einer psychiatrischen Klinik muhomorsicher machen?

Als Nächstes verbinde ich mich mit meinem Handy und schaue nach, ob Schatz 3 in irgendein neues WLAN eindringen kann, aber wieder einmal ist alles umsonst. Das Zementzimmer zu sehen, in dem sich mein Telefon befindet, sagt mir, dass ich entweder gesund bin oder so verrückt, dass ich ebenso gut aufgeben und auf die Elektroschocktherapie warten könnte.

Ich überprüfe die Videodateien auf meinem Handy, um mich zu versichern, dass ich meine Sitzung mit Dr. Golovasi in ihrem New Yorker Büro dort aufgezeichnet habe. Also habe ich das nicht geträumt – es sei denn, ich träume jetzt. Ich habe auch Aufnahmen von einigen der Dinge, die sie mir in dieser Einrichtung angetan haben, ein weiterer Beweis.

Ermutigt beginne ich damit, unser neues Gespräch nur für den Fall der Fälle aufzunehmen, und komme schließlich zu dem Hauptgrund, warum ich AROS überhaupt geöffnet habe. Ich verwende die AROS-Applikation, die ich kürzlich geschrieben habe – diejenige, die mir Zugang zum Labor auf dem Chip verschafft, das in meinen Körper eingebettet ist – vorausgesetzt, dass das auch echt ist.

Die frühere Analyse des Chips war Bisacodyl, Oxycodon und Acetaminophen. Ich führe die App erneut aus, und die Analyse wird durch eine lange Liste neuer Chemikalien ersetzt. Ich untersuche die Liste und erkenne einige Einträge. Lysergsäurediethylamid ist LSD, auch bekannt als Acid – die berühmte psychedelische Droge. Tetrahydrocannabinol ist besser bekannt als THC, einer der lustigen Bestandteile in Cannabis. 5-Trimethoxyphenethylamin ist der wissenschaftliche Name für Meskalin, ein Medikament aus dem berühmten Peyote-Kaktus. Ebenfalls auf der Liste steht Psilocybin, der Wirkstoff in »Magic Mushrooms« – eine Tatsache, den ich zufällig weiß, weil Muhomors Spitzname Russisch für Amanita-Pilze ist. Er korrigiert gerne Leute, die denken, dass Amanita-Pilze – sein Namensvetter – Psilocybin enthalten, weil sie es nicht tun. Folglich sind die beiden halluzinogenen Chemikalien, die in Amanita-Pilze enthalten sind, Muscimol und Ibotensäure, auch in meinem Blut vorhanden. Schließlich erkenne ich auch Natriumthiopental wieder – eine Substanz, auf die ich zufällig in dieser Fernsehsendung über Spione stieß, in der sie als Wahrheitsserum verwendet wurde.

Sie haben mir einen Drogencocktail verabreicht, um mich denken zu lassen, ich sei verrückt.

Die Visionen, die körperlichen Empfindungen, die Gedächtnisprobleme, die Paranoia und sogar meine

Begierde, mit dem Seelenklempner zu plaudern, waren alle chemisch induziert.

»Sie wollten, dass ich mich für paranoid-schizophren halte?« Ich bin so wütend, dass ich die Worte kaum herausbekomme. »Nachdem ich Ihnen von meiner Halbschwester erzählt habe?« Ihre Augen treten hervor, aber ich bin nicht einmal annähernd fertig. »Sie haben mir LSD injiziert?«, brülle ich. »Und THC?«

Ich lese schnell meine Liste von Drogen in meinem Blutstrom vor, und mit jeder Substanz, die ich herausrattere, sieht Dr. Golovasi immer mehr so aus, als hätte ich ihr in den Magen geschlagen.

»Woher können Sie das wissen?«, flüstert sie endlich. »Woher wissen Sie von den Drogen?«

Ich kann nicht glauben, dass sie diese Gräueltat gerade quasi zugegeben hat – aber ich bin froh, dass ich alles aufnehme. Wenn ich hier herauskomme, ist ihre Karriere vorbei.

Dann trifft mich eine weitere Welle von Offenbarungen.

Sie ist keine richtige Ärztin. Sie macht sich keine Sorgen um ihre Karriere. Sie ist gerade überrascht, dass ich etwas weiß, was ich nicht wissen sollte, oder vielleicht macht sie sich Sorgen, dass ihre Organisation Ärger bekommt, weil sie einen Gefangenen unter Drogen gesetzt haben.

Die Dinge fügen sich zusammen, und plötzlich ergibt das Universum einen Sinn – obwohl es möglich ist, dass meine Offenbarung das Ergebnis der Drogen in meinem Körper ist.

Agent Lancaster erwähnte, dass er Teil einer Spezialeinheit sei. Sie müssen eine Spezialeinheit für

Cybersicherheit sein, die es sich zum Ziel gesetzt hat, so viel wie möglich über Muhomor im Allgemeinen und seine geniale Erfindung Tema im Besonderen zu erfahren. Sie ließen jeden verfolgen, den Muhomor kennt, auch mich. Dank entweder meiner Gehirnerweiterung oder meiner angeborenen Paranoia habe ich die Überwachung bemerkt und den Menschen, die mir am nächsten standen, erzählt, dass ich verfolgt wurde – nur hat mir niemand geglaubt. Als die Spezialeinheit eine gute Gelegenheit bekam oder besonders verzweifelt wurde, schleusten sie eine Geheimagentin in Form von Dr. Golovasi in mein Leben ein. Wer könnte besser Geheimnisse herausfinden als eine Therapeutin? Ihre Aufgabe ist es, Fragen zu stellen. Verdammt, ich erinnere mich daran, wie sehr sie schon während der ersten Sitzung an meiner Freundschaft mit Muhomor interessiert war. Das sollte mir als ein für eine Ärztin merkwürdiges Interesse aufgefallen sein, aber ich war zu sehr auf meine Probleme fokussiert, um darauf zu achten.

Die Spezialeinheit muss unsere Computer gehackt haben, oder zumindest Adas. Vielleicht haben sie es auch geschafft, Adas Google-Suche zu kontrollieren. Als Ada »bester Psychologe in Manhattan« gegoogelt hat, hat die Spezialeinheit sichergestellt, dass sie eine fiktive Website von Dr. Golovasi an der Spitze der Ergebnisse sah. Muhomor hat damit geprahlt, ähnliche Hacks gemacht zu haben, also weiß ich, dass es möglich ist, egal wie paranoid es klingt.

Wenn alle meine Theorien richtig sind, hat die Frau vor mir vielleicht nicht einmal einen Psychologieabschluss, oder wenn sie ihn hat, ist sie vielleicht eine Expertin im Bereich der kriminellen Profilerstellung. Wahrscheinlicher ist, dass sie nur eine CIA-Agentin oder so etwas Ähnliches ist.

Als ich unkooperativ war, war es sicher Golovasi, oder wie auch immer ihr richtiger Name ist, die vorschlug, mich glauben zu lassen, ich sei verrückt. Ich habe ihr von meinen privaten Ängsten während unserer Therapiesitzung erzählt, und sie dachte, dass sie das gegen mich einsetzen könnte – und fast hätte es funktioniert.

Als sich mein wütender Dunst ein wenig auflöst, merke ich, dass sie die ganze Zeit hektisch mit mir geredet hat und etwas darüber gesagt hat, dass ich wieder in Psychosen und Wahnvorstellungen zurückfalle. Ihre Geschichte klingt wie der Plot für diesen Film, in dem die Mitarbeiter einer Irrenanstalt als Therapie die Wahnvorstellungen des Helden spielen. »Sie haben einer experimentellen Behandlung zugestimmt«, sagt sie. »Die Medikamente …«

Ich blende sie aus und konzentriere mich stattdessen auf meine Beine. Wenn ich schnell genug springe, kann ich ihr mit diesem maskenartigen Ding, das ich trage, ins Gesicht schlagen. Aber wenn das auf meinem Gesicht keine Maske ist, wird mir der Aufprall genauso wehtun wie ihr.

Die Entscheidung fällt augenblicklich, und ich springe so schnell ich kann nach vorn.

Ich bereite mich auf den Aufprall vor, aber zu meinem Schreck geht Golovasi zum Gegenangriff über. Ihre Bewegungen erinnern mich an Aikido oder eine andere Kampfkunst, bei der man das Momentum des Gegners gegen ihn einsetzt. Genauer gesagt schafft sie es, während sie immer noch in der Lotos-Pose sitzt, ihren Körper nach links zu neigen, meine Schulter mit beiden Händen zu ergreifen und meine Bewegung von sich wegzuleiten.

Ich falle mit dem Gesicht nach unten auf den weichen Boden und tue mein Bestes, um wieder zu Atem zu kommen. Der Medikamentencocktail, den sie mir gegeben haben, muss meine Schmerzwahrnehmung dämpfen, denn ich fühle nicht viel. Mein Stolz ist vermutlich verletzter als mein Körper, da ich von einer alten Dame in Meditationshaltung abgewehrt wurde. Natürlich könnte sie CIA-Training erhalten haben, und ich bin eine lebende Apotheke für Halluzinogene, was meiner Koordination vermutlich nicht besonders hilft. Trotzdem dachte ich, ich würde sie erwischen, und sie hat mir in den Arsch getreten.

Eine Nadel sticht mir in die linke Schulter, und ich vergesse meinen verwundeten Stolz. Ich bin nicht sicher, ob es Golovasi oder jemand anderes ist, der mir gerade was auch immer injiziert hat, aber ich weiß, dass es mir gleich egal sein wird.

»Du hättest reden sollen«, sagt Golovasi, und versucht gar nicht erst, das Gift in ihrer Stimme zu verstecken. »Ich war der gute Polizist.«

Während die Droge mir das Bewusstsein nimmt, denke ich über ihre Worte nach. Es könnte sogar sein, dass sie die Wahrheit sagt. Sie könnte die gute Polizistin und Agent Lancaster der böse Partner sein. Und wenn dem so ist, erschaudere ich dabei, mir vorzustellen, was mich erwarten wird, wenn ich aufwache.

KAPITEL 24

Ich komme zu mir, und das Erste, was ich fühle, sind Schmerzen am ganzen Körper. Haben sie mich geschlagen, während ich ohnmächtig war?

Theoretisch gibt es noch andere Möglichkeiten. Sie könnten mich auch geschlagen haben, nachdem ich Agent Lancaster halb blind gemacht habe, aber bevor ich auf jeder bekannten Droge war. Die Medikamente könnten den Schmerz verschleiert haben. Dieses letzte Szenario ist wahrscheinlich, weil ich mich vage an einige körperliche Empfindungen erinnere, die ein Echo der Schmerzen gewesen sein müssen.

Die gute Nachricht ist, dass mein Verstand klar ist, oder zumindest so klar wie möglich ohne Brainozyten. Leider ist das überhaupt nicht klar.

Ich suche nach einem WLAN, aber es ist immer noch so undurchdringbar wie vorher. Mein Telefon steht mir zur Verfügung, also überprüfe ich, ob es Internetzugang hat – vielleicht hat es jemand in einen Raum mit Handyempfang gebracht – aber die Antwort ist Nein. Ich schaue durch die Kamera des Telefons und sehe denselben Raum mit dem gleichen Luftschacht – das einzige Objekt, das ich sehen kann, das nicht aus Beton ist.

Das Labor auf dem Chip bestätigt, dass alle Drogen aus meinem Körper gespült wurden. Ich habe auch keine Schmerzmittel mehr in meinem Blut. Kein Wunder, dass ich so viele Schmerzen habe.

Laut meinem Telefon ist es der 17. November, 12.30 Uhr. Das letzte Mal, als ich auf die Uhr geschaut habe, war gestern Mittag, als ich das Gespräch mit Agent Lancaster hatte. Der üble Trip muss später an dem Tag passiert sein, obwohl ich nicht weiß, wann.

Vorsichtig öffne ich meine Augen.

Ich bin zurück in jenem ersten Zementraum, auch wenn es ebenso gut ein anderer sein könnte, der genauso aussieht. Es wäre nicht schwer, eine Legion solcher unterirdischen Bunkerräume in Massenproduktion zu bauen.

Ich bin wieder an ein Bett gefesselt, aber es sieht nicht so aus, als sei ich an ein medizinisches Gerät angeschlossen. Ich bekomme nicht einmal eine Infusion. Mein Hals ist wund, und ich frage mich, ob ich wieder über den Schlauch gefüttert wurde, möglicherweise sogar erst vor kurzem.

Meine anderen Körperfunktionen sind wohltuend ruhig. Wenn das bedeutet, dass ich während meiner Bewusstlosigkeit die Toilette benutzt habe und wieder gewaschen wurde, will ich nichts davon wissen.

Trotz der scheinbaren Abwesenheit von Drohungen läuft mein Verstand vor Angst auf Hochtouren. Meine größte Sorge hat mit Muhomor zu tun. Wenn man Agent Lancaster glauben kann, liegt mein Freund im Koma.

Meine zweite Sorge gilt Ada. Sie sollte das Krankenhaus verlassen, aber ich erinnere mich daran, dass Golovasi – wenn das ihr Name ist – gesagt hat: »Ada ist versorgt«. Was hat sie damit gemeint?

Als Drittes sorge ich mich vage um Mr. Spock. Wo ist er?

Und außerdem habe ich keine Ahnung, ob Joe den Angriff überlebt hat. Und wenn nicht, wurde Gogi dann mit Joe getötet?

Während ich dort liege und über alles grübele, ändern sich meine Sorgenprioritäten. Ich weiß, meine Hauptsorge sollte mir gelten. Wenn man bedenkt, wie sehr ich meine Entführer verärgert und verletzt habe – welche Konsequenzen wird das haben?

Wenn sie ihre Befragung fortsetzen, wird sie logischerweise schlimmer sein als die davor, aber es ist schwer vorstellbar, dass sich die Situation verschlimmert. Obwohl ich mein Bestes tue, nicht über Folter nachzudenken, kann ich nicht anders, als mir vorzustellen, dass ich gewaterboardet werde. Als jemand, der einmal fast an Soda erstickt wäre, habe ich eine Vorstellung davon, wie es sich anfühlt, zu ertrinken. Ich vermute, dass richtiges Ertrinken – oder auch Waterboarding – millionenfach schlimmer ist. Werde ich reden, wenn sie mir das antun? Und selbst wenn ich dem Waterboarding jetzt widerstehen könnte, könnte ich das auch nach Nicht-Schlafen – oder -Essen oder -Trinken – noch lange?

Ich mache mir nichts vor. Einige Dinge würden mich mit Sicherheit zum Reden bringen. Jeder der brutaleren Ansätze würde funktionieren, wie z. B. einen Knochen brechen, irgendeinen Körperteil mit einer Kerze ansengen, in einen Zahn bohren oder einen Finger abschneiden.

Das Schlimmste daran ist, dass selbst wenn ich beschließen würde, zu reden, ich ihnen nichts sagen könnte, um die Folter zu stoppen – zumindest nicht, wenn sie wollen, dass das Tema-Kryptosystem geknackt oder gründlich erklärt wird. Ich habe Muhomors Baby selbst mit den Brainozyten kaum verstanden, und auch dann nur auf der gleichen Ebene wie ein Laie die Funktionsweise eines Fernsehers. Wir alle wissen, dass es keine kleinen Leute gibt, die in dieser magischen Kiste sitzen, aber nur einige von uns wissen, dass LCD-Bildschirme funktionieren, indem Flüssigkristalle elektronisch geschaltet werden, um polarisiertes Licht rotieren zu lassen.

Etwas, was ich durch die Kamera meines Handys sehe, lenkt mich von meinen Gedanken ab.

Nein, nicht irgendein *Etwas*.

Jemand.

Ich zoome mit der Kamera, um sicherzustellen, dass ich keine Resthalluzinationen habe, und mein Herzschlag rast, als eine meiner Sorgen von selbst verschwindet.

Es ist Mr. Spock.

Er sitzt hinter dem Lüftungsgitter und frisst etwas.

Als ich herausfinde, was er isst, schreie ich ihn fast an, damit er aufhört.

Der kleine Kerl frisst eine riesige Kakerlake.

Hektisch rufe ich die EmoRat-App auf, stelle die Konnektivität über mein Handy her, und bete, dass Ada kürzlich nicht etwas Schlaues gemacht hat, wie z. B. den gesamten Datenverkehr der EmoRat-App durch einen ausgefallenen Server zu leiten, auf den ich ohne Internet nicht zugreifen kann.

Mr. Spock hört auf zu kauen und sieht aufmerksamer aus – und ich fühle, dass wir uns verbinden.

Ich werde von Rattenglück überflutet, was beweist, dass Mr. Spock genauso um mich besorgt war wie ich um ihn.

»Wo bist du gewesen?«, schicke ich ihm via App. »Was ist passiert?«

Mr. Spock reagiert auf meine Worte mit mehr Wärme, aber auch mit Verwirrung. Ich brauche ein paar Augenblicke, um zu verstehen, warum er etwas angespannt ist. Wie ich ist auch Mr. Spock nicht mehr so schlau wie früher, denn seine Gehirnerweiterung braucht ebenfalls eine Verbindung zum Internet.

»Warum frisst du so ekelhaftes Essen?«, frage ich ihn in der Hoffnung, dass er etwas so Einfaches verstehen kann.

Noch verwirrter antwortet er mit den gleichen Gefühlen, die er normalerweise übermittelt, wenn ich ihm Erdnüsse gebe – seinen Lieblingssnack. Ich denke, er versucht zu sagen: »Alter, diese Kakerlake ist total lecker.«

Ich projiziere meine Erleichterung, dass es ihm gut geht, und meine Liebe für ihn im Allgemeinen, und er leuchtet mit einer tief violetten Aura – dem glücklichsten Zustand seines Seins.

Dann knabbert er seinen Imbiss und versucht, mir die daraus resultierenden Emotionen zu schicken, so als wollte er sagen: »Siehst du, ich habe dir gesagt, dass es lecker ist.«

Ich tue mein Bestes, nicht zu würgen, und wünsche mir, dass ich Zugang zu Google hätte, um zu überprüfen, ob es sicher für Ratten ist, Küchenschaben zu essen. Gesunder Menschenverstand erklärt mir, dass es das sein sollte, da ansonsten New York mit Ratten verunreinigt sein würde, die an Schabenvergiftung gestorben sind. Ich wette, dass Ratten in freier Wildbahn eine Tonne Insekten wegen der Proteine verspeisen, warum also nicht Kakerlaken? Schließlich sind sie ungiftig.

Ich habe eine Idee und frage: »Mr. Spock, kannst du nach draußen gehen?«

Er scheint es nicht zu verstehen, also versuche ich einen Befehl, den ich normalerweise benutze, wenn ich das Haus verlasse. Er sagt ihm, dass er in meine Tasche springen soll, wenn er es will. »Mr. Spock«, schicke ich. »Frische Luft?«

Ich merke, dass er erkennt, was ich gesagt habe, weil mich eine Welle rattiger Aufregung trifft, die typischerweise mit dem Gedanken verbunden ist, in meiner Tasche umhergetragen zu werden.

Ich warte, um zu sehen, ob er den Befehl so verarbeitet, wie ich ihn meinte, was nichts mit dem Herumgetragenwerden in meiner Tasche zu tun hat.

Als Mr. Spock den letzten Rest seines widerlichen Essens verschluckt hat, rennt er davon, was mir sagt, dass er wahrscheinlich nach frischer Luft sucht – oder, genauso wahrscheinlich, nach mir und meiner Tasche.

Die App, die es mir erlaubt, zu sehen, was er sieht, funktioniert ohne Internetverbindung leider nicht, aber ich bekomme eine Vorstellung von seinem Fortschritt, basierend auf den Emotionen, die ich aus der EmoRat-App herauslese.

Nach ein paar Minuten trennt sich die EmoRat-App und teilt mir mit, dass Mr. Spock außerhalb der Reichweite des Telefons ist – ein Zeichen, dass er weit weggegangen ist, wenn auch nicht unbedingt ein Beweis dafür, dass er nach draußen gegangen ist.

Meine Theorie ist, dass Mr. Spock sich irgendwo im Hubschrauber versteckt hat. Das bedeutet, dass seine Reise ihn zu dem Belüftungsschacht einer Werkstatt oder eines Hangars oder Daches geführt hat, wo es wahrscheinlicher ist, dass er mit der Außenwelt in Kontakt gekommen ist, vorausgesetzt, wir befinden uns in der Nähe von Funktürmen und nicht etwa in der Antarktis.

Entscheidend ist, dass Mr. Spock, nachdem er frische Luft gefunden und genossen hat, wieder in die Reichweite der App zurückkehrt. Wenn er es nicht tut, wird meine Idee nicht funktionieren. Ich hoffe, dass er das Richtige tut, weil er, sobald er eine Internetverbindung findet, seine Rattenversion der Gehirnerweiterung zurückerhalten sollte und das die Wahrscheinlichkeiten erhöht, dass er zurückkommt. Oder er könnte einfach wieder zurückkommen, weil er meine Gesellschaft haben möchte.

Da ich beschließe, einfach anzunehmen, dass ich Mr. Spock bald wiedersehen werde, beeile ich mich, meine Idee vollständig umzusetzen, und rufe AROS IDE auf.

Glücklicherweise ist der erforderliche Code etwas, was ich ohne die Erweiterung bewältigen kann, obwohl all die Schmerzen in meinem Körper und die Sorgen um meine unmittelbare Zukunft mich ablenken.

Die Prämisse der App ist einfach. Ich habe vor, Mr. Spock als eine Art Hightech-Taube zu benutzen. Jeder Brainozyt ist ein winziger Computer mit einer grundlegenden Verarbeitungseinheit und Speicher. Die Ressourcen eines Brainozyten sind begrenzt, weshalb wir die Server-Client-Architektur verwenden, die die meisten Verarbeitungs- und Speicheranforderungen in der Cloud stellt. Aber im Notfall haben Mr. Spocks Brainozyten mehr als genug Speicher, um eine kurze E-Mail und eine andere Anwendung zu speichern. Die neue Software wird in Mr. Spocks Version des AROS-Systems laufen und nach Internetverbindungen suchen. Sobald die App online ist, sendet sie die vorbereitete E-Mail an eine vorgegebene Liste von Personen.

Ich programmiere, und die Arbeit lässt die Zeit verfliegen, was großartig ist, besonders, da meine Entführer mich vermutlich allein lassen, damit ich in meiner aufgezwungenen Langeweile schmoren kann. Was in meinem erweiterten Zustand normalerweise Minuten dauern würde, dauert zwei Stunden – und als ich fertig bin, sorge ich mich ernsthaft um Mr. Spock. Wenn Spock nicht zurückkommt, war diese ganze Programmierübung sinnlos.

Ich überprüfe den Code, den ich geschrieben habe, etwa hundert Mal und teste Teile des Codes, die unabhängig getestet werden können. Es wäre scheiße, wenn ich wegen eines simplen Softwarefehlers meine Chance verpassen würde, Kontakt mit meinen Freunden aufzunehmen. Als ich das Gefühl habe, dass ich lieber einen Schlauch in der Nase hätte, als die gleichen Zeilen Code noch einmal durchzusehen, höre ich auf, den E-Mail-Versand zu programmieren, und schreibe ein Modul, um E-Mails zu empfangen, falls meine Freunde antworten sollten.

Als die ganze Programmierung vollständig ist, überlege ich, was in der tatsächlichen E-Mail stehen soll.

»Hallo«, beginne ich. »Leute, die behaupten, Teil einer Einsatztruppe zu sein, haben mich entführt.« Dann erkläre ich meine ungünstige Lage, was sie mir angetan haben, und beschreibe die Menschen, denen ich begegnet bin. »Ada, der Seelenklempner, bei dem du einen Termin für mich gemacht hast, ist beim CIA oder so ähnlich. Ich weiß, wie verrückt das klingt, aber ich versichere dir, dass es stimmt. Ich wette, du könntest es bestätigen, wenn du ein wenig tiefer graben würdest. Joe, die Empfangsdame der Psychologin könnte etwas wissen. Sie sah nicht aus wie eine Regierungsbeamtin. Ihr Name ist Monika.«

Ich pausiere und überprüfe, ob Mr. Spock wieder da ist, aber die EmoRat-App ist stumm.

Um noch mehr Zeit totzuschlagen und mich vor dem Verrücktwerden zu bewahren, überprüfe ich meine Aufzeichnung der Sitzung mit Golovasi, um zu sehen, ob ich noch etwas anderes in meine E-Mail aufnehmen muss, was meinen Freunden helfen könnte, mir zu helfen. Ich stoße auf etwas Nützliches, aber ich bin mir nicht sicher, ob ich mit Golovasi verärgert genug bin, um diesen Leckerbissen mit einzubeziehen. Dann entscheide ich mich dafür, dass ich es bin, und beende die E-Mail mit:

»Joe, Golovasi hat erwähnt, dass sie einen Sohn hat. Es könnte Teil ihrer Tarnung sein, aber das glaube ich nicht.«

Da Mr. Spock nicht zurück ist, arbeite ich daran, die E-Mail-Anwendung zu erweitern, damit sie Anhänge von Bildern unterstützt. Dann könnte ich einen Schnappschuss aus den Golovasi-Videos sowie einen Schnappschuss von Agent Lancasters Gesicht aufnehmen. Sobald diese Aufgabe erledigt ist, füge ich ein paar Bilder meiner Entführer bei.

Als mir keine weiteren Verbesserungen mehr einfallen und ich auch meiner Nachricht nichts mehr hinzufügen möchte, fange ich an, ernsthaft beunruhigt wegen Mr. Spock zu sein.

Plötzlich öffnet sich die Tür zu meinem Zimmer, und zwei maskierte Leute mit einer Art Rolltisch kommen herein.

Ein grünes Tuch bedeckt den Tisch, aber trotz dieser Abdeckung werden meine nackten Füße immer kälter, als das Blut meine Extremitäten verlässt.

»Was ist das?«, will ich wissen und versuche, tapfer zu klingen. »Und Ihnen ist klar, dass Sie mich illegal hier festhalten?«

Anstatt zu antworten, zieht einer der Männer schwungvoll das Tuch hoch. Verblüfft starre ich auf die Objekte auf dem Tisch, als die beiden Menschen gemächlich den Raum verlassen.

Übelkeit rumort in meinem Magen, während ich jeden Artikel katalogisiere. Es gibt Schlägel, Skalpelle, Sägen, Bohrer, eine Autobatterie mit finster aussehenden Klammern und eine Unmenge von scharfen und schmerzhaften Dingen, die ich nicht einmal benennen kann.

Meine schlimmsten Befürchtungen verstärken sich.

Sie wollen mich jetzt wirklich quälen.

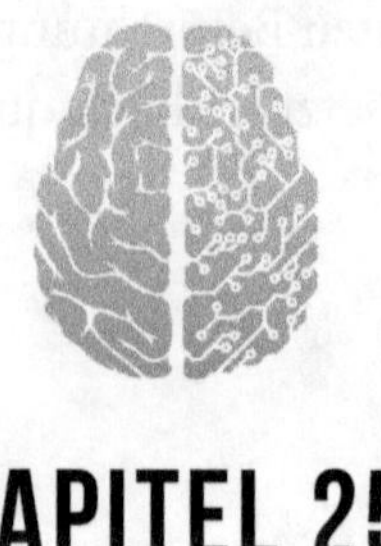

KAPITEL 25

Nein.

Das sind Regierungsangestellte, und die Regierung foltert keine Menschen. Okay, möglicherweise tun sie oder taten sie es, aber nicht offiziell und zweifellos nicht wie das hier – mit einer Ausrüstung, bei der ein Bond-Bösewicht zusammenzucken würde. Zumindest glaube ich nicht daran, selbst bei Spionen und Terroristen nicht. Andererseits hätten sie mich auch nicht mit Drogen vollpumpen sollen, aber sie taten es.

Es gibt eine kleine Chance, dass das eine psychologische Taktik ist, die mir Angst einjagen soll. Wenn das der Fall ist, funktioniert sie wirklich gut.

Im Kampf gegen meine Übelkeit untersuche ich jedes Werkzeug auf Anzeichen einer früheren Verwendung, aber das führt zu nichts. Wenn vorher etwas benutzt wurde, ist es wahrscheinlich sterilisiert worden, und das ergibt einen dunklen Sinn. Sie würden ihren Gefangenen nicht HIV oder Hepatitis übertragen wollen, während sie sie foltern, da das über einen Bruch der Genfer Konvention hinausgehen würde. Es ist ein bisschen wie der Alkoholtupfer, der bei Gefangenen vor einer Giftspritze benutzt wird.

Ich fange an, meinen Entführern Obszönitäten zuzuschreien und weiterzumachen, bis mein Hals wehtut. Danach flehe ich sie an, dieses Zeug nicht zu benutzen und mich gehen zu lassen. Ich erreiche nichts, außer mich an den Rand einer Panikattacke zu bringen.

Ich bin dabei, vor Sorge zu platzen, als eine Welle positiver Rattengefühle meine Trübsal unterbricht.

»Mr. Spock, Kumpel, du hast es zurückgeschafft.« Ich unterlege meine Nachricht mit all der Erleichterung, die ich fühle. »Bitte bleib, wo du bist. Ich muss etwas tun.«

Ich habe keine Ahnung, ob er mir zuhört oder zu dem Raum mit dem Telefon rennt und damit in Reichweite des Hotspots bleibt, aber ich bleibe lange genug mit Mr. Spock verbunden, um die neue App laden zu können, die die Ratte in eine Hightech-Brieftaube verwandelt.

Jetzt zum schwierigsten Teil von allem.

»Jetzt, Mr. Spock«, schicke ich, »brauche ich einen großen Gefallen. Ich möchte, dass du wieder nach draußen gehst.«

Eine Dosis Verwirrung trübt die glücklichen Gefühle, die aus der EmoRat-App kommen. Ohne seine Erweiterung hat der kleine Kerl Probleme, die menschliche Sprache zu verstehen.

»Wer ist eine gute Ratte?«, beruhige ich ihn so sanft wie möglich. »Hab keine Angst.«

Als er wieder zufrieden ist, drücke ich ihm in Gedanken die Daumen und probiere noch einmal die ganze Rausgehen-Sache aus, obwohl ich befürchte, er könnte mit so etwas antworten wie »Hey, täusche einmal eine Ratte – schäm dich, Mensch. Täusche eine Ratte zweimal – schäm dich, Ratte«.

»Mr. Spock«, sende ich wie beiläufig, so als ob ich gerade einen Spaziergang im Central Park machen wollte. »Frische Luft?«

Ich schätze, sein Mangel an Gehirnerweiterung kann zu meinen Gunsten wirken.

Mr. Spock wird aufgeregt, und ich weiß, dass er den Köder geschluckt hat. Ich hoffe nur, dass er auch draußen *war,* als ich den Kontakt mit ihm verlor – eine gewagte Annahme.

Nach zehn nervenaufreibenden Minuten der Hoffnung, die Verbindung zu meiner Ratte zu verlieren, zeigt die EmoRat-App einen Verbindungsfehler an.

Da ich nichts Besseres zu tun habe, schaue ich wieder auf den verfluchten Tisch und frage mich, ob es als eine Form der Folter betrachtet wird, dass man jemanden warten lässt, bis er gefoltert wird. Schließlich zwinge ich mich, die Augen zu schließen, um aufzuhören, auf den verdammten Tisch zu starren.

Ein paar Sekunden, nachdem ich meine Augen geschlossen habe, geht das schreckliche Bohrgeräusch wieder los.

»Hey, ich habe nicht versucht zu schlafen«, schreie ich, auch wenn ich weiß, dass meine Beschwerden sinnlos sind. »Ich werde meine Augen offen halten. Machen Sie das einfach aus.«

Der Lärm bleibt bestehen, also überbrücke ich ihn wieder mit Musik. Diesmal erklingt ein Lied von Evanescence.

Da es 22.12 Uhr ist und Mr. Spock Stunden braucht, um seine Aufgabe zu erledigen, fange ich an, Spiele auf meinem Handy zu spielen, um die Zeit totzuschlagen.

Nach weiteren angsteinflößenden Stunden beschließe ich, dass Mr. Spock eigentlich schon längst zurück sein sollte. Es ist fast sechs Uhr morgens am achtzehnten, was bedeutet, dass ich diesmal schon eine Stunde länger auf ihn warte als das letzte Mal, angenommen, dass bei all dem Schlafmangel meine Rechnung richtig ist. Und ist es sicher, anzunehmen, dass Mr. Spock die gleiche Zeit braucht, nach draußen zu gehen und wiederzukommen, wie das letzte Mal?

Nach einer weiteren Stunde frage ich mich, ob ich einen Plan B entwickeln sollte.

Als mir selbst nach einer weiteren Stunde tiefer Konzentration kein Plan B einfällt, merke ich, dass ich am Verhungern und Verdursten bin und paradoxerweise auf die Toilette gehen muss. Ich schätze, mein Tagesrhythmus weiß, dass es morgens ist, und mein Körper verlangt Frühstück und einen Gang ins Badezimmer, wie üblich.

Ich höre auf, mit meinem Handy zu spielen, öffne meine Augen und mache mich wieder verrückt, indem ich mir vorstelle, wie die schreckliche Ausrüstung auf dem Tisch an mir benutzt wird.

Nach einer weiteren halben Stunde, die sich anfühlt, als würde sie mein halbes Leben lang dauern, öffnet sich die Tür zum Raum.

Ich schalte die Musik aus und bemerke, dass das Bohrgeräusch weg ist.

Angespannt beobachte ich, wie Agent Lancaster langsam in den Raum kommt.

Wenn ich darüber nachgedacht hätte, hätte ich erwartet, dass er eine schwarze Augenklappe über seinem Auge trägt, wie ein Pirat. Stattdessen ist die gesamte rechte Seite seines Gesichts mit einem Verband bedeckt. Er sieht eher aus wie eine unfertige Mumie.

»Meine Vorgesetzten zweifeln an meiner Objektivität«, sagt er, und seine Stimme ist kälter als sibirische Winter. »Sie schicken einen Ersatz für die Befragung in diese Einrichtung, was bedeutet, dass wir nur vierundzwanzig Stunden Zeit haben, um die Gesellschaft des anderen zu genießen.« Er streicht so liebevoll und zärtlich wie ein Liebhaber mit seinen Fingerspitzen über die Folterinstrumente und fügt hinzu: »Ich habe vor, das Beste aus der Zeit zu machen, die uns noch bleibt.«

Ich öffne meinen Mund, um um Gnade zu flehen, aber nichts, was ich sagen kann, wird diesem Kerl sein Auge zurückgeben. Bevor ich ein Wort herausbringen kann, geht sein Handy los, und der heroische Klingelton hört sich an wie die Titelmusik einer Fernsehsendung wie *24*. Wie zur Hölle hat *er* Empfang an diesem Ort? Ich schätze, dass sein Telefon WLAN für Anrufe verwenden muss, wie einige der neueren Telefonanbieter es erlauben, oder möglicherweise war das überhaupt kein Anruf, sondern eine E-Mail oder eine Textnachricht.

Agent Lancaster schaut auf sein Telefon, und sein übrig gebliebenes Auge verengt sich zu einem Spalt, bevor er aus dem Zimmer stürmt.

Ich überprüfe verzweifelt die EmoRat-App, um herauszufinden, ob Mr. Spock in Reichweite ist, aber er ist es nicht. Ist Mr. Spock überhaupt nach draußen gelangt? Wissen meine Freunde schon, was mit mir los ist? Könnte die Nachricht, die Agent Lancaster erhalten hat, etwas damit zu tun haben?

Könnten sie mich irgendwie retten, bevor er zu seinem schaurigen Vorhaben kommt?

Weitere zwei Stunden und vierzig Minuten lang passiert nichts, und das Warten macht mich wahnsinnig. Plötzlich öffnet sich die Tür wieder, aber anstelle von Agent Lancaster – und zu meiner leichten Erleichterung – kommt Golovasi herein.

»Wir müssen reden«, sagt sie, und ihr Gesicht trägt eine Maske der mütterlichen Sorge. »Steven … ich meine, Agent Lancaster könnte den Verstand verloren haben.« Sie runzelt die Nase wegen der Foltergeräte. »Ich konnte nicht …«

Ich verstehe nicht, was sie als Nächstes sagt, denn zu meiner großen Erleichterung treffen mich Mr. Spocks Gefühle.

»Du bist die beste Ratte aller Zeiten«, sende ich ihm und checke, ob er mir E-Mails mitgebracht hat. »Ich besorge dir eine ganze Tüte Erdnüsse, wenn wir erst mal da raus sind.«

Es gibt E-Mails von fast allen, die ich kenne. Ich bin im Begriff, die E-Mail von Ada zu lesen, als ich bemerke, dass Golovasi mich fragend betrachtet. Ich schätze, sie hatte nicht erwartet, dass ich ihr nicht zuhöre.

»Schauen Sie, Jane, oder wie auch immer Ihr Name sein mag«, antworte ich, und mein Tonfall ist schneidend. »Ich verstehe das Spiel, das Sie spielen. Ihre Kollegin, Agent Pugh, hat bereits eine ähnliche Technik ausprobiert. Sie sind jetzt der gute Polizist. Lancaster ist der verrückte böse Polizist. Ich schaue eine Menge Netflix und weiß, wie das funktioniert.«

Sie sieht nachdenklich aus und überlegt wahrscheinlich, wie sie am besten mit mir umgeht. Schließlich sagt sie: »Er wird Ihnen wirklich wehtun. Das kann ich Ihnen versprechen.«

Ich glaube ihr. Obwohl sie eine Lügnerin ist, bin ich davon überzeugt, dass sie gerade jetzt die Wahrheit sagt, und trotz meiner neu geschöpften Hoffnung erfüllt mich dieses Wissen mit Furcht.

»Es ist nicht so, dass wir Sie bitten, Ihre Freunde oder Ihr Land zu verraten«, sagt sie ernsthaft. »Wir wollen einfach …«

Ich höre nicht auf ihre Ausführungen über die Notwendigkeit der Regierung, jede mögliche Kryptosicherheit knacken zu können, die ihre »Feinde« anwenden könnten. Vor diesen Ereignissen habe ich mich während eines kürzlichen Meetings des Brainozyten-Klubs mit Muhomor über dieses Thema gestritten, und meine damaligen Ansichten stimmten mit dem überein, was sie sagt. Jetzt ist das anders. Ich werde keinen Finger rühren, um Muhomor daran zu hindern, Tema im Open-Source-Stil in die Welt zu bringen. Zum Teufel, ich werde ihm helfen oder es an seiner Stelle tun, nur, um diese Leute zu ärgern.

Ich halte den Augenkontakt mit Golovasi und nicke, so als würde ich zuhören, während ich Adas E-Mail lese.

»Schätzchen«, fängt sie an. »Ich hoffe, es ist okay, aber ich musste Mr. Spocks Rückkehr zu dir verzögern, damit wir Zeit hatten, deine Situation zu untersuchen. Sieh es von der positiven Seite. Wir haben dafür jetzt einige nützliche Informationen für dich. Du wirst Nachrichten von den anderen bekommen, aber ich will, dass du weißt, dass ich das Krankenhaus problemlos verlassen konnte und mich niemand belästigt hat, also brauchst du dir keine Sorgen um mich zu machen. Muhomor liegt wirklich im Koma. Deine Situation hat deinen Cousin noch verrückter gemacht als sonst, und ich dachte nicht, dass das möglich wäre. Er denkt, er hat einen Weg, dir die Hilfe zu besorgen, die du brauchst, aber er meinte, dass wir die Details nicht wissen wollen. Du solltest seine E-Mail lesen …«

Ich höre auf, Adas Nachricht zu lesen, ignoriere die E-Mail von Mitya, öffne die von Joe und stelle fest, dass sie einen Anhang hat, was merkwürdig ist.

»Ihr richtiger Name ist Jean Berger, und sie hat in der Tat einen Sohn«, fängt Joes E-Mail an, und ich habe das Gefühl, dass mir ein Schauer über den Rücken läuft, als ich die Person ansehe, von der Joe spricht. »Der Sohn heißt Mark. Seine Frau heißt Evelin. Der Name ihrer Enkelin ist Mary. Ich bin in ihrem Zuhause in Queens. Siehe Anhang.« Mein geistiger Finger zittert, als ich den Anhang öffne. Ich sehe ein Bild von einem Mann in meinem Alter. Sein Auge ist schwarz und geschwollen, sein Gesicht sieht verängstigt aus, und Joes Waffe ist an seiner Schläfe. »Sag der Schlampe, dass wenn ich in ein paar Stunden nichts von dir höre, ich sie einen nach dem anderen töte und mit dem Kind beginne.«

Ich ersticke beinahe an einer Mischung aus Horror und Erleichterung, aber schiebe die Emotionen beiseite.

Joe hat mir gerade das Druckmittel geliefert, das ich brauche.

»Dein Name ist Jean Berger, und dein Sohn Mark steckt in großen Schwierigkeiten«, sage ich leise flüsternd und unterbreche Golovasi-Bergers Tirade.

Sie erblasst und schaut über ihre Schulter, was meinen Verdacht bestätigt, dass hier irgendwo eine Kamera und ein Mikrofon eingelassen sind. »Was? Wie können Sie …«

»Kommen Sie näher«, zische ich. »Ich werde den Rest flüstern.«

Sie schaut auf den Tisch, und ich sehe, dass sie versucht ist, etwas Scharfes zu ergreifen und mich zu erstechen. Ihre mütterlichen Instinkte gewinnen jedoch, und sie nähert sich genug, um es mir zu ermöglichen, in ihr Ohr zu beißen, wenn ich wollte.

»Wissen Sie, was für ein Monster mein Cousin ist?«, frage ich sie so leise wie möglich und hoffe, dass das Mikrofon hinter ihr nicht empfindlich genug ist, um meine Worte aufzunehmen.

Sie nickt, und ihr Kinn zittert.

»Dann verstehen Sie die Ernsthaftigkeit der Situation.« Ich bin mir bewusst, dass ich unmenschlich grausam klinge, aber das geht nicht anders. Ich habe nicht viel Sympathie für diese manipulative Frau. »Joe ist bei Ihrem Sohn zu Hause. Neben Mark hat er auch Evelin und Mary. Er sagt, dass er sie töten wird, wenn er nichts von mir hört. Er sagt, er beginnt mit Mary.« Ich schildere ihr, wie Mark auf dem Bild aussieht.

»Sag dem Psycho, wenn er auch nur ein Haar auf ihren Köpfen berührt, werde ich dich bei lebendigem Leib häuten«, zischt sie heftig und vergisst zu flüstern.

»Sie verschwenden wertvolle Zeit«, flüstere ich. »Ich will nicht, dass *unschuldige* Menschen verletzt werden.«

Irgendetwas in der Frau scheint zu zerbrechen. Ihre Schultern hängen herab, und Tränen sammeln sich in ihren Augen. »Ich weiß nicht, wie Sie mit ihm kommunizieren, aber ich kann Sie nicht hier rausholen, selbst wenn ich wollte. Ich bin nicht …«

»Lassen Sie uns sicherstellen, dass Joe nichts Verrücktes tut«, unterbreche ich sie. »Ich werde ihm sagen, er soll sich zurückhalten, aber Sie müssen mich in Ihr WLAN lassen, damit ich diese Verbindung herstellen kann. Schnell.«

Sie sieht verwirrt aus, sagt aber: »Das WLAN-Passwort ist in meinem Handy.« Sie greift nach unten, spielt mit ihrem Handy und zeigt mir eine lange Zahlenkette. »Wie wollen Sie Ihren Cousin erreichen? Soll ich Ihnen Ihr Handy bringen? Es wäre schneller, wenn Sie ihn mit meinem anrufen.«

»Jean.« Agent Lancasters Stimme schafft das Unmögliche: noch kälter zu klingen als je zuvor. »Ich kann nicht glauben, dass du auf seine Social-Engineering-Hacker-Tricks reinfällst.«

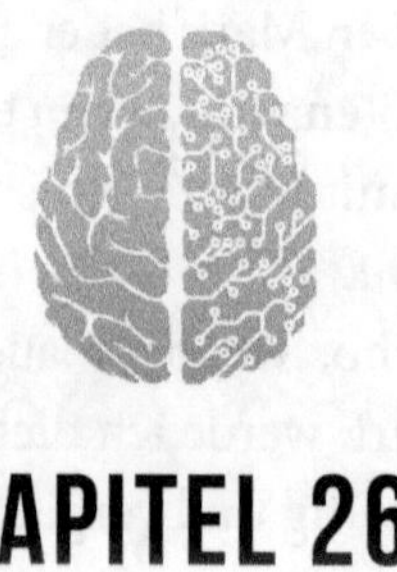

KAPITEL 26

Mist. Er muss über das Überwachungssystem im Zimmer gehört haben, dass ich sie mit ihrem richtigen Namen angesprochen habe, und kam, um sicherzugehen, dass sie mich nicht herausgelassen hat.

Was er aber vielleicht nicht begreift, ist, dass ich schon etwas sehr Wertvolles bekommen habe. Ich habe das WLAN-Passwort, das sie mir gezeigt hat, aufgezeichnet, und ich verbinde mich mit ihrem Netzwerk, während sie sich streiten.

»Woher kennt er die Namen meines Sohnes und seiner Familie?«, höre ich sie wie aus der Ferne fragen. »Oder dass sie in Queens leben oder wie mein Sohn aussieht?«

»Er hat dich bei der Therapiesitzung in Manhattan gesehen«, antwortet Lancaster. »Er muss …«

Ich höre nicht, was der Agent danach sagt, weil ich online gehe und meine Gehirnerweiterung mich wie eine Tonne genussvoller Ziegelsteine erschlägt.

»Sie waren seit drei Tagen offline oder bewusstlos«, sagt Einstein. »Aktuelle Uhrzeit …«

Ich ignoriere Einstein, weil ich das Gefühl habe, wieder vollständig zu werden. Es ist wie das Wiedererlangen der Sehkraft, nachdem man zehn Jahre lang blind war, aus dem Koma erwachte und nach einer Militärtour nach Hause kam, alles in einem Paket und millionenfach vervielfacht. Der Zeitdilatationseffekt tritt sofort ein, und ich habe das Gefühl, dass ich eine philosophische Abhandlung in dem Moment schreiben könnte, den Agent Lancaster braucht, um ein einziges wütendes Wort an Jean-Jane zu richten.

Ich forme einen Plan, um fast reibungslos von diesem Ort wegzukommen. Dann merke ich, dass ich noch ein Dutzend mehr finde, aber keiner bringt mich hier so schnell raus, wie ich will.

In einem Augenblick durchsuche ich das Computernetzwerk meiner Geiselnehmer und stelle fest, dass es sich tatsächlich um eine Sondereinheit der Regierung handelt, wie Lancaster sagte. Ihr Spezialgebiet ist Cybersicherheit, und sie wurde vor kurzem auf irgendeinen idiotischen politischen Druck gebildet. Ich sehe auch Hinweise, die vergangene Ereignisse erklären. Zum Beispiel, als meine Pseudo-Psychologin ihnen von meiner Paranoia erzählte, hörten sie auf, mich den Rest des Tages auszuspionieren, was erklärt, warum ich mich nach der Therapie erleichtert fühlte. Sie folgten mir wirklich nicht mehr. Und als sie herausfanden, dass Muhomor und ich ins Krankenhaus eingeliefert wurden, flippten sie aus, teilweise wegen einiger interessanter Informationen, die ich über Muhomor in den Akten der Task Force entdecke.

Wie sich herausstellt, hat uns Muhomor trotz seiner häufigen Prahlerei nie von seinen zweifelhaftesten Errungenschaften erzählt. Unter anderen Pseudonymen hat er beispielsweise an der Entwicklung von Cyberwaffen für die USA, Großbritannien und Israel mitgewirkt – Software, die den Stuxnet-Virus, eine Waffe zur Sabotage des iranischen Nuklearprogramms, wie ein Kinderspiel aussehen lässt. Die Agenten denken auch, dass er eine vollständige Datenbank von *kompromat*, das russische Wort steht für Erpressermaterial, hat.

Ich erkenne bald, warum die Sondereinheit Muhomor nicht direkt angehen wollte, egal wie sehr sie sich Tema für Staatssicherheitszwecke wünschen. Sie hatten einen triftigen Grund zu der Annahme, dass er eine hoch entwickelte Version einer Totmanneinrichtung beziehungsweise versicherung an der richtigen Stelle hat, die ausgelöst werden würde, wenn ihm etwas zustößt – wie in einem Raum ohne Zugang zum Internet eingesperrt zu sein. Die Sondereinheit glaubt, dass ein großer Teil seiner Kompromaten im Zweifelsfall an die Öffentlichkeit gelangen wird, und befürchtet sogar, dass automatisierte Cyberangriffe sowohl amerikanische als auch russische Ziele treffen könnten. Diese Angriffe würden einen großen Skandal auslösen, denn die Waffen wären von staatlichem Design. Wirklich bezeichnend ist, dass sie einen Skandal mehr fürchten als die Cyber-Bedrohungen.

Als sie von Muhomors Zustand erfuhren, riskierten sie, einige seiner Server zu hacken, um seine

Gegenmaßnahmen nach der Entlassung zu verhindern, aber es war alles mit Tema verschlüsselt, was ihnen einen zusätzlichen Grund gab, das System so schnell wie möglich knacken zu müssen. Obwohl ich das Gefühl habe, dass sie mir das, was sie mir angetan haben, auch ohne die Eile angetan hätten.

Es ist ironisch, dass sie einen Skandal von Muhomor fürchteten, weil sie jetzt sowieso einen dank *mir* bekommen werden. Ich lade alle Videos von der Festplatte meines Handys auf Mityas sichersten Server, falls jemand herausfindet, dass ich in ihrem Netzwerk bin, und alles herunterfährt. Sobald die Videos in Sicherheit sind, mache ich eine schöne Montage der schockierendsten Verletzungen meiner Menschenrechte, die in den gruseligsten Details gezeigt werden. Als ich damit fertig bin, maile ich das Filmmaterial zu Mitya, starte eine Telefonkonferenz mit ihm und Ada und sage hektisch auf Zik: »Hey, Mitya. Ich bin wieder online. Entschuldigung, aber ich habe deine E-Mail noch nicht gelesen. Was kannst du mit diesem Video machen?«

»Mike«, antwortet Ada sofort, und ihre Botschaft ist voll von so vielen turbulenten Gefühlen, dass ich sie nicht auseinanderhalten kann. Ein Strom von Zik-Nachrichten folgt so schnell, dass ich mich frage, ob Ada während meiner Abwesenheit einen zusätzlichen Schub bekam und jetzt schneller sprechen kann, als ich aufnehmen kann.

»Rede bitte langsamer«, unterbreche ich sie. »Es gibt auch einige Dinge, um die ich euch bitten möchte, aber lass mich bitte zuerst mit Mitya sprechen. Er hat Verbindungen, die mir helfen könnten.«

»Starte Share«, antwortet sie und erscheint in der Luft vor mir als ihr normales Ich, nur kleiner. Ihr besorgtes Gesicht ist Balsam für meine überaktiven Nerven.

Ich starte die Share-App, damit meine Freunde sehen können, was ich sehe. Ich lokalisiere auch die Kamera in meinem Zimmer und schicke ihnen den Videomitschnitt. Auf diese Weise haben sie zwei Perspektiven.

»Mann«, fügt Mitya hinzu, seine telepathische Botschaft ist eine erkennbare Mischung aus Besorgnis und Erleichterung. »Wie ich in der E-Mail erwähnt habe, die du nicht gelesen hast, weiß ich, wer den Ball ins Rollen gebracht hat, dich in die Finger zu bekommen.« Er ahmt Ada nach und erscheint als kleine, schwebende Gestalt in der Nähe von Agent Lancasters Schulter, und wie Ada trägt er seine normale Kleidung. »Deine Sondereinheit wurde von Agenten der CIA, des FBI, der NSA und einer Reihe anderer Abkürzungen ins Leben gerufen. Ein gewisser Abgeordneter Chandler ist die treibende Kraft dahinter.«

Ich multitaske, während Mitya spricht, und führe eine schnelle Internet-Suche im Kopf durch, die enthüllt, dass der Kongressabgeordnete Chandler ein Opfer eines großen Russlandhacks war. Irgendwie verwandelte er diese Peinlichkeit in einen politischen Kreuzzug. Es ist nicht überraschend, dass er hinter dieser Sondereinheit steht.

»Ich werde mich in Kürze mit dem Kongressabgeordneten treffen«, fährt Mitya fort. »Ich werde ihn darüber informieren, mit welcher Art von Scheiße sein Name bald assoziiert werden wird, ganz zu schweigen von der Tatsache, dass ich ein paar hundert Millionen Dollar für negative Werbekampagnen gegen ihn ausgeben werde, wenn du nicht in der nächsten Stunde freigelassen wirst.«

Ich ziehe einen großen roten Kreis um den Foltertisch in Mityas Zimmeransicht und sage: »Du verkürzt diese Stunde am besten auf Minuten.«

»Natürlich«, sagt Mitya, diesmal laut. »Ich sehe mir gerade das Video an, das du geschnitten hast, und ich kann das von diesen Leuten gar nicht glauben.«

»Ich auch nicht«, wirft Ada mit einem entsetzt-mitfühlenden Gesicht ein. Sie dreht ihren Blick von mir zu meinen streitenden Geiselnehmern, und ihr Mitgefühl verwandelt sich in Zorn. »Ich kann nicht glauben, was sie dich durchmachen ließen.«

»Lasst uns die Montage auf YouTube posten«, sage ich zu ihnen. »Plus die Liveübertragung aus diesem Raum.«

»Großartige Idee«, antwortet Mitya und sieht einen Moment lang nachdenklich aus. Dann nickt er und sagt: »Das Video ist bereits auf YouTube, und ich schreibe gerade James, meinem Marketing-Guru. Er wird es sich zur obersten Priorität machen, das Video zu pushen, bis es viral wird. Der Live-Feed geht auch online, und ich schicke ihn an den Kongressabgeordneten.«

»Sprich auch mit Kadvosky«, schlägt Ada rachsüchtig vor. »Wenn wir mit der Glaubwürdigkeit und den Karrieren dieser Leute fertig sind, müssen wir sie vor Gericht vernichten.«

»Und lasst meinen Cousin einige besuchen.« Ich nicke zu dem langsam sprechenden Agenten Lancaster.

»Das einäugige Arschloch wird wahrscheinlich im Gefängnis landen, wenn das alles vorbei ist. Für einen

Polizisten kann das ein schlimmeres Schicksal sein als ein Besuch von Joe«, meint Mitya. »Ich werde mich auch in ihrem Netzwerk umsehen. Wenn ich etwas Peinliches finde, werde ich es so öffentlich wie möglich verbreiten.«

»Danke, Leute.« Ich wechsle von Zik auf Englisch, um das zu unterstreichen. »Ich schulde euch einiges.«

»Nicht der Rede wert«, sagt Mitya.

»Es werden eine *Menge* sexueller Gefälligkeiten notwendig sein, um das wiedergutzumachen«, antwortet Ada in Gedanken.

»Zu viel Info.« Mityas Gesicht wird rot. Ada muss ihren Witz in dem geteilten Gespräch gesagt haben, statt in einem privaten.

»Okay, schau dich hier um.« Ich schicke Mitya die WLAN-Zugangsdaten der Sondereinheit.

»Also«, sage ich zu Ada, als Mitya mit seiner Arbeit beginnt. »Ich habe da etwas, um das ich dich bitten möchte, etwas weniger Dringendes.«

»Natürlich. Was denn?«

»Ich will Muhomors Traum verwirklichen«, sage ich. »Ich will Tema als Open Source verfügbar machen.«

»Ich verstehe«, sagt Ada mit offensichtlichem Enthusiasmus, sie stand immer auf Muhomors Seite, als wir über Temas Zukunft diskutiert haben. »Sobald die ganze Welt Zugang zu Tema hat, braucht diese Sondereinheit es nicht mehr.«

»Genau«, sage ich. »Aber es ist auch als ein großes ›fickt euch‹ für sie gemeint.«

»Und«, wirft Mitya ein, »wenn es einmal weit verbreitet ist, wird die Welt sehen, dass Tema unknackbar ist, und niemand wird jemals einen von uns entführen wollen, um einen Vorteil zu erlangen.«

»Genau das habe ich mir auch gedacht«, sage ich. »Was mich auf eine andere, noch weniger dringende Idee bringt. Ich denke, wir sollten das Brainozytendesign und die Software mit der Welt teilen – als Open Source, wie ich es schon seit Monaten vorschlage. Hätten diese Leute von Brainozyten gewusst, wäre ich in schlechterer Verfassung. Die nächsten Idioten wollen vielleicht Brainozyten und entführen einen von uns, um sie zu bekommen. Und natürlich auch mein übliches Argument, dass Offenheit zu einer schnelleren Entwicklung von Features und Apps führt und einer billigeren Produktion von Nanos etc., ad infinitum.«

»Du bist nur verzweifelt und willst die etablierte Weltordnung stören«, säuselt Mitya, als er sich eine Welt vorstellt, in der Millionen von Menschen Mitglieder des Brainozyten-Klubs werden. »Ich war nie gegen diese Idee. Muhomor war es.«

»Ich war auch nicht dagegen«, sagt Ada. »Und ich nehme an, dass Muhomor uns verzeihen wird, wenn er erfährt, dass wir Tema veröffentlicht haben.«

»Dann ist das geklärt«, sage ich, erleichtert darüber, dass sie mit mir übereinstimmen. »Mitya, hast du schon mit deinem Kongressabgeordneten gesprochen?«

»Alter«, sagt Mitya sarkastisch. »Der Kongressabgeordnete Chandler arbeitet zu normalen Zeiten, also hat er die E-Mails noch nicht mal geöffnet. Aber ich schicke ihm eine SMS und bitte ihn nachdrücklich, seine verdammten E-Mails zu checken.«

»Okay, danke.« Dann schaue ich Adas Avatar an und sage: »Baby, kannst du Mr. Spock aus dem Gebäude führen?«

Da der kleine Kerl immer noch nicht mit dem Internet verbunden ist, verbinde ich ihn, und er überschwemmt mich sofort mit positiven Gefühlen. Ich schätze, er mag seine Gehirnerweiterung genauso sehr wie ich.

»Ich hole ihn raus«, sagt Ada, und runzelt die Stirn. »Was soll ich deiner Mutter sagen? Ich habe dich gedeckt, aber sie wird langsam misstrauisch. Es sind ein paar Tage vergangen, seit ihr das letzte Mal miteinander gesprochen habt. Außerdem wollen Lyuba und Gogi wissen, wo du bist.«

»Halt Mutter bitte etwas länger hin«, sage ich. »Aber du kannst Lyuba und Gogi sagen, wo ich bin. Wie geht es Gogi überhaupt?«

»Er wird schnell gesund«, sagt Ada. »Er und Lyuba leisten Muhomor Gesellschaft.«

»Ich schicke gerade ein Auto zu dir«, sagt Mitya. »Oh, und du wirst dich darüber freuen, dass diese Trottel aufgezeichnet haben, welche Drogen sie dir verabreicht haben, und ein Überwachungsvideo von einigen der Gräueltaten, die sie dir angetan haben – einschließlich Sachen, die du verpasst hast, weil du bewusstlos warst –, abgespeichert haben. Kadvosky und seine Gang werden die Erstgeborenen dieser Menschen bekommen.«

»Und wo wir gerade von Gräueltaten sprechen«, sagt Ada, »hörst du dir das Gespräch an?«

Sobald sie meine Aufmerksamkeit wieder auf die beiden Agenten lenkt, merke ich, dass ich in der Tat nicht darauf geachtet habe, was Agent Lancaster gesagt hat, aber ich bin jetzt wieder dabei und höre ihn sagen: »Ich will, dass Sie aus diesem Raum verschwinden. Jetzt.«

Weniger als ein paar Sekunden sind in Echtzeit vergangen, seit meine Freunde und ich unseren hyperschnellen Zik-Chat begonnen haben, also weiß ich, dass ich nicht viel von Lancasters Monolog verpasst habe. Ich kann daraus schließen, dass er so etwas gesagt hat wie »Er hat dich wegen deines Sohnes angelogen«.

Die ältere Frau sieht verängstigt aus, und das aus gutem Grund. Lancaster sieht so aus, als würde er sie erwürgen, wenn sie seiner Aufforderung nicht nachkommt.

»Joe«, schreibe ich meinem Cousin. »Ich bin fast raus hier. Bring niemanden um. Sprich mit Mitya oder Ada. Wir bleiben in Kontakt.«

»Wo bist du?« Joes Antwort ist wieder beeindruckend schnell für einen Menschen ohne Brainozyten.

»Rede mit Mitya«, schreibe ich Joe. »Und ich wiederhole, lass ihre Familie in Ruhe.«

»Na schön«, antwortet Joe. »Wir sehen uns bald.«

Ich höre in Joes Worten viele finsterere Untertöne, aber da er sich an Leute richtet, die es verdienen, ist es mir egal. Außerdem ist er nicht selbstmörderisch genug, um es mit der Regierung aufzunehmen

»Ihre Familie ist in Sicherheit«, sage ich zu Golovasi-Berger, als sie zur Tür huscht. Da ich gar nicht weiß, warum ich so nett zu ihr bin, beschließe ich, etwas für mich selbst herauszuholen, und füge hinzu: »Wenn Sie gegangen sind, sagen Sie bitte demjenigen, der das Sagen hat, dass er den Kongressabgeordneten Chandler anrufen soll. Sagen Sie ihm auch, dass er oder sie YouTube auf ein virales Video hin überprüfen soll, das Sie alle bald berüchtigt machen wird.«

Bei der Erwähnung des Kongressabgeordneten sehen die Augen des falschen Seelenklempners und das einzige Auge des Agenten so aus, als wollten sie aus ihren Sockeln springen.

»Was hast du ihm gesagt?« Agent Lancaster sieht so aus, als würde er gleich ein Skalpell nehmen und seine Kollegin aufschneiden. »Was hast du getan?«

»Nichts.« Golovasi-Berger klingt panisch.

»Raus«, ruft er. Bevor sie den Raum überhaupt verlässt, nimmt er ein Objekt wie einen Eispickel vom Tisch und springt auf mich zu. »In ein paar Minuten wird er mir alles erzählen. Das garantiere ich dir.«

»Oh Scheiße«, sagt Mitya auf Russisch. »Das sieht nicht gut aus.«

»Aktiviere die Relief-App«, befiehlt Ada mir, und ich gehorche sofort.

Ich genieße ein paar Atemzüge, frei von den Millionen Schmerzen, die mich plagen. Ich genieße auch, wie die App die Rufe meiner Körperfunktionen leiser werden lässt.

Leider ist meine Erholung kurz.

Agent Lancaster schließt den Abstand zwischen uns und packt meine linke Hand in einen Todesgriff.

»Oh Scheiße«, sage ich und schließe mich Mityas früherer Einschätzung an, nur dass ich es auf Zik sage. Ich zucke zurück und wende mich ab, auch wenn ich durch den Video-Feed von der Wandkamera immer noch sehen kann, was er macht. »Ich glaube nicht, dass die Relief-Anwendung für so etwas entwickelt wurde …«

Ich beende meinen Gedanken nicht, weil ich anfange zu schreien.

Lancaster schiebt den Eispickel unter den Nagel meines rechten kleinen Fingers und schneidet in mein Fleisch.

KAPITEL 27

Ich schreie immer weiter laut auf Russisch und Englisch, aber auch telepathisch auf Zik.

Mein Körper krampft, und ich fürchte, dass ich den Inhalt meiner Blase und des Darms verlieren werde.

Wenn die Relief-App diese Schmerzen mildert, möchte ich mir nicht vorstellen, wie sich das ohne sie anfühlen würde.

Meine Freunde schreien telepathisch mit mir.

»Ich bin bereit, zu reden«, rufe ich Agent Lancaster so laut wie ich kann zu.

»Ich habe gerade seine Telefonnummer in ihrem Verzeichnis gefunden«, sagt Mitya. »Ich schicke ihm den vollständigen Tema-Algorithmus.«

»Überprüfen Sie Ihr Telefon«, rufe ich. »Sie haben Ihr verdammtes Tema!«

Sofort geht Lancasters heldenhafter Klingelton los.

»Das muss nicht meine E-Mail sein.« Mitya schaut skeptisch auf das Telefon des Übeltäters. »Vielleicht ist es der Kongressabgeordnete. Wenn er den Live-Feed sieht, den ich ihm geschickt habe, ist er bestimmt mehr als sauer.«

Das Problem der Gehirnerweiterung ist, dass sie die Qualen länger dauern lässt. Nach einer unerträglichen Millisekunde des Schmerzes reißt Agent Lancaster den Eispickel aus meinem armen Finger und starrt auf sein Telefon.

Die Relief App maskiert den Schmerz in meinem verletzten Finger, so dass ich endlich einatmen kann.

Die Tür zum Zimmer öffnet sich, und Golovasi-Berger stürmt mit ein paar Anzügen, an deren Gesichter ich mich aus dem Krankenhaus erinnere, und Agent Pugh herein.

Genau wie im Krankenhaus halten die Anzüge Taser. Im Gegensatz zum Krankenhaus ist es Agent Lancaster, und nicht ich, auf den sie ihre Waffen richten.

»Du solltest mit Kongressabgeordnetem Chandler sprechen«, sagt einer von ihnen in einem harten Ton. »Herr Cohen soll sofort freigelassen werden. Du bist von deinen Pflichten entbunden.«

Lancaster sieht aus wie ein gefangenes Tier, und ich kann ihn in einem beinahe präkognitiven Moment fast sehen, wie er den Eispickel anhebt und in mein Auge rammt.

Ich nehme an, die Anzüge sehen seine Absicht ebenfalls, denn ohne ein weiteres Wort schießen sie mit ihren Tasern auf ihn.

Lancaster kollabiert, und eine Person mit einer chirurgischen Maske taucht scheinbar aus dem Nichts auf.

Sie injiziert dem zuckenden Agenten eine Spritze, und Lancasters Körper stürzt zu Boden.

»Ich denke, danach muss ich die BraveChill-App ein paar Wochen lang laufen lassen«, sagt Ada. Sie klingt genauso erschüttert, wie ich mich fühle. »Kommt es mir nur so vor oder hat dieser Agent völlig den Verstand verloren?«

»Ich schätze, er hing an diesem Auge«, sagt Mitya ausdruckslos. »Er muss buchstäblich ein Auge für ein Auge von Mike gewollt haben.«

Ada stöhnt, aber ich konzentriere mich auf den Arzt, weil er eine weitere Spritze herauszieht und sich als Nächstes mir nähert.

»Warten Sie«, sage ich. »Was haben Sie …?«

Die Nadel dringt in meinen Arm ein, und Wärme breitet sich in meinem Körper aus.

»Das ist ein gutes Zeichen«, beruhigt Ada mich, obwohl unklar ist, ob sie wirklich glaubt, was sie sagt. »Ich wette, sie lassen dich gehen, aber wollen nicht, dass du weißt, wo das Versteck ist.«

»Ich hätte lieber eine dieser schwarzen Taschen über meinem Kopf gehabt«, antworte ich, als meine Gedanken bereits verschwimmen. »Und ich weiß, wo ich bin.«

»Ich schätze, es ist zu spät, ihnen zu sagen, dass wir bereits wissen, wo sich ihr Unterschlupf befindet«, sagt Mitya und hört sich an, als wäre er weit weg.

»Ich kann nicht glauben, dass ich schon wieder ausgeknockt werde«, schicke ich auf Zik, bevor das Medikament schließlich macht, was es soll, und alles schwarz wird.

Ich wache mit einem Geruch nach Kokosnuss-Shampoo und dem Gefühl von zierlichen Händen, die über meinen Rücken streicheln, auf.

»Sie waren fünf Stunden und sechzehn Minuten bewusstlos«, sagt Einstein. »Aktuelle Zeit ist 17.47 Uhr.«

Immer noch verwirrt, betrachte ich meine Umgebung und erkenne, dass ich mich in einem Auto befinden muss, das in Bewegung ist – oder auf einer vibrierenden Matratze sitze, was allerdings weniger wahrscheinlich ist.

Eine Lawine aus Aufregung trifft mich von der EmoRat-App, und ich fühle, dass Mr. Spock sich an mein Gesicht kuschelt und seine Barthaare meine Wange kitzeln.

»Was ist los, Baby?«, fragt eine Stimme, die sich wie Adas Baby- und Rattensprache anhört. Da die Stimme nicht von einer App kommt, muss ich davon ausgehen, dass Ada die Besitzerin der kleinen Hände ist, die die Verspannungen aus meinem Rücken kneten, und die Quelle des angenehmen Duftes ist, der meine Nase umspielt. »Ist er endlich wach?«

»Ich bin wach«, sage ich laut, öffne meine Augen und begegne dem rosa Blick meines Lieblingshaustieres.

»Wo bin ich?« Ich drehe mich um.

Adas bernsteinfarbene Augen sind geschwollen, so als hätte sie geweint, und der Anblick führt dazu, dass ich jemandem den Kopf abreißen will, obwohl ich zu groggy bin, um zu entscheiden, wessen. Als ich sie ansehe, sehe ich frische Tränen in ihren Augen, aber ich denke, es sind Glückstränen. Ehrlich gesagt hatte ich es bis jetzt nicht zugelassen, zu fühlen, wie sehr ich Ada vermisst habe. Wenn es stimmt, was das alte Sprichwort sagt, dass Entfernung die Liebe verstärkt, dann lassen die Entführung und der Missbrauch durch die Regierung mein Herz fast vor Gefühlen platzen.

Ich setze mich hin und finde es überraschend leicht, mich zu bewegen. Eine schnelle Kontrolle des Labors auf dem Chip zeigt, warum. Ich bin bis zum Rand mit Schmerzmitteln vollgepumpt.

Automatisch legt sich mein Arm um Adas Taille, und meine Handfläche landet auf meinem Lieblingsplatz, auf den zwei Grübchen auf ihrem unteren Rücken. Sie beugt sich nach vorn, und ich ziehe sie für einen Kuss heran. Ihre Lippen zittern, als sie die meinen erkunden, und ihre Atmung beschleunigt sich, als ihre Zunge anfängt …

Jemand räuspert sich laut, und ich rücke von Ada weg, um mich im Auto umzuschauen – etwas, was ich vermutlich besser als Erstes getan hätte.

Wir sind in einer riesigen Limousine, umgeben von einem Haufen von Leuten, die, wie ich annehme, für Joe arbeiten, weil er auch hier ist. Als Joe sieht, wie ich ihn ansehe, verändert sich sein düsterer Ausdruck, und er tut etwas, von dem ich nicht dachte, dass ich es jemals – und ich meine *jemals*– bei ihm sehen würde.

Er zwinkert mir zu.

Vielleicht hat er einen nervösen Tick entwickelt, den ich für etwas Verspieltes gehalten habe?

»Es ist amtlich«, sagt eine vertraute Stimme von meiner Rechten, und ich weiß, dass dies die Person ist, die sich vor einer Sekunde geräuspert hat – Gogi. »Du würdest Armageddon verschlafen.«

Ich drehe mich um und sehe, dass Gogi zwischen zwei supergroßen Typen sitzt und ein Paar Krücken zu seinen Füßen liegt. Er sieht viel besser aus, als ich es nach vier Tagen Genesung erwartet hätte.

»Wie fühlst du dich?«, frage ich und kann nicht anders, als wegen der guten Laune des Georgiers zu grinsen. Telepathisch frage ich Ada: »Also, was ist passiert?«

In der Zeit, die Gogi braucht, um mir zu sagen, dass seine Verletzungen gut heilen, erzählt mir Ada in schnellen mentalen Zik-Botschaften, was passiert ist, während ich weg war. Sie beginnt mit einem schnellen Update über einige der technologischen Fortschritte, die diese Jungs in einer verblüffend kurzen Zeit entwickelt haben. Die interessanteste Entwicklung ist Mityas neuer Algorithmus, der es Einstein erlaubt, eine Drohne zu steuern – etwas, was die Kosten für Mityas Drohnenliefersystem, das New York und New Jersey bedient und derzeit menschliche Piloten verwendet, stark senken wird. Als Nächstes erfahre ich, dass sowohl Tema als auch die Brainozyten der Öffentlichkeit zur Verfügung gestellt wurden, sobald ich ausgeknockt wurde, und die Gehirne aller Experten in den Bereichen Kryptographie und Technik zum Explodieren bringen. Erstaunlicherweise wurden in wenigen Stunden mindestens fünfzig Artikel darüber veröffentlicht, wie die Brainozyten verwendet werden könnten. Einige der vorgeschlagenen Ideen sind Dinge, an die wir, die arroganten Mitglieder des Brainozyten-Klubs, nie gedacht haben. Ada schickt mir ihre zehn Lieblingsideen, damit ich sie später noch einmal durchgehen kann, und dann geht sie zu einem weniger angenehmen Thema über, das sie offensichtlich lieber vermeiden möchte.

Dank Mityas Marketingleuten haben sich meine Videos, besonders das, in dem der Schlauch in meine Nase eingeführt wird, viral verbreitet. J. C. hat hart daran gearbeitet, dafür zu sorgen, dass meine Mutter die Videos nicht sieht, aber ich werde ihr irgendwann sagen müssen, was passiert ist, oder riskieren, dass sie es aus den Nachrichten hört. Menschenrechtsorganisationen befinden sich wegen der Videos auf dem Kriegspfad, was gut ist, aber ich bin für immer dazu verdammt, eine Art Berühmtheit zu sein, was schlecht ist. Ein populärer Senator, der Kriegsgefangene foltert, tweetet eine Verurteilung der Dinge, die mir angetan wurden, genauso wie die Führer vieler Länder der ganzen Welt. Der Präsident hat es noch nicht kommentiert, aber mehrere gewählte und ernannte US-Regierungsbeamte haben bereits eine Rekordzahl von Pressekonferenzen abgehalten. Einige behaupteten, dass zumindest ein Teil der Folter medizinische Hilfe für einen Verdächtigen gewesen sei, der mit schweren Verletzungen festgenommen wurde – mit anderen Worten: Blödsinn. Einige sagten auch, dass meine Festnahme auf fehlerhaften Informationen basierte, und neuere Konferenzen erklärten, dass die Dinge, die mir angetan wurden, darauf zurückzuführen seien, dass ein Agent durchgedreht ist. Ada und ich wissen, dass es sich hier nur um die Suche nach einem Sündenbock handelt.

»Alle medizinischen Angestellten in dieser Einrichtung haben ihre Zulassung verloren, sogar die Frau, deren Finger du verletzt hast. Alle anderen, die hinter der Sondereinheit stehen, werden ihre Taten bereuen«, meint Ada abschließend, und ihre Augen in der realen Welt bekommen diesen gefährlichen Schimmer, vor dem ich mich zu hüten gelernt habe. »Nachdem die Nachrichten ihre Hexenjagd vollendet haben, werden wir Kadvosky und seine Anwälte auf alle Überlebenden loslassen, bis sie sich wünschen, dass sie nie deinen Namen gehört hätten.«

»Ich denke, du solltest es langsam angehen lassen«, sage ich Gogi. Gleichzeitig sage ich in Gedanken zu Ada: »Danke, aber du hast mir noch nicht erklärt, wie ich in dieser Limousine geendet bin, mit diesem Gefolge.«

»Das ist ganz einfach«, sagt Ada laut, und niemand im Auto blinzelt auch nur bei dieser plötzlichen Antwort auf eine ungestellte Frage. »Die Leute von der Regierung haben dich am Hackensack University Medical Center in New Jersey abgesetzt. Sobald ich erfahren habe, wo du bist, wollte ich dich zum NYU Langone Medical Center bringen. Dein Cousin verlangte alle Sicherheitsmaßnahmen mit …«

»Und sie bestand darauf, mitzukommen«, mischt sich Joe ein, und ich bin mir sicher, dass er und Ada sich über dieses Thema gestritten haben. Irgendwie hat er verloren. »Und ich wollte auch nicht, dass dieser Invalide hier mitkommt.« Joe zeigt anklagend mit dem Zeigefinger auf Gogi, aber der Georgier sieht nicht betroffen aus.

Ich schaue durch das getönte Fenster. Der Anblick von mit Strommasten durchzogenen Grünflächen sowie die Lagerhallen und Fabriken in der Ferne deuten darauf hin, dass wir uns noch immer in New Jersey befinden. Einstein bestätigt dies per GPS.

Ich schaue immer noch auf die Straße, als ich die Telekonferenz-App starte und Mitya und Ada einlade.

Mitya sagt: »Ich bin noch in der Luft, aber ich sollte bald in New York sein.« Er muss meinen Avatar im Zimmer vor sich auftauchen sehen, denn er lächelt und fügt hinzu: »Oh, du sahst auch schon mal besser aus.«

»Ich lasse das durchgehen, wenn man bedenkt, wie sehr du mir in den letzten Stunden geholfen hast«, sage ich. »Habt ihr ein Update zu Muhomor?«

»Du hast es ihm nicht gesagt?«, fragt Mitya Ada.

»Ich hatte noch keine Gelegenheit dazu«, antwortet Ada. »Hier, Mike, schau dir dieses Video an. Es wurde von der Überwachungskamera des Krankenhauses aufgenommen.«

Ich sehe ein Krankenhauszimmer, das den Luxusunterkünften im NYU Langone Medical Center sehr ähnelt – unserem Zielort. In der Mitte des Zimmers steht ein Bett, und Muhomor ist mit medizinischen Geräten ausgestattet, die mir eine unangenehme Rückblende geben.

Es sind ein paar Leute da, darunter eine blonde Frau mit einem klassischen, guten Aussehen, die ich als Lyuba wiedererkenne, Muhomors Verbündete, aber nicht seine Freundin, die zu Besuch aus Russland ist. Ada ist unter den Anwesenden, und das sagt mir, dass ich mir eher eine Aufnahme als einen Live-Feed anschaue.

Muhomor so zu sehen ist traurig. Es ist wahrscheinlich das längste Mal, dass ich ihn gesehen habe, ohne dass er etwas Schnippisches sagt.

Plötzlich ertönt ein Piepton, und die Ärzte fangen an zu murmeln. Auch ohne Medizinstudium kann ich sehen, was passiert ist.

Muhomors Augen sind offen, und er versucht, etwas zu sagen.

»Wie fühlen Sie sich?«, fragt ihn ein Arzt im Video.

»Viktor, kannst du uns hören?«, fragt Lyuba auf Russisch und legt ihre Hand auf sein Handgelenk.

Muhomor sagt immer wieder denselben Satz, und als ich ihn irgendwann höre, kann ich nicht anders, als zu lachen. »Die Cybersicherheit dieses Krankenhauses ist grausam«, sagt er. »Ich will, dass alle meine persönlichen Daten aus dieser traurigen Entschuldigung einer Datenbank gelöscht werden. Ich will …«

Ich halte das Video an. Ich vermute, Muhomors Geschimpfe könnte lange dauern, und ich wollte nur wissen, wie es ihm geht.

»Wie geht es ihm jetzt?«, frage ich Mitya und Ada und merke, dass beide darauf warten, dass der andere die Frage beantwortet – kein gutes Zeichen.

»Er ist von der Hüfte abwärts gelähmt.« In der realen Welt legt Ada ihre Hand beruhigend auf meine. »Die Ärzte sagen, das war das Beste, was passieren konnte.«

Ich greife ihre Hand und trenne meine emotionale Bindung zu Mr. Spock, damit er nicht zu viel von meiner Traurigkeit erfährt.

»Wie kommt er damit zurecht?«, frage ich, unsicher, was ich nach einer solch schrecklichen Offenbarung sagen soll. »Gibt es etwas, was ich tun kann?«

»Warum fragst du ihn nicht?«, fragt Mitya. »Ich habe ihn gerade zu dieser Unterhaltung eingeladen.«

»Misha.« Muhomors telepathische Botschaft ist mit viel zu viel Aufregung gefüllt. »Ich habe gerade mit Mitya über dich geredet.«

»Ja, genau«, sagt Mitya sarkastisch. »Warum erzählst du nicht *ihm*, was du mir gerade gesagt hast?«

»Sicher«, sagt Muhomor in Zik und lässt seinen üblichen Anime-inspirierten Avatar in der Limousine erscheinen. »Ich sagte, wie glücklich ich bin, dass Mike gefoltert wurde.«

Ich bin eine Sekunde lang abgelenkt von dem deprimierenden Wissen, dass Muhomors Avatar auf Cartoonbeinen steht, aber Muhomor in der realen Welt nie wieder so stehen kann. Dann kommen seine Worte bei mir an. »Was? Du bist glücklich, dass ich gefoltert wurde?«

»Ich bin glücklich über die Folgen davon«, erklärt Muhomor. »Nicht über den Schmerz als solchen, den du erlitten hast, aber das ist egal für das, worauf ich hinauswill.«

»Das ist nett«, fällt Ada ein. Ihr Sarkasmus hat einen gefährlichen Einschlag. »Sehr einfühlsam.«

»Ich sage nur«, fährt Muhomor unbeeindruckt fort, »dass es genial von dir war, Tema und die Brainozyten am Ende der Folter freizugeben, auch wenn ich mir wünschte, du hättest mich um meine Meinung zur Freigabe der Letzteren gebeten.«

»Wieso?«, frage ich. »Ich meine, ich bin froh, dass ich für ein höheres Ziel gefoltert wurde, aber es wäre schön, zu wissen, was dieses höhere Ziel ist oder war.«

»Als ich über die Freigabe von Tema nachdachte, war eine meiner großen Sorgen, dass die Regierung sie regulieren oder unterdrücken möchte.« Muhomors Avatar stopft eine Cartoonpfeife und bläst eine Wolke von Cartoonrauch aus. »Aber jetzt, mit dir als Galionsfigur hinter diesen Technologien, könnten Dinge anders laufen. Denk mal darüber aus der Sicht eines Politikers nach. Nach all dem Unrecht, das die Regierung dir angetan hat, will niemand als der Kerl bekannt sein, der wieder auf dir herumgehackt hat, indem er deine intellektuellen Errungenschaften angreift. Mit anderen Worten, wer auch immer sich entscheidet, deine Technologien zu unterdrücken, wird so aussehen, als ob er auf dir herumhacken würde – und niemand würde das wagen, da es nach der Folter einen faden Beigeschmack habe würde.«

»Das ergibt einen verdrehten Sinn«, sagt Mitya. »Vor allem, wenn Politiker wie du denken würden, Muhomor. Zum Glück tun sie das nicht. Ich denke, dass das sowieso ein strittiger Punkt ist. Es gibt kaum eine Chance, eine der beiden Technologien zu unterdrücken, wenn man bedenkt, wie ich sie weltweit verteilt habe. Die Macht, die sie mit sich bringen, wird einen Paradigmenwechsel bewirken. Es in den USA zu unterdrücken würde nur bedeuten, dass die USA technologisch hinter den fortschrittlicheren Ländern zurückbleiben würden. Wie zum Beispiel China.«

Wir sitzen einen Moment lang still da, jeder stellt sich vor, wie die Welt sein wird, wenn die Brainozyten allgegenwärtig sind.

Ich weiß, ich werde es bereuen, aber ich sage: »Muhomor, irgendwann musst du uns von deinen Kompromaten und Cyberwaffen erzählen. Das Sonderkommando be-fürchtete, du hättest einen Totmannschalter, falls du in Schwierigkeiten geraten solltest. Stimmt das?«

»Um Machiavelli zu zitieren: Besser gefürchtet als geli-ebt zu werden«, antwortet Muhomor kryptisch. »Ich werde euch von diesen Dingen nur erzählen, wenn ich das Gefühl habe, dass ich genug Kompromat von allen von *euch* habe, und das Gefühl habe ich noch nicht.«

»Nach dieser netten, freundlichen Nachricht werden Mike und ich die Verbindung trennen«, sagt Ada. »Schön zu hören, dass es dir besser geht, *Viktor*.«

»Wir beenden die Verbindung?«, frage ich in der realen Welt.

»Ja«, antwortet sie telepathisch. »Ich will mit dir seit einem gefühlten Jahr über etwas Wichtiges reden, und ich glaube nicht, dass es warten kann.«

»Alles klar, Leute«, schicke ich in das Gruppengespräch. »Wir sind gleich wieder da.«

»Jemand ist in Schwierigkeiten«, höre ich Muhomor zu Mitya sagen, als Ada und ich die Verbindung trennen.

»Bin ich in Schwierigkeiten?«, frage ich Ada, und mein Puls beschleunigt sich.

Sie schaut mich eine reale Sekunde lang unsicher an – eine lange Zeit telepathisch.

Übelkeit breitet sich in meinem Magen aus, als ich mich an meine Vermutungen über Adas seltsames Verhalten in den letzten Wochen erinnere. Meine Paranoia, verfolgt zu werden, erwies sich als gerechtfertigt, könnte das bei meiner Sorge um Adas Verhalten auch so sein? Verzweifelt platze ich heraus: »Würdest du wirklich so kurz nachdem ich gefoltert wurde mit mir Schluss machen? Hast du kein Herz?«

Ada sieht verdutzt aus. »Was? Nein, du bist nicht in Schwierigkeiten«, antwortet sie in Gedanken. »Zumindest nicht *solchen* Schwierigkeiten.«

Ich atme erleichtert aus. »Okay, über was *ist* dann dieses große Gespräch?« Bevor Ada antworten kann, spielt mein erweitertes Gehirn verschiedene Möglichkeiten durch, jede noch beängstigender als die andere, und mein Magen zieht sich erneut zusammen. »Du bist nicht krank, oder?«

»Nein. Nicht krank. Nicht wirklich zumindest. Das hier sind eher große Neuigkeiten.« Sie kaut auf ihrer Unterlippe herum. »Eine große Überraschung. Weil es so unerwartet kam, wusste ich nicht, wie ich es dir sagen sollte.«

»Mir was sagen?« Wenn ich nicht telepathisch kommunizieren würde, hätte meine Stimme wahrscheinlich meine Panik verraten. Ein unwahrscheinlicher Verdacht durchdringt meinen Verstand, aber ich lasse ihn fallen. Wie hoch können die Chancen schon stehen?

»Ich bin schwanger«, sagt Ada in emotionslosem Zik. »Oder ist es angemessener, zu sagen, *wir* sind schwanger?«

»Wir sind schwanger?«, rufe ich laut und wechsle auf Russisch – etwas, was ich noch nie unter Stress gemacht habe. Mein unwahrscheinlicher Verdacht war richtig – ein weiterer Treffer für meine erweiterte Intelligenz. Nicht, dass es hilft, diese Eingebung gehabt zu haben; ich bin immer noch total schockiert.

Ada sieht sich um, und ihre Wangen röten sich. »Das sollte eigentlich ein privates, telepathisches Gespräch sein«, sagt sie auch laut, und mir fällt auf, dass Gogi und mein Cousin mich anstarren. Gogi sieht schockiert aus, aber Joe sieht aus, als würde er nachdenken.

Kiril, einer von Joes russischsprachigen Schlägern, hält seine Daumen hoch und fängt an, etwas zu sagen, aber Joe wirft ihm einen angsteinflößenden Blick zu. Ich interpretiere ihn als »Lass meinen Cousin jetzt in Ruhe – er hat mich gerade zum Onkel gemacht und ich wollte schon immer Onkel werden«.

Sogar Mr. Spock, der nicht über die EmoRat-App mit mir verbunden ist, nimmt das Durcheinander der Gefühle in der Luft auf und schaut erst Ada und dann mich mit nervös zuckender Nase an.

Ich löse meine Augen von der Ratte und starre Ada ohne zu blinzeln ein paar Atemzüge lang an.

Ada blinzelt auch nicht, und ihr Blick ist erwartungsvoll. Sie wartet wahrscheinlich auf eine Reaktion von mir.

»Ich weiß nicht, was ich sagen soll«, sage ich endlich, immer noch laut. »Das ist riesig.« Dann füge ich telepathisch hinzu: »Ich sage nicht, dass *du* riesig bist. Ich kann nicht wirklich sehen, dass du schwanger bist …«

Da ich mir denke, dass jetzt ein guter Zeitpunkt ist, um die Klappe zu halten, mündlich und mental, beuge ich mich nach vorn und umarme Ada. Mit ihrem warmen Körper fest an meinen gedrückt, verarbeite ich das, was sie mir gesagt hat, und fühle mich wie auf einer Achterbahn, obwohl ich mir nicht sicher bin, ob ich mich spiralförmig nach oben oder unten bewege.

Ada entspannt sich in meinen Armen, und mir ist klar, dass ich das Richtige getan habe.

Ich muss meine ganze Willenskraft aufwenden, um nicht etwas Idiotisches wie »Wie konnte das passieren?« zu sagen, sondern ich benutze meinen Verstand, um schnell im Internet nach Antworten zu suchen. Wir haben immer verhütet, *aber* der Riss im Latex ist für das bloße Auge unsichtbar. Wenn man bedenkt, wie viel Sex wir haben und mit wie viel Elan, kann ich mir vorstellen, wie das passieren konnte. Wie sich herausstellt, sind Kondome statistisch gesehen zu fünfundachtzig Prozent effektiv, also gehören Ada und ich zu den glücklichen fünfzehn Prozent. Auch ein paar andere Dinge ergeben Sinn. Ada war es vor ein paar Tagen ziemlich schlecht. Sie hat keinen Wodka oder Wein getrunken, auch nicht den georgischen Wein, der biologisch und vegan ohne Eiweiß und Gelatine ist. Außerdem, und das war der größte Hinweis, ist ihre Periode normalerweise am Anfang des Monats, trotzdem haben wir diesen Monat durchgängig Sex gehabt, was bedeutet, dass ihre Periode nie gekommen ist. Und …

»Wir haben nie über Kinder geredet«, unterbricht Ada meine Gedankenkette. »Jetzt wünschte ich, wir hätten es getan.«

»Das ist so nicht ganz richtig. Wir hatten diese eine Unterhaltung«, erinnere ich sie. »Als du einmal gesagt hast, du wolltest CRISPR und andere genetische Modifikations-Tools benutzen, um ein Super-Baby mit biologischer Super-Intelligenz, extremer Langlebigkeit, größerem Einfühlungsvermögen und was ich sonst noch vergessen habe zu machen.«

»Stimmt.« Sie zieht sich aus meiner Umarmung, und ich sehe, dass sie lächelt. »Du meinst an dem Tag, als du sagtest, dass du lieber ein virtuelles Baby machen würdest, ›eine Fusion unseres Verstandes, nicht unserer Genetik‹, eines, das wir nur über virtuelle Schnittstellen und Schnittstellen der erweiterten Realität erleben würden – also keine Windeln und andere Unannehmlichkeiten?«

»Ich schätze, wir werden beide etwas viel Normaleres erleben.« Ich lege meine rechte Hand auf ihr Knie und streiche mit meiner linken Hand durch ihr Stachelhaar. »Ich bin mir sicher, dass es sehr interessant wird. Denk einfach darüber nach. Der Aufbau einer künstlichen allgemeinen Intelligenz ist sogar mit den Brainozyten ein schwieriges Problem, aber ein Baby beginnt im Allgemeinen als ein Haufen Zellen, der wächst, um im Laufe der Zeit allgemeine Intelligenz zu gewinnen. *Du* musst es einfach mit Malbüchern, Nahrung, Liebe, Spielzeug und anderer Unterhaltung versorgen. Vielleicht können wir lernen, wie …«

»Ich möchte dem Baby die Brainozyten geben«, unterbricht Ada in Gedanken und wirft mir einen unsicheren Blick in der realen Welt zu. »Sobald es sicher ist.«

»Das klingt wie eine coole Idee«, antworte ich, ohne zu zögern. »Manche Leute sehen es vielleicht als Experimentieren mit dem Baby an, aber für mich gibt es kein Unterschied zu den Leuten, die ihrem Baby Mozart vorspielen oder ihnen tolle Nachhilfelehrer und Spielzeuge besorgen. Wir werden mit unserem Kind kommunizieren können, bevor es sprechen kann. Wir können wahrscheinlich die EmoRat-Applikation modifizieren, um …«

Ich höre auf zu reden, da mich diese absolute Anbetung in Adas schönen Augen aus dem Konzept bringt.

»Was? Habe ich etwas gesagt? Ich meine … gedacht?«

Sie schüttelt ihren Kopf. »Ich bin einfach nur glücklich. Du wirst ein toller …«

Ada beendet ihren Gedanken nicht, weil in diesem Moment ein Schuss ertönt und die getönte Heckscheibe der Limousine in kleine Stücke zerspringt.

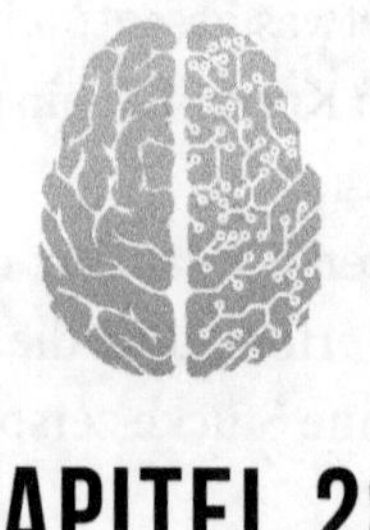

KAPITEL 28

Mein Puls rast, und Adrenalin überflutet meine Adern. Durch das zerbrochene Fenster sehe ich einen roten Pickup hinter uns. Es muss die Quelle des Schusses sein. Auf der Autobahn gibt es sonst kaum Verkehr, und wir haben mehr Autos vor uns als direkt hinter uns. Trotzdem besteht eine kleine Chance, dass der Schuss von einem Auto kam, das sich hinter dem Truck versteckt.

Ich blinzle und bestätige meine Vermutungen über den Truck. Es sind zwei Leute auf den Vordersitzen. Ein schwarzer Motorradhelm verdeckt das Gesicht des Fahrers, was allein schon verdächtig ist, und nicht nur, weil er so die Gesichtserkennungs-App umgeht. Allerdings ist es die zweite Person, die, die das Sturmgewehr auf unsere Limousine gerichtet hat, die meine Überzeugung besiegelt, dass der Truck nichts Gutes im Schilde führt.

Ich brauche keine App, um zu erkennen, dass ich auf die mörderische Schimpansenfresse von Vincent Williams starre.

Als ich gerade denke, dass der LKW das einzige Fahrzeug ist, um das wir uns Sorgen machen müssen, höre ich das Gebrüll von Zweitakt-Brennkraftmaschinen, und vier Motorräder tauchen hinter dem LKW auf. Sie müssen sich dort versteckt haben. Die Biker tragen Helme wie Williams' Fahrer, und einer von ihnen hat einen furchterregenden Totenschädel auf seinen Helm gemalt.

Der Adrenalinrausch versetzt mich in diesen verlangsamten Kampfmodus, ein Gefühl, das mir leider langsam zu vertraut wird.

Mein erster Gedanke ist Adas Sicherheit, und ich frage mich, ob es die Schwangerschaftsvariable ist, die mich so brutal wütend über die Angreifer werden lässt. Ich fühle, wie ich zur personifizierten Wut werde, und ich wäre nicht überrascht, wenn ich mich plötzlich in eine Muskelmasse mit grüner Haut verwandeln würde. Wenn ich die Chance hätte, würde ich jeden unserer Verfolger mit einem kleinen Hammer zu Tode schlagen und dann etwas genauso Schreckliches mit ihren Leichen anstellen.

Ada und ich sitzen immer noch ganz nahe hinten zusammen, was bedeutet, dass sie viel zu nah an der Gefahr ist. Ich packe Ada an den Schultern und ziehe sie zur Mitte der Limousine, während ich telepathisch sage: »Bleib hier, Baby.«

Sie ist so schockiert, dass sie zustimmt – oder sie ist einfach klug genug, es zu tun. Meine Logik dabei, sie in die Mitte zu setzen, ist, dass mit allen diesen Männern rundherum die Mitte der sicherste Platz im Auto ist. Um Ada zu erreichen, muss die Kugel durch mich oder einen dieser Männer gehen – ein Opfer, das ich bereit bin zu bringen.

Während ich mich um Ada kümmere, erlaubt mir mein Gehirnschub, der Welt um mich herum Aufmerksamkeit zu schenken. Ich bemerke, dass Joe und seine Leute zur selben Zeit wie ich aktiv wurden. Gogi steht auch auf, aber es ist offensichtlich, dass er Schmerzen hat, wenn er sich bewegt. Zwei Männer – Luke und Carter nach der Gesichtserkennungs-App – haben ihre Gewehre bereits herausgeholt und springen zu dem zerbrochenen Fenster, vermutlich, um sofort zurückzuschießen. Alle anderen, einschließlich Joe, greifen nach den Sitzen, auf denen sie saßen, obwohl ich nicht verstehen kann, warum.

Eine Reihe von Fakten tauchen auf und verschmelzen zu einer teilweisen Erklärung dessen, was passiert. Agent Lancaster bestand darauf, dass er nichts mit den Angriffen von Vincent Williams zu tun hatte. Es gab einen Punkt, an dem ich nicht sicher war, ob er die Wahrheit sagte, aber ich glaubte ihm später, vor allem, weil seine Worte von der Tatsache unterstützt wurden, dass Muhomor während des Angriffs auf das Restaurant beinahe getötet wurde und die Sondereinheit Muhomor lebendig wollte – teilweise wegen seiner Versicherungspolice, und teilweise, weil sie Tema wollten. Ich erinnere mich auch plötzlich an etwas, was mir entfallen war, als sie mich gefangen hielten.

Williams erwähnte eine Liste, als wir uns gegenüberstanden. Diese Liste ergibt keinen Sinn im Kontext der Sondereinheit, macht aber Sinn, wenn jemand eine

Rechnung mit Joe und mir offen hat. Also, wenn Vincent Williams uns aus Gründen angreift, die nicht mit der Sondereinheit zu tun haben, ist es naheliegend, dass er immer noch hinter uns her ist, obwohl die Sondereinheit mit mir fertig ist. Andererseits, was auch immer seine ursprüngliche Mission war, Williams ist wahrscheinlich jetzt hinter uns her, um den Tod seines Bruders zu rächen.

Dank der Erweiterung denke ich alle diese Gedanken, während Luke und Carter nur einen Millimeter Fortschritte in Richtung Fenster machen und sich dabei wie unter Wasser bewegen.

Joe und die anderen greifen auch immer noch nach ihren Sitzen.

Da ich keine Waffe und keinen Plan habe, entscheide ich mich, etwas zu tun, was nicht viel Zeit in der realen Welt in Anspruch nehmen wird, und springe zurück in die virtuelle Konferenz mit Mitya und Muhomor. Sobald ich mich verbinde, erscheinen die Bilder meiner Freunde im bereits überfüllten Innenraum der Limousine. Dankbar für die Geschwindigkeit, mit der wir in Zik kommunizieren können, gebe ich mein Bestes, nicht zu hysterisch zu klingen, als ich die Situation zusammenfasse, und schließe ab mit: »Es ist wieder Williams. Oh, und Ada muss um jeden Preis überleben. Sie ist schwanger.«

In diesem Moment tritt Ada ebenfalls dem Gespräch bei. Sie muss sich von ihrem anfänglichen Schock erholt haben.

»Wir müssen zusammenarbeiten, um uns hier rauszuholen.« Adas Zik ist wieder schneller als normal.

»Mike, du übernimmst die Führung, wie bei der Schießerei im Restaurant.«

»Verstanden«, antworte ich und achte darauf, sie nicht darauf hinzuweisen, dass sie die Führung übernimmt, indem sie mir eine Rolle zuweist, weil ich dankbar bin, dass sie es getan hat.

Ich muss Muhomor und Mitya Anerkennung zollen. Sie sagen keinen Pieps über Adas Schwangerschaft oder beschweren sich darüber, dass sie alle herumkommandiert. Stattdessen fragen sie unisono: »Was kann ich tun?«

»Muhomor, du bist für die Aufklärung und, wenn möglich, Sabotageaufgabe zuständig«, rattere ich los. »Mitya, ich will, dass du dir einen Plan ausdenkst. Hol die Polizei ans Telefon und finde einen guten Ort für uns, zu dem wir fahren können und vielleicht einige Vorräte …«

»Ich bin schon dabei, mich in einige Satelliten zu hacken.« Muhomors Anime-Avatar reibt sich seine Cartoon-Hände in freudiger Erwartung. »Ich werde außerdem sehen, ob ich auf die Handys eurer Verfolger oder die Computer ihrer Fahrzeuge zugreifen kann.«

»Ich habe noch keinen Plan«, sagt Mitya, »aber lasst mich einige nützliche Informationen auflisten. Zunächst fahrt ihr in meiner Limousine, die …«

»Bitte sag mir, dass es eine der Zapo-Nachbauten ist«, unterbreche ich ihn. »Die, die du von Sven modifiziert haben wolltest? Das wären großartige Neuigkeiten.«

»Und bitte sag uns, dass der Rest der Limousine im Gegensatz zum Fenster kugelsicher ist«, fügt Ada hinzu. »Weil das meiner Meinung nach *die* großartigste Nachricht wäre.«

»Ich besitze keine kugelsicheren Fahrzeuge«, antwortet Mitya. »Im Gegensatz zu manchen anderen Menschen habe ich keine Feinde. Außerdem würde ich nicht sagen, dass es ein Nachbau ist. Man könnte sich streiten, ob Zapo ein Nachbau …«

»Jetzt ist nicht die Zeit, um sich über Originalität zu streiten«, unterbreche ich. »Ist es eine Limousine, die mit der Batmobil-App ferngesteuert werden kann? Die mit einem Haufen Sensoren, einem Nitro-Boost und so weiter?«

In der realen Welt erreichen Luke und Carter schließlich das Fenster und schießen. Der Klang hallt durch den engen Raum, und Ada flucht in Gedanken. Die Motorradfahrer oder die Leute im Truck schießen zurück. Ich höre, dass Luke stöhnt, und sehe, wie er seine Schulter umklammert. Carter ist in Ordnung und feuert zurück.

Die Schüsse erschrecken Mr. Spock so sehr, dass seine mentale Aura ein nervöses Grau ist. Ich tue mein Bestes, ihn über die App zu beruhigen. Mr. Spocks Stimmung wird bernsteinfarben, und ich spüre einen Anflug von Eifersucht. Ich wünschte, jemand könnte das für mich tun, was ich gerade für ihn getan habe, denn wenn ich eine Ratte wäre, wäre meine Aura das dunkelste Schwarz.

Inzwischen öffnen mein Cousin und seine Leute die Sitze der Limousine, und ich verstehe endlich, warum. Unter den Sitzen ist Stauraum, und er enthält ein Waffenarsenal, das einen Kriegsherren vor Freude tanzen lassen würde. Auf einen Blick sehe ich Waffen, kugelsichere Westen und sogar etwas, was aussieht wie ein Raketenwerfer.

»Ja, es ist eine dieser Limousinen, und ja, es ist Svens Arbeit. Bevor du fragst, ich habe deinem Cousin von diesem Lagerraum erzählt, auch wenn ich nicht erwartet hatte, dass er es in ein Waffenlager verwandeln würde.« Mityas Antwort ist nur leicht mürrisch. »Die Limousine wird derzeit von Einstein gefahren. Der Fahrer ist nur da, um Türen für euch zu öffnen, damit euer Cousin ihm eine Waffe geben kann. Eli ist ein Golfkriegsveteran, also kann er euch wahrscheinlich helfen.«

»Joe«, sage ich laut. »Wirf mir eine Waffe rüber und gib eine dem Fahrer.«

Joe wirft mir nicht nur eine Waffe zu, er zieht auch einen Stapel kugelsicherer Westen heraus und wirft drei in meine Richtung. Dann wendet er sich dem kleinen Fenster zu, wo die Hand des Fahrers schon herausragt, und gibt dem Mann eine Waffe. Ich ziehe eine Weste an und gebe Ada sowohl die kleinere als auch die größere, da ich mir denke, dass zwei Westen besser sind als eine. Um die Wichtigkeit meines Anliegens zu unterstreichen, rede ich laut mit Ada. »Zieh die bitte an.«

Ich übergebe Mr. Spock an Ada, weil ich mir denke, dass sie wahrscheinlich eher auf ihre Sicherheit achtet, wenn sie ihn und sich selbst beschützen muss.

Dann erinnere ich mich, dass sie schon etwas Kleines beschützt – unser ungeborenes Baby –, und dieser Gedanke bringt den blinden Zorn zurück. Er droht mich zu übermannen, aber ich unterdrücke ihn erst einmal.

Ich brauche einen klaren Kopf, um hiermit fertigzuwerden.

»Beschütze sie«, sage ich Mr. Spock über unsere mentale Verbindung. »Gib dein Bestes, um sie ruhig zu halten.«

Ich könnte schwören, dass Mr. Spock mir leicht zunickt, bevor er sich von Ada in ihren BH unter der kugelsicheren Weste stopfen lässt. Ich wette, er knuspert schon an ihrem warmen und gemütlichen Busen.

Während ich in der physischen Welt mein neues Gewehr untersuche und die Weste anziehe, halte ich auch das hyperschnelle virtuelle Gespräch mit meinen Freunden in der Ferne in Gang. »Mitya, übernimm das Fahren der Limousine. Du hast eine Gehirnerweiterung, also sollte deine Reaktionszeit besser sein als die jedes normalen menschlichen Fahrers und, in diesem Fall, auch besser als die des sicherheitsfanatischen Einsteins.«

»Erledigt«, sagt Mitya. »Ich werde euch zu meiner LAR-Anlage bringen. Die ist nur fünfzehn Minuten entfernt.«

Ich multitaske wieder, indem ich mehr als zwei Sachen gleichzeitig tue. Ich gebe die Informationen der Waffe, die mir mein Cousin gegeben hat, in meine Zielassistenz-App ein, während ich gleichzeitig recherchiere, was Mitya mit LAR gemeint hat. Eine Millisekunde später erfahre ich, dass er über Levin Aero Robotics spricht, die Anlage, die seine Drohnen produziert und lagert. Während ich das tue, sage ich Joe laut: »Kannst du zwei Männer entbehren, um Ada mit ihren Körpern zu beschützen? Ich will sie in einer menschlichen Pyramide haben.«

Ich erwarte, dass mein Cousin protestiert oder sagt, dass ich entweder vorne oder hinten an der Pyramide sein sollte, die ich vorgeschlagen habe, aber er nickt entschieden Gogi und Luke zu. »Ihr habt ihn gehört. Gogi, verbinde Lukes Schulter, während du das tust.«

Seine Entscheidungen machen Sinn. Beide Männer sind verwundet und können im Kampf sowieso nicht helfen. Gogi grunzt vor Schmerzen, als er zu Boden geht, und Luke folgt ihm. Das ist die einzige Situation, die ich mir vorstellen kann, in der es für mich in Ordnung wäre, andere Männer so nahe bei meiner Ada zu sehen. Als sie erst einmal in dieser schützenden Formation ist, fühle ich mich, als könnte ich den Atem rauslassen, den ich seit Beginn der Schießerei anhalte.

»Warum bringst du uns zu LAR?«, frage ich Mitya. »Es ist nur eine bessere Fabrik.«

Die Waffeninformation – Beretta 92 – wird in der App registriert, und als ich die HUD-Übersicht aktiviere, taucht in der Ecke meiner Vision eine Kugelzählung von fünfzehn auf. Diese Waffe fühlt sich in meiner Hand etwas größer an als die Glock, mit der ich geübt habe, und ich hoffe, dass das mein Zielen nicht beeinträchtigt.

»Es gibt vier Wachleute auf dem Gelände von LAR«, erklärt Mitya. »Und es ist nicht nur eine Fabrik. Es ist auch ein Lager, wo wir Forschung und Entwicklung betreiben …«

»Bring uns einfach zum verdammten LAR.« Ada sieht unzufrieden mit ihrer passiven Position aus. »Das gibt der Polizei einen bestimmten Ort, zu dem sie gehen kann und …«

»Das ist nicht der beste Plan.« Muhomor untermalt seine Nachricht mit Sorge, obwohl er die Ereignisse von seinem Krankenhausbett beobachtet. »Ich habe gerade die Satelliten überprüft. Vier weitere Autos und fünf Motorräder werden an der nächsten Ausfahrt zu euch stoßen, und ich glaube nicht, dass ihr zu LAR kommen könnt, ohne an dieser Abfahrt vorbeizukommen. Ich schicke jedem den Link zu meiner Ansicht.«

In Sekundenbruchteilen sehe ich, wovon Muhomor spricht. Die Fahrzeuge biegen in die entsprechende Ausfahrt ein. Die schwarzen Helme lassen keinen Zweifel daran, dass diese Leute mit den Bikern hinter uns in einer Liga sind.

»Die Limousine kommt nicht weiter, ohne diese Abfahrt zu passieren«, sagt Mitya, und ich muss ihm zustimmen. Wir haben bereits die Rampe überquert, die von der Autobahn wegführt, und die hohen Mauern auf beiden Seiten der Straße verhindern, dass wir absichtlich oder zufällig abseits der Straße fahren können.

»Wie viele Drohnen hast du bei LAR geparkt?«, fragt Ada Mitya. »Ich glaube, ich habe eine Idee.«

»Hundert Prozent derjenigen, die in New Jersey liefern«, sagt Mitya. »Und 40 Prozent derjenigen, die New York bedienen.«

Während Ada und Mitya telepathisch reden, sage ich laut während einer Pause im Schusswechsel: »Joe, wir bekommen gleich mehr Gesellschaft.«

»Mitya, funktioniert dieser Bildschirm?«, frage ich und nicke zu dem riesigen Fernseher, der sich neben dem kleinen Fenster an der Wand befindet und den Fahrerbereich von der Rückbank trennt.

»Ja, tut er«, antwortet mein Freund. »Ich werde dort ein normales Skype-Fenster aufrufen, damit Muhomor und ich mit deinem Cousin und dem Rest derjenigen ohne Brainozyten sprechen können.«

»Ich will auch, dass du die Aufnahmen von verschiedenen Kameras um das Auto herum anzeigst«, sage ich. Als mir klar wird, dass ich mir nicht die Zeit genommen habe, die Aufnahmen dieser Kameras auf meine AROS-Übersicht zu stellen, tue ich das.

»Mitya, ich übernehme die Kontrolle über alle verfügbaren Drohnen.« Adas telepathische Nachricht ist voller wütender Entschlossenheit. »Diese Wichser haben mich wütend gemacht.«

»Ehrlich?«, sagt Muhomor mir privat. »Wenn schwangere Frauen so etwas wie Bären mit Jungen sind, ist Ada wahrscheinlich gerade ein besonders beeindruckender Anblick.«

Bevor ich Muhomor antworten kann, erklingt erneut eine Salve automatischen Geschützfeuers, und die Seitenscheiben zerspringen in kleine Stücke und regnen auf den Teppichboden der Limousine.

Die Kameras zeigen, dass das Geschützfeuer von den Motorradfahrern kam, die sich hinter dem Pickup versteckten. Es sind vier, und sie werden schneller, um uns von beiden Seiten zu flankieren.

Zwei Motorradfahrer sind auf der Höhe der Vordertüren, die beiden anderen sind neben dem Mittelteil der Limousine. Schlimmer ist, dass sie alle ihre Uzis auf uns richten, um erneut zu schießen.

Ich bereite mich auf den Lärm der Explosion und die tödliche Gefahr vor.

»Ich habe das im Griff«, sagt Mitya vom Bildschirm. »Es wird etwas holprig werden.«

»Alter, warte«, schicke ich in Gedanken, aber es ist zu spät.

Reifen quietschen, und die Limousine wechselt auf die linke Seite der Straße.

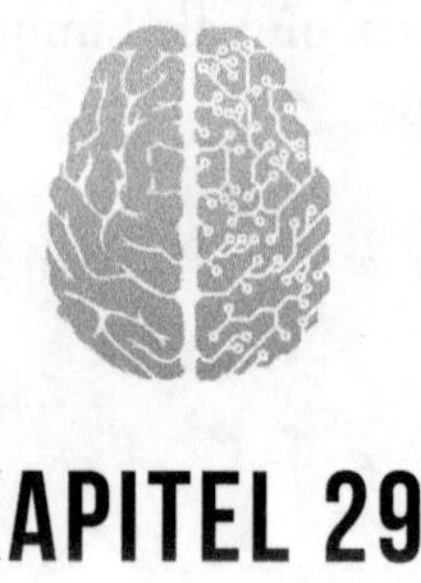

KAPITEL 29

Gogi flucht, als er beinahe auf Ada fällt. Joe und die meisten seiner Jungs halten sich an den Sitzen fest, und ich folge ihrem Beispiel, auch wenn mein Handgelenk sich anfühlt, als würde es gleich aus dem Gelenk springen.

»Ich weiß, das ist kein guter Zeitpunkt, sich über Körpergeruch zu beschweren«, sagt Ada in einem telepathischen Chat, »aber wenn wir das überleben, schenke ich Gogi ein Deodorant.«

Die Fahrertür der Limousine knallt gegen die Mitte des vordersten Motorrads und führt zu einem weiteren unangenehmen Stoß für uns. Das Motorrad fliegt in die Luft und wirft den Fahrer wie einen Stier beim Rodeo ab. Der schwarze Helm des Motorradfahrers schlägt gegen den Asphalt, und der Körper rollt unter die Hinterräder der Limousine. Es fühlt sich an, als ob wir auf eine Bodenschwelle treffen, als wir den Kerl überfahren.

Ich hoffe, dass das aus der Bahn geworfene Motorrad den zweiten Motorradfahrer umwerfen wird, der direkt dahinter fährt, und damit eine schöne Kettenreaktion für unsere Verfolger verursachen wird – aber der zweite Typ muss als Stunt-Fahrer gearbeitet haben. Er lässt seine Uzi mit einer Schnelligkeit los, die auch mit Gehirnerweiterung beeindruckend gewesen wäre, umfasst die Lenkradgriffe, bis seine Fingerknöchel weiß werden, und zieht seine Maschine ruckartig nach hinten. Der Vorderreifen hebt sich im richtigen Moment, und der Fahrer lenkt sein Motorrad eindrucksvoll über das Hindernis. Nachdem der Kerl erfolgreich sein Manöver beendet hat – und vermutlich einen Adrenalinschub verspürt, weil er es geschafft hat –, schießt Joe ihm in den Kopf. Der Motorradfahrer stürzt mit seinem Motorrad seitwärts, ohne loszulassen.

Er hat es jetzt in einem wortwörtlichen Todesgriff.

Die Motorradfahrer zu unserer Rechten ärgern sich offensichtlich über das Schicksal ihrer linken Brüder, denn sie schießen wieder hektisch auf uns, genau wie die beiden Arschlöcher im Pickup hinter uns.

»Was passiert, wenn sie unsere Reifen treffen?«, fragt Ada in der virtuellen Konferenz. Ihr Avatar mit den großen Augen sieht so panisch aus, wie ich mich fühle.

»Die Reifen der Limousine sind luftlos«, sagt Mitya. »Hat Sven Zapo nicht die Gleichen aufgezogen?«

»Du weißt, dass er das nicht getan hat«, antworte ich und freue mich, dass die Übermittlung von Eifersucht bei der Telepathie-App optional ist. »Was kann dieser Wagen noch, was Zapo nicht kann?«

»Ich gebe dir die vollen Daten, sobald wir einen Moment Zeit haben«, verspricht Mitya. »Vorerst möchte ich mich auf das Steuern konzentrieren.«

So als wolle sie Mityas Aussage unterstreichen, wackelt die Limousine, und ich kann sagen, mein Freund versucht, die Kontrolle über das Fahrzeug wiederzuerlangen. Das bedeutet, dass er sein Manöver gegen die Angreifer rechts nicht wiederholen kann. Ich beschließe, mich selbst mit ihnen oder zumindest mit dem vordersten zu beschäftigen, da mein Fenster ihm am nächsten ist. Das Wissen, dass diese Leute auf die schwangere Ada schießen, macht mich nahezu skrupellos, was ihr Schicksal betrifft. Aber aus Moral oder Heuchelei schieße ich mein Ziel nicht in den Kopf. Stattdessen richte ich die Linie von der Zielassistenz-App auf das rechte Handgelenk des Kerls und drücke den Abzug.

Da mein Ziel effektiv mit einer Hand fuhr, verliert er die Kontrolle über das Motorrad und überschlägt sich in der Luft. Sein Motorrad rutscht über den Asphalt, Funken fliegen, und in der Satellitenansicht sehe ich, wie ein un-beteiligter Toyota Camry das Motorrad trifft und in die Autobahnwand rutscht.

»Okay«, sage ich in der virtuellen Konferenz. »Jetzt müssen wir uns nur noch mit dem einen verbliebenen Motorrad-Arschloch auf der rechten Seite befassen.«

»Und dem Truck hinter uns«, erinnert mich Ada te-lepathisch.

»Und den Menschen vor euch«, fügt Muhomor hinzu.

Sie haben natürlich beide recht. Der Truck klebt im-mer noch an uns, und laut Satellitenansicht werden wir in ein paar Sekunden die Abfahrt überqueren, die auf die Autobahn führt.

Ein weiterer Schuss ertönt aus dem Pickup hinter uns. Ich benutze die Kamera in der Limousine, um zu sehen, dass Carter getroffen wurde und seine Halswunde übel aussieht.

Joe und Caleb, der Typ zu seiner Linken, springen beide zum ungeschützten Heckscheibenfenster. In diesem Moment bemerke ich, dass Joe den tragbaren Raketenwerfer schultert.

»Ich glaube, der ist russisch«, sagt Muhomor. »RPG-7.«

»Wovon redest du?«, fragt Mitya telepathisch. »Lenk mich nicht mit diesen Videospielgesprächen ab. Jetzt, da das Auto wieder ruhig ist, mache ich das Manöver noch einmal.«

Einer Eingebung folgend verstehe ich, dass Mitya nicht sieht, was in diesem Augenblick im Inneren der Limousine geschieht, und er denkt, dass Muhomor über Rollenspiele anstelle des RPG-Granatwerfers spricht. Im selben Geistesblitz sehe ich ein großes Problem mit dem, was passieren wird, und schreie in Gedanken: »Warte …«

Mitya hört mich entweder nicht oder meine Nachricht kommt einen Moment zu spät in seinem Gehirn an, weil das Auto genau in dem Moment nach rechts abdreht, als Joe seine Rakete oder Granate abschießt.

Der letzte Motorradfahrer, der mit dem auf den Helm gemalten Schädel, knallt in die Rückseite der Limousine und überschlägt sich als Fleisch- und Metallhaufen.

Unglücklicherweise hinterlässt Joes Rakete nicht einmal einen Kratzer an dem Pickup, als sie an ihm vorbeifliegt und an der Autobahnmauer explodiert. Die Explosion ist so laut, dass sie die Glasreste aus dem Fenster vor mir bläst und Mr. Spocks Aura sich schwarz färbt.

Durch das Klingeln in meinen Ohren wird mir bewusst, dass Muhomor Mitya rügt, weil er Joes Schuss ruiniert hat, während Ada ihnen sagt, dass sie sich auf die anstehende Aufgabe konzentrieren sollen.

Ich schüttele das betäubte Gefühl ab und schaue mir die Kavalkade der Feinde an, die gerade auf der Autobahn vor mir angekommen sind. Sie werden langsamer, was bedeutet, dass wir uns bald mit ihnen befassen müssen.

»Siehst du diesen Jeep Cherokee?« Muhomors Frage reißt mich aus meinen Gedanken, und ich merke, dass ich genau das Auto angestarrt habe, über das er spricht.

»Ja«, sagt Mitya. Das muss Teil eines Streits gewesen sein, den sie haben.

»So wird das gemacht.« Muhomors Avatar winkt mit der Hand in einer Geste, die eines schlechten Zauberers würdig ist, und die Reifen des Jeep Cherokee hören plötzlich auf, sich zu drehen, wodurch der Fahrer die Kontrolle verliert. Als der Jeep in die Autobahnwand fährt, reißt er einen der Motorradfahrer mit.

»Toller Job«, meine ich. »Und jetzt tu das mit dem Rest.«

»Die anderen sind nicht so hackbar wie der Cherokee.« Muhomors Avatar wirkt plötzlich weniger selbstgefällig. »Ich versuche es aber weiter.« Defensiver fügt er hinzu: »Ich habe deine Gegner abgelenkt, indem ihre Handys sich gegenseitig Unsinn geschickt und grundlos vibriert haben. Besser, als den Schuss von jemandem zu sabotieren.« Muhomor wirft Mityas mit einem Kapuzenpulli bekleidetem Avatar einen höhnischen Blick zu.

Ich ignoriere Mityas Antwort und meinen eigenen rasenden Herzschlag, während ich die verbleibenden feindlichen Kräfte vor mir in Augenschein nehme. Auf der rechten Fahrspur fährt ein gelber Hummer, auf der linken Spur ein silberner 4Runner und in der Mitte ein blauer Honda-Ridgeline-Truck vor allen anderen. Außerdem gibt es vier weitere Motorräder zwischen den zivilen Autos vor dem 4Runner. Natürlich ist da auch noch immer der rote Pickup hinter uns, auf den Joe immer noch schießt und den ich endlich als einen Toyota Hilux erkenne. Das ist eigenartig, weil ich nicht denke, dass dieses Modell in den USA verkauft wird.

»Sie werden langsamer«, sage ich meinen Freunden in der Konferenz. »Ich glaube, sie planen einen TPAC.«

Als ich dazu befragt werde, erkläre ich, was ich online gelesen habe. TPAC steht für »Tactical Pursuit and Containment Formation«. Das Manöver wird in England eingesetzt. Konkret geht es darum, ein Auto mit vier anderen Autos, eines vorne, eines hinten und eines auf jeder Seite, zu umstellen.

»Vergiss es.« Mityas Avatar schiebt wütend seine Brille höher auf die Nase. »Ich werde ihre britische Verfolgungstaktik nehmen und ihnen eine gute alte amerikanische namens PIT lehren.«

Mitya muss das Nitro aktiviert haben oder jemand hat mit einer Rakete auf die Limousine geschossen, da wir uns auf einmal mit 250 km/h fortbewegen.

Wir zischen zwischen dem Hummer und dem 4Runner so schnell hindurch, dass niemand eine Chance bekommt, auf irgendjemanden zu schießen. Im Handumdrehen sind wir am Heck des Ridgeline – dem Auto, das geplant hatte, sich an der Frontseite der sogenannten Box, die diese Leute um die Limousine herum bauen wollten, zu positionieren.

Ich schlage »PIT« nach, und sobald ich das tue, möchte ich gegen Mityas Idee Einspruch erheben, aber es ist zu spät. Die Limousine fährt bereits rechts am Ridgeline vorbei, und der Nitro-Boost ist verbraucht.

Die PIT, was für Präzisionsimmobilisierungstechnik steht, ist etwas, was amerikanische Polizisten tun, und es beinhaltet das Rammen des beteiligten Autos hinter dem Hinterreifen.

Und genau das tut Mitya.

Die Limousine erzittert mit einem ekelhaften Knirschen, aber es lohnt sich. Der Ridgeline verliert die Kontrolle, weicht auf den Mittelstreifen aus, der uns vom Gegenverkehr trennt, und Funken und Plastikteile fliegen in alle Richtungen.

Als Bonus ist der gelbe Hummer gezwungen, langsamer zu fahren, um nicht in die Überreste des blauen Pickups zu knallen.

»Das ist fast wie das Manöver, das du mit den Bikern gemacht hast«, stellt Muhomor fest. »Nur mit einem schicken Namen.«

»Polizisten dürfen keine PIT bei Motorradfahrern machen«, antwortet Mitya pedantisch. Ich bringe keinen von beiden zum Schweigen, da ihre Konkurrenz darin, unsere Probleme loszuwerden, ein Win-Win-Kampf ist.

Leider lässt uns der Aufprall an Geschwindigkeit verlieren, und der 4Runner verkleinert seinen Abstand zu uns. Auch die Motorradfahrer vor uns werden langsamer.

»Jungs«, mischt sich Ada ein, »könnt ihr euch darauf konzentrieren, uns bis zur nächsten Ausfahrt am Leben zu halten? Sie ist eine mickrige Minute entfernt bei dieser Geschwindigkeit.«

Mitya antwortet Ada, aber ich höre nicht zu, weil meine Aufmerksamkeit auf dem 4Runner liegt, der gerade rechts an uns vorbeizieht. Seine Fenster sind unten, und mindestens vier Feinde mit Helmen starren heraus und sind bereit, zu handeln.

Dann sehe ich etwas äußerst Besorgniserregendes.

Der Beifahrer im 4Runner hält eine Granate in der Hand.

»Granate!«, rufe ich, als sie in einem hohen Bogen Richtung Limousine zu fliegen beginnt.

Adrenalin lässt den Flug des verfluchten Objekts wie eingefroren wirken, wie verlangsamtes Filmmaterial, das mit einer Hochgeschwindigkeitskamera aufgenommen wurde.

Wenn die Berechnungen meines erweiterten Gehirns stimmen, landet diese Granate mitten in der Limousine ... und explodiert direkt neben Ada.

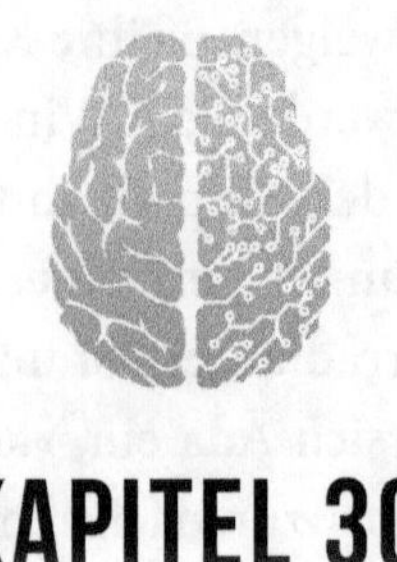

KAPITEL 30

Als die Granate fliegt, schreie ich mental nach Mitya, um unseren Kurs anzupassen, obwohl ich weiß, dass nicht genug Zeit dafür ist.

Ich denke darüber nach, wie grausam es ist, dass ich schnell denken kann, ohne mich proportional schnell dazu bewegen zu können. Wenn ich mich wie The Flash bewegen könnte, würde ich auf die Granate springen und sie mit meinem durch die kugelsichere Weste geschützten Körper bedecken. Aber ich werde es nicht rechtzeitig schaffen, also versuche ich es nicht einmal. Stattdessen richte ich die Linie der Zielhilfe-App auf die Mitte des Helms des Typen, der die Granate geworfen hat, und drücke ohne einen einzigen Skrupel den Abzug.

Der Kopf des Kerls beginnt in seinem Helm zu explodieren, als die Granate durch unser zerbrochenes Fenster fliegt.

Ich denke darüber nach, Ada ein paar letzte Worte zu sagen, aber ich entscheide mich dagegen, weil sie nicht weiß, dass wir bald sterben werden. Ich denke mir, dass ich, wenn ich unsere Situation nicht kennen würde, lieber auch nicht von ihr wüsste. Außerdem, selbst wenn Ada die Granate sehen könnte, was sollte ich sagen?

Dann bemerke ich etwas auf der Flugbahn der Granate – etwas, was mir leise Hoffnung gibt. Gogis Hände nähern sich dem genauen Ort, an dem die Granate gleich sein wird. Er ist im Begriff, ein Manöver durchzuführen, das wie ein verlangsamter Replay eines Catchers beim Baseball aussieht, der den Baseball nach einem Strike out bekommt – obwohl diese Analogie falsch sein könnte, da er ein Immigrant aus dem baseballlosen Russland ist.

»Haben sie ihm das bei der georgischen Spezialeinheit beigebracht?«, schaffe ich im Chat zu fragen, als Gogi sich die Granate schnappt und sie zu dem 4Runner zurückwirft. Sogar sein Wurf erinnert mich an einen schnellen Pitch vom Baseball.

Die Granate scheint ihren Flug auf dem Rückweg viel schneller zurückzulegen, und ich beobachte sie, ohne zu blinzeln, wobei ich mich immer noch an den Gedanken gewöhnen muss, weiterzuleben. Als die Granate auf dem Boden des 4Runner landet, was bedeutet, dass niemand in diesem Auto Gogis Fähigkeiten besaß, erlaube ich es mir, zu blinzeln. Sobald ich meine Augen wieder aufmache, verwandelt sich der 4Runner in einen großen Feuerball, und Brocken des silbernen Geländewagens fliegen in alle Richtungen.

Gleichzeitig höre ich Schüsse von vorn und hinten. Der Hummer und der rote Hilux sind immer noch weit genug hinter uns, um kein Grund zur Besorgnis zu sein, aber das Gleiche gilt definitiv nicht für die vier Motorradfahrer vor uns.

Gerade als ich denke, es könnte nicht noch schlimmer werden, sehe ich, dass die Motorradfahrer AK-47er halten.

Wir sind nicht in die Luft geflogen, nur damit wir einen Moment später erschossen werden.

Das Rattern der Maschinengewehre wird lauter, und zerbrochenes Glas regnet auf den Boden vor der Limousine.

Als ich auf Eli schaue, den Typen hinter dem Lenkrad, sehe ich, dass sein linker Arm blutüberströmt ist, was ihn aber nicht daran hindert, mit seiner Rechten auf die Motorradfahrer zu schießen, während die Kugeln durch die Trennwand auf der Beifahrerseite fliegen. Zwei Einschusslöcher erscheinen auf dem Fernsehschirm, den Mitya und Muhomor benutzt haben, und Mr. Spocks Aura hat jetzt eine Farbe, die ich noch nie gesehen habe.

Vielleicht habe ich mich geirrt, als ich Schwarz für die schlechteste Stimmung einer Ratte hielt.

Obwohl ich weiß, dass unsere Ausfahrt bald kommt, befürchte ich, dass sie nicht früh genug kommt. Trotzdem überprüfe ich die Satellitenansicht, und was ich sehe, ergibt keinen Sinn.

Da kommt eine kleine, dunkle Wolke auf uns zu.

»Jungs, habe ich einen LSD-Flashback?«, frage ich, während sich mein Puls weiter beschleunigt, als ich die niedrig fliegende Wolke untersuche, die sich uns immer weiter nähert.

»Sie sieht aus wie aus einem amerikanischen Antidepressivum-Werbespot«, witzelt Muhomor. »Wie dein persönlicher Regentag.«

»Ihr redet gerade über meine Arbeit«, sagt Ada. »Wir können diese Abfahrt nur erreichen, wenn wir diese Motorradfahrer vor uns loswerden.«

Ich bin im Begriff, mich über ihre unzureichende Erklärung zu beschweren, als mir klar wird, dass die Wolke nah genug ist, um sie durch die Frontkamera der Limousine zu sehen.

Jetzt, da ich sie sehe, wird mir klar, dass das natürlich keine Wolke ist.

Es ist ein Schwarm.

Ein Schwarm Drohnen – unbemannte Luftfahrzeuge, nicht zu verwechseln mit männlichen Wespen.

»Baby«, sage ich in Gedanken, »bitte sag mir, dass deine großartige Idee war, die Kontrolle über alle Drohnen in Mityas LAR-Anlage zu übernehmen und sie zu uns zu fliegen.«

Wenn Ada Nein sagt und die Drohnen zu den Bösewichten gehören, sitzen wir richtig in der Scheiße – und bis vor wenigen Augenblicken dachte ich nicht, dass unsere Situation noch schlimmer werden könnte.

Ada antwortet nicht, aber ich sehe, dass meine Vermutung richtig war, denn der Schwarm fliegt niedriger, und die Drohnen treffen auf den ersten Motorradfahrer. Er macht eine 180-Grad-Drehung in der Luft, bevor er auf seinem Nacken landet.

Eine neue, hektischere Runde AK-47-Feuers beginnt, und eine Kugel trifft Luke in seiner kugelsicheren Weste, was den armen Kerl dazu bringt, vor Schmerzen zu schreien.

Adas Antwort ist augenblicklich. Fünf Drohnen treffen den zweiten Motorradfahrer, zwei von vorn und drei von hinten. Der daraus resultierende Überschlag sieht aus wie etwas, was Extremsportler tun, abgesehen davon, dass Stuntdouble normalerweise nicht aus ihren Sitzen herausfliegen und auf der Straße landen wie dieser Kerl hier.

Der dritte und der vierte Motorradfahrer hören auf, auf die Limousine zu schießen, und eröffnen das Feuer auf die herabsteigenden Drohnen.

Viele von ihnen werden beschädigt, aber selbst mit automatischen Waffen haben die Motorradfahrer keine Chance gegen die vielen Drohnen, die Ada steuert.

Eine einzelne Drohne, die noch ihre Lieferung am Boden befestigt hat, landet unter dem Reifen des dritten Motorradfahrers. Das Motorrad fliegt in die Luft und dreht sich eine halbe Umdrehung, bevor der Fahrer auf den Asphalt stürzt.

Ich schätze, Ada ist auf Blut aus, weil sie den vierten Motorradfahrer mit einem Dutzend Drohnen auf einmal trifft. Sie fallen alle in einem Haufen aus Kunststoff und Metall herab, als das Motorrad einen Achter in die Luft macht.

»Nun«, schicke ich an Mitya, »die gute Nachricht ist, dass alle Motorradfahrer verschwunden sind. Die schlechte Nachricht ist, dass all diese kaputten Motorräder und beschädigten Drohnen zu unsicheren Straßenverhältnissen geführt haben.«

»Du hast recht, aber ich nehme sowieso diese Ausfahrt«, sagt Mitya vom kaputten Bildschirm an der Wand. »Es wird wieder holprig, also haltet euch fest.«

Ich erinnere mich daran, was das letzte Mal geschah, als Mitya das sagte, und klammere mich an dem Sitz vor mir fest, als ob mein Leben davon abhinge.

Die Kurve mit 240 km/h zu nehmen ist schon schlimm genug, aber als wir zu dem Motorrad und Drohnenschrott kommen, fangen wir an zu schleudern.

Da wir die letzten Male, an denen ich es gedacht habe, auch nicht gestorben sind, bleibe ich optimistisch. Aber wenn wir gegen die Wand schlagen, könnte es das gewesen sein.

Wir schlagen nicht gegen die Wand – nicht genau. Wir knallen in ein gelbes, mit Wasser gefülltes Fass, das auf Autobahnen aufgestellt wurde, um solche Aufpralle zu mindern, aber ich bezweifle, dass es dazu bestimmt war, bei unserer wahnsinnigen Geschwindigkeit zu helfen.

Mein Herzschlag fühlt sich hypersonisch an, und das, obwohl meine Wahrnehmungen durch die Erweiterung verlangsamt sind.

Wasser spritzt wie ein Springbrunnen in die Limousine, und durch den Aufprall rutschen meine Hände ab.

Ich fliege durch das Fahrzeug und gebe mein Bestes, nicht auf Ada zu landen.

Gogi schafft es, mich während des Flugs am Bein zu greifen. Das ist das Einzige, was verhindert, dass ich aus dem Fenster fliege.

Mein Kopf trifft so hart auf den Sitz, dass ich einen gebrochenen Schädel hätte, wenn das Kissen nicht gewesen wäre. So sehe ich weiße Sterne. Die reale Welt verschwimmt vor meinen Augen, aber die AROS-Bildschirme bleiben so scharf wie immer.

»Ada«, schreie ich telepathisch. »Bist du okay?«

»Beschäftigt«, antwortet sie. »Schau dir das an.«

Der Link, den Ada mir gibt, führt mich zu einer seltsamen Kameraaufnahme, die etwa dem ähnelt, was eine Fliege oder eine Spinne sehen würde.

»Siehst du den schwarzen Chevrolet Suburban, der da oben die Straßen entlangrast?« Adas mentaler Ton ist angespannt. »Ich mache mir seinetwegen Sorgen.«

»Ja, wahrscheinlich mehr böse Jungs, aber ich würde mir keine Sorgen um sie machen«, antworte ich. »Sie werden zu spät sein, um uns zu töten, da die Jungs in dem Hummer und dem Hilux sicher schneller sein werden.«

»Nicht, wenn ich etwas dazu zu sagen habe«, widerspricht sie, und Dutzende von Drohnenübertragungen gehen in den Tauchmodus.

Der Boden stürzt auf die Drohnen zu. Mir wird schnell schwindelig, also schaue ich durch eine der hinteren Kameras der Limousine.

Von hier aus sieht das, was Ada dem gelben Hummer antut, wie eine Szene aus Alfred Hitchcocks *Die Vögel* aus, nur dass Drohnen angreifen.

»Ada, vergiss nicht, etwas in Richtung des roten Hilux zu schicken«, sage ich, aber offensichtlich hat sie das nicht. Das Problem ist einfach, dass der behelmte Fahrer des Hilux verrückt ist. Obwohl er wegen der absteigenden Drohnen keine Sicht haben kann, beschleunigt der rote Pickup immer noch.

Ada muss verzweifelt sein, denn der Schwarm trennt sich in zwei Hälften, und jede Gruppe landet auf einem der Autos.

Einen Moment lang kann ich weder den Hilux noch den Hummer in dem Durcheinander der Drohnen sehen.

Zu meiner Erleichterung stößt dann der mit Drohnen bedeckte Hummer gegen die Autobahnmauer.

Leider ignoriert der Hilux die über den Asphalt vor ihm verstreuten Drohnenteile, die aus seiner zerbrochenen Windschutzscheibe ragenden Drohnen und die Drohnen, die auf ihn hinunterfliegen.

Dann berechnet mein erweiterter Verstand die Flugbahn des Trucks, und ich erkenne die Absicht des Fahrers. Ich schreie laut: »Wir müssen aus diesem Auto raus!«

Zum ersten Mal nehme ich die Trümmer in der Limousine wahr. Es sieht aus, als sei die Granate hier drin explodiert.

Mein Cousin beginnt, sich zu bewegen, genau wie Gogi und Luke. Auf Grund des Verhaltens der Drohnen weiß ich, dass Ada bei Bewusstsein ist, genau wie Mr. Spock, da ich seine entsetzte Aura sehe. Niemand sonst ist ausreichend genug bei Bewusstsein, um sich zu bewegen, aber genau das ist es, was wir tun müssen, und zwar schnell. In der Kameraansicht kommt der rote Pickup immer näher, und ich bin mir hundertprozentig sicher, dass er von hinten in unsere stehende Limousine rammen will.

Ada ist meine größte Sorge, also stehe ich auf und muss sofort die Relief-App aufrufen, um die Schmerzen zu überdecken, die sich durch meinen Körper ausbreiten.

Der Hilux kommt näher.

»Die Leute im Hummer steigen aus«, sagt Mitya in Gedanken. Der Fernseher ist zu kaputt, als dass er es von dort aus sagen könnte.

»Hoffen wir mal, dass wir lange genug leben, um uns Sorgen um sie machen zu können«, antworte ich grimmig.

»Und vergiss nicht den schwarzen Suburban«, wirft Muhomor ein.

»Der muss sich hinten anstellen.« Ich wünschte, ich fühlte mich so zuversichtlich, wie es meine mentalen Antworten vermuten lassen. Laut sage ich: »Gogi, Luke, lasst Ada los und steigt aus dem Auto.«

Die Männer trennen sich, und als ich sehe, wie blass Ada ist, will ich wieder jemanden töten. Aber dazu ist keine Zeit. Der Hilux ist Sekunden davon entfernt, uns in einen Pfannkuchen zu verwandeln.

Ada versucht aufzustehen, aber schreit auf und kauert sich wieder hin. »Ich habe auf meinem Bein gesessen, und es ist komplett eingeschlafen. Es sticht wie verrückt.« Sie versucht, wieder aufzustehen, aber verdreht sich fast den Knöchel. »Geh. Ich folge dir.«

»Hilf ihr«, knirscht Luke mit schmerzverzerrtem Gesicht hervor. »Ich habe Gogi.« Mit diesen Worten beginnt er, den Georgier aus dem Auto zu ziehen.

»Stütz dich auf mich«, sage ich Ada und lege meinen Arm um ihren schlanken Rücken.

»Nein«, sagt Joe mit einer Intensität, die keine Einwände erhebt. »Nimm ihre Beine. Ich werde ihre Arme nehmen.«

Ada murmelt etwas über die demütigende Situation, aber Joe und ich packen sie wie einen Sack und klettern zur Tür.

In der Kameraansicht sehe ich, dass der Pickup gleich in uns rast.

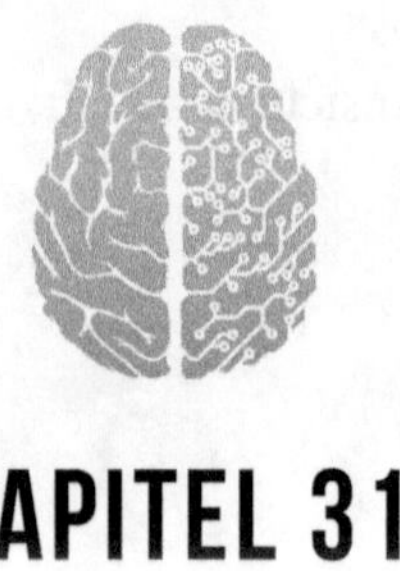

KAPITEL 31

Mein Fuß ist immer noch im Türrahmen, als der Hilux in die Limousine kracht und unser Auto mit dem Enthusiasmus eines konkurrierenden Wettessers bei seinem ersten Hotdog zerstört.

Es fühlt sich an, als ob es die Schallwelle des Aufpralls ist, die mich den Rest des Weges nach draußen schiebt. Ich stolpere und lasse fast Adas Beine fallen, aber ich erhole mich wieder und umgreife sie fester.

»Wenigstens sind wir mit Vincent Williams fertig«, kommentiert Ada im virtuellen Chat.

»Leider nein«, antwortet Mitya. »Wer auch immer den Toyota Hilux gebaut hat, muss sich von Panzern inspiriert haben lassen.«

Er hat recht. Der rote LKW ist vorne nur leicht verbogen – völlig unverhältnismäßig zum Zustand unseres Fahrzeugs. Wenn der Hilux Airbags hatte – eine sichere Wette – und wenn die Fahrer Sicherheitsgurte trugen, was ich glaube gesehen zu haben, könnten sie leicht noch am Leben sein.

»Ich habe noch eine operative Drohne«, sagt Ada. »Soll ich sie jemandem in den Kopf rammen?«

»Lasst sie uns zur Aufklärung benutzen«, schlage ich vor. »Kannst du sie ein wenig höher bringen, damit sie sowohl auf den Hummer als auch auf den Suburban schaut? Da wir noch am Leben sind, müssen wir uns jetzt um sie kümmern.« Während des mentalen Gesprächs tragen Joe und ich Ada auf das Gras an der Straße und setzen sie sanft neben Gogi und Luke. Laut sage ich: »Gogi, Luke, bitte geht zurück in eure frühere Position, für den Fall, dass Kugeln fliegen.«

»Nein«, sagt Ada laut. »Gebt mir eine Waffe. Ich kann die Ziel-App verwenden, genau wie du.«

»Scheiße, das erinnert mich an was.« Ich taste mich ab. »Ich habe keine Waffe.«

Als ob sie mich verspotten wollen, lädt Joe seine Waffe in diesem Moment nach, und Gogi und Luke überprüfen ebenfalls ihre Waffen.

»Ich schätze, zu einem Schießplatz zu gehen ist eine Sache, aber ein Profi etwas völlig anderes«, kommentiert Muhomor ironisch. »Wie konntest du auf dem Weg nach draußen keine Waffe mitnehmen?«

»Hier.« Gogi gibt mir seine Pistole. »Du und Joe solltet das Feuer von uns fernhalten.«

Joe rennt bereits zurück zur Limousine, und ich folge ihm, während ich verzweifelt versuche, Gogis Makarov-Pistole meiner Ziel-App hinzuzufügen.

»Mist«, sage ich nach einem frustrierenden Moment. »Mitya, warum ist diese Waffe nicht in der Waffen-Datenbank?«

»Ich bin mir nicht sicher«, antwortet Mitya. »Vielleicht weil sie von russischer Bauart ist? Brauchst du die Ziel-App überhaupt noch? Du hast doch viel Praxis.«

»Ich habe am Schießstand geübt, nicht draußen.« Ich wiege die unbekannte Waffe in der Hand, als ich mich der Limousine nähere. »Außerdem hatte ich eine Glock.«

»Hey, Mike.« Mityas Zik-Nachricht ist voller Besorgnis. »Mir gefällt das, was ich durch die Drohne sehe, nicht.«

Als ob man Mityas Bedenken unterstreichen möchte, ertönt ein Schuss, und eine Kugel zischt an meinem Kopf vorbei.

Joe und ich ducken uns unter die Überreste der Limousine, und als ich durch die Sicht der Drohne schaue, frieren meine Füße am Boden fest. Während wir damit beschäftigt waren, den Aufprall zu überleben, sind die vierzehn Leute, die im zerstörten Hummer saßen, ausgestiegen. Sie rennen auf uns zu, und ihre glänzenden schwarzen Helme sind unverkennbar.

Schlimmer noch, der schwarze Suburban liegt nur wenige Meter hinter den vierzehn neuen Angreifern. Wenn es acht Leute in dem Auto gibt, haben Joe und ich nicht genug Kugeln, selbst wenn wir jede Kugel direkt in einem der Gehirne versenken. Und das, ohne die beiden Menschen im roten Pickup, die vielleicht zu Bewusstsein kommen, wenn sie es nicht schon längst getan haben.

Meine deprimierende Rechnung wird unterbrochen, als ich den Angreifer, der uns am nächsten ist, beim Zielen eines Gewehrs auf die Stelle ertappe, an der Ada, Gogi und Luke sind.

Er scheint Joe und mich nicht zu sehen, da wir uns hinter dem Auto verstecken, und denkt wahrscheinlich, dass das Trio auf dem Rasen das ist, was vom Widerstand übrig bleibt.

Mein Herz springt mir in den Hals, als das Gewehr abgefeuert wird.

Ada keucht, und dann schreit sie.

Da ihre Share-App noch immer für Mitya und Muhomor läuft, versuche ich, durch sie zu sehen, und schaffe es auch, was bedeutet, dass Adas Gehirn intakt ist. Vor Erleichterung zitternd, erkenne ich den Grund für Adas Schreien.

Der Schütze hat Luke in den Kopf geschossen, woraufhin dieser explodiert ist und Adas ganzen Körper mit Blut bespritzt hat.

Die ohnehin schon langsam vergehende Zeit kriecht nun für mich, und ich kann sehen, wie Lukes Gewehr ins Gras zu fallen beginnt und Adas Arm sich streckt, um es aufzufangen.

Ich verstehe, was gleich passieren wird.

Ada schnappt sich gerade die Waffe und will schießen.

»Ada, nein!«, schreie ich ihr aus meinem Versteck zu. In Gedanken füge ich verzweifelt hinzu: »Wenn du anfängst zu schießen, kannst du dir gleich eine Zielscheibe auf die Stirn malen.«

Ada fängt die Waffe, und ich sehe keinen Hinweis darauf, dass sie mich gehört hat oder mir zuhören will.

Ein wahnsinniger Plan keimt in meinem Kopf auf.

Ich weiß, wie ich das Feuer von Ada weglocken kann … zu einem hohen Preis für mich selbst.

Der Typ mit dem Gewehr beginnt, neu zu laden, und ich probiere meine verrückte Idee aus.

Die Welt bekommt eine surreale Qualität, als ich aus meinem Versteck springe und auf den Schützen schieße.

Ohne die Ziel-App und mit der unbekannten Waffe in der Hand verfehle ich ihn.

Der Schütze beendet das Nachladen, aber anstatt auf mich zu zielen, zeigt er den Lauf wieder in Adas Richtung. Mein Herz droht aus meiner Brust zu platzen, aber ich klettere auf die Überreste der Limousine, ziele sorgfältiger auf ihn und drücke den Abzug erneut. Ich muss mich an meine neue Waffe gewöhnt haben, denn mein Schuss trifft den Schützen.

Seine dreizehn noch lebenden Verbündeten richten ihre Waffen auf mich.

Starke Hände schubsen mich von hinten, und es bedarf einer unvorstellbaren Koordinationskraft, damit ich auf meinen Füßen lande.

Joe muss mich geschubst haben, fällt mir auf. Dann höre ich dreizehn Schüsse, die wie ein Exekutionskommando klingen.

Ihre Kugeln fliegen auf die Spitze der Limousine zu – zu Joe.

Ich schieße einmal, zweimal zurück, und jede Kugel trifft ihren vorgesehenen Helm.

Irgendetwas fällt auf die Limousine und lässt meinen Mut sinken.

Ich will die schreckliche Wahrheit nicht wissen, aber ich zwinge mich, zur Ansicht von Adas Share-App zu schalten. Ihr Blickwinkel rückt näher heran, so dass ich sehen kann, worum es sich bei dem Geräusch gehandelt hat, und mein Magen verwandelt sich in einen Eisklumpen, während meine Umgebung immer unwirklicher wird.

Das war wirklich Joe. Ein paar der dreizehn Kugeln haben seinen Kopf getroffen, und was von seinem Schädel übrig ist, ist kaum als ehemals zu einem menschlichen Wesen zugehörig zu erkennen.

Ich bedauere sofort all meine abfälligen Gedanken über meinen Cousin. Trotz allem habe ich Joe gemocht und weiß, dass dieser Verlust unsere Familie zerstören wird.

Bevor der Kummer meinen Verstand benebeln kann, erklingt ein weiterer Schuss, und die Kugel schießt durch meine Brust.

Trotz der Relief-App ist der Schmerz schlimmer als alles, was ich jemals zuvor gefühlt habe – auch wenn meine Trauer ihn verstärken könnte. Die Qualen sind mindestens tausendmal schlimmer als damals, als der scharfe Gegenstand unter meinem Fingernagel steckte.

Meine Knie geben nach, und ich sinke zu Boden.

Irgendetwas sagt mir, dass ich nur lebe, weil die kugelsichere Weste mein Leben gerettet hat, aber das wird nicht lange so bleiben, da meine Feinde wieder auf mich zielen.

Durch Adas Share-App sehe ich, dass ihr Blickwinkel noch näher an die Limousine herankommt, und endlich verstehe ich, was das bedeutet.

Ada rennt mit der Waffe in der Hand, um mich zu retten – was bedeutet, dass sie zu den Schützen rennt.

»Nein, Ada«, schreie ich in Gedanken. »Geh nicht näher ran!«

Zu meinem Entsetzen hören die Bewaffneten auf, auf mich zu zielen, und richten ihr Augenmerk auf Ada, die in diesem Moment wie das gefährlichere Ziel erscheinen muss.

»Auf den Boden!«, schreie ich sie an.

Dreizehn Schüsse ertönen.

Adas Ansicht sind verwischte Bewegungen, was darauf hinweist, dass sie fällt.

»Ada«, schreie ich hektisch auf Zik. »Ada, geht es dir gut?«

Sie antwortet nicht.

Meine Trauer um meinen Cousin verwandelt sich in ein furchterregendes schwarzes Loch, als Adas Share-App anfängt, ein statisches Bild zu zeigen, wie ein altertümlicher Fernseher.

Gedankenlos springe ich auf meine Füße und drehe mich um.

Ich muss das selbst sehen.

Ich muss sie sehen.

Wie ich befürchtet hatte, liegt Ada auf dem Boden, und Blut sammelt sich um ihr Gesicht.

Die Schüsse ertönen wieder, und ich weiß, dass ich diese schreckliche Trauer in einem Moment nicht mehr spüren werde.

Das ist eine willkommene Erlösung.

In dem Augenblick, bevor ich sterbe, klickt etwas in meinem Kopf. Es könnte Wunschdenken sein, aber ich muss es versuchen.

Laut, als wendete ich mich an jemand anderen und nicht an mich selbst, frage ich: »Passiert das gerade wirklich?«

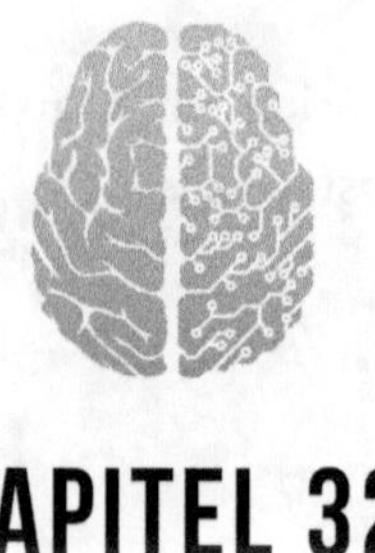

KAPITEL 32

Die Unwirklichkeit meiner Umgebung verflüchtigt sich, und ich breche aus dem präkognitiven Moment raus – genau wie jedes andere Mal, als ich mir diese Frage gestellt habe, wenn ich diese Albtraumszenarien erlebte.

Diese Vision des erweiterten Gehirns wird kurzgeschlossen, und ich finde mich hinter der Limousine wieder – also zurück in dem Augenblick einige schicksalhafte Sekunden bevor Joe und Ada getötet wurden.

Ich verstehe, was gerade passiert ist. Als ich mit diesem wahnsinnigen Plan aufkam, das Feuer von Ada wegzulenken, zeigte mir mein Gehirn, was daraus resultieren könnte. Während des letzten Treffens unseres Brainozyten-Klubs hat uns Mitya die neue Brainozyten-Erweiterung gegeben, und ich hatte noch keine Gelegenheit, mich daran zu gewöhnen. Ich war auch für einige Tage offline. Ich habe wahrscheinlich Glück, dass dies der erste präkognitive

Moment war, den ich erlebt habe – wenn man diese Angst Glück nennen kann.

Die Realität unserer Situation stellt sich ein. Der präkognitive Moment geschah mit der Geschwindigkeit der erweiterten Gedanken, und da ich nicht auf die Limousine gesprungen bin und keine Schüsse abgefeuert wurden, ist das, was wirklich geschieht, dass der Schütze noch immer seine Waffe nachlädt.

Das Problem ist, dass mir die Optionen ausgehen. Der präkognitive Moment hat mich davon überzeugt, dieses verzweifelte Manöver nicht durchzuführen, aber ich weiß auch, dass Ada, wenn sie die Waffe abfeuert, die sie gerade aufgefangen hat, nicht mehr lange leben wird.

»Ada …« Ich fange wieder an, zu schreien, aber in ihrer Share-App sehe ich, dass ich nicht der Einzige war, der sich Sorgen um sie gemacht hat. Ich habe Gogi und seine Vergangenheit in Spezialeinheiten völlig vergessen, ganz zu schweigen von seiner jahrelangen Erfahrung als Leibwächter. Da Gogi Ada schon fast umarmt, zieht er sie einfach fester in seine Umarmung und lässt sich auf sie fallen, wie es Bodyguards seit Urzeiten tun.

Adas Waffe fällt aus ihrer Hand, und sie flucht in Gedanken darüber, zwischen einer Leiche und einem verwundeten Georgier zu liegen.

»Besser als tot«, versichere ich ihr in Gedanken.

Entweder Gogis Aktion oder mein Geschrei hat geholfen. Nachdem der Schütze das Nachladen beendet hat, zielt er nicht auf Gogi oder Ada, da ein flaches Ziel zu schwer zu treffen ist. Er konzentriert sich auf mich, da ich freundlicherweise genug geschrien habe, um meine Position deutlich zu zeigen.

Plötzlich springt Joe auf seine Füße, zielt schnell und drückt ab.

Der Schütze fällt, aber das scheint nur das andere Dutzend unserer Angreifer zu verärgern, die auf uns zurennen. Sie beginnen, auf die Limousine zu schießen.

»Der schwarze Suburban wird in einer Sekunde zwischen dir und diesen Leuten sein«, sagt Mitya im Chat.

Ich sehe, er hat recht, aber mit oder ohne den schwarzen Suburban haben Joe und ich keine große Chance.

Dann mischt sich Ada ein. »Ich schaue mit der Drohne durch das Fenster des Suburbans«, sagt sie uns. »Ich denke, ihr möchtet das auch sehen.«

KAPITEL 33

Die Reifen des Suburbans quietschen, und er hält zwischen uns und den zwölf Angreifern an – ein seltsames Manöver.

Ich folge Adas Ratschlag und schaue durch die Kamera der Drohne durch die Fenster des schwarzen Autos.

Im Gegensatz zu den Helmträgern trägt diese Gruppe Sonnenbrillen und Anzüge. Also Pilotenbrillen und unheimlich vertraute schwarze Anzüge. Ich erkenne ein paar Leute in dem Auto wieder. Agent Pugh ist diejenige, die fährt, und ein paar andere Männer der Sondereinheit, die nicht von der Gesichtserkennung erfasst werden können und die ich zum ersten Mal im Krankenhaus gesehen habe, sind auch hier.

»Wieso konnte ich das nicht eher sehen?«, fragt Mitya, als ihn die gleiche Erkenntnis überkommen muss. »Sie fahren das klischeehafteste Regierungsfahrzeug aller Zeiten. Und es ist sogar schwarz.«

»Was ich gerne wissen würde«, meint Ada, »ist, ob sie hier sind, um uns etwas anzutun oder uns zu helfen.«

Ich denke über ihre Frage nach. Zu einem früheren Zeitpunkt in der Verfolgungsjagd habe ich entschieden, dass die Sondereinheit nicht hinter Vincent Williams steckte und jemand anderes ihn angeheuert haben muss. Lag ich damit falsch?

In perfekt eingespieltem Einklang halten die Anzüge ihre Waffen aus dem Fenster und beantworten meine Frage auf die einfachste Art und Weise: Sie eröffnen das Feuer auf unsere Angreifer.

»Sie müssen dir gefolgt sein«, sagt Muhomor. »Sogar nach all dem Trubel in den Medien. Gott sei Dank sind schlechte Gewohnheiten so schwer zu brechen.«

»Sie sind uns nicht nur gefolgt«, sage ich, »sondern sie taten es auch mit genügend Abstand, um meine Paranoia nicht zu aktivieren. Sie müssen aus ihren Fehlern lernen.«

Ermutigt durch die neu gewonnene Unterstützung stehen Joe und ich auf und zielen auf alle Helmträger, die wir sehen können, aber es ist schwierig mit dem schwarzen Auto im Weg.

Ich verschieße die Hälfte der Munition in meiner Waffe, bevor ich eine Bewegung in dem roten Hilux neben uns sehe. Scheinbar bevor mein Bewusstsein überhaupt weiß, was ich vorhabe, zielt meine Hand und schießt.

Meine Kugel verletzt Vincent Williams am Ohr, was ihn aber nicht davon abhält, aus dem Auto zu steigen.

»Kümmere dich um seinen Beifahrer«, bellt Joe mich an. »Williams gehört mir.«

Was Joe nicht sagt, aber was ich auf Grund des kalten Schimmerns in seinem alligatorartigen Blick vermute, ist, dass er Williams für jeden Mann, den er heute verloren hat, teuer bezahlen lassen will.

Ich überprüfe die Drohnenansicht, um zu überprüfen, ob es für mich sicher ist, auf die andere Seite der Limousine zu gehen, denn das muss ich tun, um auf die Beifahrerseite des Trucks zu gelangen. Die Anzüge und unsere früheren Angreifer tauschen immer noch Feuer aus, und die Anzüge gewinnen. Ihr einziges Opfer ist einer der Typen, die ich im Krankenhaus sah.

Da die Drohne keine gute Sicht auf den beschädigten Hilux hat, scanne ich die Sensoren der Limousine. Ich bin schockiert, dass ich hinten eine halb funktionierende Kamera finde.

Trotz des kaputten Kamerabildschirms, der die Sicht versperrt, kann ich Williams immer noch erkennen, als er aus dem Auto steigt. Joe trifft den großen Mann, sobald seine Füße den Boden berühren. Das Erste, was Joe tut, ist, eine Kugel in Williams' rechte Hand zu jagen, womit er seinen Gegner entwaffnet und was Williams noch ein oder zwei Finger an der Hand kostet, an der ohnehin schon welche fehlten. Williams' kehliger Schrei bringt ein grausames Lächeln auf Joes Gesicht – das gleiche, das er hatte, als ich ihn als Teenager dabei erwischte, wie er einen Vogel mit einem Stein erschlug.

»Oh nein«, sage ich im Chat. »Ich befürchte, mein Cousin denkt gerade nicht strategisch.«

Niemand antwortet, aber einen Moment später sehe ich, dass ich recht habe. Anstatt Williams in den Kopf zu schießen, wie ich es getan hätte, schlägt Joe dem Mann mit der Pistole ins Gesicht.

»Er hat vielleicht keine Kugeln mehr«, meint Mitya halbherzig, als wir alle Williams' gespaltene Lippe und sein Blut wie den ultimativen unhygienischen Springbrunnen über Joes Gesicht spritzen sehen.

Was auch immer der Grund für Joes Entscheidung war, Schläge zu verteilen, Williams nimmt den Schaden mit überraschendem Durchhaltevermögen hin und versucht, gegen seinem Feind anzukämpfen. Joe ist bereit für ihn und benutzt einen Zug, den er gegen mich im Fitnessstudio benutzt hat. Ich nenne den Zug einen Kick-Twister, aber jetzt sehe ich, dass Joe sich bei seinen Schlägen und Tritten bei mir stark zurückgehalten hat. Als Joe den Kick-Twister diesmal ausführt, bricht Williams' rechtes Handgelenk, und seine bereits verletzte Hand hängt lasch an der Seite.

Mit einem animalischen Gebrüll schlägt Williams Joe mit der linken Hand. Als jemand, der schon einmal so einen Schlag bekommen hat, habe ich Mitleid mit Joe. Zu meinem Schrecken steckt Joe den Schlag mit dem gleichen gruseligen Lächeln weg und springt Williams mit einem Knurren an.

Da ich vor der Beifahrertür des roten Lastkraftwagens stehe, konzentriere ich mich auf das, was gerade vor mir liegt – die Tür des beschädigten LKWs – und beginne, zu ziehen.

Die Tür knarrt, aber öffnet sich. Ich kann sehen, dass die Person mit dem Helm, die bei Williams mitgefahren ist, ein Mann ist – oder war –, und dass er bewusstlos oder tot ist. Irgendetwas an dem Körper oder der Kleidung dieser

Person kommt mir bekannt vor. Ich habe den starken Drang, seinen Helm zu öffnen, um das Gesicht zu sehen, das sich darunter verbirgt.

Ich richte mein Gewehr aus und sage: »Wenn du dich bewegst, schieße ich dir in den Bauch.«

»Ich sage ›schieß, bevor du ihn überprüfst‹«, meint Muhomor. »Auf diese Weise werden wir sicher sein, dass er tot ist.«

»Das ist kalt, sogar für dich, Viktor«, kontert Mitya, und ich neige dazu, ihm zuzustimmen. Obwohl ich mittlerweile tödliche Schüsse in der Hitze des Gefechts verteile, ist es doch etwas ganz anderes, jemanden zu töten, der bewusstlos ist, und es ist etwas, was ich nicht tun will, besonders nicht wegen der vagen Vertrautheit, die ich empfinde, wenn ich mir diesen Mann ansehe.

Ich entsichere die Waffe und greife nach dem Visier des Helms.

»Auf keinen Fall.« Mitya schaut auf das Gesicht der mysteriösen Person. »Er kann es nicht sein.«

»Ernsthaft?«, fragt Ada. »Ist er nicht tot? Es gab doch eine schicke Beerdigung und so.«

»Die Beerdigung könnte vorgetäuscht worden sein«, sagt Muhomor. »Wir reden doch über Russland. Wenn er vorher nicht tot war, könnte er jetzt jedenfalls tot sein.«

Ich betrachte das Gesicht des Mannes, bis ich keinen Zweifel mehr habe. Das ist Alex' – wie Alexander Voynskiy, der russische Milliardär. Wie der Kerl, der uns auf diesem Befreiungstrip nach Russland verraten hat – ein Verrat, den er mit seinem Leben bezahlt hat, nachdem Joe ihn gefoltert hatte, oder so schien es jedenfalls bis zu diesem Moment.

Wenn Alex überlebt hätte, würde er natürlich Rache wollen. Er ist die perfekte Person, um all diese Leute anzuheuern, die versuchen, uns zu töten. Abgesehen von Rache könnte er uns tot sehen wollen, damit er aufhören kann, vorzugeben, tot zu sein – ein Präventivschlag, da Joe ihn töten würde, wenn er von seinem Überleben wüsste. Also ist es keine Überraschung, dass Alex Joe tot sehen will, obwohl er sicher genauso sauer auf uns alle ist. Er ist genau die Art von Person, die eine Mordliste erstellen würde, mit Joe ganz oben, und die Liste jemandem wie Williams geben würde. Das würde erklären, warum Williams irgendeine Liste erwähnt hat.

Obwohl ich immer noch zögere, ihn zu erschießen, überlege ich, Alex ins Gesicht zu schlagen, damit er nicht so schnell aufwacht. Dann verstehe ich auf einmal, was Alex' Überleben bedeutet, und ich schicke Ada eine telepathische Botschaft, um sie zu fragen: »Ada, frag Gogi, ob Joe jemanden hat, der Muhomor bewacht. Wenn ja, sag Gogi, er soll die Wache in Muhomors Zimmer schicken.«

Wie als Antwort auf meinen Verdacht schickt Muhomor in den Chat: »Mist. Ich hätte nichts laut zu ihr sagen sollen. Ich brauche Hilfe. SOS.«

Ich finde den Kamerablick in Muhomors Zimmer, und er bestätigt meine Vermutungen. Lyuba ist da, und sie drückt ein Kissen auf Muhomors Gesicht.

»Halte durch, Kumpel«, sagt Ada. »Gogi hat gerade Mikes Nachricht weitergeleitet.«

Muhomor antwortet nicht – ein schlechtes Zeichen –, aber Jacob, ein anderer von Joes Leuten, die ich im Fitnessstudio gesehen habe, stürzt in den Raum.

Jacob ist sehr, sehr gut in seinem Job, und bevor Lyuba weiß, was passiert, schlägt ihr der Mann ohne zu zögern in den Kiefer.

Kein Wunder, dass Lyuba wie ein Sack Kartoffeln zu Boden geht.

Ich hätte nie gedacht, dass ich den Tag erlebe, an dem Ada einen Mann anfeuert, der eine Frau schlägt, aber sie tut es.

Jacob drückt auf den Schwesternrufknopf und beginnt mit Wiederbelebungsmaßnahmen bei Muhomor.

Für den Fall, dass jemand noch nicht zu meinen Schlussfolgerungen gelangt ist, sage ich im Chat: »Muhomor hatte es Lyuba überlassen, Alex loszuwerden. Der Milliardär muss sie überzeugt oder bestochen haben, ihn am Leben zu lassen, und seitdem arbeitet sie mit ihm zusammen. So wussten Williams und seine Leute, dass wir in diesem Restaurant sein würden und dass wir im Krankenhaus waren. Wir haben Lyuba davon erzählt. Auch diese Verfolgungsjagd ist ihre Schuld. Ich wette, Muhomor hat ihr erzählt, in welchem Krankenhaus ich war und wohin wir unterwegs waren.«

»Sag dem Rohling, dass es mir gut geht«, sagt Muhomor nach einem Moment in den Chat. »Ich kann es ihm nicht sagen, weil er mich zwanghaft küsst.«

»Hey.« Ich bin augenblicklich erleichtert. »Wenigstens wissen wir jetzt, dass ihr den ersten Schritt getan habt …«

»Pass auf!«, schreit Ada, sowohl in Gedanken als auch von unter Gogi.

Als ich begreife, dass ich zu viel Aufmerksamkeit auf die AROS-Ansichten und nicht auf meine realen Sinne verwendet habe, konzentriere ich mich auf Alex und sehe, dass er mich mit zu Schlitzen verengten Augen ansieht.

»Erschieß ihn«, drängt Muhomor. »Benutze deine Waffe.«

Ich bin dabei, auf Muhomor zu hören, aber bevor ich den Abzug drücken kann, tritt Alex brutal gegen meine Beine, und in meinem Schienbein explodieren unerträgliche Schmerzen. Unter Schock strauchele ich zurück, stolpere und falle aus dem hohen Pickup.

Meine Waffe schlägt auf dem Asphalt auf, aber ich bin froh, dass ich auf meinem Hintern gelandet bin, anstatt mir im Fallen das Genick zu brechen, auch wenn mein Steißbein mir heftig widerspricht.

Alex springt nach mir aus dem Truck und landet auf meiner Brust, wodurch die Luft aus meiner Lunge mit einem fast hörbaren Röcheln entweicht.

Er erholt sich schnell und schlägt mir immer wieder auf den Kopf.

Die Welt entfernt sich, und ich muss meine ganze Willenskraft aufbringen, um bei Bewusstsein zu bleiben. In der AROS-Ansicht von der letzten Kamera der Limousine kann ich sehen, dass Joe immer noch dabei ist, etwas Schweres auf Williams' Gesicht zu schlagen. Das ist schade für mich, denn ich hatte gehofft, Joe wäre mit seinem Opfer fertig und auf dem Weg, mich zu retten.

»Du Bastard«, sagt Ada im Chat, und selbst durch meinen Dunst bin ich versucht, ihr zu sagen, dass Alex ihren Fluch ohne Brainozyten nicht hören kann.

Dann sehe ich, dass Ada einen Plan hat. Benebelt beobachte ich, wie unsere letzte Drohne in die Seite von Alex' Kopf knallt.

Ich höre ein befriedigendes Knacken, auch wenn ich denke, dass es die Plastikdrohne ist, die zerbricht, und nicht Alex' Schädel. Aber trotzdem verdrehen sich Alex' Augen, und sein Körper erschlafft auf mir.

Ich schiebe Alex von mir herunter und kämpfe mich auf meine Füße. Da ich nicht darauf vertraue, dass er lange bewusstlos bleibt, muss ich ihn irgendwie erledigen. Während ich meinen Kopf schüttele, um wieder klar denken zu können, frage ich mich etwas, von dem ich nie gedacht hätte, dass ich es mich jemals fragen würde.

Was würde Joe tun?

Da meine Beine kaum mein Gewicht tragen und meine Muskeln nach Gnade schreien, beschließe ich, dass meine Waffe die beste Option ist. Abzudrücken ist in meinem momentanen Zustand einfacher als zu schlagen oder zu treten.

Ich suche die Waffe, aber sie ist unter dem Wrack der Limousine. Ich bin mir nicht sicher, ob es eine gute Idee ist, darunter zu kriechen.

In Adas Share-App sehe ich hinter mir den Hauch einer Bewegung und ducke mich instinktiv.

Dadurch verliere ich nur ein kleines Stück meiner Kopfhaut statt mein Leben.

Mein Kopf brennt, und ein doppelter Schuss Adrenalin trifft mein Gehirn, während ich mich umdrehe, um Alex anzusehen und die Situation einzuschätzen.

Er ist nicht nur bei Bewusstsein, sondern hat auch mit einem Messer auf mich gezielt, was den fehlenden Zentimeter Haut an meinem Kopf erklärt.

Alex sticht mit dem Messer auf meinen Oberkörper ein, aber ich springe zurück, weshalb er in die kugelsichere Weste schneidet und nicht in mich. Weil ich mich frage, was geschehen wäre, wenn er mich stattdessen erwischt hätte, führe ich eine hektische Internet-Suche durch und erfahre, dass diese leichtere Art der kugelsicheren Westen keinen guten Schutz vor Messern bietet.

Aus welchem Grund auch immer hatten Gogi und ich nicht geglaubt, dass es realistisch war, dass ich in einen Messerkampf geraten würde, weshalb dieser im Training eine niedrige Priorität hatte. Ich habe in den letzten Monaten hauptsächlich Nahkampf und Entwaffnung geübt. Wenn ich überlebe, werde ich Gogi sagen, dass er schlecht in Risikobeurteilung ist.

Alex erwischt mich leicht an meinem Unterkörper, und ich beschließe, mein Glück zu versuchen und das Messer wie eine Schusswaffe zu behandeln.

Ich ergreife Alex' Handgelenk mit überkreuzten ausgestreckten Armen und fange an, das Messer aus seiner Hand zu drehen, wie ich es bei einer Schusswaffe tun würde.

Dann erkenne ich, dass dieses Manöver am besten mit Waffen mit Abzugsbügeln funktioniert, da diese die Drehung erleichtert, die den Finger bricht. Alex' Schmetterlingsmesser hat keinen Abzugsbügel, also ist sein Finger in Ordnung.

Als ihm klar wird, dass meine Drehung wirkungslos war, schiebt Alex seinen ganzen Körper blitzschnell wie ein Fechter vorwärts, und sein Arm schiebt sich zwischen meine Arme.

Ich beobachte verblüfft, wie sein Messer langsam in meinen Körper eindringt.

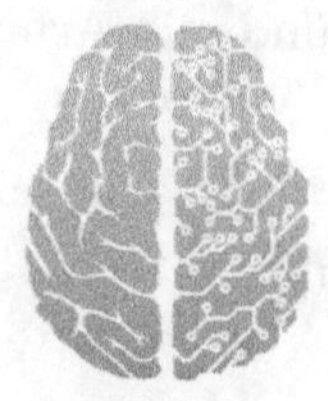

KAPITEL 34

Mindestens ein Zentimeter Stahl steckt in meinem Oberschenkel, aber ich fühle nur ein Prickeln von Elektrizität, so als sei ich von einem Taser an einem einzigen Punkt getroffen worden. Da ich mir denke, dass ich die Tatsache, dass ich noch keine Schmerzen habe, ausnutzen muss, ziehe ich mein Bein zurück, um sicherzustellen, dass das Messer nicht tiefer eindringt.

Paradoxerweise überkommt mich der übelkeitserregende Schmerz, als das Messer aus meinem Oberschenkel gerissen wird. Es fühlt sich an wie eine Verbrennung durch tausend heiße Nadeln. Ich frage mich, welchen Schutz die Relief-App mir in diesem Moment gibt, oder ob überhaupt welche. Es fühlt sich mit Sicherheit nicht so an, als wäre dieser Schmerz in irgendeiner Weise gedämpft. Wenn ich überlebe, werde ich wahrscheinlich erwägen, dieser App eine Einstellung »Messerwunde« hinzuzufügen, obwohl mir etwas sagt, dass die App dann gleichwertig mit dem

Heroinspritzen werden müsste, was ein noch höheres Suchtrisiko mit sich brächte.

Als mein Adrenalin auf unmenschliche Höhen steigt, schlage ich mit meiner rechten Hand gegen Alex' Hals und nutze die Ablenkung, um Alex' rechtes Handgelenk mit meiner linken Hand zu ergreifen.

Alex versucht, sich aus meinem Griff zu befreien, aber ich halte mit der Verzweiflung eines Mannes fest, der zu Tode bluten wird – denn das ist meine Realität.

Als sich die Welt um mich herum schärft, erkenne ich, dass ich Alex nicht nur besiegen muss, sondern auch auf die schnellstmögliche Art und Weise – am besten schon vor zwei Sekunden.

Eine unausgegorene und gefährliche Idee formt sich in meinem Kopf, und ich wünschte, mein Gehirn hätte sie mir als präkognitiven Moment gezeigt, damit ich sie besser beurteilen könnte. Da präkognitive Momente offenbar nicht kommen, wenn man es will, setze ich meine Idee so um, was einfach ist.

Ohne sein Handgelenk der Hand loszulassen, in der sich das Messer befindet, bewege ich mich zur Seite und trete Alex' Beine weg.

Im Training war das beste Szenario für diesen Move, dass Gogi und ich auf dem Boden landeten, was bedeutet, dass ich kurz danach wegen meiner mangelnden Fähigkeiten im Ringen besiegt wurde.

In diesem Fall ist meine Sorge, dass ich mit dem Messer in meinem Herzen landen könnte.

Alex und ich winden uns in der Luft und fallen auf den Asphalt. Mein Rücken trifft auf den Boden, was mir einen riesigen Nachteil verschafft, weil er auf mir landet. Aber das Messer ist nicht in meinem Herzen, weil ich immer noch Alex' Handgelenk festhalte.

In Filmen habe ich Helden gesehen, wie sie ein Messer in der Hand von jemandem umdrehen und sie dann damit erstechen. Es fängt normalerweise damit an, dass der Held das Messer nahe an sein Auge hält und den Spieß umdreht – oder Waffen – und es damit endet, dass der Bösewicht erstochen wird.

Alex muss diese Filme auch gesehen haben, denn er packt das Messer mit seiner anderen Hand und drückt es heftig nach unten.

Ich würde auch zwei Hände benutzen, wenn ich könnte, aber mein rechter Arm ist unter mir eingeklemmt. Ich habe diesmal instinktiv versucht, mein armes Steißbein zu schützen. Mit meinem Arm gegen den Asphalt gedrückt, habe ich noch eine Hand übrig, um mich zu verteidigen. Bald wird es offensichtlich, dass ich den Abstieg des Messers überhaupt nicht stoppe. Bestenfalls bremse ich es.

Ich fühle, wie Blut aus meiner Beinwunde sickert, und mit ihm meine Energie und mein Kampfeswille.

Alex' Gesicht ist vor Anstrengung ganz rot, und seine Schweißperlen fallen auf mein Gesicht, während er das Messer einen weiteren Millimeter herunterdrückt.

Irgendetwas passiert in einer der AROS-Ansichten, und das Geschützfeuer zwischen den Anzügen und den verbliebenen Leuten von Alex oder Williams hört auf, aber ich wage es nicht, meinen Fokus vom Messer weg zu verlagern.

Plötzlich huscht weißes Fell an meinem Gesicht vorbei, und eine Ratte beißt Alex ins Ohr.

»Ada«, rufe ich in Gedanken. »Mr. Spock ist dir weggelaufen. Eine Ratte ist kein Gegner für einen Menschen. Wenn Alex mit mir fertig ist, wird er Mr. Spock wehtun.«

Irgendwie scheint der Biss Alex Kraft zu geben, denn das Messer senkt sich noch ein paar Millimeter weiter und beginnt, in das Material der Weste einzudringen.

»Nein«, sagt Ada laut aus weniger als einem halben Meter Entfernung. »Er wird niemandem mehr wehtun.«

Durch ihre Share-App-Ansicht sehe ich, dass sie eine Waffe fest an Alex' Kopf hält und dass Alex diese Waffe bemerkt.

»Du wirst das Messer weglegen«, sagt Ada, und ihre Stimme ist so kalt, dass sie mit Joe mithalten kann. »Jetzt.«

Alex muss die tödliche Entschlossenheit in Adas Augen sehen, denn er wirft das Messer zur Seite und hebt seine Hände in die Luft.

Das Erste, was ich mache, ist, Mr. Spock von Alex' Ohr zu nehmen und den kleinen Kerl zu kraulen, obwohl ich denke, dass mich die Geste mehr tröstet als mein derzeit blutrünstiges Haustier.

»Du hast bleibende Zahnabdrücke hinterlassen«, sage ich Spock leise, nachdem ich Alex' Ohr betrachtet habe. »Gute Ratte.«

Alex geht von mir herunter, und sobald ich frei bin, versuche ich zu stehen. Als ich feststelle, dass ich nur bis auf meine Knie kommen kann, bleibe ich schwankend dort und beobachte Ada, wie sie die Waffe auf Alex richtet.

Ich frage mich, ob sie den Bastard erschießen wird, und ich glaube, er fragt sich dasselbe. Ich erinnere mich an Muhomors Witz, in dem er Ada mit einer Bärenmutter verglich.

»Das wäre nicht sehr vegan von dir«, sage ich Ada in Gedanken. »Aber wenn du abdrückst, unterstütze ich dich hundertprozentig.«

Alex zieht sich vorsichtig von Ada zurück und sagt: »Schau, Ada, ich hatte nie ein Problem mit dir …«

Ich werde nie wissen, ob Alex den Mut gehabt hätte, sich aus dieser misslichen Lage herauszureden, denn das Geräusch von jemandem, der sich schlürfend nähert, unterbricht Alex' Rede.

Wir schauen alle auf die Geräuschquelle und sehen Joe. Mein Cousin ist von so viel Blut bedeckt, als ob er durch die Fleischfabrik der Hölle gegangen wäre. Alex' Pupillen werden so groß wie seine Iris, als er in den eisigen Augen meines Cousins die Tiefe des Hasses in sich aufnimmt. Ich wette, Alex durchlebt gerade die Erinnerungen daran, wie Joe ihn in dem Auto gefoltert hat. Ihm muss klar sein, dass sein Schicksal jetzt schlimmer sein wird.

Ada schaut Joe über die Schulter, und ich sehe Agent Pugh auf uns zukommen, die ihre Waffe erhoben hat.

»Lassen Sie Ihre Waffen fallen«, sagt der weibliche Anzug. »Es wurde schon genug geschossen.«

»Agent Pugh«, ich schnappe nach Luft, der Blutverlust macht es schwer, lauter zu sprechen als ein Flüstern. »Denken Sie darüber nach, wie es aussehen wird, wenn Sie einen von uns verletzen.«

Agent Pugh sieht unsicher aus, und das lässt mich glauben, dass sie mich gehört hat.

Ada lässt ihre Waffe zu Boden fallen und schaut erwartungsvoll zu Joe.

Ich zeige meine waffenlosen Hände, es sei denn, man zählt eine Ratte als Waffe.

Joes Blick löst sich nicht von Alex' Gesicht, als er anfängt, seine Waffe zu senken, aber dann wird mir klar, dass er sie nicht senkt, sondern sie auf Alex' Kopf richtet.

Ich knirsche mit den Zähnen.

Ein Schuss ertönt, und der Knall fühlt sich wie ein Schlag auf mein Trommelfell an.

Ich schaue zu Agent Pugh, da ich mir Sorgen mache, dass ich eine Rauchwolke um ihre Waffe sehen würde, aber da ist keine.

Es war Joe, der seine Waffe abgefeuert hat, und das Ergebnis seiner Arbeit ist das klaffende Loch in Alex' Stirn.

Joe senkt die Waffe, lässt sie aus seinen Fingern rutschen und auf den Boden fallen.

Agent Pugh geht zu Alex und starrt mit unleserlichem Gesicht auf seine Leiche.

»Seine Leute haben Ihre Kollegen getötet«, erklärt Ada ihr. »Was Joe tat, war eine präventive Maßnahme zur Selbstverteidigung. Dieser Kerl hatte genug Geld, um sich aus jedem illegalen Missgeschick herauszuwinden.«

»Apropos illegale Missgeschicke«, krächze ich, während ich auf meinen Knien schwanke und dabei versuche, bei Bewusstsein zu bleiben. »Wenn Sie zustimmen, dass das Selbstverteidigung war, betrachte ich uns als quitt und werde Kadvosky und seine Anwälte nicht auf Sie loslassen.«

Agent Pughs Ausdruck ist immer noch unlesbar, als sie ihre Waffe von Joe zu Alex bewegt. Bevor ich registriere, was passiert ist, jagt Agent Pugh eine Kugel in Alex' kälter werdende Brust.

»Jetzt sitze ich im selben Boot wie Sie«, sagt Agent Pugh. »Für mich war das Selbstverteidigung.«

Meine Erleichterung verstärkt meine Erschöpfung, und ich setze Mr. Spock ab, damit ich mich wieder auf den Asphalt legen kann. Die Ratte schnüffelt an meiner Wange, und dann eilt sie davon, als sich jemand hinkniet, um meine Vitalzeichen zu überprüfen, während jemand anderes ein Tourniquet um meine Beinwunde wickelt.

»Er wird wieder gesund werden«, sagt jemand. »Die Ersthelfer sind fast da.«

»Ich werde jetzt ohnmächtig«, sage ich Ada telepathisch. »Wenn der Krankenwagen kommt, sag ihnen bitte, sie sollen tun, was sie tun müssen und mir Medikamente geben. Viele Medikamente.«

KAPITEL 35

Ich wache benommen, aber zu meiner Freude ohne Schmerzen auf. Ich erinnere mich vage daran, wie ich in einem Krankenwagen zur Besinnung kam und eine nette Injektion erhielt, die mich wieder einschläferte.

Als ich die Augen öffne, sehe ich meine Mutter, Onkel Abe und Ada, die mich intensiv anstarren. Ich bin an eine Million medizinischer Geräte angeschlossen, aber der Raum um mich herum ist zur Abwechslung nett, gut beleuchtet und mit bequemen Möbeln ausgestattet. Das ist so nah, wie ein Krankenhauszimmer an eine Suite im Four Seasons herankommen kann.

»Kätzchen«, sagt Mama in schrillem Russisch. »Wie fühlst du dich?«

»Ich fühle mich großartig«, sage ich laut. Telepathisch frage ich Ada: »Warum fühle ich mich großartig? Ich sollte viele interessante Schmerzen haben.«

»Sie haben dir Morphium gegeben«, erklärt Ada in Gedanken und zwinkert mir in der realen Welt zu. »Ich habe aber deiner Mutter nichts davon erzählt.«

»Ich bin froh zu hören, dass es dir gut geht.« Mutters besorgter Tonfall ändert sich nicht. »Der Arzt sagt, dir geht es gut, aber du musstest am Kopf und am Bein genäht werden, und diese Narbe an deinem Ohr …«

»Beruhige dich, Schwester«, sagt mein Onkel beruhigend. »Denk an deinen Blutdruck.«

»Ja, Mama«, mische ich mich ein. »Mir geht's gut. Es gibt eine perfekte Erklärung für all das.«

»Wie viel weiß sie?«, frage ich Ada telepathisch. »Bitte sag mir, dass sie nicht die Nachrichten gesehen hat.«

»Nicht so viel«, antwortet Ada auf Zik. »Aber ich denke, du solltest dein Bestes tun, um ihr zu sagen, was passiert ist, und ein paar Details abschwächen, wenn es sein muss.«

»Kannst du uns bitte allein lassen?«, frage ich Ada und finde die Bedienelemente meines Bettes, um das Bett in eine Sitzposition zu bringen. »Ich glaube, ich habe eine Idee, die dieses Gespräch gut ausgehen lassen könnte.«

»Ach ja?« Adas Zik Botschaft ist voller Belustigung. »Es sieht so aus, als würdest du das denken, was ich auch denke.« Sie schaut nach unten auf ihren Bauch.

»Herr Cohen«, sagt Ada zu Onkel Abe. »Ich würde gerne nach Ihrem Sohn sehen, wenn es Ihnen nichts ausmacht.«

»Sie werden dir nicht abkaufen, dass ausgerechnet du nach Joe sehen willst«, sage ich mental.

»Ich könnte ein wärmeres Verhältnis zu ihm bekommen haben«, erwidert Ada. »Das ist theoretisch möglich.«

»Aber nicht wahrscheinlich.« Ich lache in der realen Welt auf und ernte seltsame Blicke von meiner Mutter und meinem Onkel. »Wie geht es Joe überhaupt?«

»Joe geht es besser als dir«, antwortet Ada. Trotz ihrer früheren Behauptungen enthält ihre Zik-Botschaft kein einziges positives Gefühl, und das hätte sie, wenn sie sich darüber freuen würde, dass Joe okay ist. »Er hat ein Zimmer hier, aber Gogi hat mir gesagt, dass Joe das Krankenhaus bald verlassen will. Etwas über ein Geschäft, von dem wir lieber nichts wissen wollen.«

Es ist zu einfach, sich vorzustellen, wie Joe das Krankenhaus verlässt und eine tödliche Jagd nach Überlebenden aus Williams' Organisation einleitet. Zum ersten Mal wünsche ich meinem Cousin viel Glück bei seinen finsteren Aktivitäten, aber ich teile dieses Gefühl nicht mit Ada, damit sie mich nicht für ein Monster hält. Weil ich das nicht bin. Ich würde gerne glauben, dass ich einfach pragmatischer werde, so wie es ein zukünftiger Vater sein sollte.

»Es fing alles an, nachdem wir nach dem Mittagessen bei euch das Haus verließen«, fange ich auf Russisch an, als Ada und mein Onkel das Zimmer verlassen haben. »Oder vielleicht hat es damit angefangen, als wir dich in Russland gerettet haben. Das ist eine Frage der Sichtweise.«

Ich erzähle meiner Mutter eine Version der Ereignisse, die die Risiken für mich so weit wie möglich herunterspielt.

Da ich laut spreche, habe ich viel Zeit, das Internet nach interessanten Entwicklungen zu durchsuchen – wie

Nachrichten über das weitere Lynchen der Beamten der Sondereinheit oder die Aufregung in der Cybersecurity-Community über Tema. Mein Lieblingsteil ist der, die Reaktionen auf Open-Source-Brainozyten zu lesen. Die Menschen spekulieren über unzählige Anwendungen und planen, die Technologie auf tausend verschiedene Arten zu verbessern.

Nach dem Internet checke ich meine E-Mails. Meine Freunde haben mir einige Ideen für zukünftige Entwicklungen geschickt, und mein Favorit ist etwas, was Ada auf der Grundlage einer Arbeit eines israelischen Wissenschaftlers namens Golan Dahan erfunden hat. Er hat einen MD mit Schwerpunkt Nanomedizin und einen PhD in Nanoengineering. Golan scheint sich für die Nanomaschinen zu interessieren, die Teile des menschlichen Körpers in Computer verwandeln können. Dieses spezifische Thesenpapier skizziert ein Design für Nanoroboter, die Knochen in Computer- und Speichersubstrate verwandeln könnte, wodurch die Knochen als Nebeneffekt stärker und leichter werden würden.

Ich sehe solche »klugen Knochen« sofort als eine Lösung für das Problem, keinen Zugang zum Internet zu haben – so wie es mir kürzlich ergangen ist. Zugegeben, kein Computer, der auf den menschlichen Körper beschränkt ist, wird so mächtig sein wie die Supercomputer, auf die wir über die Cloud zugreifen können, aber es wäre eine gute Backup-Option. Das könnte uns auch bei einem weiteren Projekt helfen – Caching. Der Cache ist eine Hardware- und manchmal auch Software-Komponente, die Daten speichert, damit zukünftige Anfragen für diese

Daten schneller bedient werden können – eine Technik zur Leistungssteigerung, die versucht, die Zukunft, basierend auf der jüngsten Vergangenheit, vorauszusagen. Unsere frühere Lösung für besseres Caching war, mehr Brainozyten in unser Gehirn zu stopfen, aber das hier eröffnet uns mehr interessante Möglichkeiten.

»Ein schöner Fund für unsere Nanobots-Kollektion«, sagt Mitya, nachdem ich ihm den Artikel geschickt habe. »Fast so cool wie die Respirozyten.«

Respirozyten sind Nanoroboter, die 1998 von Robert A. Freitas Jr. entworfen wurden. Sie können einen Großteil der normalen Atmungsorgane ersetzen oder ergänzen, so dass der Benutzer nur einen Atemzug für mehrere Stunden Sauerstoffversorgung machen muss. Wir, der Brainozyten-Klub, haben Pläne, diese zusammen mit Mikrobivoren – künstliche weiße Blutzellen, die zu einem super-immunen Körper führen – und vieles andere zu bauen.

»Stärkere Knochen wären für sich allein genommen schon fantastisch« füge ich hinzu, als ich merke, dass ich in Gedanken versunken bin.

»Ja.« Mityas Zik-Botschaft ist nur teilweise sarkastisch, als er hinzufügt: »Und scharfe, einziehbare Krallen aus unseren Händen wären nett, falls wir jemals in der Klemme stecken sollten.«

Die Tatsache, dass ich die Verbindung zu Wolverine vor Mityas Witz nicht gesehen habe, ist ein Zeichen dafür, dass das Morphium meinen Verstand getrübt hat. In Gedanken lache ich und sage: »In Muhomors Fall werden die Klauen USB-Stecker an den Enden haben.«

»Super Idee«, antwortet Mitya. »Okay, ich werde versuchen, diesen israelischen Typen zu rekrutieren.«

In der langsamen Welt stehen während meiner ganzen Geschichte Tränen in den Augen meiner Mutter, und ich habe das Gefühl, dass sie vielleicht einen Nervenzusammenbruch erleiden könnte oder anfängt zu weinen, wenn ich nicht endlich das sprichwörtliche Ass im Ärmel ausspiele, also sage ich: »Aber das ist nicht das Aufregendste, was mir je passiert ist. Ich habe auch etwas viel Unglaublicheres erfahren.« Als ich mir sicher bin, dass ich die ungeteilte Aufmerksamkeit meiner Mutter habe, lasse ich die Bombe platzen. »Du wirst Oma.«

Mama sieht schockiert aus, aber erholt sich überraschend schnell und klatscht vor Begeisterung in die Hände. Ein riesiges Lächeln breitet sich auf ihrem Gesicht aus, und meine müden Stimmbänder können kaum mithalten, als sie mich mit Fragen überschüttet.

»Nein, Ada hat mir nicht gesagt, wie weit sie ist«, sage ich. »Aber sie hat nur eine Regelblutung verpasst, also fängt das Ganze wohl erst an.«

»Habt ihr einen Ultraschall gemacht?« In ihrer Aufregung fängt meine Mutter an, in meinen fürstlichen Räumlichkeiten herumzulaufen.

»Nein, Mama. Ich habe gerade vor ein paar Stunden davon erfahren. Ich habe kein tragbares Ultraschallgerät bei mir.«

»Hast du Bücher über Schwangerschaften gelesen?«, fragt meine Mutter, und zuerst denke ich, dass sie nur Spaß macht, aber ihr Gesichtsausdruck ist todernst.

Ich nutze die wenigen Millisekunden zwischen dem Beantworten ihrer Fragen und kaufe ein Buch mit dem Titel *Schwangerschaftsbuch für Männer*, lese einen großen Teil davon und antworte: »Ja, Mama, ich habe bereits eines, und ich habe auch schon angefangen, es zu lesen.«

»Guter Junge«, sagt meine Mutter und hört auf, herumzulaufen. »Also, was sind deine Absichten Ada betreffend?«

Es ist lustig, dass meine Mutter das gefragt hat, weil ich jeden freien Moment, den ich zum Nachdenken hatte, genau darüber nachgegrübelt habe.

»Nun, ich weiß schon seit einer Weile, dass ich Ada eines Tages heiraten will«, sage ich, nachdem ich sichergestellt habe, dass ich meine Share-App deaktiviert habe. »Schon als wir zusammenzogen, habe ich dir gesagt, dass ich denke, sie ist die Richtige, und dieses Gefühl ist nur stärker geworden.«

»Ich weiß.« Mutter nickt weise und strahlt vor Freude. »Ich kann es sehen, wenn ich euch beide beobachte.«

»Genau.« Die Unterhaltung macht mich schwindelig, also senke ich das Bett ein paar Grad nach unten. »Dieses Baby-Ding verändert die Zeitplanung.«

»Warum hört es sich so an, als würde gleich ein ›Aber‹ kommen?« Meine Mutter kommt zum Bett und setzt sich auf die Kante.

»Ich will nicht, dass Ada denkt, dass ich ihr aus den falschen Gründen einen Antrag mache.« Ich wische mir mit meiner Infusions-freien Hand die verschwitzte Stirn ab. »Wie zum Beispiel, weil ich sie geschwängert habe.«

»Quatsch«, sagt Mama und verschränkt die Arme vor der Brust. »Schau, Kätzchen, ich liebe dich, und du weißt, dass ich deinen Intellekt schätze, aber Ada ist doppelt so schlau wie du und würde sich nie um solchen Unsinn sorgen.«

»Da ist noch dieses Ding mit ›Ich liebe dich‹«, erinnere ich meine Mutter. »Woher weiß ich, ob Ada überhaupt an eine traditionelle Ehe glaubt? Sie hat über so viele Dinge radikale Ansichten, dass …«

»Es spielt keine Rolle, wie ihr beide eure Beziehung nennt«, unterbricht mich meine Mutter. »Egal, ob sie dir alle fünf Minuten oder einmal im Jahr ›Ich liebe dich‹ sagt, dieses Mädchen liebt dich, und du bist auch verrückt nach ihr. Wenn sie sich nicht für eine traditionelle Ehe interessiert, wenn sie sie anders nennen will, wie z. B. eine Sozialunion oder eine Banane, solltest du daran denken, dass die Ehe sowieso nur ein Stück Papier ist. Wichtig ist, was die beiden Leute füreinander fühlen – und das wisst ihr.«

»Ich denke, da hast du recht. Es ist nur ein bisschen beängstigend.«

»Ich verstehe«, sagt meine Mama, »und du hast Glück. Ich werde dir bei mindestens einer Entscheidung helfen, aber jetzt muss ich gehen.«

Bevor ich etwas sagen kann, steht meine Mutter vom Bett auf und rennt fast aus meinem Krankenzimmer.

Ich starre auf die geschlossene Tür und denke, dass der Trick, meiner Mutter von dem Baby zu erzählen, vielleicht etwas zu gut funktioniert hat. Ich schätze, ich wollte, dass sie sich eine Weile um mich kümmert, bevor sie einfach wegläuft.

»Du bist also noch wach«, sagt Mitya, als er den Raum betritt.

Nach einer seltsamen russischen Tradition hat Mitya mir Äpfel und eine Schachtel Süßigkeiten mitgebracht. Er stellt sie auf den Nachttisch neben dem Bett und setzt sich auf eines der bequemen Sofas.

Als er mich mit meinem fragenden Blick ertappt, tut er so, als würde er ihn falsch interpretieren und sagt: »Das ist kein Avatar. Mein Flugzeug ist endlich gelandet, also dachte ich, ich besuche dich.«

»Echt jetzt? Und ich dachte, du hättest mir virtuelles Essen gegeben.« Ich täusche eine Leichtigkeit vor, die ich nicht fühle. »Also, was ist los?«

Er erzählt mir, dass er Golan Dahan bereits angeheuert hat und er ihn in Kürze aus Israel in die USA holen wird. Dann erkundigt er sich nach meiner Gesundheit, und ich sage ihm, dass es mir gut geht. Bald wendet sich unser Gespräch dem gleichen Thema zu, über das meine Mutter und ich gesprochen haben – Ada zu heiraten.

»Hast du darüber nachgedacht, wie?«, fragt Mitya. »Ich bin kein Experte, aber vielleicht ist ein netter romantischer Heiratsantrag der richtige Weg?«

»Das könnte für eine Weile schwierig werden.« Ich schaue auf meinen weißen Krankenhauskittel. »Ich weiß nicht, wann ich dieses Bett verlassen kann, und ich will so schnell wie möglich mit ihr darüber reden.« Plötzlich kommt mir eine Idee. »Besitzt du eigentlich immer noch diese Firma für die Entwicklung von

Virtual-Reality-Videospielen? The Samurai Ostrich oder wie auch immer die heißt?«

»Penguin Ninjas«, antwortet Mitya, und sein Gesichtsausdruck sagt mir, dass er vielleicht schon jetzt erkannt hat, worauf ich hinauswill. »Ja, die habe ich immer noch.«

»Also«, sage ich verschwörerisch, »das ist meine Idee …«

Als Ada mir in Gedanken mitteilt, dass sie in der Nähe ist, sind Mitya und ich fast fertig damit, die Ideen, die wir während einer Telefonkonferenz mit Penguin Ninjas entwickelt haben, zu programmieren.

»Ich übernehme von hier«, sagt Mitya telepathisch. »Gib mir ein paar Minuten.«

Die Tür geht auf, und Ada tritt ein.

»Hi, Ada«, sagt Mitya laut, als er aufsteht. »Ich wollte gerade gehen. Ich möchte nach Viktor Tsoi sehen.«

»Hey«, sage ich laut. »Lasst uns Muhomor nicht zu sehr ärgern. Er hat gerade seine Fähigkeit, zu laufen, verloren.«

»Du hast ihm nichts von Projekt Iron Fly erzählt?«, fragt Mitya Ada vorwurfsvoll. »Das ist das Coolste, was wir in der letzten Stunde gemacht haben.«

»Nein.« Ada geht zu meinem Bett und setzt sich auf die Kante. »Ich werde es ihm aber jetzt sagen.«

Mitya geht, und Ada wechselt zur mentalen Kommunikation, als sie erklärt, dass Projekt Iron Fly ein Hightech-Anzug ist, den sie und Mitya als Überraschungsgeschenk für Muhomor entworfen haben.

Angefangen haben sie damit, alles im Bereich der Roboter-Exoskelette zu lesen, sowohl militärische Anwendungen – was wenig öffentlich ist – als auch Anzüge für gelähmte Menschen. Dann entwarfen sie ihr eigenes Modell, das, wenn alles gut geht, wie ein Paar Skihosen aussieht, die die Brainozyten steuern werden.

»Das sollte Muhomor ermöglichen, schneller zu laufen als ein normaler Mensch«, meint Ada abschließend, »und ohne jemals müde zu werden.«

»Du kannst dieses Ding auch zur Waffe machen«, sage ich, als ich das Ausmaß der Entwicklung verstehe.

»Ja.« Ada rollt mit ihren Augen. »Als Erstes wollte Mitya ihm Raketen in die Füße einbauen, daher der Projektname.«

Der erste Teil von Muhomors Namen ist Russisch für »Fliege«, daher ist Iron Fly ein ziemlich treffendes Wort für einen Superhelden-Anzug, den Muhomor tragen wird.

»Ich möchte helfen, dieses Ding zu bauen.« Ich überbringe meine Nachricht mit Enthusiasmus. »Aber ich denke, Muhomor wird auch am Design mitarbeiten wollen.«

»Er kann Teil zwei bauen, wenn er will«, kontert Ada. »Wenn wir es ihm überlassen würden, würde er einen Super-Rollstuhl entwerfen, der auf dem kompaktesten Super-Server sitzt, den er sich unter seinen Hintern stopfen kann, damit er Dinge hacken kann, ohne auf Cloud-Server zuzugreifen.«

»Nicht, wenn wir wirklich seine Knochen in Rechensubstrat verwandeln, aber du hast recht.« Ich schaue auf die Tür, die sich öffnet, und sage laut: »Oh, hallo, Mama.«

Meine Mutter betritt den Raum, schlägt sich in theatralischer Geste auf die Stirn und sagt: »Ich bin so zerstreut, Ada. Ich habe vergessen, Mishas gegrilltes Gemüse-Sandwich abzuholen.«

Wenn Ada den offensichtlichen Versuch meiner Mutter bemerkt, mit mir privat zu sprechen, zeigt sie es nicht und bietet stattdessen an, das Sandwich abzuholen.

»Okay«, sagt meine Mutter, sobald Ada das Zimmer verlässt. »Das war's.«

Sie geht zu meinem Bett und streckt ihre Hand aus, die Handfläche nach oben.

Auf ihrer Hand liegt eine Ringschachtel.

Ich strecke mich aus und nehme sie. Ich öffne die Schachtel und starre fasziniert auf das prächtige Schmuckstück.

»Dein Ururgroßvater war ein Juwelier«, erklärt mir meine Mutter. »Deine Ururgroßmutter war die schönste Frau in Tomovka – einem kleinen jüdischen Dorf in der Ukraine. Da er jemanden heiraten wollte, der so außerhalb seiner Klasse stand, schaffte er es irgendwie, diesen Stein zu bekommen«, sie zeigt auf den zweikarätigen, orangefarbenen Diamanten, »und es hat funktioniert. Dieser Ring wird seither in unserer Familie weitergegeben.«

»Ich weiß nicht mal, was ich sagen soll.« Ich wusste nicht einmal, dass es Diamanten in solchen Farben gibt, aber das Internet bestätigt, dass sie es tun und dass dieser Typ sehr selten ist. »Vielen, vielen Dank, Mama.«

»Gerne«, antwortet meine Mutter und beugt sich nach vorn, um mir einen Kuss auf die Wange zu geben. »Ich werde jetzt meinen Bruder suchen gehen. Du denkst am besten darüber nach, was du ihr sagst, wenn die Zeit reif ist.«

Nachdem meine Mutter gegangen ist, stelle ich die App fertig, die Mitya und ich entwickelt haben, und teste sie einige Male. Dann tue ich das, was meine Mutter vorgeschlagen hat, und denke darüber nach, was ich zu gegebener Zeit sagen werde.

Ada bringt mir das Sandwich, um das ich nie gebeten habe, und ich knabbere gerne an ihm, während sie und ich auf Zik über die Zukunft unseres Planeten spekulieren, sobald die Brainozyten-Technologie in den Köpfen eines großen Teils der Bevölkerung steckt.

»Klügere Menschen werden in der Lage sein, die letzten Überreste jahrhundertealter Probleme wie Hungersnöte, Krankheiten und Kriege auszumerzen.« Ada geht zum Fenster und schaut auf die beeindruckende Aussicht, auf die Skyline von Manhattan. »Wir können auch hoffen, einige der einzigen modernen Probleme wie Krebs und fehlende langfristige Planung zu lösen.«

»Ich bin mir sicher, dass nicht alles so rosig sein wird.« Obwohl ich Adas Optimismus teile, muss jemand in unserer baldigen Familie den Anwalt des Teufels spielen. »Es ist nur eine Frage der Zeit, bis jemand einen Weg findet, Brainozyten für etwas Böses zu benutzen, wie Muhomor befürchtet.«

»Tema macht Spionage schwierig.« Ada wendet sich vom Fenster ab und kommt auf mich zu. »Und wir können immer eine App schreiben, um mögliche aufkommende Probleme zu lösen.«

Ich sehe eine perfekte Überleitung für meine große Überraschung und sage: »Apropos Apps, ich habe etwas mit Mityas Hilfe entworfen und würde es gerne mit dir erleben.«

Ich schicke Ada die Ninja-Penguin-App und warte auf ihr Signal, dass sie sie gestartet hat.

»Hab' sie«, informiert Ada mich. »Soll ich die App jetzt starten?«

»Lass es uns gemeinsam tun«, sage ich und aktiviere meine Version der App. »Schließ die Augen, sobald die App läuft.«

Ada bleibt in der Mitte des Raumes stehen und schließt die Augen.

Ich initiiere die App, und sobald sie startet, schließe ich ebenfalls meine Augen. Anstatt der Lidrückseiten sehen wir durch die App einen fantastischen Garten um uns herum.

»Diese App bringt die erweiterte Realität auf die nächste Ebene«, erkläre ich ihr, während ich mich ehrfürchtig umsehe. »Es ist besser, es virtuelle Realität zu nennen.«

Ada schaut sich um, nimmt den Kerzenschein aus allen Ecken der virtuellen Umgebung auf, schaut auf die unzähligen zarten Blumen und lächelt mich an – oder denjenigen, den sie für mich hält, der aber in Wirklichkeit mein Avatar ist.

Meine Version der App unterscheidet sich ein wenig von der Adas. Adas Körper kontrolliert ihren Avatar, und der Avatar befindet sich genau in dem Teil des Raumes, in dem sie sich befindet. Der einzige Unterschied besteht darin, dass ihr Avatar ein umwerfendes Abendkleid mit tiefem Rückenschnitt trägt. Im Gegensatz dazu, weil ich gerade bettlägerig bin, kontrolliere ich meinen Avatar so wie eine Videospielfigur. Mein virtuelles Ich trägt einen schicken Smoking und steht neben mir in der virtuellen Umgebung, hauptsächlich weil es einfacher ist, es so zu kontrollieren.

Ada schaut sich weiter um, ihre bernsteinfarbenen Augen werden groß bei dem Sonnenuntergang hinter den Bäumen – ein Detail, das Mitya und ich bei einem der beliebtesten VR-Spiele von Ninja Penguin gestohlen haben.

Der Garten ist voller surreal leuchtenden Pflanzen jeder Sorte, aber ich weiß, dass Adas Favoriten diejenigen sind, die mich an Kirschblüten erinnern.

Vögel, die wie Meeresbewohner aussehen, schweben am schwarz-violetten Nachthimmel. Hinter den Vögeln können wir helle Sternbilder sehen, die nichts ähneln, was man von der Erde aus sehen kann.

»Ich verstehe schon. Du setzt auf ›sehr romantisch‹«. Ada schaut meinen Avatar anerkennend von oben bis unten an. »Und du ziehst alle Register – virtuell.«

»Du siehst umwerfend aus«, antworte ich ein bisschen ratlos. »Komm her.«

Ada läuft unter den zarten Weinstöcken hindurch und fährt mit ihren Fingern an den Zweigen entlang. Einige glänzende Alien-Schmetterlinge versuchen auf Adas Schulter zu landen, aber sie scheucht sie weg.

»Wenn du vorhast, dieses Spiel, oder was auch immer das ist, zu verkaufen, könnte das *Avatar*-Filmfranchise dich verklagen.« Adas Zik-Nachricht soll mich necken, aber sie sieht ernst aus, als sie unter den leuchtenden Kirschblüten steht, genau neben meiner virtuellen Darstellung.

Ich aktiviere den Befehl, der die Blätter fallen lässt, und bevor Ada weiß, was los ist, kniet sich mein Avatar auf ein Knie und streckt seine Hände in einer klassischen Geste aus.

Ada schaut mich intensiv an, und in ihren Augen leuchten unleserliche Gefühle.

»Ada«, sage ich feierlich laut. Meine Herzfrequenz steigt an, und ich befürchte, dass eine Krankenschwester uns in der realen Welt belästigen könnte. »Willst du mich heiraten?«

Ich öffne die Ringschachtel, und der virtuelle Ring leuchtet mit einem irisierenden orangefarbenen Licht, das mich an den Koffer aus *Pulp Fiction* erinnert.

»Wow«, sagt Ada laut. Sie klingt überwältigt von Emotionen, aber da sie Englisch spricht und nicht Zik, sind die Emotionen unklar. »Ich dachte nicht, dass du das wirklich durchziehst.«

»Du hast was?« Ihre Worte haben mich völlig überrumpelt.

»Oh, tut mir leid«, sagt Ada, immer noch laut. »Jetzt, wo ich es gesehen habe, ist es unglaublich romantisch und fast gar nicht kitschig. Ich wollte nicht …«

Ich schalte die App aus und schaue Ada in der realen Welt an. Sie muss das Gleiche tun, weil sie *mich* und nicht meinen Avatar ansieht.

»Du wusstest, dass ich dir einen Antrag machen würde?«, frage ich und wechsele zu Zik.

»Nochmal, es tut mir leid. Ich habe darüber nachgedacht, so zu tun, als sei es eine Überraschung, aber ich wollte eine so schöne Geste nicht mit einer Lüge vergelten.« Ada geht zu meinem Bett und setzt sich wieder auf den Rand. »Zu meiner Verteidigung, wenn du gewollt hättest, dass dieses Zeug geheim bleibt, hätten du und Mitya euren faszinierenden Virtual-Reality-Code nicht in unser gemeinsames Quellcode-Repository übertragen sollen.«

Sie schenkt mir ein unschuldiges Lächeln, das mich dazu bringt, mir den Schädel einschlagen zu wollen.

Bevor ich das wirklich tun kann, berührt sie sanft meine linke Hand direkt unter dem gelegten Infusions-Zugang und sagt: »Und wenn du deine Share-App beendest, musst du daran denken, die im Kopf von Mr. Spock auszuschalten, wie du es im Büro des falschen Seelenklempners getan hast.«

Bei der Erwähnung seines Namens rennt Mr. Spock aus seinem Versteck hinter dem großen Kissen in der Mitte des Raumes hervor und nickt Ada schläfrig zu.

»Und schließlich«, sagt Ada laut, »wenn du Privatsphäre haben willst, musst du sicherstellen, dass es keine Kameras im Zimmer gibt.« Sie zeigt auf die Sicherheitskameras des Krankenhauses über dem großen Fernseher an der gegenüberliegenden Wand.

»Also wusstest du es.« Ich finde die Fernsteuerung des Bettes und erhöhe mich in eine sitzende Position, so dass ich direkt in ihre Augen schaue.

Sie nickt verlegen.

»Aber trotzdem lässt du mich das durchziehen.« Ich schaue nach Unterstützung suchend zu Mr. Spock, aber er verliert das Interesse an uns und geht unter das Kissen zurück.

Ada nickt erneut.

»Nun«, sage ich und ziehe meine rechte Hand unter der Decke hervor. Ich halte immer noch die Ringschachtel mit dem echten Ring, den meine Mutter mir gegeben hat, fest. »Du musst gehört haben, dass ich dich heiraten will, weil ich mit dir zusammen sein will, und nicht, weil du schwanger bist.«

»Ja, das habe ich gehört.« Sie lehnt sich näher heran und betrachtet neugierig die Ringschachtel.

»Und, hattest du Zeit, über deine Antwort nachzudenken?« Ich öffne die Box, und obwohl diese Version des Rings nicht den außerirdischen Glanz seines Zwillings in der virtuellen Realität hat, funkelt er trotzdem in den Halogenleuchten des Raumes.

Ada schaut einen Moment lang auf den Ring und dann wieder zurück zu mir, so dass ich mich fühle, als wäre ich ein kleiner prähistorischer Käfer, der gleich jahrtausendelang im Bernstein steckenbleiben wird.

Schließlich sagt sie mit fast zeremonieller Ernsthaftigkeit: »Ja.«

»Ja, du hattest Zeit, über die Antwort nachzudenken?«, frage ich, als meine Herzfrequenzausrüstung anfängt zu piepen.

»Nein.« Das Lächeln der Mona Lisa umspielt Adas Augenwinkel. »Ich habe deine andere Frage beantwortet.«

»Welche?«

»Nein, nicht ›welche‹.« Ada grinst. »Willst du mich heiraten?«

»Ja«, sage ich zuversichtlich. »Natürlich heirate ich dich.«

»Ich habe dich nicht gefragt. Du hast mich gefragt.« Ada streckt ihre linke Hand nach mir aus, aber anstatt mich zu berühren, spreizt sie einfach ihre Finger.

»Und du hast ›ja‹ gesagt.« Ich nehme den Ring und schiebe ihn auf ihren ausgestreckten Finger.

Ohne ein Wort zu sagen, beugt sich Ada für einen Kuss vor.

Als unsere Zungen zu tanzen beginnen, ertönt eine einzige Zik-Botschaft von Ada in meinem Kopf, eine Botschaft, die von einem Gefühl erfüllt ist, das Ada bis jetzt nicht benutzt hat – etwas Warmes und Unscharfes, das Zik-Äquivalent eines Herz-Emojis.

Ich lese die dem Gefühl beigefügte Botschaft und vertiefe den Kuss.

In der Nachricht steht »Ja«.

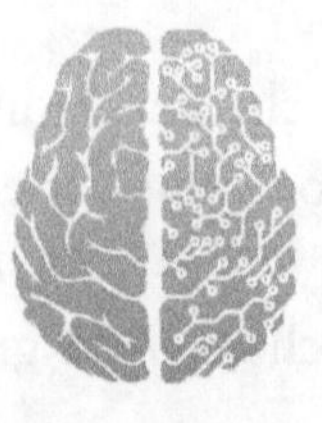

LESEPROBEN

Vielen Dank, dass Sie dieses Buch gelesen haben! Ich würde mich sehr über eine Buchkritik von Ihnen freuen.

Wenn Sie wissen möchten, wann der nächste Teil der Serie Mensch++ erscheinen wird, tragen Sie sich bitte für meinen Newsletter auf www.dimazales.com/book-series/deutsch/ ein.

Andere Serien von mir sind unter anderem:

- *The Last Humans – Die letzten Menschen* – futuristische Science-Fiction-Serie/dystopische Romanreihe mit Ähnlichkeit zu *Die Hungerspiele*, *Divergent – Die Bestimmung* und *Hüter der Erinnerung – The Giver*.
- *Mind Dimensions – Gedankendimensionen* – Urban Fantasy gewürzt mit Science-Fiction.
- *Der Zaubercode* – High Fantasy

Ich arbeite ebenfalls an Science-Fiction-Romanen zusammen mit meiner Frau. Wenn Sie also kein Problem mit Erotik haben, dann werfen Sie doch einfach einen Blick in *Close Liaisons – Gefährliches Verlangen*.

Selbstverständlich habe ich auch eine Auswahl von Hörbüchern, deren Links Sie auf meiner Homepage www.dimazales.com/book-series/deutsch/ finden können.

Und jetzt wünsche ich Ihnen viel Spaß mit einigen Leseproben aus *Oasis – The Last Humans (Die letzten Menschen: Buch 1)*, *Die Gedankenleser – The Thought Readers (Gedankendimensionen: Buch 1)* und *Der Zaubercode (Der Zaubercode: Teil 1)*.

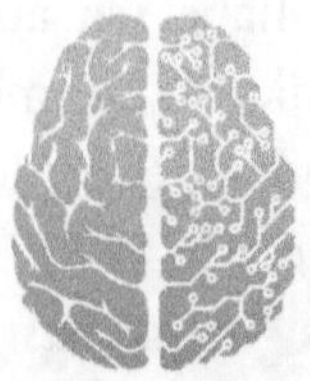

AUSZUG AUS OASIS — THE LAST HUMANS

Mein Name ist Theo und ich bin ein Einwohner Oasis', dem letzten bewohnbaren Fleckchen Erde. Es sollte ein Paradies sein, ein Ort, an dem wir alle glücklich sind.

Schlechtes Benehmen, Gewalt, Geisteskrankheiten und andere Gesundheitsprobleme sind nur noch eine entfernte Erinnerung – auch der Tod ist keine Bedrohung mehr.

Einst war ich auch glücklich, aber jetzt habe ich mich verändert. Jetzt habe ich eine Stimme in meinem Kopf, die mir Dinge erzählt, die kein imaginärer Freund wissen sollte. Sie sagt, ihr Name sei Phoe – und sie ist meine Wahnvorstellung.

Oder etwa nicht?

Anmerkung: Dieses Buch enthält Kraftausdrücke. Wir finden, dass diese für die im Roman thematisierte Zensur wichtig sind. Sollten Sie ein Problem mit derartigen

Wörtern haben, könnte es sein, dass Ihnen dieses Buch nicht zusagen wird.

Ficken. Vagina. Scheiße.

Ich konzentriere mich auf diese verbotenen Worte, aber mein neuronaler Scan zeigt nichts anderes an, als wenn ich an phonetisch ähnliche Worte wie *Kicken, Angina* oder *Neiße* denke. Ich kann keinen Hinweis darauf erkennen, dass mein Gehirn beeinflusst wird, aber vielleicht ist es auch einfach schon so kaputt, dass es nicht schlimmer werden kann. Vielleicht brauche ich ein anderes Testobjekt – einen anderen »leicht zu beeindruckenden« Dreiundzwanzigjährigen wie mich.

Schließlich könnte ich geisteskrank sein.

»Ach Theo. Nicht schon wieder«, sagt eine überfreundliche, hohe, weibliche Stimme. »Außerdem haben diese Worte eine Wirkung auf dein Gehirn. Der Teil deines Gehirns, der für Ekel verantwortlich ist, leuchtet zwar auf, wenn du an ›Scheiße‹ denkst, aber nicht bei ›Neiße‹.«

Es ist Phoe, die gerade zu mir spricht. Dieses Mal ist sie aber keine Stimme in meinem Kopf; stattdessen scheint sie sich in den dichten Büschen hinter mir zu befinden, auch wenn sie das nicht tut.

Ich bin die einzige Person auf dieser Rasenfläche.

Niemand anderes kommt hierher, weil sich der Rand etwa einen Meter von hier entfernt befindet. Nur wenige Einwohner von Oasis mögen es, sich die trostlose Barriere anzuschauen, an der unsere bewohnbare Welt endet und das Ödland des Goo beginnt. Ich habe kein Problem damit.

Allerdings könnte ich wie gesagt auch verrückt sein – und Phoe wäre der Grund dafür. Ich meine, ich denke nicht, dass Phoe real ist. Meiner Meinung nach ist sie meine imaginäre Freundin. Und ihr Name wird übrigens »Fi« ausgesprochen, auch wenn er »P-h-o-e« geschrieben wird.

Ja, so spezifisch ist meine Wahnvorstellung.

»Jetzt kommst du von einem durchgekauten Thema direkt zu einem anderen.« Phoe schnaubt. »Meine sogenannte Echtheit.«

»Genau«, erwidere ich. Obwohl wir allein sind, antworte ich, ohne meine Lippen zu bewegen. »Weil du nur meine Wahnvorstellung bist.«

Sie schnaubt erneut, und ich schüttele meinen Kopf. Ja, ich habe gerade für meine Wahnvorstellung meinen Kopf geschüttelt. Ich fühle mich auch gezwungen, ihr zu antworten.

»Nebenbei gesagt«, meine ich, »ich bin mir sicher, dass das Wort ›Scheiße‹ eine genauso starke Reaktion in dem Teil meines Gehirns auslöst, der für Ekel verantwortlich ist, wie seine akzeptableren Cousins, also zum Beispiel Fäkalien. Was ich damit sagen will, ist, dass das Wort meinem Gehirn weder schadet noch es beeinflusst. Diese Worte sind nichts Besonderes.«

»Ja, ja.« Diesmal ist Phoe in meinem Kopf und hört sich spöttisch an. »Als Nächstes wirst du mir erzählen, dass einige der verbotenen Wörter damals einfach nur Tierbezeichnungen waren und dass es Wörter aus den toten Sprachen gibt, die eigentlich tabu waren, aber es jetzt nicht mehr sind, weil sie ihre ursprüngliche Stärke verloren haben. Danach wirst du dich wahrscheinlich darüber beschweren, dass die Gehirne beider Geschlechter nahezu identisch sind, aber es nur Männern nicht erlaubt ist, Worte wie ›Vagina‹ zu sagen.«

Mir fällt auf, dass ich genau diese Dinge gerade ansprechen wollte, was bedeutet, dass Phoe und ich schon häufiger darüber gesprochen haben müssen. Das passiert bei engen Freunden: sie wiederholen Unterhaltungen. Und ich nehme an, mit imaginären Freunden noch öfter. Allerdings glaube ich, dass ich in Oasis der Einzige bin, der einen hat.

Jetzt, da ich gerade darüber nachdenke: Zählen Gespräche mit imaginären Freunden überhaupt? Schließlich spricht man in diesem Fall ja eigentlich mit sich selbst.

»Das ist mein Stichwort, dich daran zu erinnern, dass ich real bin, Theo.« Phoe spricht das absichtlich laut aus.

Ich bemerke, dass ihre Stimme von rechts kam, so als sei sie einfach ein Freund, der neben mir im Gras sitzt – ein Freund, der zufällig unsichtbar ist.

»Nur weil ich unsichtbar bin, heißt das nicht, dass ich nicht real bin«, kommentiert Phoe meinen Gedanken. »Zumindest bin ich davon überzeugt, dass ich real bin. Ich wäre verrückt, wenn ich das nicht denken würde. Außerdem deuten eine Menge Punkte genau darauf hin, und das weißt du auch.«

»Aber müsste ein imaginärer Freund nicht darauf bestehen, real zu sein?« Ich kann nicht widerstehen, diese

Worte laut auszusprechen. »Wäre das nicht Teil dieser Wahnvorstellung?«

»Sprich nicht laut mit mir«, erinnert sie mich mit besorgter Stimme. »Manchmal bewegst du auch leicht deine Halsmuskeln oder sogar deine Lippen, wenn du in Gedanken zu mir sprichst. Alle diese Dinge sind zu riskant. Du solltest einfach zu mir denken. Deine innere Stimme benutzen. Das ist sicherer, besonders in der Gegenwart anderer Jugendlicher.«

»Mit Sicherheit, aber dabei fühle ich mich noch verrückter«, entgegne ich, aber denke meine Worte und konzentriere mich darauf, meine Lippen und Nackenmuskeln so wenig wie möglich zu bewegen. Danach denke ich, als Test: »In meinem Kopf mit dir zu reden unterstreicht die Tatsache, dass du unmöglich real sein kannst, und ich fühle mich, als hätte ich noch mehr Schrauben locker.«

»Das solltest du nicht.« Ihre Stimme ist jetzt in meinem Kopf, aber hört sich immer noch hoch an. »Ich kann mir vorstellen, dass selbst damals, als es nicht verboten war, nervenkrank zu sein, ein lautes Gespräch mit deinem imaginären Freund die Menschen um dich herum nervös gemacht hätte.« Sie lacht kurz auf, aber ihre Stimme klingt eher besorgt als belustigt. »Ich weiß nicht, was passieren würde, sollte jemand denken, dass du verrückt bist; aber ich habe ein schlechtes Gefühl dabei, also tue es bitte nicht, okay?«

»In Ordnung«, denke ich und ziehe an meinem linken Ohrläppchen. »Auch wenn es etwas zu viel verlangt ist, selbst hier nicht normal mit dir zu reden. Schließlich sind wir allein.«

»Ja, aber die Nanobots, von denen ich dir erzählt habe, diese Dinger, die alles durchdringen können – angefangen von deinem Kopf bis hin zum Utility Fog – können theoretisch auch dazu benutzt werden, diesen Ort zu überwachen.«

»Okay. Außer natürlich, diese praktischerweise unsichtbare Technologie, von der du mir immer erzählst, ist genauso ein Produkt meiner Einbildung wie du«, denke ich zu ihr. »Da aber niemand etwas von dieser Technologie zu wissen scheint, wie kann sie dann dazu benutzt werden, um uns auszuspionieren?«

»Falsch: Keiner der Jugendlichen weiß etwas davon, aber den anderen könnte sie bekannt sein«, verbessert mich Phoe geduldig. »Wir wissen viel zu wenig über die Erwachsenen und noch viel weniger über die Betagten.«

»Aber wenn sie mit den Nanozyten Zugriff auf meinen Kopf haben, würde das Gleiche dann nicht auch auf meine Gedanken zutreffen?«, denke ich und unterdrücke einen Schauer. Wenn das so wäre, hätte ich ein Problem.

»Die Tatsache, dass du für deine häufig missratenen Gedanken noch keine Konsequenzen tragen musstest, ist der Beweis dafür, dass sie nicht generell überwacht werden – zumindest nicht deine«, antwortet sie, und das, was sie sagt, beruhigt mich. »Deshalb denke ich, dass die computergestützte Überwachung von Gedanken entweder verboten ist oder aber gegen eine der Milliarden Richtlinien für den richtigen Umgang mit Technologie verstößt. Ich muss zugeben, dass ich mir diese ganzen Regeln kaum merken kann.«

»Und was ist, wenn eine Technik, die in mich hineinhören kann, generell ein Tabu ist?«, entgegne ich, auch wenn sie anfängt, mich zu überzeugen.

»Das kann sein, aber ich habe Dinge gesehen, die man am besten damit erklären kann, dass die Erwachsenen spioniert haben.« Ihre Stimme in meinem Kopf hört sich jetzt gedämpft an. »Denk doch einfach nur an das eine Mal, als Liam und du Pläne gemacht habt, Physik zu schwänzen. Woher konnten sie das wissen?«

Ich erinnere mich an die epische Stille, die unsere Bestrafung war, und daran, dass wir uns beide damals geschworen haben, niemandem davon erzählt zu haben. Daraufhin sind wir zu dem gleichen Ergebnis gekommen: unsere Gespräche sind nicht sicher. Das ist der Grund dafür, dass Liam, Markwart – für Freunde Mark – und ich oft verschlüsselt miteinander reden.

»Es könnte aber auch eine andere Erklärung dafür geben«, denke ich zu Phoe. »Diese Unterhaltung haben wir während einer Vorlesung geführt, also könnte uns jemand gehört haben. Und selbst wenn nicht – nur weil sie uns während des Unterrichts überwachen, bedeutet das nicht, dass sie das Gleiche auch an diesem abgelegenen Ort tun.«

»Auch wenn sie diesen Ort oder generell alles außerhalb des Instituts nicht überwachen sollten, möchte ich trotzdem, dass du dir angewöhnst, dich richtig zu verhalten.«

»Was wäre, wenn ich in Geheimsprache spreche?«, schlage ich vor. »Du weißt schon, in der gleichen, die ich auch mit meinen nicht-imaginären Freunden benutze.«

»Für meinen Geschmack redest du sowieso schon zu langsam«, denkt sie mit offensichtlicher Verzweiflung. »Wenn du diese Geheimsprache sprichst, hörst du dich lächerlich an und erhöhst die Anzahl der Silben extrem. Falls du allerdings bereit wärst, eine der toten Sprachen zu lernen …«

»Okay. Ich werde denken, wenn ich dir etwas zu sagen habe«, erwidere ich in Gedanken. Dann sage ich ihr lautlos, allerdings nicht, ohne meine Lippen zu bewegen: »Aber ich werde dabei meinen Mund bewegen.«

»Wenn es sein muss.« Sie seufzt laut. »Aber es wäre besser, wenn du es einfach so machen würdest wie eben: ohne deine Gesichtsmuskeln zu bewegen.«

Statt ihr zu antworten schaue ich wieder auf den Rand, die Barriere, an der das frische Grün unter der Kuppel auf den abstoßenden Ozean aus trostlosem Goo trifft – dieser parasitären Technik, die sich pausenlos vermehrt und jegliche Substanz verschlingt. Das Goo ist das Einzige, was von der Welt außerhalb der Kuppel noch übrig geblieben ist, und sollte diese Hülle jemals zerstört werden, würde das Goo uns umgehend vernichten. Natürlich ruft dieser Anblick alle möglichen schlechten Gefühle hervor, und die Tatsache, dass ich freiwillig dorthin schaue, muss ein weiteres Zeichen dafür sein, dass mein Geisteszustand labil ist.

»Das Zeug ist definitiv widerlich«, denkt Phoe, die wie immer versucht, mich aufzuheitern. »Es sieht aus, als habe jemand versucht, aus Kotze und menschlichen

Exkrementen einen Wackelpudding zu kreieren.« Dann fügt sie mit einem gedachten Lachen hinzu: »Entschuldigung, ich hätte ›Kotze und Scheiße‹ sagen sollen.«

»Ich habe keine Ahnung, was Wackelpudding ist«, denke ich zurück und bewege dabei meine Lippen. »Aber was auch immer es ist, du hast wahrscheinlich recht, was die Zutaten betrifft.«

»Wackelpudding war etwas, was unsere Vorfahren aßen, bevor es die *Nahrung* gab«, erklärt Phoe. »Ich werde herausfinden, wo du etwas darüber anschauen oder lesen kannst; wenn du Glück hast, gibt es vielleicht bald etwas davon auf dem anstehenden Jahrmarkt der Geburtsfeiern.«

»Das hoffe ich. Es ist schwer, aus Filmen oder Büchern etwas über Essen zu lernen«, beschwere ich mich. »Das habe ich schon versucht.«

»In diesem Fall würde es vielleicht sogar funktionieren«, widerspricht Phoe. »Das Entscheidende an Wackelpudding war die Beschaffenheit, nicht der Geschmack. Er hatte die Konsistenz von Quallen.«

»Die Menschen haben damals wirklich diese schleimigen Dinger gegessen?«, denke ich angewidert. Ich kann mich nicht daran erinnern, das jemals in einem der Filme gesehen zu haben. Mit einer Handbewegung in Richtung des Goos sage ich: »Kein Wunder, dass so etwas aus der Welt geworden ist.«

»In den meisten Teilen der Welt haben sie keine Quallen gegessen«, erwidert Phoe, und ihre Stimme nimmt einen belehrenden Ton an. »Und Wackelpudding wurde genau genommen aus teilweise zersetzten Proteinen aus der Haut, den Hufen, den Knochen und dem Bindegewebe von Kühen und Schweinen hergestellt.«

»Jetzt willst du doch nur erreichen, dass ich mich ekele«, denke ich.

»Und das kommt ausgerechnet von Ihnen, Herr Scheiße.« Sie lacht. »Wie dem auch sei, du musst diesen Ort verlassen.«

»Muss ich das?«

»Du hast in einer halben Stunde Unterricht, aber viel wichtiger ist, dass Mark dich sucht«, sagt sie, und ihre Stimme vermittelt mir den Eindruck, als sitze sie bereits nicht mehr auf dem Rasen.

Ich stehe auf und beginne, mir den Weg durch die hohen Sträucher zu bahnen, die den Blick der restlichen Jugendlichen von Oasis auf das Goo versperren.

»Und nebenbei bemerkt –«, Phoes Stimme kommt aus einiger Entfernung; sie tut also so, als würde sie vor mir gehen – »wenn du herausfindest, dass Mark wirklich nach dir sucht, dann versuche doch mal eine Erklärung dafür zu finden, wie ein imaginärer Freund wie ich so etwas wissen könnte … etwas, was du selbst nicht wusstest.«

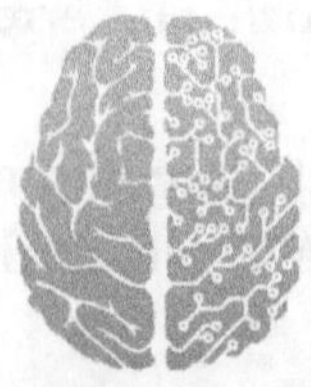

AUSZUG AUS DIE GEDANKENLESER - THE THOUGHT READERS

Alle denken ich sei ein Genie.

Alle liegen falsch.

Sicher, Ich habe Harvard im Alter von achtzehn Jahren abgeschlossen und verdiene jetzt eine unglaubliche Menge Geld mit einem Hedge Fund. Der Grund dafür ist allerdings nicht, dass ich besonders clever bin oder wie verrückt arbeite.

Ich betrüge.

Ich besitze eine einzigartige Fähigkeit. Ich kann die Gegenwart verlassen und in meine eigene persönliche Version der Realität eintauchen – den Ort, den ich die Stille nenne – an dem ich meine Umgebung erkunden kann, während die restliche Welt innehält.

Eigentlich dachte ich immer, ich sei der Einzige, der das tun kann – bis ich sie getroffen habe.

Ich heiße Darren, und das ist die Geschichte, wie ich herausgefunden habe, dass ich ein Leser bin.

Manchmal denke ich, dass ich verrückt bin. In diesem Moment sitze ich an einem Kasinotisch, und jeder um mich herum ist bewegungslos, so als sei er eingefroren. Ich nenne das *die Stille*, so als würde es das Ganze realer machen, wenn ich ihm einen Namen gebe – so als würde der Name etwas an der Tatsache ändern, dass alle Spieler um mich herum Statuen sind. Sie sitzen einfach nur da, und ich gehe um sie herum, schaue mir die Karten an, die sie gerade erhalten haben. Hört sich das verrückt an?

Das Problem an der Theorie, ich sei verrückt, ist, dass die Karten, welche die Spieler aufdecken, immer noch dieselben sind, wenn ich die Welt »entfriere«, so wie ich es gerade getan habe. Wäre ich verrückt, sollten die Karten dann nicht wenigstens ein wenig anders sein? Außer natürlich, ich bin schon so verrückt, dass ich mir auch die Karten auf dem Tisch einbilde.

Aber ich gewinne. Sollte das auch Einbildung sein – sollte der Stapel Chips neben mir auf dem Tisch nur eingebildet sein – dann könnte ich gleich alles in Frage stellen. Vielleicht heiße ich auch gar nicht Darren.

Nein. So kann ich nicht denken. Wenn ich wirklich so verwirrt sein sollte, dann möchte ich gar nicht aus diesem Zustand herausgeholt werden – denn in diesem Fall würde ich höchstwahrscheinlich in einer psychiatrischen Anstalt aufwachen.

Außerdem liebe ich mein Leben, verrückt oder nicht.

Meine Psychiaterin denkt, die Stille sei eine Erfindung, um die inneren Vorgänge meines Genies zu beschreiben.

Das wiederum hört sich für mich verrückt an. Es könnte natürlich auch sein, dass sie mich begehrt, aber die Erwiderung derartiger Gefühle ist ausgeschlossen. Sie befindet sich komplett außerhalb der Altersgruppe, mit der ich ausgehe. Ihre Theorie würde mir sowieso nicht helfen, da sie nicht erklärt, wieso ich Dinge weiß, die selbst ein Genie nicht erahnen könnte – wie den genauen Wert des Blattes der anderen Spieler.

Ich sehe dem Croupier dabei zu, wie er eine neue Runde eröffnet. Außer mir befinden sich noch drei weitere Spieler am Tisch. Der Cowboy, die Großmutter und der Professionelle, wie ich sie in Gedanken nenne. Ich kann die jetzt fast spürbare Angst fühlen, die mit dem *Hineingleiten* einhergeht – das ist der Name, den ich diesem Vorgang gegeben habe: in die Stille hineingleiten. Meine Sorge, ich könne verrückt sein, hat das Hineingleiten schon immer vereinfacht. Angst scheint diesen Prozess zu begünstigen.

Ich gleite hinein, und alles ist still – daher der Name.

Selbst jetzt finde ich das noch unheimlich. In diesem Kasino ist es normalerweise sehr laut. Betrunkene Menschen, die sich unterhalten, Spielautomaten, das Läuten bei Gewinnen, Musik — nur in einem Klub oder bei Konzerten ist es noch lauter. Und trotzdem könnte ich genau in diesem Moment wahrscheinlich eine Stecknadel fallen hören. Es ist so, als sei ich gegenüber dem Chaos um mich herum taub geworden.

So viele eingefrorene Menschen um mich herum zu haben macht das Ganze nur noch eigenartiger. Eine Kellnerin hat mitten im Schritt mit ihrem Tablett auf dem Arm angehalten. Eine Frau ist gerade dabei, eine Münze in einen Spielautomaten zu schmeißen. An meinem eigenen Tisch ist die Hand des Croupiers erhoben, und die letzte Karte, die er gezogen hat, hängt unnatürlich in der Luft. Ich gehe von der Seite des Tisches auf sie zu und nehme sie in die Hand. Es ist ein König, der für den Professionellen bestimmt ist. Als ich die Karte wieder loslasse, fällt sie auf den Tisch, anstatt weiter in der Luft zu schweben, so wie sie es vorher getan hat. Ich weiß allerdings genau, dass sie sich, sobald ich mich aus diesem eingefrorenen Zustand zurückziehe, wieder an der ursprünglichen Stelle befinden wird – in genau derselben Position, in der sie war, bevor ich sie genommen habe.

Der Professionelle sieht genau so aus, wie ich mir immer Menschen vorgestellt habe, die mit Pokerspielen ihr Geld verdienen: ungepflegt, Schatten unter den Augen und generell ein wenig eigenartig. Er hat sein Pokerface das ganze Spiel über perfekt im Griff gehabt – es hat nicht ein einziges Mal ein Muskel gezuckt. Sein Gesicht ist so unbeweglich, dass ich mich frage, ob ihm vielleicht Botox dabei hilft, eine so steinerne Miene aufrechtzuerhalten. Seine Hand befindet sich auf dem Tisch und bedeckt beschützend die Karten, die ihm gegeben wurden.

Ich bewege seine schlaffe Hand zur Seite. Das fühlt sich wie im normalen Leben an. Also quasi. Seine Hand ist schweißnass und haarig, weshalb es unangenehm ist, sie zur Seite zu legen. Es ist anormal, so etwas zu tun. Der normale Teil des Ganzen ist, dass seine Hand eher warm als kalt ist. Als ich noch ein Kind war, erwartete ich, dass sich die Menschen in der Stille kalt anfühlen würden, wie Statuen aus Stein.

Nachdem ich die Hand des Professionellen zur Seite gelegt habe, nehme ich seine Karten auf. Zusammen mit dem König, der gerade in der Luft hängt, hat er ein hübsches hohes Blatt. Gut zu wissen.

Ich gehe zur Großmutter hinüber. Sie hält ihre Karten in der Hand. Dadurch, dass sie sie wie einen Fächer ausgebreitet hat, kann ich es vermeiden, ihre faltigen und fleckigen Hände zu berühren. Das ist eine Erleichterung, da ich in der letzten Zeit meine Probleme damit habe, in der Stille Menschen anzufassen – genauer gesagt Frauen. Falls ich es trotzdem tun müsste, würde ich das Berühren von Großmutters Hand rational als harmlos ansehen – oder es zumindest nicht gruselig finden – aber es ist trotzdem besser, es möglichst zu vermeiden.

Auf jeden Fall hat sie ein niedriges Blatt. Sie tut mir leid. Sie hat heute Nacht eine recht große Summe verloren. Ihre Chips gehen zur Neige. Vielleicht sind ihre Verluste, zumindest teilweise, der Tatsache zuzuschreiben, dass sie kein gutes Pokerface aufsetzen kann. Schon bevor ich einen Blick auf ihre Karten geworfen hatte, wusste ich, dass sie nicht gut sein würden. Ich konnte sehen, dass sie nicht glücklich mit dem war, was sie nach der Ausgabe ihrer Karten in der Hand hielt. Ich habe sie außerdem vor einigen Runden bei einem fröhlichen Aufblitzen ihrer Augen ertappt. Sie hatte ein Dreierpaar, welches gewann.

Pokern ist zu einem Großteil Übung, Menschen besser lesen zu können – eine Fähigkeit, die ich gerne besser beherrschen würde. In meiner Arbeit wurde mir gesagt, ich sei großartig darin, Menschen zu lesen. Aber das bin ich nicht. Ich bin einfach nur gut darin, die Stille zu verwenden, um Ihnen das vorzumachen. Allerdings würde ich gerne lernen, wie es im wirklichen Leben funktioniert.

Was mich am Pokern eher weniger interessiert, ist das Geld. Mir geht es finanziell gut genug, um nicht auf das Spielen als Einnahmequelle angewiesen zu sein. Mir ist es egal, ob ich gewinne oder verliere, auch wenn es mir Spaß gemacht hatte, mein Geld an dem Black-Jack-Tisch zu verfünffachen. Dieser ganze Ausflug zum Spielen findet überhaupt nur deshalb statt, weil ich es mit meinen frischen einundzwanzig endlich darf. Ich war nie ein Freund von falschen Ausweisen, und deshalb ist dieser Kasinobesuch wirklich ein Meilenstein für mich.

Ich verlasse die Großmutter und gehe hinüber zum Cowboy. Ich kann seinem Strohhut nicht widerstehen und setze ihn mir auf. Ich frage mich, ob ich dadurch Läuse bekommen könnte. Ich habe noch nie leblose Objekte aus der Stille zurückbringen können und auch anderweitig die Welt nicht nachhaltig verändert. Ich vermute also, dass ich auch kein lebendiges Ungeziefer mit mir zurücknehmen werde. Ich lege den Hut zurück und schaue mir seine Karten an. Er hat einige Asse – eine bessere Hand als der Professionelle. Der Cowboy könnte auch ein Professioneller sein. Soweit ich das beurteilen kann, hat er ein gutes Pokerface. Es wird interessant werden, die beiden in der nächsten Runde zu beobachten.

Als Nächstes ist der Kartenstapel an der Reihe. Ich schaue mir die obersten Karten an, um sie mir einzuprägen. Ich überlasse nichts dem Zufall.

Als ich meine Aufgabe in der Stille abgeschlossen habe, gehe ich zurück zu mir selbst. Ach ja, habe ich überhaupt erwähnt, dass ich meinen eigenen Körper dort sitzen sehen kann? Genauso eingefroren wie alle anderen? Das ist der verrückteste Teil an der ganzen Sache. Es ist wie eine außerkörperliche Erfahrung.

Ich nähere mich meinem eingefrorenen Ich und betrachte es. Normalerweise vermeide ich das, weil es so beunruhigend ist. Weder sich selbst unzählige Male im Spiegel zu sehen noch sich Videos von sich selbst auf YouTube anzuschauen kann einen auf den Anblick des eigenen Körpers in 3D vorbereiten. Das ist nichts, das man jemals zu erleben erwartet. Außer vielleicht, man ist ein eineiiger Zwilling.

Es ist kaum zu glauben, dass ich diese Person bin. Sie sieht eher wie ein ganz normaler Typ aus. Vielleicht nach ein wenig mehr. Ich finde diesen Typen interessant. Er sieht cool aus. Er sieht clever aus.

Ich denke, Frauen könnten ihn als gut aussehend bezeichnen, auch wenn es nicht bescheiden von mir ist, das zu behaupten.

Ich bin nicht gut darin, die Attraktivität von Männern zu bewerten – das war ich noch nie –, aber einige Dinge sind allgemeingültig. Ich kann erkennen, wenn ein Typ hässlich ist, und mein eingefrorenes Ich ist es nicht. Ich weiß auch, dass ein symmetrisches Gesicht generell als schön angesehen wird – und meine Statue hat so eines. Ein starkes Kinn schadet auch nichts. Und genau so eins habe ich. Breite Schultern zu haben ist ebenfalls gut, und groß zu sein wirklich hilfreich. Diese Punkte decke ich auch ab. Außerdem habe ich blaue Augen – was ein Pluspunkt zu sein scheint. Mädchen haben mir gesagt, dass sie meine

Augen mögen, auch wenn sie an meinem gefrorenen Ich jetzt gerade ein wenig angsteinflößend wirken – glasig und glänzend. Sie sehen aus wie die Augen einer Wachsfigur. Leblos.

Als mir auffällt, dass ich mich zu lange mit diesem Thema aufhalte, schüttele ich meinen Kopf. Ich stelle mir vor, wie meine Psychiaterin diesen Moment analysieren würde. Wer käme schon auf die Idee, diese Selbstbewunderung als Teil einer psychischen Erkrankung zu betrachten? Ich sehe sie regelrecht vor mir, wie sie das Wort »Narzisst« notiert und es mehrfach unterstreicht.

Genug. Ich muss die Stille verlassen. Ich hebe meine Hand, berühre mein eingefrorenes Ich auf der Stirn, und die Geräusche kehren zurück, sobald ich mich wieder in der richtigen Welt befinde.

Alles ist wieder normal.

Der König, den ich noch vor einem Moment betrachtete – der König, den ich auf dem Tisch liegen ließ –, befindet sich wieder in der Luft und folgt der Bahn, die ihm vorherbestimmt war. Er landet neben der Hand des Professionellen. Die Großmutter betrachtet immer noch enttäuscht ihre gefächerten Karten, und der Cowboy hat seinen Hut wieder auf dem Kopf, auch wenn ich ihn in der Stille abgenommen hatte. Es ist alles genau so wie in dem Augenblick, bevor ich in die Stille hineinglitt.

Auf einer bestimmten Ebene hört mein Gehirn nie auf, über diese Unterschiede zwischen der Stille und der Welt außerhalb überrascht zu sein. Die Menschen sind darauf programmiert, die Realität in Frage zu stellen, wenn solche Dinge passieren. Als ich am Anfang der Therapie einmal versuchte, meine Psychiaterin auszutricksen, las ich während einer Sitzung ein komplettes Lehrbuch über Psychologie. Ihr ist das natürlich nicht aufgefallen, da ich es in der Stille tat. Das Buch handelte davon, dass Babys, auch wenn sie erst zwei Monate alt sind, schon überrascht darüber sind, wenn sie etwas Ungewöhnliches sehen – wenn zum Beispiel eine Sache gegen die Regeln der Schwerkraft zu verstoßen scheint. Kein Wunder, dass mein Gehirn Schwierigkeiten damit hat, mit diesen Vorgängen zurechtzukommen. Bis ich zehn war, war mein Leben völlig normal. Dann begannen diese eigenartigen Sachen, um es vorsichtig auszudrücken.

Ich blicke hinab und stelle fest, drei Gleiche in der Hand zu halten. Das nächste Mal werde ich mir meine Karten anschauen, bevor ich hineingleite. Wenn ich so ein starkes Blatt habe, kann ich es auch darauf ankommen lassen, fair zu spielen.

Die Partie verläuft wie erwartet, schließlich kenne ich ja die Karten sämtlicher Mitspieler. Letztendlich steht die Großmutter auf. Sie hat offensichtlich genug Geld verloren.

Das ist der Moment, in dem ich sie zum ersten Mal sehe.

Sie ist heiß. Mein Freund und Arbeitskollege Bert – eigentlich Albert, aber es gibt niemanden der ihn so nennt – behauptet, ich hätte einen bestimmten Frauentyp. Diese Vorstellung gefällt mir nicht, da ich nicht so oberflächlich und berechenbar sein möchte. Allerdings könnte trotzdem beides ein wenig auf mich zutreffen, da dieses Mädchen genau in das Beuteschema passt, welches Bert mir beschrieben hat. Und ich bin, milde ausgedrückt, extrem interessiert an ihr.

Große blaue Augen und deutlich ausgeprägte Wangenknochen in einem schmalen Gesicht mit einem Hauch Exotik. Lange, extrem wohlgeformte Beine, wie die einer Tänzerin. Dunkles, gewelltes Haar, das, wie ich es mag, zu einem Pferdeschwanz gebunden ist. Kein Pony – sehr gut. Ich hasse Ponys und kann mir auch nicht erklären, wie manche Mädchen sich so etwas antun können. Auch wenn die Abwesenheit des Ponys in Berts Beschreibung meines Frauentyps nicht vorkommt, gehört dieses Kriterium definitiv dazu.

Sie setzt sich zu uns an den Tisch, und ich kann nicht damit aufhören, sie weiterhin anzustarren. Mit den hohen Absätzen und dem engen Rock wirkt sie an diesem Ort overdressed. Oder vielleicht bin ich mit meiner Jeans und dem T-Shirt auch einfach underdressed. Wie dem auch sei, es interessiert mich nicht. Ich muss versuchen, mit ihr ins Gespräch zu kommen.

Ich denke darüber nach, in die Stille einzutauchen und mich ihr anzunähern. Auf diese Weise könnte ich Dinge tun, die normalerweise beunruhigend wirken. Ich könnte sie aus nächster Nähe anstarren oder sogar ihre Taschen durchwühlen, um etwas zu finden, das mir dabei hilft, mit ihr zu reden.

Ich entscheide mich dagegen, und wahrscheinlich ist es das erste Mal, dass das passiert.

Ich weiß, dass der Grund dafür, mein normales Verhaltensmuster zu durchbrechen, eigenartig ist. Falls man überhaupt von einem Grund sprechen kann. Ich stelle mir die folgende Handlungskette vor: Sie stimmt zu, sich mit mir zu verabreden, es wird ernst zwischen uns, und weil wir diese tiefe Verbindung haben, erzähle ich ihr von der Stille. Sie erfährt, dass ich etwas Unheimliches tue, bekommt Angst und verlässt mich. Es ist natürlich lächerlich, sich so etwas auszumalen, bevor wir überhaupt miteinander gesprochen haben. Möglicherweise hat sie einen IQ von unter 70 oder besitzt die Persönlichkeit eines Holzstücks. Es könnte zwanzig verschiedene Gründe dafür geben, weshalb ich mich nicht mit ihr treffen möchte. Und außerdem hängt das ja auch nicht von mir ab. Sie könnte mir genauso gut zu verstehen geben, sie in Ruhe zu lassen, sobald ich versuche, mit ihr zu sprechen.

Die Arbeit mit Hedgefonds hat mich allerdings gelehrt, mich abzusichern. So verrückt diese Entscheidung, nicht in die Stille einzutauchen, auch ist, ich bleibe bei ihr. Ich weiß, dass es so höflicher ist. Aus dem gleichen Grund beschließe ich außerdem, in dieser Pokerrunde nicht zu schummeln.

Sobald die Karten ausgegeben sind, denke ich darüber nach, wie gut es sich anfühlt, so ehrenvoll gehandelt zu haben — auch wenn das niemand weiß. Vielleicht sollte ich häufiger versuchen, die Privatsphäre meiner Mitmenschen zu achten. Aber ich muss auch realistisch bleiben. Ich wäre nicht dort, wo ich heutzutage bin, wenn ich solchen Gefühlen gefolgt wäre. Ich würde sogar innerhalb weniger Tage meinen Job verlieren, sollte ich anfangen, die Privatsphäre anderer Menschen zu respektieren – und damit auch die ganzen Annehmlichkeiten, an die ich mich gewöhnt habe.

Ich mache es dem Professionellen nach und bedecke meine Karten, sobald ich sie bekomme, mit meiner Hand. Ich bin gerade dabei, einen Blick auf sie zu werfen, als etwas Ungewöhnliches passiert.

Die Welt um mich herum wird bewegungslos, so als würde ich gerade in die Stille hineingleiten ... aber das habe ich nicht getan.

Einen Augenblick später sehe ich *sie* – das Mädchen, welches mir am Tisch gegenübersitzt, das Mädchen, an das ich gerade gedacht habe. Sie steht neben mir und zieht ihre Hand von meiner weg. Oder, genauer gesagt, der Hand meines eingefrorenen Ichs – ich stehe ja daneben und schaue sie an.

Allerdings sitzt sie auch noch mir gegenüber am Tisch, eine eingefrorene Statue wie alle anderen auch.

Mir kommt nicht einmal der Gedanke, das zweite Mädchen könnte ihre Zwillingsschwester oder etwas Ähnliches sein. Ich weiß, dass sie es ist. Sie tut das Gleiche, was ich vor einigen Minuten getan habe. Sie geht in der Stille umher. Die Welt um uns herum ist eingefroren, aber wir sind es nicht.

Sie sieht schockiert aus, als ihr dasselbe klar wird. Mit einer Hand greift sie über den Tisch und berührt ihre eigene Stirn.

Die Welt wird wieder normal.

Sie starrt mich schockiert mit ihren großen Augen und dem blassen Gesicht an. Ich kann sehen, wie ihre Hände zittern, während sie aufspringt. Ohne ein Wort zu sagen dreht sie sich um und geht weg.

Als sie anfängt zu rennen, zögere ich nicht. Ich stehe auf und folge ihr. Das ist nicht sehr clever. Sie würde sich wohl kaum mit einem unbekannten Typen verabreden, der hinter ihr herrennt. Aber über diesen Punkt bin ich schon hinaus. Sie ist die einzige Person, die ich jemals getroffen habe, die das Gleiche kann wie ich. Sie ist der Beweis dafür, dass ich nicht verrückt bin. Sie könnte das besitzen, was ich mehr als alles andere möchte.

Sie könnte Antworten haben.

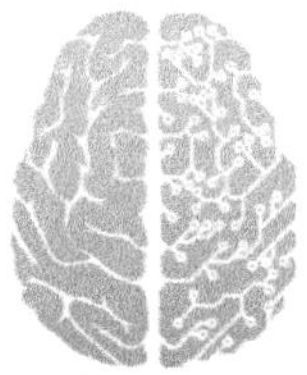

AUSZUG AUS DER ZAUBERCODE

Blaise, einst ein respektiertes Mitglied des Rates der Zauberer und jetzt ein Außenseiter, hat das letzte Jahr damit verbracht, an einem ganz besonderen magischen Objekt zu arbeiten. Sein Ziel ist es, die Magie jedermann zugänglich zu machen, nicht nur den ausgewählten Zauberern. Das Resultat seiner Arbeit ist allerdings völlig anders, als er sich das jemals vorgestellt hätte – denn anstelle eines Objekts erschafft er *sie*.

Sie ist Gala und alles andere als seelenlos. Sie wurde in der Welt der Magie geboren, ist wunderschön und hochintelligent – und niemand weiß, wozu sie alles fähig ist.

Augusta, eine mächtige Zauberin, sieht Blaises Werk genau als das, was es ist: die vermessenste aller Anmaßungen. Sie hat immer noch Gefühle für Blaise und möchte ihn retten, bevor er den höchsten aller Preise zahlen muss … für die Abscheulichkeit, die er erschaffen hat.

Da befand sich eine nackte Frau auf dem Fußboden in Blaises Arbeitszimmer.

Eine wunderschöne, nackte Frau.

Fassungslos starrte Blaise diese hinreißende Kreatur an, die gerade eben aus dem Nichts erschienen war. Sie schaute mit einem befremdlichen Gesichtsausdruck an sich hinunter. Offensichtlich war sie genauso überrascht darüber, hier zu sein, wie er es war, sie hier zu sehen. Ihr welliges, blondes Haar fiel ihren Rücken hinunter und verdeckte dadurch teilweise ihren Körper, der die Perfektion selbst zu sein schien. Blaise versuchte, nicht an diesen Körper zu denken, sondern sich stattdessen auf die Situation zu konzentrieren.

Eine Frau. *Sie* und kein *Es*. Blaise konnte das kaum glauben. War das möglich? Konnte dieses Mädchen das Objekt sein?

Sie saß mit ihren Beinen unter sich eingeschlagen da und stützte sich auf einem schlanken Arm ab. Diese Pose sah etwas unbeholfen aus, so als wüsste sie nicht so recht, was sie mit ihren eigenen Gliedmaßen anstellen sollte. Trotz ihrer Kurven, die sie als eine ausgewachsene Frau kennzeichneten, strahlte die völlig unbefangene Art und Weise, wie sie dort saß – die erkennen ließ, dass sie sich ihrer eigenen Reize nicht bewusst war – eine kindliche Unschuld aus.

Blaise räusperte sich und dachte darüber nach, was er sagen könnte. In seinen wildesten Träumen hätte er sich niemals vorstellen können, dass so etwas das Ergebnis dieses Projekts sein würde, welches in den letzten Monaten sein ganzes Leben bestimmt hatte.

Als sie das Geräusch hörte, drehte sie ihren Kopf, um ihn anzusehen, und Blaise bemerkte, dass sie ungewöhnlich hellblaue Augen hatte.

Sie blinzelte, legte ihren Kopf leicht zur Seite und nahm ihn mit sichtbarer Neugier in Augenschein. Blaise fragte sich, was sie wohl gerade sah. Er hatte seit zwei Wochen kein Tageslicht mehr gesehen, und es würde ihn nicht wundern, wenn er im Moment wie ein verrückter Zauberer aussah. Sein Gesicht war von etwa einer Woche alten Bartstoppeln übersät, und er wusste, dass sein dunkles Haar ungekämmt war und in alle Richtungen abstand. Hätte er gewusst, heute einer so wunderschönen Frau gegenüberzustehen, hätte er am Morgen einen Pflegezauber gewirkt.

»Wer bin ich?«, fragte sie und verunsicherte Blaise damit. Ihre Stimme war weich und feminin, genauso anziehend wie der Rest von ihr. »Wo bin ich? Was ist das hier für ein Ort?«

»Das weißt du nicht?« Blaise war froh, endlich einen halb zusammenhängenden Satz herausbekommen zu haben. »Du weißt weder wer du bist noch wo du bist?«

Sie schüttelte ihren Kopf. »Nein.«

Blaise schluckte. »Ich verstehe.«

»Was bin ich?«, fragte sie erneut und blickte ihn mit diesen unglaublichen Augen an.

»Also«, sagte Blaise langsam, »wenn du kein grausamer Scherzbold oder ein Produkt meiner Einbildung bist, dann ist das jetzt etwas schwierig zu erklären ...«

Sie beobachtete seinen Mund, während er sprach, und als er aufhörte, sah sie wieder auf, und ihre Blicke trafen sich. »Das ist eigenartig«, sagte sie, »solche Worte in der Realität zu hören. Das waren gerade die ersten wirklichen Worte, die ich jemals gehört habe.«

Blaise fühlte, wie ihm ein Schauer über den Rücken lief. Er stand von seinem Stuhl auf und begann, hin und her zu gehen, sorgsam darauf bedacht, seinen Blick von ihrem nackten Körper abzuwenden. Er hatte damit gerechnet, dass etwas erschien. Ein magisches Objekt, eine Sache. Er hatte nur nicht gewusst, welche Form es annehmen würde. Ein Spiegel vielleicht, oder eine Lampe. Vielleicht sogar so etwas Ungewöhnliches wie die Lebensspeicher-Sphäre, die wie ein großer runder Diamant auf seinem Arbeitstisch stand.

Aber eine Person? Und dann auch noch weiblich?

Zugegeben, er hatte versucht, dem Objekt Intelligenz zu geben und die Fähigkeit, menschliche Sprache zu verstehen, um diese in den Code umzuwandeln. Vielleicht sollte er gar nicht so überrascht sein, dass die Intelligenz, die er herbeigerufen hatte, eine menschliche Form angenommen hatte.

Eine wunderschöne, weibliche, sinnliche Hülle.

Konzentriere dich Blaise, konzentriere dich!

»Wieso läufst du so herum?« Sie stand langsam auf, und ihre Bewegungen waren dabei unsicher und eigenartig tollpatschig. »Sollte ich auch umhergehen? Unterhalten sich Menschen so miteinander?«

Blaise hielt vor ihr an und bemühte sich, seine Augen oberhalb ihres Halses zu behalten. »Es tut mir leid. Ich bin es nicht gewohnt, nackte Frauen in meinem Arbeitszimmer zu haben.«

Sie fuhr sich mit ihren Händen an ihrem Körper hinunter, so als würde sie ihn zum allerersten Mal fühlen. Was auch immer sie vorhatte, Blaise fand diese Bewegung höchst erotisch.

»Stimmt etwas mit meinem Aussehen nicht?«, wollte sie von ihm wissen. Das war so eine typisch weibliche Sorge, dass Blaise ein Lächeln unterdrücken musste.

»Ganz im Gegenteil«, versicherte er ihr. »Du siehst unvorstellbar gut aus.« So gut sogar, dass er Schwierigkeiten hatte, sich auf etwas anderes als auf ihre Rundungen zu konzentrieren. Sie war mittelgroß und so perfekt proportioniert, sie hätte als Vorlage für einen Bildhauer dienen konnen.

»Warum sehe ich so aus?« Ein leichtes Runzeln erschien auf ihrer glatten Stirn. »Was bin ich?« Der letzte Teil schien sie am meisten zu beschäftigen.

Blaise holte tief Luft und versuchte, seinen rasenden Puls zu beruhigen. »Ich denke, ich könnte da eine Vermutung wagen, aber bevor ich das mache, möchte ich dir erst einmal etwas zum Anziehen geben. Bitte warte hier – ich bin sofort wieder zurück.«

Ohne eine Antwort abzuwarten, eilte er zur Tür.

Er verließ sein Arbeitszimmer und ging rasch zum anderen Ende des Hauses, zu *ihrem Zimmer*, wie er den halbleeren Raum in Gedanken immer noch nannte. Dort hatte Augusta immer ihre Sachen aufbewahrt, als sie noch zusammen gewesen waren – eine Zeit, die jetzt Ewigkeiten her zu sein schien. Trotzdem war es für ihn genauso schmerzhaft, den verstaubten Raum zu betreten, wie es vor zwei Jahren gewesen war. Sich von der Frau zu trennen, mit der er acht Jahre zusammen gewesen war – der Frau, die er eigentlich gerade heiraten wollte –, war nicht leicht gewesen.

Blaise versuchte, sich auf sein eigentliches Anliegen zu konzentrieren, ging zum Kleiderschrank und warf einen Blick auf dessen Inhalt. Wie er gehofft hatte, befanden sich noch einige Dutzend Kleider in ihm. Wunderschöne lange Kleider aus Samt und Seide, Augustas Lieblingsstoffen. Nur Zauberer – die in der Gesellschaft die obersten Ränge bekleideten – konnten sich so einen Luxus leisten. Die normale Bevölkerung war viel zu arm, um etwas anderes als grobe, schlichte Bekleidung tragen zu können. Blaise fühlte sich ganz schlecht, wenn er darüber nachdachte, über diese furchtbare Ungleichheit, die immer noch jeden Aspekt des Lebens in Koldun betraf.

Er erinnerte sich daran, wie er und Augusta sich immer darüber gestritten hatten. Sie hatte seine Sorgen um die Normalbevölkerung nie geteilt; stattdessen genoss sie die Stellung und die Privilegien, die einem respektierten Zauberer derzeit zugestanden wurden. Wenn Blaise sich richtig erinnerte, hatte sie jeden Tag ihres Lebens ein anderes Kleid getragen, ohne Scham ihren Reichtum zur Schau gestellt.

Wenigstens würden ihm die Kleider, die sie in seinem Haus zurückgelassen hatte, jetzt mehr als gelegen kommen. Blaise nahm sich eines von ihnen – eine blaue

Seidenkreation, die zweifellos ein Vermögen gekostet hatte – und ein Paar hochwertige schwarze Samtschuhe, bevor er den Raum wieder verließ, während die Staubschichten und die bitteren Erinnerungen zurückblieben.

Auf seinem Rückweg rannte er in das nackte Lebewesen. Sie stand neben dem Eingang zu seinem Arbeitszimmer und schaute sich das Gemälde an, welches sein Bruder Louie geschaffen hatte. Es stellte eine sehr idyllische Szene in einem Dorf in Blaises Herrschaftsbereich dar – das Fest nach der großen Ernte. Lachende, rotwangige Bauern tanzten miteinander, während ein Harfenspieler auf Wanderschaft im Hintergrund spielte. Blaise schaute sich dieses Gemälde sehr gerne an. Es erinnerte ihn daran, dass seine Untertanen auch gute Zeiten erlebten, ihre Leben nicht nur aus Arbeit bestanden.

Das Mädchen schien es auch gerne zu betrachten – und anzufassen. Ihre Finger strichen über den Rahmen, als würden sie versuchen, die Struktur zu begreifen. Ihr nackter Körper sah von hinten genauso großartig aus wie von vorne, und Blaise bemerkte, wie seine Gedanken schon wieder in eine unangemessene Richtung abschweiften.

»Hier«, sagte er schroff, trat in sein Arbeitszimmer ein und legte das Kleid und die Schuhe auf dem staubigen Sofa ab. »Bitte zieh das hier an.« Zum ersten Mal seit Louies Tod nahm er den Zustand seines Hauses wahr – und schämte sich dafür. Augustas Raum war nicht der einzige, der von Staub bedeckt war. Selbst hier, wo er den Großteil seiner Zeit verbrachte, war die Luft muffig und abgestanden.

Esther und Maya hatten ihm wiederholt angeboten, vorbeizukommen und sauberzumachen, aber das hatte er abgelehnt, da er niemanden sehen wollte. Nicht einmal die beiden Bäuerinnen, die für ihn wie seine Mütter gewesen waren. Nach dem Debakel mit Louie wollte er einfach nur allein sein und sich vor dem Rest der Welt verstecken. Was die anderen Zauberer betraf, wurde er geächtet, war ein Außenseiter, und das störte ihn auch überhaupt nicht. Er hasste sie ja auch alle. Manchmal dachte er, die Bitterkeit würde ihn auffressen – und wahrscheinlich hätte sie das auch, wenn es nicht seine Arbeit gäbe.

In diesem Moment hob das Ergebnis dieser Arbeit, immer noch nackt wie ein Neugeborenes, das Kleid hoch und betrachtete es neugierig. »Wie ziehe ich das an?«, wollte es wissen und schaute zu ihm auf.

Blaise blinzelte. Er hatte Erfahrung darin, Frauen auszuziehen, aber ihnen in die Kleider zu helfen? Trotzdem wusste er wahrscheinlich immer noch mehr darüber als das geheimnisvolle Wesen, das vor ihm stand. Er nahm ihr das Kleid aus den Händen, schnürte den Rücken auf und hielt es ihr hin. »Hier. Steig hinein und zieh es hoch, die Arme müssen dabei in die Ärmel gesteckt werden.« Dann drehte er sich weg und versuchte angestrengt, seine Reaktion auf ihre Schönheit zu kontrollieren.

Er hörte, wie sie irgendetwas mit dem Kleid machte.

»Ich könnte ein wenig Hilfe gebrauchen«, sagte sie.

Blaise drehte sich zu ihr herum und war erleichtert, festzustellen, dass sie nur noch Hilfe dabei brauchte, die Schnüre auf dem Rücken festzuziehen. Sie hatte auch schon selber herausgefunden, wie man sich Schuhe anzog. Das

Kleid passte ihr erstaunlich gut; sie und Augusta mussten ungefähr die gleiche Größe haben, obwohl das Mädchen irgendwie zierlicher zu sein schien. »Heb dein Haar an«, forderte er sie auf, und sie hielt ihre blonden Locken mit einer unbewussten Anmut in die Höhe. Er schnürte ihr schnell das Kleid zu und trat dann sofort einen Schritt zurück, um ein wenig Abstand zwischen sie zu bringen.

Sie drehte ihm ihr Gesicht zu, und ihre Blicke trafen sich. Blaise kam nicht umhin, die kühle Intelligenz in ihrem Blick zu bemerken. Sie mochte jetzt vielleicht noch nichts wissen, aber sie lernte schnell – und funktionierte unglaublich gut, wenn das, was er über ihren Ursprung vermutete, stimmte.

Einige Sekunden lang sahen sie einander nur an, teilten ein angenehmes Schweigen. Sie schien es mit dem Reden nicht eilig zu haben. Stattdessen betrachtete sie ihn, ihre Augen fuhren über sein Gesicht und seinen Körper. Sie schien ihn genauso faszinierend zu finden wie er sie. Und das war ja auch kein Wunder – er war wahrscheinlich der erste Mensch, den sie traf.

Schließlich unterbrach sie die Stille. »Können wir jetzt reden?«

»Ja.« Blaise lächelte. »Wir können, und wir sollten.« Er ging zur Sofaecke, setzte sich in einen der Loungesessel neben den kleinen, runden Tisch. Die Frau folgte seinem Beispiel und setzte sich in den Sessel ihm gegenüber.

»Ich befürchte, wir werden viele Antworten auf deine Frage zusammen erarbeiten müssen«, erklärte ihr Blaise, und sie nickte.

»Ich möchte es verstehen können«, antwortete sie ihm. »Was bin ich?«

Blaise atmete tief ein. »Lass mich von Anfang an beginnen«, entgegnete er ihr und zermarterte sich sein Hirn, wie er in dieser Angelegenheit am besten vorgehen sollte. »Weißt du, ich habe eine lange Zeit nach einem Weg gesucht, Magie den normalen Menschen einfacher zugänglich zu machen –«

»Steht sie im Moment nicht zur Verfügung?«, fragte sie und sah ihn eindringlich an. Er konnte sehen, dass sie sehr neugierig auf alles war und ihre Umgebung und jedes Wort, das er sagte, aufsaugte wie ein Schwamm.

»Nein, ist sie nicht. Im Moment können nur ein paar Auserwählte Magie anwenden – diejenigen, die die richtigen Voraussetzungen erfüllen, was die analytischen und mathematischen Neigungen ihres Gehirns anbelangt. Selbst die wenigen Glücklichen, die das besitzen, müssen sehr hart dafür studieren, komplexere Zauber zu wirken.«

Sie nickte, als würde das für sie Sinn ergeben. »Okay. Und was hat das alles mit mir zu tun?«

»Alles«, antwortete Blaise. »Es hat alles mit Lenard dem Großen begonnen. Er war der Erste, der herausgefunden hatte, die Zauberdimension anzuzapfen.«

»Die Zauberdimension?«

»Ja, so nennen wir den Ort, an dem der Zauber entsteht – der Ort, der es uns ermöglicht, Magie anzuwenden. Wir wissen nicht viel über sie, weil wir in der physischen Dimension leben – die wir als die reale Welt ansehen.« Blaise machte eine Pause, um zu sehen, ob sie bis jetzt Fragen dazu hatte. Er stellte sich vor, wie überwältigend das alles für sie sein musste.

Sie legte ihren Kopf auf die Seite. »Okay. Bitte mach weiter.«

»Vor etwa zweihundertundsiebzig Jahren hat Lenard der Große die ersten verbalen Zaubersprüche entwickelt – eine Möglichkeit für uns, mit der Zauberdimension zu interagieren und die Wirklichkeit der physischen Dimension zu ändern. Es war extrem schwierig, diese Zaubersprüche richtig zu formulieren, da man dafür eine spezielle Geheimsprache benötigte. Sie mussten ganz exakt ausgesprochen und vorbereitet werden, um das gewünschte Ergebnis zu erzielen. Erst vor kurzer Zeit wurde eine einfachere magische Sprache und ein leichterer Weg, Zaubersprüche anzuwenden, erfunden.«

»Wer hat das erfunden?«, fragte die Frau fasziniert.

»Augusta und ich«, gab Blais zu. »Sie ist meine frühere Verlobte. Wir sind das, was man Zauberer nennt – diejenigen, die eine Begabung für das Studium der Magie aufweisen. Augusta hat ein magisches Objekt erschaffen, welches Deutungsstein heißt, und ich habe eine einfachere magische Sprache gefunden, die dazu passt. Jetzt kann ein Zauberer seine Zaubersprüche in einer leichteren Sprache auf Karten schreiben und sie in den Stein einführen – anstatt einen schwierigen verbalen Spruch aufzusagen.«

Sie blinzelte. »Ich verstehe.«

»Unsere Arbeit sollte die Gesellschaft zum Besseren hin verändern«, fuhr Blaise fort und versuchte dabei, die Bitterkeit aus seiner Stimme zu halten. »Oder das war zumindest das, was ich gehofft hatte. Ich dachte, ein leichterer Weg, um Magie anzuwenden, würde es mehr Menschen ermöglichen, Zugang zu ihr zu bekommen, aber so hat es sich nicht entwickelt. Die mächtige Klasse der Zauberer ist noch mächtiger geworden – und noch abgeneigter, ihr Wissen mit der einfachen Bevölkerung zu teilen.«

»Ist das schlimm?«, fragte sie und schaute ihn mit ihren hellblauen Augen an.

»Das kommt darauf an, wen du fragst«, antwortete ihr Blaise und dachte dabei an Augustas gelegentliche Geringschätzung der Landarbeiter. »Ich denke, das ist schrecklich, aber ich gehöre einer Minderheit an. Den meisten Zauberern gefällt es so, wie es ist. Sie sind reich und mächtig und es stört sie nicht, Untertanen zu haben, die in Elend und Armut leben.«

»Aber dich stört es«, sagte sie aufmerksam.

»Das tut es«, bestätigte Blaise. »Und als ich vor einem Jahr den Rat der Zauberer verlassen habe, beschloss ich, etwas dagegen zu unternehmen. Ich wollte ein magisches Objekt erschaffen, welches unsere normale Sprache versteht – ein Objekt, das von jedem benutzt werden kann, verstehst du? Auf diese Art und Weise könnte auch eine normale Person zaubern. Sie würde einfach sagen, was sie bräuchte, und das Objekt würde es umsetzen.«

Ihre Augen weiteten sich, und Blaise konnte sehen, wie sie anfing, das Ganze zu verstehen. »Willst du mir gerade sagen –?«

»Ja«, antwortete er ihr und blickte sie an. »Ich glaube, ich habe dieses Objekt erfolgreich erschaffen. Ich denke, du bist das Ergebnis meiner Arbeit.«

Einige Augenblicke lang saßen sie einfach nur schweigend da.

»Ich muss das Wort *Objekt* falsch verstehen«, meinte sie schließlich.

»Das tust du wahrscheinlich nicht. Der Stuhl, auf dem du sitzt, ist ein normales Objekt. Wenn du aus dem Fenster schaust, siehst du eine Chaise im Garten. Das ist ein magisches Objekt, es kann fliegen. Objekte leben nicht. Ich habe erwartet, du würdest so etwas wie ein sprechender Spiegel werden, aber du bist etwas völlig anderes!«

Ihre Stirn zog sich leicht in Falten. »Wenn du mich geschaffen hast, bist du dann mein Vater?«

»Nein«, wehrte Blaise sofort ab, da alles in ihm diese Vorstellung zurückwies. »Ich bin auf gar keinen Fall dein Vater.« Aus irgendeinem Grund war es für ihn wichtig, sicherzustellen, dass sie nicht so von ihm dachte. *Interessant, wohin meine Gedanken schon wieder abschweifen, dachte er selbstironisch.*

Sie sah immer noch verwirrt aus, also versuchte Blaise, es ihr näher zu erklären. »Ich denke, es wäre vielleicht sinnvoller, zu sagen, ich habe den Grundstein für eine Intelligenz gelegt – und habe sichergestellt, dass sie einiges an Wissen besitzt, um darauf aufzubauen –, aber alles Weitere musst du selber geschaffen haben.«

Er konnte einen Funken Wiedererkennung auf ihrem Gesicht sehen. Irgendetwas an seiner Aussage hatte bei ihr etwas zum Läuten gebracht, also musste sie mehr wissen, als es auf den ersten Blick schien.

»Kannst du mir etwas von dir erzählen?«, fragte Blaise und betrachtete die wunderschöne Kreatur vor sich. »Als Erstes, wie nennst du dich?«

»Ich nenne mich gar nichts«, antwortete sie. »Wie nennst du dich?«

»Ich bin Blaise, Sohn von Dasbraw. Ich nenne mich Blaise.«

»Blaise«, wiederholte sie langsam, als würde sie sich seinen Namen auf der Zunge zergehen lassen. Ihre Stimme war weich und sinnlich, unschuldig betörend. Blaise wurde sich schmerzhaft der Tatsache bewusst, dass er schon seit zwei Jahren keiner Frau mehr so nahe gewesen war.

»Ja, das ist richtig«, gelang es ihm ruhig zu sagen. »Und wir sollten auch einen Namen für dich finden.«

»Hast du eine Idee?«, fragte sie neugierig.

»Also, meine Großmutter hieß Galina. Würdest du meiner Familie die Ehre erweisen und ihren Namen annehmen? Du könntest Galina, Tochter der Zauberdimension sein. Ich würde dich dann kurz ›Gala‹ nennen.« Die unbezwingbare alte Dame war alles andere als dieses Mädchen gewesen, welches vor ihm saß, aber trotzdem erinnerte etwas dieser leuchtenden Intelligenz auf dem Gesicht dieser Frau ihn an sie. Er lächelte zärtlich bei diesen Erinnerungen.

»Gala«, versuchte sie zu sagen. Er konnte sehen, sie mochte den Namen, weil sie auch lächelte und ihm dabei ihre ebenmäßigen, weißen Zähne zeigte. Das Lächeln erleuchtete ihr ganzes Gesicht, ließ sie strahlen.

»Ja.« Blaise konnte seine Augen nicht von ihrer blendenden Schönheit abwenden. »Gala. Das passt zu dir.«

»Gala«, wiederholte sie sanft. »Gala. Du hast recht. Das passt zu mir. Aber du sagtest auch, ich sei die Tochter der Zauberdimension. Ist das meine Mutter oder mein Vater?« Sie sah ihn voller Hoffnung an.

Blaise schüttelte seinen Kopf. »Nein, nicht im traditionellen Sinn. Die Zauberdimension ist der Ort, an dem du dich zu dem entwickelt hast, was du jetzt bist. Weißt du irgendetwas über diesen Platz?« Er machte eine Pause und schaute sich seine erstaunliche Kreation an. »Wie viel weißt du überhaupt von dem, was geschah, bevor du hier auf dem Boden meines Arbeitszimmers auftauchtest?«

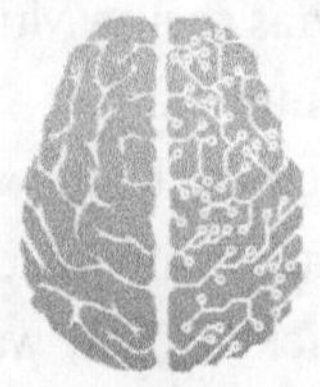

ÜBER DEN AUTOR

Dima Zales ist ein *New York Times* und *USA Today* Bestsellerautor in den Genres Science-Fiction und Fantasy. Bevor er ein Schriftsteller wurde, hat er sowohl als Programmierer als auch als leitender Angestellter in der Softwareentwicklungsindustrie in New York gearbeitet. Von Hochfrequenzhandel-Software für große Banken bis hin zu Handy-Apps für bekannte Zeitschriften, Dima hat schon alles programmiert. 2013 verließ er dann die Software-Branche, um sich auf seine Karriere als Schriftsteller zu konzentrieren und nach Palm Coast, Florida zu ziehen, wo er derzeitig lebt.

Um mehr zu erfahren besuchen Sie bitte die Seite www.dimazales.com/book-series/deutsch/.